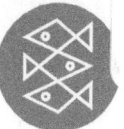

Valentina liebt ihre Heimat Elba, die sie nie wirklich verlassen hat. Dabei hat die Biologin in ihrer Jugend von aufregenden Reisen geträumt, um Schmetterlinge zu erforschen. Sie hat sich ganz diesen faszinierenden Geschöpfen verschrieben. Doch Valentina bleibt nicht mehr viel Zeit, wenn sie der Prophezeiung einer Wahrsagerin glaubt. Als sie in ihrem Garten auf einen Schmetterling stößt, der angeblich ausgestorben ist, fragt Valentina sich, ob diese Entdeckung ihr Vermächtnis ist. Oder will ihr das Schicksal damit etwas ganz anderes sagen? Und was hat es mit ihrer neuen Angestellten Lilly auf sich, die sich so brennend für sie und ihr Leben interessiert?

Eva Floris schloss nach einem kurzen Ausflug in die Mineralogie doch lieber ein Romanistik-Studium ab. Die Faszination für naturkundliche Phänomene blieb – auch während der Jahre danach, in denen sie als Journalistin arbeitete. Wenn sie von ihren Reisen in ihren Heimathafen Hamburg zurückkehrt, sind ihre Taschen auch heute noch voller Steine. Dankenswerterweise teilen ihr Mann und ihr Sohn die Liebe zu ausgedehnten Wanderungen in der Natur und helfen manchmal sogar beim Tragen der Fundstücke.

Weitere Informationen finden Sie auf www.fischerverlage.de

Eva Floris

Sommer Vogel Flug

Roman

FISCHER TASCHENBUCH

Originalausgabe
Erschienen bei FISCHER Taschenbuch

© 2025 S. Fischer Verlag GmbH, Hedderichstr. 114,
60596 Frankfurt am Main
Die Nutzung unserer Werke für Text- und Data-Mining
im Sinne von § 44b UrhG behalten wir uns explizit vor.
© Eva Floris 2025. Dieses Werk wurde vermittelt durch die
Literarische Agentur Michael Gaeb.
Redaktion: Ilona Jaeger
Satz: Dörlemann Satz, Lemförde
Druck und Bindung: GGP Media GmbH, Pößneck
ISBN 978-3-596-70917-5

Kontaktadresse nach EU-Produktsicherheitsverordnung:
produktsicherheit@fischerverlage.de

Lilly

Aufstehen, Süße.«

Lilly dachte gar nicht daran, dieser Aufforderung zu folgen. Stattdessen zog sie sich die Decke über den Kopf.

»Ich weiß genau, dass du wach bist.« Die Krankenschwester klang amüsiert.

Lilly konnte es ihr nicht verdenken. Mit ihren fast dreißig Jahren war sie eigentlich zu alt, um sich wie ein kleines Kind vor dem Aufstehen zu drücken. Aber wenn ihre Krankheit irgendeinen Nutzen gehabt hatte, dann den, dass sie als Freibrief für so gut wie alles akzeptiert worden war. Doch damit schien es vorbei zu sein.

Sanft entzog Schwester Connie ihr die Decke.

»Du bist herzlos«, murrte Lilly.

»Zum Schlafen bleibt dir noch genügend Zeit.«

Und die würde sie ausgiebig nutzen, dachte Lilly. Es schien nämlich so, als würde der Schlaf von nun an ihr einziges Versteck vor der *Normalität* sein, in die man sie an diesem Tag entlassen wollte. Als ließe die sich so einfach wieder anknipsen wie die Leseleuchte über dem Bett.

»Du willst doch nicht den Beginn deines zweiten Lebens verpassen! Heute darfst du endlich nach Hause gehen«, fuhr Connie wie aufs Stichwort fort.

Nur weil es sich bei Connie um ihre Lieblingspflegerin

handelte, rang sich Lilly schließlich das schalkhafte Lächeln ab, das ihr in den vergangenen Monaten den Ruf eingebracht hatte, sehr, sehr tapfer zu sein.

»Mein zweites Leben? Wie viele habe ich denn?«, fragte sie und riss in gespielter Erregung die Augen auf.

»Wenn ich so in deine Katzenaugen schaue, bin ich mir sicher, dass es mindestens neun sind«, erwiderte Connie schmunzelnd.

Neun? Was für eine Zumutung, wo Lilly bereits der Gedanke an dieses eine überforderte. Ein Teil von ihr schämte sich dafür, dass sie nicht dankbarer war. Aber sie konnte nichts daran ändern, wie beklommen sie sich fühlte.

Connie schob den Beistelltisch näher zu Lilly heran, die mittlerweile aufrecht im Bett saß. »Ich habe dir Wasser eingeschenkt.«

»Ich hab keinen Durst.«

»Du trinkst zu wenig.«

Dies würde vorerst ihr letztes Blickduell mit der liebgewonnenen Schwester sein. Also zeigte sich Lilly großmütig und ließ Connie gewinnen.

Nachdem Lilly einen schweren Seufzer ausgestoßen hatte, griff sie nach dem Glas. »Schön, aber nur, wenn du dir auch ein Glas Wasser einschenkst und mit mir anstößt.«

»Heb dir das für deine Familie und deinen Freund auf. Dann kannst du mit etwas Besserem als Wasser feiern. Du solltest es nicht gleich übertreiben, aber ein Gläschen Sekt wird dir nicht schaden.«

Nach kurzem Zögern fuhr die Schwester fort: »Was wirst du mit deinem neuen Leben anfangen?«

Lilly verzog das Gesicht. Wie hatte sie es nur für eine Sekunde vergessen können: Hinter dem Fenster dieses sterilen, aber auch beruhigend übersichtlichen Zimmers lauerte wieder eine Welt voller Möglichkeiten. Wie Tennisbälle schienen sie jetzt auf Lilly zuzuschießen. *Nimm dies! Fang! Feiere dein Leben!*

Sie verspürte dabei vor allem den Drang, sich zu ducken. Sie war lange – und zwischendrin vermeintlich unheilbar – krank gewesen. In dieser Zeit hatte sie vieles hinter sich gelassen. Erst die Ungläubigkeit darüber, dass es doch nicht immer nur die anderen traf, darauf folgten Wut und Trauer. Sogar die Angst hatte Lilly immer seltener heimgesucht. Sie hatte sich so restlos in ihr Schicksal ergeben, dass sie nicht wusste, wie sie das Spiel wieder aufnehmen sollte, nun, da es wider Erwarten doch nicht zu Ende war. Es war, als wären ihr die Regeln entfallen.

Mach einen Schritt nach dem anderen.

Nur dass zu Beginn *dieses* Lebens niemand Lillys erste Schritte beklatschen, sie füttern und versorgen würde, wie es früher ihre Eltern getan hatten. Ihre fast perfekten Eltern – mit dem winzigen Makel, dass sie eigentlich gar nicht Lillys Eltern waren, wie sich erst vor kurzem herausgestellt hatte. Am liebsten hätte sie sich die Decke gleich wieder über den Kopf gezogen.

Wenigstens auf ihren Verlobten war Verlass, dachte Lilly, als Oliver kurz darauf an ihrem Krankenhausbett stand, um sie *nach Hause* zu holen. Er schloss sie sanft in die Arme.

Nachdem sie sich voneinander gelöst hatten, lächelte er zittrig. »Entschuldigung. Ich bin nur so froh, dich wiederzuhaben.«

»Schon okay«, erwiderte sie und zog pflichtschuldig ihre Mundwinkel nach oben. Sie wünschte sich, er würde nicht weinen, doch sie verstand, dass er ein Ventil brauchte, um endlich einmal Druck abzulassen. In den letzten Monaten hatte er all seine Energie darauf verwendet, um ihretwegen stark zu wirken. Lilly hatte sich bemüht, das Gleiche für ihn zu tun – jedenfalls nachdem sie begonnen hatte, ihre Krankheit zu akzeptieren. Dieser Eiertanz der gegenseitigen Schonung hatte dazu geführt, dass sie kaum ein offenes Gespräch miteinander führten. Was sie aus Liebe getan oder besser vermieden hatten, hatte eine Barriere zwischen ihnen errichtet, die sich nicht so leicht überwinden ließ. Immer noch sah Lilly wie durch Milchglas auf die anderen, die es nicht getroffen hatte.

Vorsichtig nahm sie Olivers Hand, führte sie an den Mund und küsste sie zärtlich. Für einen kurzen Moment war es wie *vorher*. Sein Duft weckte in ihr die warme Erinnerung an zu Hause, geteilte Abenteuer und gemütliche Abende auf dem Sofa. Doch sogleich wurde dieses behagliche Gefühl überlagert von Bildern aus der Zeit, in der Lilly gekämpft, geschrien, gegen ihr Schicksal und die ganze Welt gewütet hatte, sogar gegen die Menschen, die nichts anderes taten, als sie zu lieben. Insgeheim war Lilly klar gewesen, dass niemand schuld an ihrer Krankheit war. Aber der Zorn hatte ihr festeren Halt gegeben als das Wissen um die profane Beliebigkeit, mit der Zellen in menschlichen Körpern entarteten, ohne sich darum zu scheren, welche Träume, Pläne oder Gedanken deren Besitzer haben mochten.

Es ist alles so unfair, hatte ihr inneres Monster so laut gebrüllt, dass selbst die Außenwelt erschrocken zusammenzuckte.

Beschämt von ihrem zeitweiligen Verhalten ließ Lilly Olivers Hand los. Der Klang seiner Stimme drang nur noch gedämpft zu ihr durch.

Sie blinzelte. »Wie bitte?«

»Ich habe eine Lasagne vorbereitet, mit Lachs und Spinat«, wiederholte er lächelnd.

Verwirrt sah sie ihn an.

»Dein Lieblingsgericht?«, fuhr er etwas zaghafter fort.

Sogleich schenkte sie ihm ein reumütiges Lächeln. »Oh ja, danke, das ist wirklich lieb von dir.«

Sie war überzeugt gewesen, keinen Bissen hinunterzubringen, doch als die Lasagne dampfend vor ihr stand, machte sich Lilly wie eine Verhungernde darüber her. Die Krankheit und deren Bekämpfung hatten ihren Appetit gedämpft, Essen war zur leidigen Notwendigkeit geworden. Überrascht von ihrem plötzlich zurückgekehrten Hunger, schlang sie die ersten Bissen im Ganzen hinunter, bis ein scharfer Schmerz in der Speiseröhre und eine leichte Übelkeit sie ermahnten, sich Zeit zum Kauen zu nehmen.

Oliver schien ihr die Gier nicht übelzunehmen, im Gegenteil, er freute sich sichtlich über Lillys Appetit. Sie würde ihm die Freude nicht verderben, indem sie verriet, dass sie zu Worten wie *Lieblingsspeise* weder ein bestimmtes Bild noch das zugehörige Gefühl abrufen konnte. Das Gleiche galt für die *Lieblingsmusik* oder die *Lieblingsbücher*, mit denen man sie im Krankenhaus ausgiebig versorgt hatte. Es waren leere Worthülsen, die von Lillys Oberfläche abprallten.

»Die Lasagne schmeckt wunderbar, danke«, sagte sie.

Er zögerte, bevor er fortfuhr. »Deine Eltern haben uns

übers Wochenende eingeladen. Max wird auch da sein. Ich habe ihnen gesagt, dass du das entscheiden musst.«

»Sie haben bei *dir* angerufen?«

»Du hast auf ihre Anrufe nicht reagiert«, erwiderte er ruhig. »Sie verstehen, wie wütend und enttäuscht du sein musst, genau wie ich. Aber sie machen sich Sorgen. Hätte ich sie ignorieren sollen?«

Lilly bezweifelte, dass die anderen sie verstanden. Wer von ihnen war jemals auf fremdes Blut angewiesen gewesen? Niemand. Und dann hatte sie auf diesem Weg erfahren, dass ihre Blutgruppe die seltenste überhaupt war. So selten, dass sie sogar in ihrer Familie kein zweites Mal vorkam. Wären nicht die panischen Blicke ihrer Eltern gewesen, hätte es sicher länger gedauert, bis Lilly die Bedeutung dieser Tatsache erfasste. Im Grunde schien es ihr immer noch unfassbar.

Oliver griff nach ihrer Hand. »Es war falsch, dass sie dir nie die Wahrheit gesagt haben. Aber vergiss nicht, dass sie dich lieben. Und selbst wenn du ihnen gerade nicht verzeihen magst, denk an Max. Dein Bruder kann genauso wenig dafür wie du. Er vermisst dich schrecklich. Er gibt es natürlich nicht zu. Du kennst ihn ja, den coolen Hund.«

»Ich *mag* ihnen nicht verzeihen?«, fragte sie leise, doch das Vibrieren in ihrer Stimme verriet, wie zornig sie war. Olivers Wortwahl gab ihr das Gefühl, kindisch zu sein, als würde sie nach Zitronenpudding verlangen, obwohl der Schokoladenpudding auf dem Tisch ebenso gut schmeckte. Dabei hatte man ihr nichts Geringeres als das tiefe Vertrauen in ihre Familie geraubt, verdammt nochmal.

»Das klingt so, als hätte ich mich absichtlich *entschieden*, es ihnen schwer zu machen.«

»Entschuldige, ich habe nicht nachgedacht.« Betroffen sah er auf seinen Teller. »Wollen wir später darüber reden?«

Früher hätte er sie augenrollend gebeten, nicht jedes Wort auf die Goldwaage zu legen, doch nun behandelte er sie wie ein rohes Ei. Sofort kehrte ihr schlechtes Gewissen zurück, aber es kam nicht alleine, sondern mit dieser seltsamen Mischung aus Wut und Angst im Schlepptau, die sie erst seit kurzem kannte.

Früher hatte sie sich vor so gut wie nichts gefürchtet. Schwindelerregende Höhen, fette Spinnen und enge Räume hatten ihr nichts ausgemacht. Und wütend war sie nur geworden, wenn ihr etwas nicht so gelang, wie sie es sich vorstellte.

Dann war da plötzlich dieser junge Arzt gewesen, der ihr mit nervösem Blick mitteilte, dass sie es möglicherweise nicht schaffen würde. Erst seit diesem Moment wusste Lilly, wie sich Panik anfühlte – das Herzrasen, die Schweißausbrüche, die Atemnot. Nichts schien mehr wirklich, weder ihre Umgebung noch sie selbst. Manchmal kam es ihr so vor, als stieße all dies einer Fremden zu. Dann wieder übermannte Lilly die Erkenntnis, dass wahrhaftig *ihr* Leben auf dem Spiel stand, mit einer solchen Gewalt, dass sie schluchzend zusammenbrach und sich fragte, welche Zukunftsaussicht den größten Horror barg: Ausgelöscht zu werden? Ewig in einem dubiosen Jenseits zu leben? Und falls es so etwas wie eine Wiedergeburt gab – was hätte sie davon, wenn sie sich an nichts erinnerte? Sie hoffte zwar auf alles Mögliche, hatte aber keine Ahnung, woran sie glauben sollte.

Mit der Angst kam eine kaum zu zügelnde Wut. Erst ihre Resignation hatte die Flammen gelöscht. Nun schienen sie erneut zu züngeln. Und wieder machten sie auch vor denjenigen nicht halt, die doch nur Lillys Bestes wollten, wie Oliver – oder Max. Ihr Bruder, bloß ein Jahr jünger als sie, war von klein auf ihr engster Vertrauter gewesen. Auch ihn hatte die Enthüllung ihrer wahren Herkunft erschüttert. Reflexhaft versuchte er, es mit Frotzeleien zu überspielen, wie die beiden sie früher bei jeder Gelegenheit ausgetauscht hatten.

»Das ist doch super, jetzt können wir heiraten. Oliver ist prima, aber kein Vergleich zu mir. Was meinst du?«, hatte er gefragt, kurz nachdem ihre alte Welt in sich zusammengestürzt war.

Im ersten Moment nahm sie ihm übel, dass er mit so einer Leichtigkeit über das Unglaubliche hinwegzugehen schien. Dann erkannte sie die Angst und die Trauer hinter seinen munteren Worten. Sie beide funkten auf einer Wellenlänge, wie manche Zwillinge. Und egal, wie schlecht es um sie stand, Lilly verspürte immer noch den Drang, ihn zu beschützen. Schließlich war er stets ihr kleiner Bruder … *gewesen.*

Sie verzog die Lippen zu einem breiten Grinsen. »Kommt gar nicht in die Tüte, Kleiner! Ich kenne dich zu gut, sogar die Bremsspuren in deinen Unterhosen.« Sie streckte ihm die Zunge raus.

»Das war im Kindergarten!«, rief er gespielt empört.

»Tja, du weißt doch, dass ich ein Elefantengedächtnis habe.«

»Und selektive Gedächtnislücken. Ich habe dich genauso in der Hand wie du mich. Ich habe nicht vergessen, dass du in der achten Klasse mit Popel-Kevin geknutscht hast.«

»Nur aus Mitleid.« Sie boxte ihn gegen den Arm.

Früher hätte er sofort gemerkt, dass sie ihm etwas vormachte, und es ihr nicht durchgehen lassen. Jetzt nahm er ihre vorgebliche Unbekümmertheit mit einem dankbaren Lächeln hin, während sie am liebsten vor Frustration geheult hätte.

Sie mochten sich an das gewohnte Geplänkel klammern, doch gab es nun eine scharfe Trennlinie zwischen ihnen, selbst wenn Max sie nicht zu sehen schien. Sicher schockte es ihn genauso wie sie, dass sie keine *echten* Geschwister waren. Aber wie es sich anfühlte, dass ihre Eltern nur noch *seine* waren, ließ sich nicht teilen wie ein Pulli oder der Musikgeschmack.

»Aber wenigstens wissen wir jetzt, was es mit den ganzen Italienabenden, Toskanaurlauben und den italienischen Au-pairs auf sich hatte«, fuhr sie mit diesem neuen Lächeln fort, das ihr irgendwann noch eine Kiefernsperre einbringen würde.

Max und sie sprachen beide fließend Italienisch. Schon als kleine Kinder hatten sie gewusst, dass man weder Gnotschi noch Expresso sagte, und wenn sie mit ihren Eltern ein italienisches Restaurant besuchten, scheuten sie nicht davor zurück, unwissende Gäste darüber aufzuklären. Mittlerweile vermutete Lilly, dass ihnen niemand dafür dankbar gewesen war.

»Sie wollten mich mit meinen Wurzeln verbinden! Echt jetzt?! Was, wenn sie zum Beispiel ein Kind aus Afrika adoptiert hätten? Wären es dann afrikanische Abende gewesen? Stinkt das nicht schrecklich nach kultureller Aneignung?« Ihr Lachen klang so hysterisch, dass sie es gleich wieder hinunterschluckte.

»Bitte sei nicht so«, sagte Max unglücklich.

»Was meinst du?«

»Es ist für uns alle schwer«, erwiderte er.

Sie betrachtete ihn stumm, bis er sich unter ihrem Blick wand wie ein Wurm.

»Okay, nicht so heftig wie für dich«, gab er nervös zu. »Aber ...«

Er ließ den Kopf hängen, so dass sie auf seinen hellblonden Schopf blickte, der nie nachgedunkelt war. *Mein Kleiner.* Zusammen mit dem schlechten Gewissen überrollte sie eine Welle der Zärtlichkeit.

Seufzend griff sie nach seiner Hand.

»Schon gut«, behauptete sie lächelnd. »Falls ich hier heil rauskomme, ziehe ich deinen Antrag in Erwägung, *Häschen.*«

So hatte ihre Mutter ihn noch genannt, als er längst ein milde rebellierender Teenager gewesen war. Um ernsthaft aufzubegehren, hatten sie zu viele Freiheiten genossen.

»Wenn du mich noch einmal so nennst, wirst du nicht einmal *diesen* Tag überstehen«, sagte er und funkelte sie in gespielter Entrüstung an.

Gleich darauf sah er sie erschrocken an und hielt sich die Hand vor den Mund. Doch ihr entschlüpfte ein so aufrichtiges Lachen, dass Max erleichtert einfiel.

Insgeheim ahnte Lilly, dass sie ihre Familie genau aus diesem Grund mied: Sie liebte sie zu sehr, um ertragen zu können, dass sie womöglich weniger Teil von ihnen war, als sie es bislang für selbstverständlich erachtet hatte. Sie vermisste Mama und Papa, die sie in Gedanken aus alter Gewohnheit weiterhin so nannte, auch wenn sie die beiden derzeit mit

Christina und Markus ansprach. Lilly wusste, wie sehr sie diese damit vor den Kopf stieß, aber sie tat es nicht deswegen. Zumindest nicht allein deswegen. Sie brachte die Koseworte nicht mehr über die Lippen. Das Geheimnis war gelüftet worden, als Lilly sich in der Schwebe zwischen Leben und Tod befunden hatte. In diesem Grenzbereich hatte sich alles andere zu weit entfernt angefühlt, um es wirklich zu begreifen. Erst jetzt entfaltete der Schock seine volle Wucht.

Sie brauchte Abstand, um das Erfahrene zu verarbeiten, und dennoch zog es sie in das Zuhause ihrer Kindheit.

Sie räusperte sich. »Okay, lass uns am Wochenende hinfahren. Sagst du ihnen Bescheid?«

Oliver sah so glücklich aus, dass sie beinahe gelacht hätte. Bestimmt deutete er ihre Einwilligung als einen weiteren Schritt in Richtung *Normalität*. Aber vielleicht war ja genau das ihre neue Normalität: so zu tun, als ob.

Valentina

Verborgen unter Palmen- und Avocadozweigen hingen die Larven an ihren Stricken. Die leuchtend grünen Puppen des Blauen Morphofalters glänzten wie Peridotsteine. In einer von ihnen zuckte es heftig, gewiss würde die Hülle bald aufbrechen. An einer Stelle schimmerte schon das Blau der frisch gewachsenen Flügel durch. Man musste Glück haben, um die Geburt eines Schmetterlings mitzuerleben. Sie konnte innerhalb von Minuten vorüber sein. Obwohl Valentina ihr halbes Leben mit Schmetterlingen verbracht hatte, beging sie solche Momente immer noch in andächtiger Stille. Diese wurde allerdings jäh von sich nähernden Kinderstimmen durchbrochen.

Valentina drehte sich um und entdeckte Giovanna, die eine Schulklasse herumführte. Die Gruppe kam näher.

Valentina dachte darüber nach, die Kinder auf das anstehende Ereignis aufmerksam zu machen, entschied sich dann aber dagegen. Giovanna konnte besser mit den Kleinen umgehen. Genau deshalb hatte Valentina ihr schon nach kurzer Zeit eine feste Stelle angeboten, obwohl sie sonst neben der Reinigungskraft Emilia höchstens ein oder zwei Saisonkräfte beschäftigte.

Giovanna hatte sich als Glücksgriff erwiesen. Wegen ihrer unterhaltsamen, freundlichen Art erhielt Valentinas Park im Internet die besten Bewertungen. Außerdem hatte Giovanna den geräumigen Vorraum, in dem sich die Kasse und der kleine Shop befanden, in eine bunte Oase verwandelt, die Besucher dazu verleitete, allerlei Überflüssiges zu erwerben. Zuerst hatten die Ideen ihrer jungen Mitarbeiterin Valentina irritiert, doch mittlerweile ließ sie Giovanna freie Hand bei der Auswahl der Souvenirs. Valentina fand all die Notizbücher, Anstecker, Halstücher und Tassen furchtbar kitschig, musste aber zugeben, dass sie sich besser verkauften als die Artenbestimmungsbücher, die sie selbst vorgezogen hätte.

Für die Kinder erfand Giovanna immer wieder neue, aufregende Expeditionen durch den Dschungel unter der Glaskuppel – je nachdem, was es darin gerade zu entdecken gab. Dieser Schulklasse hatte sie zum Beispiel aufgetragen, die beiden Exemplare des Atlasspinners zu finden, die in der Nacht geschlüpft waren. Valentina selbst hätte die Kinder direkt zu ihnen geführt und dann allerhand über die biologischen Besonderheiten dieser Art berichtet. Natürlich hätte sie die Namen der japanischen Yaeyama-Inseln und der anderen Regionen Südostasiens genannt, in denen diese Art beheimatet war. Vermutlich hätte sie außerdem erwähnt, dass man aus den Kokons dieser Tiere die robuste Fagaraseide herstellen konnte, für die keine Raupen ihr Leben lassen mussten. Anders sah es ja leider bei den Maulbeerspinnern aus, deren Kokons die Fäden für die üblichere feine Seide lieferten.

Giovanna hingegen hielt gut gelaunt ein Foto in die Höhe, auf dem die Muster der nach außen gekrümmten Flügelspitzen des Atlasspinners deutlich zu erkennen waren. »Sie sehen aus wie zwei Schlangenköpfe, seht ihr?«

Mit einem unheimlichen Zischeln entlockte sie den Kindern ein fröhliches Lachen. »Schaut mal, sogar die Augen sind zu erkennen. Die schwarzen Pupillen auf weißem Grund.«

»Sie sehen ja echt wie Schlangen aus«, sagte ein Mädchen.

»So erschrecken sie ihre Feinde. Sie sind zwar riesengroß, so groß wie ein Teller, aber vollkommen wehrlos. Gerade schlafen sie.«

»Sind ihre Flügel dann nicht zusammengeklappt? Wie sollen wir sie so erkennen?«, wollte ein Junge wissen.

»Die Atlasspinner schlafen mit offenen Flügeln, damit man die Köpfe sieht und sich niemand auf sie stürzt, während sie träumen«, erklärte Giovanna.

Träumen? Beinahe hätte Valentina laut geschnaubt.

Es war wohl ein Glück, dass keiner dieser Winzlinge danach fragte, was der gesuchte Falter fraß. Die Antwort hätte sie vermutlich erschreckt. Irgendwann würden aber auch sie herausfinden, worum es in der Natur ging: Nahrungsaufnahme und Vermehrung. Allerdings waren die Fresswerkzeuge des Atlasspinners derart verkümmert, dass er keine Nahrung aufnehmen konnte. Jeder Flügelschlag verkürzte sein Dasein. Ihn hielt allein die Energie am Leben, die er sich als Raupe angefressen hatte. Seine einzige Aufgabe war es, die Art zu erhalten.

Deshalb bewegte er sich kaum, sondern sparte sich all seine Kräfte für die Paarung auf – eine äußerst anstrengende Angelegenheit, die mehrere Stunden dauern konnte. Ein paar Tage später legte das Weibchen die Eier ab. Wenn die Raupen schlüpften, waren beide Elternteile bereits gestorben. Nicht, dass die kleinen Larven eine Familie vermissen würden. In der Schmetterlingswelt musste jedes Tier sehen, wie es alleine zurechtkam.

Die Schulklasse war mittlerweile weitergezogen, doch Valentina konnte sie immer noch hören und beobachtete sie durch die Blätter. In so gut wie jeder Gruppe gab es eine Person, für deren Neugierde und Begeisterung sich all die Arbeit lohnte. Die Lehrerin würde es nicht sein. Sie trottete leicht geduckt hinter den Kindern her. »Puh, ist das heiß hier drin«, raunte sie.

Tatsächlich ließ die Luftfeuchtigkeit die Wärme noch drückender erscheinen. Dennoch bezweifelte Valentina, dass es das Klima war, das der Lehrerin zu schaffen machte. Seit die Frau durch den Perlenvorhang in den Raum getreten war, hatte sie ängstlich umhergeblickt. Sobald ein Falter sie umflatterte, quiekte sie erschrocken und legte eine Hand an ihren Hals, die andere schützend auf ihr Haar. Ein paar Kinder hatten es ebenfalls bemerkt und kicherten.

»Ich warte draußen, falls es euch nichts ausmacht«, hörte Valentina die Frau murmeln. »Ihr seid hier sicher in guten Händen?«

»Gehen Sie ruhig. Ich werde gut auf alle aufpassen«, versicherte Giovanna freundlich.

Die Lehrerin schien gar nicht schnell genug durch den Ausgang verschwinden zu können.

Lepidophobie, diagnostizierte Valentina. Natürlich konnte sie die Furcht vor Schmetterlingen nicht nachvollziehen, aber es stand ihr nicht zu, sich darüber zu mokieren. Ängste waren selten rational. Valentina selbst hegte eine unerklärliche Abneigung gegen Vögel – und wenn einer zu dicht über sie hinwegflog, grauste es ihr vor dem spitzen Schnabel, als wäre sie selbst eine Raupe.

»Woah, wie ein echter Urwald hier!«, rief ein kleiner Junge.

Sein Entzücken entlockte Valentina ein Lächeln, weil sie die Umgebung liebte, die sie geschaffen hatte. Sie verzichtete darauf, alles ordentlich zu stutzen. Auch wäre ihr nicht in den Sinn gekommen, Wege von bequemer Breite anzulegen. Die Pflaster und Holzstege waren schmal, das Grün dicht gewachsen. In dem liebevoll gehegten Chaos konnte man vergessen, dass man sich unter einer Glaskuppel und nicht am Amazonas befand.

Wie sehnsüchtig hatte sie sich früher ausgemalt, dort unter Malachitfaltern aufzuwachen, deren leuchtend grüne Musterung an die gleichnamigen Edelsteine erinnerte. Aus dem Reisen war nichts geworden wie aus so vielem anderen auch nicht. Aufgrund ihrer Zurückhaltung nahmen manche an, dass es Valentina an Leidenschaft mangelte. Dabei verharrte diese bloß scheu im Innern ihres Kokons. Sie wusste nicht, wie man stärkere Gefühle nach außen trug, ohne dass sie einen beschämten.

»Da ist einer!«, rief ein Mädchen.

»Gut erkannt«, sagte Giovanna. »Einen habt ihr schon mal entdeckt.«

Doch gleich darauf war der Atlasspinner wieder vergessen. Der Tanz zweier Morphofalter lenkte die Kinder ab. Fasziniert folgten ihre Blicke dem Flattern der leuchtend blauen Flügel. Wie unscheinbar wirkten dagegen die Brauntöne des Atlasspinners. Die meisten Menschen zogen Tagfalter den Nachtfaltern vor. Doch die Schönheit konnte ihnen leicht zum Verhängnis werden. In ihrer südamerikanischen Heimat verwendete man die Flügel der Morphofalter, um daraus Schmuck für Touristen anzufertigen.

»Wo sind sie denn auf einmal hin?«, fragte ein Mädchen.

Giovanna zeigte mit dem Finger auf eine kleine Kiste, auf der ein Teller mit geschnittenem Obst lag.

»Einer sitzt auf der Orangenscheibe.«

»Ich meinte den Blauen.«

»Das ist er. Seine Flügel sind zusammengeklappt. Die Unterseite ist braun, zur Tarnung.«

»Das sieht aus, als ob er ganz viele Augen hätte.«

»Stimmt«, bestätigte Giovanna. »Aber auch die sind nur eine Täuschung.«

»Die Augen sind auf den Fühlern«, erklärte der kleine Junge, dem das Dschungelhafte dieser Umgebung so gefallen hatte.

»Nicht ganz«, widersprach Giovanna lächelnd. »Die beiden Augen sitzen neben den Fühlern direkt am Kopf. Und eigentlich sind es nicht nur zwei. Jedes von ihnen besteht aus mehreren tausend Einzelaugen.«

»Woah!«, rief ein anderer Junge. Er griff nach dem Tier, doch eine Klassenkameradin schlug rasch seine Hand weg.

»Nicht! Spinnst du! Sie sterben, wenn man sie anfasst. Von den Flügeln geht dann die Farbe ab, oder?«

»Das habe ich früher auch immer geglaubt«, sagte Giovanna schmunzelnd. »Bis mir meine Chefin erklärt hat, dass das Leben der Schmetterlinge nicht an ihrer Farbe hängt.«

Sie deutete über einen Strauch hinweg, und die Blicke der Kinder folgten ihrer Geste. So entdeckten sie Valentina, die sich genötigt fühlte, etwas zu erwidern.

»Aber vielleicht sterben sie, wenn man sie ungeschickt anfasst«, brummelte sie.

»Ich wollte ihnen nichts tun. Ich wollte nur so gerne noch mal die blaue Seite sehen«, sagte der Junge kleinlaut.

»Da vorne in der Ecke flattern noch mehr von ihnen«, erklärte Valentina etwas freundlicher. »Übrigens sind die Flügel nicht blau, sie sehen nur blau aus.«

Der Junge sah verwirrt aus. »Wo ist der Unterschied?«

Valentina setzte an zu erklären, wie die Struktur des Chitins nur bestimmte Teile des Lichts zurückwarf, aber dann ließ sie es bleiben, weil ihr keine kindgerechten Worte einfielen. »Ist nicht so wichtig«, winkte sie ab.

Sie sah, wie Giovanna die Stirn runzelte. Manchmal klangen bei Valentina die Worte schärfer, als sie es beabsichtigt hatte. Ich sollte mich weiter auf den Umgang mit Tieren beschränken, dachte sie.

Sie wendete sich wieder den Puppen zu und entdeckte den frisch geschlüpften Falter auf seiner leeren Hülle. Noch sah er unscheinbar aus, die prächtigen Flügel ein zerknülltes Etwas. Für die nächsten Stunden würde das Tier äußerst verletzlich bleiben. Erst einmal musste es die Hämolymphe, das farblose Blut der Schmetterlinge, durch seine Adern pumpen, damit die Flügel sich entfalteten und aushärteten.

Wieder überlegte Valentina, ob sie die Gruppe zurückrufen sollte, aber die Kinder würden wohl kaum das Wunder in dem knitterigen Ding erkennen. Also schwieg sie und genoss den Anblick ganz für sich alleine. Wer wusste schon, wie oft er ihr noch beschieden sein würde.

Valentina schwante nichts Gutes, als Giovanna am Ende des Tages mit bedrückter Miene im Vorraum auf sie wartete, statt sich mit einem fröhlichen »Ciao« zu verabschieden, wie sie es sonst tat.

»Ist etwas passiert?«, fragte Valentina.

Giovanna zog eine Grimasse. »Wie man es nimmt.«

»Nun sag schon.« Valentina ließ sich nicht gerne auf die Folter spannen. Es war ihr lieber, wenn die Leute sich geradeheraus äußerten.

»Ich bin schwanger. Aber es gibt ein paar Probleme. Nichts Schlimmes, zum Glück, trotzdem sagt meine Ärztin, dass ich jede Anstrengung meiden soll.«

»Zum Beispiel die Arbeit hier?«, fragte Valentina. Wie hatte sie die bereits deutliche Rundung an ihrer Mitarbeiterin übersehen können?

Giovanna legte sich die Hand auf den Bauch, streichelte sanft die Wölbung. »Leider ja. Ich laufe hier viel herum, und das Klima ist auch fordernd. Ich wollte es dir rechtzeitig sagen. Aber gestern meinte die Ärztin, dass ich früher in den Mutterschutz gehen soll als ursprünglich gedacht.«

»Verstehe. Bis wann kann ich mit dir rechnen?«

»Um ehrlich zu sein, hat sie mich seit gestern direkt krankgeschrieben. Aber ich kann hier sicher noch ein wenig aushelfen, bis du Ersatz gefunden hast.«

Valentina schüttelte den Kopf. »Wenn du nicht arbeiten kannst, ist das eben so. Dann darf ich dich gar nicht mehr beschäftigen.«

Giovanna wirkte erleichtert. »Kommst du denn klar?«, wollte sie dennoch wissen.

Sie klang so besorgt, dass Valentina irritiert die Brauen hochzog. Noch nie hatte jemand bezweifelt, dass sie *klarkam*.

»Natürlich.«

Erst als die junge Frau schon fast die Tür hinter sich geschlossen hatte, fiel Valentina ein, was man eigentlich in Momenten wie diesem zu sagen pflegte.

»Ach, Giovanna?«, rief sie.

Die andere drehte sich um. »Ja?«

»Herzlichen Glückwunsch!«

Giovanna lächelte. »Vielen Dank, Valentina.«

Nachdem sie abgesperrt hatte, machte sich Valentina zu Fuß auf den Weg in den kleinen Ort, in dem sie lebte, nicht weit vom Park entfernt. Obwohl sie die Strecke täglich zurücklegte, entdeckte sie jedes Mal etwas Neues, das ihr bis dahin entgangen war. An diesem Tag bemerkte sie zum ersten Mal, dass die blauen Blüten des wilden Rosmarins kleinen hungrigen Mäulern glichen. Zu ihm gesellten sich Sternanemonen, Thymian und Zistrosen. Jetzt im Mai war die Macchia prächtiger denn je anzusehen. Valentina sog den unvergleichlich würzigen Duft ein. Unzählige Blütenreben hingen von den Steineichen, deren Früchte dem Wild im Winter als Nahrung dienen würden. Wie sie es liebte, den Wechsel der Jahreszeiten auf diesem winzigen Flecken Erde zu beobachten.

Wenn Valentina mit Menschen sprach, die viel herumgekommen waren, fiel ihr auf, wie wenig präzise deren Beschreibungen der bereisten Landschaften ausfielen – *kristallklare* Seen, *imposante* Berge, *pikante* Küche, *gastfreundliche* Leute. Alles Floskeln! Menschen lebten so viel länger als Schmetterlinge, und doch blieb ihnen gerade genügend Zeit, um einige Dinge an der Oberfläche oder wenige in der Tiefe zu ergründen. Valentinas Forscherdrang zog Letzteres vor.

Auf ihrem Weg kehrte sie wie jeden Dienstag bei Gino ein. Mit einem Rotwein und seinem köstlichen Risotto würde sie es hoffentlich besser verkraften, dass sie einen Ersatz für

Giovanna suchen musste. *Lohnte sich das denn überhaupt noch?* Vermutlich würde es den Park bald nicht mehr geben.

Valentina kannte Gino von klein auf, sie waren in die gleiche Klasse gegangen. Schon damals hatte er seine Zeit am liebsten in der Küche verbracht. Seine verschmitzte Art und nicht zuletzt seine köstlichen Castagnacci – kleine Kastanienmehlkuchen – hielten die anderen Jungs davon ab, ihn wegen seiner »weibischen« Vorliebe zu hänseln. Jeder wollte zu ihm nach Hause eingeladen werden, weil man nirgends so köstliches Essen bekam wie bei den Martinellis.

Gino hatte sein ganzes Leben auf Elba verbracht, und auch heute verließ er die Insel nur, um seine älteste Tochter Mariella in Montepulciano zu besuchen. Sie hatte seine Liebe zu allen Gaumenfreuden geerbt und einen Weinbauern geheiratet, dessen Wein Gino seither in seinem Restaurant ausschenkte und ausgiebig bewarb. Bis dahin hatte er nur Erzeugnisse aus einheimischen Reben akzeptiert.

»Hier gibt es alles, was ich brauche«, pflegte er zu sagen. Alles – das umfasste neben seiner Frau Lucia und den beiden Töchtern, die noch bei ihnen lebten, insbesondere die Zutaten für seine Küche, die hier so üppig gediehen.

»Aber woher weißt du, dass da draußen nicht etwas Größeres auf dich wartet?«, hatte Valentina ihn vor vielen Jahren einmal gefragt, als er noch ungebunden gewesen war.

Gino, schon damals weise, hatte bloß mit den Schultern gezuckt. »Warum sollte ich mehr als genug wollen?«

Valentina selbst hatte zu dem Zeitpunkt gerade entschieden, aufs Festland zu ziehen, um in Padua zu studieren. Die Universität dort galt als eine der besten für eine angehende Biologin. Anders als Gino war Valentina hungrig nach Wissen und neuen Erfahrungen gewesen. Sie vertiefte sich beflissen in ihre Studien, was sie nicht davon abhielt, an den Wochenenden zu feiern, als ob es kein Morgen gäbe. Letzteres hätte niemand für möglich gehalten, der sie erst später kennenlernte. Ihre wilde Phase hatte nicht lange angedauert. Gleich im zweiten Semester begegnete sie einem Mann, der in ihr etwas auslöste, was keinem zuvor gelungen war. Sie konnte nur noch an ihn denken. All ihre brennenden Fragen an die Welt verblassten hinter seiner einnehmenden Präsenz. Er war wissenschaftlicher Assistent an der Uni und ein paar Jahre älter als sie. Mit ihm verbrachte Valentina die Wochenenden nicht mehr in Bars, sondern im Bett.

In den darauffolgenden Semesterferien reisten sie gemeinsam nach Elba. Es hatte sich wie ein Rausch angefühlt. Kein Wunder, dass alles in einem Kater endete. Ihr Liebster stahl sich über Nacht fort, ohne ein Wort zu sagen.

Zurück in Padua ging er ihr aus dem Weg, und sie war zu stolz, um ihn zu bedrängen. Kurz darauf verschwand er ein weiteres Mal. Er hatte die Uni gewechselt und war nach Rom gezogen. Wie sich herausstellte, lebten dort schon seit einer Weile seine Frau und sein Kind. Irgendwie hatte er vergessen, Valentina gegenüber zu erwähnen, dass es eine Familie gab, die sehnsüchtig darauf wartete, dass er von seinem »Forschungsaufenthalt« zurückkehrte.

Valentina war am Boden zerstört. Zugleich empfand sie eine brennende Scham gegenüber der Frau und dem Kind, obwohl nicht sie, sondern *er* die beiden hintergangen hatte. Trotzdem gab man am Ende doch immer *der anderen Frau* die Schuld, oder nicht? Wobei Valentina sich nicht vorstellen konnte, dass jemand in ihr eine ruchlose Verführerin sehen würde. Was hatte ihn bloß geritten, sich in eine Affäre mit ihr zu stürzen? Denn etwas anderes war es offenbar nicht gewesen. Das, was sich für Valentina größer als alles zuvor Erlebte angefühlt hatte, war zu einem schmutzigen kleinen Seitensprung geschrumpft.

Nachdem sie zahlreiche Nächte durchgeschluchzt und die Tage damit verbracht hatte, sich alternative Leben mit ihm auszumalen, zerrte die Sehnsucht immer noch mit solcher Kraft an Valentina, dass etwas in ihr zerbrach.

Und dann entdeckte sie, dass die Begegnung mit ihm bei ihr Spuren hinterlassen hatte, die sich nicht tilgen ließen.

Die Verzweiflung fühlte sich fast ebenso rauschhaft an wie die Verliebtheit zuvor. Nur dass es keine Momente der Erlösung und des Glücks mehr gab. Tagsüber erledigte sie ihre Aufgaben wie eine Schlafwandlerin. In diesem Zustand war es ihr nahezu gleichgültig, dass ihr kurz darauf die äußerst zuverlässige Wahrsagerin Violetta prophezeite, dass Valentina kein langes Leben bevorstand. Das schmerzende Herz würde etwas früher zur Ruhe kommen als gedacht? Umso besser. Valentina bäumte sich nicht gegen das Schicksal auf. Fortan führte sie ihr Leben größtenteils so, als sei es bereits vorüber. Nur die Forschung bescherte ihr noch Momente der echten Begeisterung. Nach dem Studium blieb sie deshalb erst einmal an der Universität, bis ihre Mutter schwer erkrankte.

Danach kehrte Valentina umgehend nach Elba zurück. Viele bedauerten sie deswegen. Sie war gerade dabei, sich beruflich zu etablieren. Die Unterbrechung würde sie ein ganzes Stück zurückwerfen. Doch Valentina beschwerte sich nie, sondern begleitete stoisch ihre geliebte Mutter während der letzten Monate. Sie sah dabei zu, wie diese körperlich immer weiter verfiel. Es war, als würde ihre Krankheit Valentinas eigenes Ende quälend vorwegnehmen, aber als Biologin konnte sie den Kreislauf aus Werden und Vergehen ohnehin schlechter ignorieren als andere.

Nimm dich nicht so wichtig, Valentina! Was war der Mensch denn schon? Im großen weiten All nur eine emsige Ameise – so schnell zertreten wie vergessen. Auch wenn er sich vorgaukelte, ein Ebenbild Gottes zu sein – oder sogar bedeutender als jener, nun, da kaum noch jemand an Himmelsmächte glaubte.

Valentina hätte sich gerne wie andere Lebewesen mit der Ungewissheit des eigenen Todeszeitpunkts getröstet. Doch was das anging, war die Wahrsagerin Violetta bedauerlicherweise äußerst präzise gewesen. Es würde in der Nacht zu Valentinas fünfzigstem Geburtstag geschehen.

Vielleicht hätte sie sich nach der Ursache erkundigen sollen. Mit 49 entschlief man nicht sanft. Am ehesten käme wohl ein Unfall in Frage. Oder eine Krankheit? Ein brutaler Überfall? Es war morbide, sich den Kopf darüber zu zerbrechen, und Valentina dachte keineswegs ohne Angst daran. Bei all ihrer Abgeklärtheit war ihr wie allen anderen Kreaturen der Überlebenstrieb einprogrammiert. Wie also würde es geschehen?

Sie schritt jeden Tag die gleichen Wege ab. Nur selten begegnete ihr ein Auto, und wenn, dann fuhr es in den Serpentinen so langsam, dass es ein Leichtes wäre, ihm rechtzeitig auszuweichen. Ein Verbrechen mit Todesfolge hatte es in dieser Gegend zum letzten Mal vor zwanzig Jahren gegeben. Damals hatte es sich um eine klassische *Beziehungstat* gehandelt, wie sie überall auf der Welt viel zu häufig vorkam, natürlich fast immer zum Schaden der Frau.

Valentina aber hatte keine Beziehung. Auch ihre Herzkranzgefäße schienen tadellos in Schuss zu sein. Am Ende blieb wohl nur eine Naturgewalt, vielleicht ein Blitz? Zugegebenermaßen war die Wahrscheinlichkeit gering, von einem getroffen zu werden, aber sie lag immer noch ein wenig höher, als die eines Lottogewinns, und Valentina hatte schon von Menschen gelesen, denen *beides* widerfahren war.

Vielleicht hätte Valentina die Vorhersage als Hokuspokus abgetan, wenn die alte Violetta nicht so oft recht behalten hätte. Alle im Dorf verließen sich auf sie.

»Genau wie Violetta gesagt hat«, raunten sie, wenn wieder eine Vorhersage eingetroffen war. Zum Beispiel, nachdem Emilia den ihr prophezeiten großen dunkelhaarigen Fremden geheiratet hatte. Er wohnte mindestens drei Ortschaften entfernt und überragte alle Männer, die Valentina kannte. Und Nicolò hatte wahrhaftig unter ominösen Umständen seinen Job verloren. Und auch in Valentinas unmittelbarer Umgebung war alles eingetreten, was Violetta vorhergesehen hatte. Zum Beispiel die baldige Krise der Ehe von Valentinas Eltern, welche zu jenem Zeitpunkt noch ein glückliches Vorzeigepaar gewesen waren. Den Tod der geliebten Katze, die Violetta und ihre Mutter noch am gleichen Abend aufgefunden hatten – von einem Auto überfahren. Und Warzen verschwinden lassen konnte Violetta außerdem noch.

Nein, trotz der ihr eigenen Skepsis zweifelte Valentina nicht an Violettas unerklärlicher Gabe.

Ihre Bekannten von der Uni hätten Valentinas Glauben an eine Vorhersage als Blasphemie gegenüber dem überlegenen

Glauben an die Naturwissenschaft belächelt. Nach Ansicht vieler Kollegen konnte diese nämlich alles erklären oder stand zumindest kurz davor, es zu tun. Für Valentina hingegen trat das Unerklärliche desto stärker hervor, je mehr Erkenntnisse sie sammelte. Immer deutlicher erkannte sie die Lücken in jedem Wissen. Und so erlaubte sich Valentina auch, es als Trost zu empfinden, dass ihre Mutter in den letzten Momenten ihren verstorbenen Mann gesehen und freudig begrüßt hatte. Wer konnte schon mit Gewissheit ausschließen, dass die beiden nun glücklich im Jenseits vereint waren?

Valentina kehrte nach dem Tod ihrer Mutter nicht an die Uni zurück. Als Einzelkind und nunmehr Vollwaise erbte sie das Haus sowie etwas Geld. Der Bank genügte das als Sicherheit für einen Kredit. So konnte Valentina den damals noch winzigen Schmetterlingspark übernehmen, der kurz vor der Schließung stand. Die Vorstellung, wie sie ihn gestalten würde, hatte etwas in ihr zum Schwingen gebracht.

Ein Freizeitpark, ist das dein Ernst? Valentina ignorierte den Spott der Kollegen. Worum sie sich mehr sorgte, war die Ruhe, die in den kleinen Ort einkehrte, sobald am Ende der Saison die Touristen verschwanden. Die Abgeschiedenheit ließ zu viel Raum für Grübeleien, die sich immer weiter verzweigten und doch nur ins Leere führten. In der Stadt war sie auch oft alleine gewesen, aber inmitten all der beleuchteten Fenster und des Straßenlärms hatte sie sich kaum einmal einsam gefühlt. Das Leben der anderen lenkte sie von ihrem eigenen ab, ließ es weniger begrenzt erscheinen. Doch in den dunklen Stunden nach der Beerdigung ihrer Mutter erkannte Valentina, dass sie mittlerweile in der Stille und Einfachheit größeren Trost fand als in der Ablenkung. Und nachdem sie sich einmal darauf eingelassen hatte, schien sogar die Zeit weniger unerbittlich zu rasen.

»Schwerer Tag?«, fragte Gino freundlich, als sie sich auf einen Hocker am äußersten Ende des Tresens sinken ließ.

Sie nickte. »Giovanna hört auf. Ich muss mir eine neue Mitarbeiterin suchen.«

»Wegen des Babys?«

»Du wusstest davon?«

»Sie hat nichts gesagt. Aber ich hatte so ein Gefühl. Nach drei Kindern erkennt man so etwas.«

Valentina zuckte mit den Schultern. »Ach so.«

»Und was nimmst du heute?«, fragte er. »Ich empfehle das schwarze Risotto oder den flambierten Stockfisch.«

Sie zog die Augenbrauen hoch. »Wenn du nichts Besseres als mit Tintenfischblut gefärbten Reis im Angebot hast, gehe ich.«

Sie machte keine Anstalten aufzustehen. Sicher wollte er sie wieder einmal nur necken. Gino wusste genau, dass sie immer nach dem Risotto mit getrockneten Steinpilzen verlangte – außer im Herbst, wenn die Artischocken reif und köstlich waren.

Und schon verzog er die Lippen zu einem Schmunzeln. »Gemach, gemach, meine liebe Valentina. Ich schaue, was ich für dich tun kann.«

»Du kannst mich zum Beispiel hier einen neuen Stapel Flyer auslegen lassen«, sagte sie.

»*Claro*! Tommaso meinte, einige seiner Touristen hätten vor, den Schmetterlingspfad zu erkunden, er wird ihnen natürlich einen Abstecher zu dir empfehlen.« Er zwinkerte ihr zu.

»Danke.«

Nach ihrem kurzen Geplänkel zog Gino sich zurück. Er kannte Valentina lange genug, um zu wissen, dass sie sich manchmal gerne in Gesellschaft befand, sich aber bevorzugt an deren Rand aufhielt.

Valentinas Gedanken schweiften zu der Enyzklopädie, an der sie seit Jahren arbeitete. Es fehlte nicht mehr viel, um die Arbeit abzuschließen. Insgeheim hatte sie immer darauf gehofft, eine der vielen Seiten mit einer eigenen Entdeckung füllen zu können. Dafür müsste sich allerdings innerhalb der kommenden zwei Monate eine fremde Art auf den Weg zu ihr machen, da sie selbst kaum einmal den Ort verließ. Die Wahrscheinlichkeit eines solchen Ereignisses schätzte sie als gering ein. *Zwei Monate.* Sie fasste sich an den Hals, in dem ein dicker Kloß saß, der ihr das Schlucken und Atmen erschwerte. Er machte ihr schon seit einer Weile zu schaffen. Oh je, sie würde doch nicht etwa ersticken? Davor graute ihr mehr als vor fast jeder anderen Todesart. Da war es plötzlich wieder, dieses bange Gefühl, das sie in immer kürzeren Abständen heimsuchte. Der Schutz, den sie in Routinen und Disziplin gefunden zu haben glaubte, wurde langsam brüchig.

Nachdem ihr Gino das Risotto gebracht hatte, tauchte sie sofort einen Löffel hinein und führte ihn an die Lippen. Wie immer blieb er stehen, um ihr Urteil abzuwarten, das stets gleich ausfiel.

»Das ist äußerst annehmbar«, sagte sie. Es war mehr als das. Der cremige Gaumenschmeichler schmeckte nach Heimat, Wurzeln und Kindheit. Sie schloss für einen Moment die Augen.

Gino seufzte theatralisch. »Da bin ich aber erleichtert.« Er blickte über ihre Schulter hinweg. »Wenn man vom Teufel spricht.«

Sie folgte seinem Blick und sah, wie Ginos älterer Bruder Tommaso den Raum betrat. Er kam auf sie beide zu und begrüßte Valentina dann wie üblich mit Wangenküssen. »*Ciao bella.*«

Er setzte sich auf den freien Platz neben ihr, wobei Valentina sein vertrauter Duft nach Zedernholz, Melisse und Erde in die Nase stieg.

»Wie schlüpfen die Schmetterlinge?«, fragte er.

»Wie beißen die Touristinnen?«, entgegnete sie.

Er lächelte. »Eifersüchtig?«

Sie rollte mit den Augen. Wie kam es, dass er mit den Jahren immer attraktiver wurde? Ihm standen die Furchen, überwiegend Lachfalten, genau wie die grauen Strähnen im welligen, etwas zu langen Haar. Doch sie befand sich jenseits aller Versuchungen. Nicht, dass sie mit neunundvierzig Jahren zu alt dafür wäre, aber mit dem baldigen Ableben vor Augen erschien ihr jeder Gefühlsaufruhr sinnlos. Ohnehin hatte nur ein einziger Mann ihr Herz wirklich zum Schwingen gebracht. Warum nur war sie sich seit einer Weile gar nicht mehr sicher, ob das überhaupt der Wahrheit entsprach?

Denn in letzter Zeit kehrten die Bilder aus ihrer Kindheit und Jugend in ihre Erinnerung zurück. In vielen davon spielte Tommaso eine Rolle. Und jetzt erinnerte sie seine Nähe daran, dass zwischen ihnen beiden sogar einmal mehr gewesen war. Leise und zart hatte sich damals etwas in ihre Freundschaft eingeschlichen, dem sie sich unbedingt entziehen musste, um ihrer Aufbruchstimmung zu folgen. Es war ihr leicht vorgekommen, ihn und die Insel hinter sich zu lassen. Die fordernden Küsse des anderen Mannes hatten nach Stärke, Zukunft und Grenzenlosigkeit geschmeckt. Mit Tommaso hatte sie nur einmal geschlafen und sofort gewusst, dass sie sich dieser fast unerträglichen Zärtlichkeit kein weiteres Mal hingeben durfte. Mit dem anderen hatte sie Hunderte von Malen Sex gehabt und nie genug davon bekommen.

Aber nun kribbelte es auf ihrer Haut, wenn sie Tommaso ansah. *Vergiss es, Valentina. Sei nicht so närrisch!*

»Man könnte meinen, du wärst ein richtiger Künstler«, spöttelte sie und blickte dabei auf seine Finger, die wie so oft tonverkrustet waren. Seit ein paar Jahren bot er für die überwiegend weiblichen Gäste seiner kleinen Ferienanlage Töpferkurse an, obwohl er wenig Ahnung von dem Handwerk hatte.

Er lachte. »Zweifelst du etwa an meinen Fähigkeiten? Zu Recht. Aber das ist ihnen egal. Sie wollen unbedingt in Italien töpfern oder aquarellieren. Weiß der Himmel, wieso!«

Offenbar lag er mit dieser Annahme richtig. Seit er die Kurse anbot, schnellten die Buchungen in die Höhe. Mittlerweile hatte er Stammkundinnen, die jeden Sommer kamen.

»Du hast meine Frage nicht beantwortet«, sagte er.

Sie räusperte sich ein paar Mal, bevor sie etwas erwiderte. »Warum sollte ich eifersüchtig sein? Wäre ich scharf darauf, mit verwittertem Gestein rumzumatschen, würde ich das tun.«

Wieder lachte er laut auf. »Trocken wie immer! Aber bei mir können sie zumindest mit Meerblick *herummatschen*.«

Gegen ihren Willen sah sie zarte Hände mit sorgfältig manikürten Fingernägeln an einer Töpferscheibe. Wie in einem kitschigen Film führte Tommaso diese Frauenhände sanft und unnachgiebig zugleich entlang der glitschigen Masse. Sie seufzte. *Du hattest wohl zu lange keinen Kerl mehr, Valentina!*

Früher hatte sie nicht wie eine Nonne gelebt. Sie hatte sich in den Umarmungen anderer verloren, wobei sie nie wieder die Art von Nähe zuließ, die ihr beinahe den Verstand geraubt hätte. Doch irgendwann hatte sie damit aufgehört, zumal hier kaum Männer lebten, die nicht vergeben waren. Natürlich war da Tommaso. Aber er hatte nie wieder Anstalten gemacht, sich ihr auf *diese Art* zu nähern. Sie waren so jung gewesen damals. Vermutlich fand er sie nicht einmal mehr attraktiv. Und selbst wenn, kannten sie sich zu lange für jene Art der lockeren Verbindung, die weder Vergangenheit noch Zukunft brauchte. Und etwas anderes kam für sie nicht mehr in Frage.

Valentina dachte daran, wie sie mit Gino und einer ganzen Horde weiterer Kinder im Sommer zusammen im Meer gebadet und im Herbst Esskastanien über offenem Feuer geröstet hatte. Manchmal war Tommaso dabei gewesen, weil man ihm aufgetragen hatte, auf die jüngeren aufzupassen. Geduldig hatte er für die kleinsten Brotteig um Stöcke gewickelt, ihnen mit festem Griff geholfen, über Felsen zu klettern und einigen sogar das Schwimmen beigebracht.

Später arbeitete Tommaso in einer Bank in Siena – bevor er genau wie Valentina zurückgekehrt war. Er hatte sich dafür mehr Zeit gelassen und war erst vor wenigen Jahren wieder aufgetaucht.

»Im Grunde habe ich nie gerne Anzüge getragen, aber ich dachte wohl, man muss Dinge zu Ende bringen. Doch am

Ende habe ich Ginos Stockfisch zu sehr vermisst«, hatte er leichthin erklärt.

Valentina vermutete immer noch, dass mehr dahinter steckte, doch sie hatte ihn nie danach gefragt. Nach seiner Rückkehr hatte Tommaso die alten Ställe der Familie zu schicken Ferienwohnungen ausgebaut. Er selbst wohnte mit den Eltern im Gutshaus. Den Hof hatten seine Eltern zu ihrem Kummer aufgeben müssen. Keiner ihrer beiden Söhne war zum Landwirt geboren.

»Du siehst so nachdenklich aus! Wenn er dich belästigt, werfe ich ihn raus«, sagte Gino, während er seinem Bruder einen Arm um die Schulter legte.

»Nicht nötig«, murmelte sie verlegen. »Ich bin fertig mit dem Essen und werde mich dann gleich auf den Heimweg machen.«

»Schon?«, fragte Tommaso.

Er klang ein wenig enttäuscht, was Valentina insgeheim freute. Sie sah beide Brüder in warmes Licht getaucht – wie in letzter Zeit so vieles, das ihr etwas bedeutet hatte. *Hatte?* Noch war es nicht vorbei. Aber fast. Mit einem Mal wurde ihr so schwindelig, dass sie sich für einen Moment am Tresen festklammern musste.

Tommaso berührte sachte ihren Arm. »Alles in Ordnung bei dir?« Er sah sie besorgt an, die Pupillen leicht erweitert. Er *sah* sie.

Dessen wurde sie sich in diesem Moment auf eine Art bewusst, die ihre innere Unruhe verstärkte. Was man lange kannte, betrachtete man nicht mehr genau – bis man es nicht mehr als selbstverständlich hinnehmen konnte. In diesem Moment sah sie ihn zum ersten Mal seit langem wirklich, so dass sich seine Gegenwart vertrauter und fremder denn je anfühlte.

Hastig trat sie einen Schritt zurück. »Bin wohl nur zu schnell aufgestanden.«

Zurück zu Hause schenkte sie sich in der Küche ein Glas Rotwein ein. Sie nahm es mit in den Garten, wo sie von ihrem Liegestuhl aus in den Himmel blickte, bis das letzte Blau verschwunden war und ihr von weither die Sterne entgegenfunkelten. Hier draußen hatte sie das Gefühl, freier zu atmen als in ihrem kleinen Schlafzimmer. Der Moment mit Tommaso kam ihr nun unwirklich vor. Vermutlich hatte ihr bloß ein neuer Anflug von Sentimentalität einen Streich gespielt. Ihre Zukunft maß sich nicht mehr in Jahren, kaum noch in Monaten, bald würden es Wochen, dann Tage, dann Stunden sein.

Biologie, Valentina, es ist schlichte Biologie, was dir passiert. So ist das nun einmal. Doch ihr verräterischer Körper nahm ihr diese Gelassenheit nicht ab. Sie glaubte förmlich zu spüren, wie Cortisol und Adrenalin durch ihre Adern stoben. Sie schwitzte und empfand eine leichte Übelkeit. Sie nahm einen weiteren Schluck vom Rotwein, obwohl er mit einem Mal bitter schmeckte. Alkohol dämpfte die Erregbarkeit jener Nervenzellen, die für Stressgefühle mitverantwortlich waren.

Später verkroch sich Valentina in ihrem Bett, ohne Schlaf zu finden. Am nächsten Morgen schmerzten ihr Kopf und alle Gliedmaßen. Und waren die Räume zwischen den Wänden ihres kleinen Hauses immer schon so eng gewesen? Sie schienen sich jeden Tag ein Stück weiter auf sie zuzubewegen.

Auch ihren Morgenkaffee trank sie draußen im Liegestuhl, dessen geblümten Polsterbezug einst ihre Mutter
genäht hatte. Wehmütig ließ Valentina den Blick über die
Blumen und Sträucher schweifen, die bei ihr ungezähmt
wuchern durften. Ihre Mutter hätte darüber geschimpft, wie
alles verwilderte, doch die Vielfalt lockte zahlreiche Insekten
und Schmetterlinge an.

Angelockt vom Muster der Auflage ließ sich ein Distelfal-
ter direkt neben Valentinas Kopf nieder. Sie hielt still, beobachtete das bedächtige Auf und Ab seiner Flügel. Als er wei-
terflog, sah sie ihm hinterher, bis eine schnellere Bewegung
ihre Aufmerksamkeit ablenkte.

Ein Kolibri? Das war doch unmöglich in dieser Gegend.
Bald wurde ihr klar, dass es sich bei dem Geschöpf an der
Distelblüte tatsächlich nicht um einen Vogel, sondern um ein
Taubenschwänzchen handelte. Wie peinlich, dass sein aufge-
regter Schwirrflug sie beinahe getäuscht hätte, was sonst nur
Laien geschah. Der Saugrüssel dieser Schmetterlinge war so
lang, dass sie sich nicht auf die Blüten setzen mussten. Sie
konnten alles aus der Bewegung heraus erledigen und ent-
gingen so möglichen Fressfeinden. Ein Taubenschwänzchen
konnte innerhalb von zwei Wochen dreitausend Kilometer
zurücklegen.

Mit einem Mal war Valentinas Müdigkeit verflogen. Sie
richtete sich auf und ging vorsichtig auf das Tier zu. Taubenschwänzchen galten als gutes Omen, spätestens seit am
D-Day, dem Tag, an dem die Alliierten in der Normandie
landeten, ein ganzer Schwarm davon über dem Ärmelkanal
gesichtet worden war.

Valentina stockte. Hatte sie sich bei diesem kleinen

Schwärmer ein weiteres Mal geirrt? Die Färbung, diese Musterung! Sie unterschied sich deutlich von der des ihr bekannten Taubenschwänzchens. Das musste sie unbedingt genauer untersuchen. Sie eilte ins Haus, um das Netz zu holen, das sie so lange nicht mehr benutzt hatte. Zurück im Garten ließ sie die Hand, die den Griff hielt, enttäuscht sinken. Ihr kleiner Besucher war verschwunden.

Gerade wollte sie sich abwenden, als sie ihn über dem Lavendelstrauch neben sich entdeckte. Sofort warf sie das Netz aus und fing den Schmetterling mit einer geschickten Rückholbewegung ein. Sie hatte es also nicht verlernt. Eilig trug sie ihren Fang in den Wintergarten, um ihn dort sogleich wieder fliegen zu lassen. Seine Muskulatur sollte nicht auskühlen.

Hier drinnen blühte es beinahe so üppig wie draußen, wenngleich geordnet in Kübeln. Hoffentlich würde das Tier den Unterschied kaum bemerken. Valentina ließ es eine ganze Weile flattern, bevor sie ihren aufgeregten Gast wieder einfing. Sie setzte ihn in ein Glas, das in der Sonne gestanden hatte, denn sie vermutete, dass er sich genau wie seine Verwandten am liebsten auf warmem Untergrund ausruhte. Und wirklich saß er für eine Weile so still, dass sie einige Fotos von ihm knipsen konnte. Sie war sich jetzt ganz sicher: Dies war kein Taubenschwänzchen. Es handelte sich auch nicht um einen der ihr bekannten Verwandten wie etwa den Olivgrünen Hummelschwärmer, wie sie für einen Moment geglaubt hatte. Die Vorderflügel dieses Exemplars waren innen smaragdgrün, an den Rändern türkisblau. Kopf und Thorax waren dunkelgrün behaart, die unteren Segmente hellbraun.

Nachdem sie den Falter in die Freiheit entlassen hatte, so

weit man bei einem Wintergarten davon sprechen konnte, vertiefte sich Valentina in die Enzyklopädie der Schmetterlinge Europas und Nordwestafrikas. Dabei hoffte sie, *nicht* fündig zu werden. Vielleicht erlebte sie doch noch ihr kleines Wunder – die Entdeckung einer neuen Art.

Nachdem sie eine ganze Weile geblättert hatte, stieß sie jedoch zu ihrer Enttäuschung auf ein Abbild ihres Falters. *Libellenschwärmer.* Sie hatte keine neue Art entdeckt, das wäre ja auch zu schön gewesen. Immerhin fand sie einen wissenswerten Fakt: *ausgestorben*!

Sogleich schlug ihr Herz wieder schneller. Es war nicht das Gleiche, wie eine neue Art zu entdecken, trotzdem war es nicht gänzlich zu verachten, jemanden von den Toten zurückkehren zu sehen.

Valentina fuhr ihren Laptop hoch, um eine Nachricht zu verfassen. Doch schon bei der Anrede hielt sie inne. Was sollte sie schreiben? *Liebe Kollegen*? Ihr gingen die Kommentare durch den Kopf, die sie sich hatte anhören müssen, nachdem sie die *ernsthafte* Forschung aufgegeben hatte. Auf der Seite ihres alten Instituts hatte sie entdeckt, dass einer ihrer ehemaligen Kollegen dort zum Leiter aufgestiegen war. Emilio Zello. Ausgerechnet der. Mit ihm hatte sie sich nie gut verstanden, weil er so talentfrei wie arrogant gewesen war. Allerdings hatte er über das Talent verfügt, sich stets mit den richtigen Leuten zu vernetzen. Offenbar genügte das.

Valentina klappte den Laptop wieder zu. Kaum jemand hatte ihren Ausstieg mit so viel Häme kommentiert wie Emilio. Sie musste sich ganz sicher sein, dass sie sich nicht irrte, bevor sie ihre Entdeckung mit anderen teilte.

Lilly

*I*hre Mutter hatte den Tisch auf der Terrasse gedeckt. Der Himmel war wolkenlos. Auch wenn die Sonne Ende Mai noch nicht ihre volle Kraft entfaltete, schien sie an diesem Tag doch so warm auf sie herab, dass nur Lilly eine Strickjacke über ihrem T-Shirt trug. Sie fröstelte andauernd, seit sie so viel Gewicht verloren hatte. Langsam nahm sie wieder etwas zu, trotzdem sah sie im Spiegel auf eine Fremde. Ihre Wangenknochen traten scharf hervor, und die dunklen Augen wirkten riesig im blassen Gesicht. Sie hatte die Haare stets lang getragen, nun waren sie akkurat auf Kinnlänge gestutzt. Auch der Pony war neu. Nach ihrem Friseurbesuch befand Oliver, dass sie Rooney Mara in dem Film »Carol« ähnlich sah. Sicher wollte er ihr schmeicheln. Er wusste, wie sehr seine Verlobte die Schauspielerin und den Film mochte. Doch nach einem Besuch bei ihrer Freundin Tanja mutmaßte Lilly, dass Oliver insgeheim eher an Maras Rolle in »The Girl with the Dragon Tattoo« gedacht hatte.

»Schluss mit dem Drogenchic«, hatte Tanja gemurmelt und sich sogleich daran gemacht, Lilly mit Schokoladencookies zu mästen. Jeder anderen hätte Lilly einen solchen Spruch übelgenommen, doch Tanja war ihre beste Freundin seit Kindheitstagen. Ruppig, aber herzlich und unerschütterlich loyal.

Um sie herum entspann sich ein bemüht lockeres Gespräch über die Weltlage und das Wetter. Statt sich zu beteiligen, ließ Lilly ihren Blick durch den Garten schweifen. Die Äste des alten Kirschbaums waren in dem Meer aus rosaroten Blüten verschwunden. Am stärksten davon hing noch die Schaukel, die Lilly einst so geliebt hatte. Ihr Vater hatte sie darauf höher fliegen lassen, als es ihrer Mutter lieb gewesen war. Lilly hatte laut gejuchzt und geglaubt, gleich den Himmel berühren zu können. »Höher, Papa. Höher!«

Heute sah sie nur noch ein verrottetes Brett, das schief an zerfaserten Stricken hing. Wie von so vielen anderen schönen Erinnerungen waren nur verwitterte Überreste geblieben. *Alles Lüge.*

Die Liebe war immer noch da, genau wie der Gedanke, dass sie ihren Eltern Dankbarkeit für eine unbeschwerte Kindheit schuldete, doch zugleich konnte Lilly ihnen ihre Lüge nicht verzeihen. Diese heftig widerstreitenden Gefühle fügten sich zu einem schrillen Missklang zusammen, der in Lillys Kopf schmerzhaft dröhnte.

Sie konnte nirgendwohin mit ihrer Wut, nicht angesichts der nervös umherhuschenden Blicke ihrer Eltern, deren besorgter Mienen, der angespannten Körper. Also schluckte Lilly alles hinunter, selbst wenn es bedeutete, dass sie demnächst implodieren würde.

Wie könnte sie diesen Menschen vor den Kopf stoßen, die ihr viel mehr gegeben hatten als andere ihren Blutsverwandten? Für eine Weile hatte die Krankheit ihr die Freiheit verliehen, allen Gefühlen freien Lauf zu lassen, sogar den zerstörerischen. Niemand hatte sie zurechtgewiesen. Jetzt schämte sie sich für jedes verletzende Wort, das sie geäußert hatte, aber die Wut war nicht verflogen. Lilly versuchte, sich auf ihren Atem zu konzentrieren, wie sie es in der begleitenden Therapie gelernt hatte.

Ihr Vater hatte seinen viel gerühmten Rhabarberkuchen gebacken. »Schmeckt er dir nicht?« Er klang unglücklich.

Sofort ließ Lilly den Löffel in die unangetastete Baiserschicht gleiten. Sie machte den größten Teil des Kuchens aus. Ihr Vater hatte nicht vergessen, wie sehr sie die zuckrige Masse liebte. Früher hätte sie den weißen Schaum innerhalb von Sekunden verputzt. Sie bewunderte Oliver dafür, dass er sich immer das Beste bis zum Schluss aufheben konnte. Ihr selbst war das nie gelungen. Das Baiser schmeckte süß und cremig, genau wie früher, was Lilly das erste echte Lächeln an diesem Tag entlockte. »Lecker«, sagte sie.

Bildete sie sich nur ein, dass alle erleichtert aufatmeten? Sie hatte den Eindruck, dass jede ihrer Gesten wie unter einem Vergrößerungsglas beobachtet und gedeutet wurde. Die Stimmung am Tisch schien allein von ihr abzuhängen. Sie bemühte sich bis zur völligen Erschöpfung, ihre Regungen zu dimmen, damit sie durch den Verstärker der aufmerksamen Beobachtung nicht den gesamten Raum einnahmen.

Einmal hatte sie bei einem Spaziergang durch den Park der Klinik das Telefonat eines Mannes belauscht. Er beklagte sich, dass seine Frau ihn bislang nicht aufgefordert hatte, nach ihrem Tod wieder glücklich zu sein und sich eine neue Frau zu suchen. Lilly vermutete, dass er so eine Szene irgendwann einmal im Kino gesehen hatte. Tja, Pech gehabt, das echte Leben schrieb keine rührseligen Drehbücher.

»Für mich ist es schließlich auch schwer«, gab er wimmernd von sich.

Für sein selbstmitleidiges Gejammere hätte Lilly ihm

gerne eine Ohrfeige verpasst, dennoch empfing ihr Hirn dabei eine Botschaft: Die Aufgabe von Sterbenden lag darin, es den anderen so leicht wie möglich zu machen. Sie mussten noch zu Lebzeiten eine der Welt entrückte Güte und Tapferkeit entwickeln.

Ein schwerer, blumig-süßer Duft stieg ihr in die Nase. »Der Jasmin blüht ja schon!«, rief sie aus.

»Herrlich, oder?«, fragte ihr Vater lächelnd.

»Mhm.«

Oliver drückte leicht ihre Hand und lächelte ihr zu. »Schau mal, wer da kommt.«

Er deutete auf Max, der gerade das Haus umrundete. Sobald er sie erreicht hatte, ließ er sich auf den freien Platz neben Lilly plumpsen.

»Niemand hat mir aufgemacht. Da habe ich mir gedacht, dass ihr hier seid.«

Er steckte einen Finger in die restliche Baisermasse auf Lillys Teller und leckte ihn lasziv ab. »Lecker.«

»Du bist so ekelhaft.« Lilly verzog das Gesicht zu einer Grimasse und zog den Teller näher an sich heran. In Wahrheit war sie ihrem Bruder dankbar für den dreisten Auftritt. Er lockerte die angespannte Stimmung auf.

»Hi, Oliver«, sagte Max.

Oliver ignorierte die klebrigen Finger, die Max ihm hinhielt, und tätschelte stattdessen nachsichtig die Schulter seines Schwagers in spe. »Hi, Max. Du hast da etwas Weißes an der Nase kleben. An deiner Stelle würde ich die Spuren der ruchlosen Tat lieber schnell beseitigen.«

Grinsend rieb sich Max über die Nase. »Ruchlos? Wo sind wir hier, in einem mittelalterlichen Heldenepos?«

Während sie den unverkrampften Umgang der beiden Männer beobachtete, zog sich etwas in Lilly zusammen. Früher hätte sie sich über diesen Anblick gefreut, heute dachte sie: *Für sie hat sich nichts geändert.*

»Und, wie steht's, Schwesterchen?«, fragte Max. »Elben gegen Orks, oder muss ein fernes, exotisches Land besiedelt werden?«

»Habe ich das noch gar nicht erzählt? Diesmal wird die Welt vom großmäuligen Prinz Goldlocke befreit.« Vielsagend blickte Lilly auf seine glänzende Mähne. »Um die Wahrheit zu sagen, fehlt mir derzeit eine gute Idee«, fuhr sie fort.

Sogleich schien sich die Stimmung am Tisch wieder zu trüben. Lilly runzelte die Stirn. Bestimmt hatten ihre Eltern so etwas gehört wie: *Wegen dieser Sache kann ich nicht klar denken. Auch daran seid ihr schuld!*

Dabei hatte sie nichts dergleichen andeuten wollen. Sie wusste ja selbst nicht, warum der bis dahin unaufhörliche Strom an Einfällen in ihr versiegt war. In der ganzen Zeit, seit sie das Studium abgebrochen und ihr Hobby zum Beruf gemacht hatte, war das noch nie geschehen. Dabei hatte es sie genauso wie den Rest ihrer Familie überrascht, dass sich mit dem Erfinden von Spielen tatsächlich Geld verdienen ließ. Nach dem Abbruch ihres Studiums hatte sie eine ganze Weile gekellnert und in einem winzigen WG-Zimmer gehaust, während sie über ihren Ideen brütete. Schon das erste Spiel brachte ihr ein Stipendium ein. Ihr zweites wurde zum Spiel des Jahres gekürt und zog eine ganze Serie von Erweiterungen nach sich – besser konnte es kaum laufen. Zum Glück hatte sie ausreichend Geld von ihren Einkünften beiseitegelegt.

So hatte sie den Verdienstausfall während der Krankheit verkraftet und würde mindestens ein weiteres Jahr davon leben können. Aber was, wenn ihr nie wieder etwas Neues einfiel? Sie hatte weder das Studium noch irgendeine Ausbildung abgeschlossen.

Wenn sie sich ordentlich einschränkten, würde Oliver eine ganze Weile für sie beide aufkommen können, aber als Dauerlösung kam das für Lilly nicht in Frage. Sie sorgte sich nicht nur ums Geld, sondern auch um die Freude, die sie bei ihrer Arbeit empfunden hatte.

Max' Stimme riss sie aus ihren Gedanken. »In welcher Zeitschrift wird gemeldet, dass eine Bratsche aus einem Fenster hinausgeworfen wurde?«

Niemand reagierte auf seine Frage.

»In ›Schöner Wohnen‹«, rief Max lachend.

Lilly gähnte demonstrativ, Bratschenwitze hatten nun wirklich einen Bart bis zum Mond.

Aber Oliver grinste nur gutmütig. »Ich dränge mich eben nicht so in den Vordergrund wie gewisse andere Menschen hier. Deshalb ist die *Viola* perfekt für mich geeignet«, sagte er.

»*Bratsche*«, beharrte Max mit einem gespielt abfälligen Lächeln.

Max spielte ganz passabel Geige, während Lilly viel Zeit am Klavier verbracht hatte. Schon deshalb hatte sich Oliver perfekt bei ihnen eingefügt. Er konnte bei ihren Frotzeleien mithalten, ohne sich beleidigt oder außen vor zu fühlen, außerdem spielte er die Viola. Vor ihrer Krankheit hatten sie sich von Zeit zu Zeit zu dritt getroffen, um miteinander zu musizieren. In einem Anflug von Selbstverachtung verzog Lilly das Gesicht. *Waren wir nicht perfekt?* Früher war ihr gar nicht aufgefallen, wie privilegiert sie aufgewachsen war – Bücher, Hausmusik, Au-pair.

Erst als sie Oliver begegnete, kam sie sich reichlich verwöhnt vor. Seine Eltern hatten wenig Geld und noch weniger Interesse an ihrem Sohn. Oliver sprach nicht gerne darüber, deshalb hatte es eine Weile gedauert, bis Lilly erfuhr, dass er als Kind sogar für sein Essen oft genug selbst hatte sorgen müssen. Die Violastunden hatte er als Jugendlicher mit dem Austragen von Zeitungen finanziert. Später arbeitete er als Redakteur bei einem Heimwerker-Magazin, womit er sein zweitliebstes Hobby zum Beruf gemachte hatte. Genau wie Lilly tüftelte er gerne mit verschiedenen Materialien herum.

Die anderen sprachen mittlerweile über die Arbeit. Max war Arzt geworden, wie *seine* Mutter. Beide waren ehrgeizig, nicht etwa des Geldes oder des Prestiges wegen, sondern aus tief empfundener Hingabe. Mit ihrem Einsatz wollten sie für Erkrankte wirklich einen Unterschied machen. War es da ein Wunder, dass Lilly zu ihnen gehören wollte – mit Haut, Haar und DNA? Das Zusammensein mit ihnen hatte sie geformt, und sie wusste nicht, wer sie ohne dieses Gefühl der unbedingten Zugehörigkeit sein sollte.

»Hilfst du mir beim Abräumen?«, fragte ihre Mutter unvermittelt.

Lilly zögerte. Sie hatte nicht vor, sich zu drücken, witterte aber hinter der harmlosen Frage einen Vorwand für ein Krisengespräch. Den Männern musste der gleiche Gedanke gekommen sein, denn anders als sonst sprang keiner von ihnen auf, um mit anzupacken.

Lilly bedachte sie mit einem vernichtenden Blick, bevor

sie umständlich Kuchenteller aufeinanderstapelte. Sie war absolut nicht bereit für eine Aussprache, selbst wenn der riesige Elefant im Raum die Sicht auf alles andere zu versperren drohte. Lillys Gedanken waren zu konfus, um sie in Worte zu fassen.

Als sie durch die Terrassentür das Wohnzimmer betrat, entdeckte sie das neue Bild an der Wand. Von dem abstrakten Farbwirbel ging ein eigenartiger Sog aus. Alle Werke, die dort hingen, stammten von ihrem Vater. Er war talentiert, aber reich wurde er mit seiner Kunst nicht. Allerdings waren sie darauf auch nie angewiesen gewesen, da Lillys Mutter als Chefärztin ausreichend Geld verdiente.

»Du kommst eben mehr nach mir«, hatte ihr Vater gesagt, wenn sie als Kind hingebungsvoll Spielfiguren aus Fimo für selbst erdachte Spiele formte. Wie sehr hatte sie sich über diese Bemerkung gefreut. Sie bewunderte die Kreativität ihres Vaters, und es war ihr nur gerecht erschienen, dass die Gaben der Eltern auf beide Kinder fair verteilt worden waren. Bloß, dass es nicht stimmte. Sie war nicht die Tochter ihres Vaters. Nachdem ihre Mutter jahrelang nicht schwanger geworden war, hatten sie Lilly adoptiert. So viel wusste sie inzwischen.

Hatte sie deshalb als Einzige in ihrer Familie kein Studium abgeschlossen? Was ihr damals wie ein milder Akt der Rebellion vorgekommen war, erschien ihr nun in einem anderen Licht. Sie kannte Max und ihre Eltern zu gut, um zu glauben, sie würden sich für etwas Besseres halten. Aber Lilly kam sich plötzlich vor, als sei sie *weniger wert*.

Die Hände ihrer Mutter zitterten, während sie das Besteck in den Geschirrspüler räumte. Als das Schweigen unerträglich wurde, räusperte diese sich. »Willst du versuchen, sie zu finden?«

Lilly verschränkte die Arme vor der Brust. Sie wusste keine Antwort auf diese Frage.

»Lilly?« Ihre Mutter mied weiter ihren Blick.

»Ist das überhaupt mein richtiger Name?«

»Sie hat dir keinen gegeben. Lilly ist dein erster und einziger Name.«

Während sie miteinander sprachen, sahen sie einander nicht an, sondern starrten durch das Küchenfenster. Früher hätte eine von ihnen einen Witz über die Männer draußen gemacht, die sich mittlerweile sichtlich aufgeregt um die neue Feuerschale versammelt hatten. Sie hatte nämlich einen Auflagering zum Grillen!

»Ich verstehe, dass du wütend bist«, sagte Lillys Mutter leise. »Wir haben den richtigen Zeitpunkt verpasst, immer wieder. Vielleicht waren wir auch feige. Du musst aber wissen, dass wir dich vom ersten Moment an als unsere eigene Tochter geliebt haben. Das weißt du doch, oder?«

»Warum hat sie mich weggegeben?«

Ihre Mutter seufzte. »Genau das wollten wir verhindern; dass du in dem Gefühl aufwächst, jemand habe dich *weg*gegeben. Du solltest dich gewollt fühlen. Wir wissen nicht, warum sie diese Entscheidung getroffen hat. Aber es war ein Fehler, nicht mit dir darüber zu reden. Es tut mir so leid.«

Lily brachte keine Silbe an dem Kloß in ihrem Hals vorbei. Dieses Schweigen musste ihre Mutter als Zurückweisung gedeutet haben, denn als sie fortfuhr, klang sie verzweifelt. »Wenn du sie finden willst, werden wir alles daran setzen, dich zu unterstützen.«

»Okay«, presste Lilly hervor.

»Darf ich dich jetzt bitte umarmen?«

Lilly nickte. Sie ließ zu, dass *Christina* die Arme um sie schlang, ohne die Umarmung wirklich erwidern zu können.

»Ich habe noch etwas für dich«, sagte ihre Mutter danach. »Ich wollte es dir schon früher geben, aber du hast immer abgewiegelt, wenn ...«

Als sie Lillys Blick sah, brach sie ab.

Sie verließ die Küche und kehrte kurz darauf mit einem kleinen, in braunes Papier eingeschlagenen Gegenstand zurück.

»Das hat deine Mutter damals im Krankenhaus zurückgelassen.«

An der Form erkannte Lilly, dass es sich um ein Buch handelte, trotzdem griff sie so behutsam danach, als handele es sich um Porzellan. Mit zitternden Fingern entfernte sie das Papier, doch schon der erste Blick auf den Einband war eine Enttäuschung. Kein Tagebuch, überhaupt nichts Persönliches, sondern irgendetwas Naturkundliches. Lilly klappte das Buch auf, um zu sehen, ob sich noch etwas darin befand, ein Brief zum Beispiel, aber dort war nichts.

»Danke«, murmelte sie pflichtschuldig.

Was hast du erwartet, Lilly? Ein Medaillon mit einer Locke darin wie in einem viktorianischen Drama?

»Vielleicht schaust du es dir in Ruhe zu Hause an«, schlug ihre Mutter vor. Sie sah ihre Tochter eindringlich an. Hatte Lilly etwas übersehen? Falls ja, dann wollte sie alleine sein, wenn sie es fand.

Als sie kurz darauf gemeinsam wieder nach draußen gingen, ließ Lilly das Buch in ihren Rucksack gleiten. Am liebsten hätte sie ihn sich auf der Stelle geschnappt, um mit ihrer Beute in Olivers und ihre Wohnung zu verschwinden. Stattdessen gesellte sie sich wieder zu den anderen. Sie beteiligte sich sogar an den Plaudereien – ohne wirklich bei der Sache zu sein.

Sie schlang die Arme um ihren Oberkörper. *Was mache ich denn jetzt?* Sie nahm ihren Eltern ab, dass sie sie liebten, aber sie konnte es nicht mehr richtig spüren. Ihr altes Selbstvertrauen war das eines Kindes gewesen, das man stets umsorgt, ermutigt und liebevoll verwöhnt hatte. Nun hatte es sich in irgendeinem dunklen Loch verkrochen.

Bekannte von früher hätten sie an dieser Stelle womöglich hüstelnd darauf aufmerksam gemacht, dass etwas weniger Ego nicht von Nachteil sein müsste, denn Lilly war für ihre Willensstärke berüchtigt gewesen. Doch sie selbst fühlte sich in ihrer neuen Haut verloren und hilflos.

Vielleicht unternahm sie am Abend deshalb den Versuch, zumindest die körperliche Distanz zwischen Oliver und sich zu überbrücken. Sie saßen nebeneinander auf dem Sofa, als sie ihn fest an sich zog. Nach kurzem Zögern erwiderte er die Umarmung, doch gleich darauf löste er sich wieder.

»Wie war es für dich?«, fragte er.

Sie versuchte es mit einem Scherz. »Oops, ich habe gar nichts gespürt.«

Natürlich wusste sie, dass er auf den Besuch bei ihren Eltern anspielte und nicht auf imaginären Sex. Echten hatten sie seit gut einem Jahr nicht mehr gehabt. Sie konnte ihm deshalb nicht verdenken, dass ihr Kommentar ihm nur ein müdes Lächeln abrang.

»Ich meinte den Besuch bei deinen Eltern.«

Sie wollte weder über den Nachmittag noch ihre verwirrenden Empfindungen reden. Sie wollte sich in seine Wärme fallen lassen, ihrer beider Körper spüren, an nichts denken. Sie küsste ihn. Es fühlte sich eigenartig an, nicht unangenehm, aber seltsam fremd.

»Was ist?«, fragte sie, als er erneut von ihr abrückte.

»Wir können uns Zeit lassen.«

Vielleicht war sie doch nicht die Einzige, die eine Barriere zwischen ihnen wahrnahm.

Sie stand auf. »Du hast recht. Der Tag war anstrengend. Ich sollte besser schlafen gehen.«

»Willst du, dass ich mitkomme? Dass ich einfach nur neben dir liege?«

Die Zärtlichkeit in seinem Blick war für Lilly kaum zu ertragen. Wie konnte er sie so anschauen, nach allem, was gewesen war? Kein Mann sollte seine Partnerin so sehen, wie er sie gesehen hatte. In einer Endlosschleife gingen ihr Bilder von ihren körperlichen und geistigen Ausfällen durch den Kopf. Sie kamen ihr entwürdigend vor.

»Ich glaube, ich brauche jetzt ein wenig Zeit für mich«, murmelte sie.

»Das verstehe ich«, sagte er.

Etwas anderes hatte sie nicht erwartet.

Im Schlafzimmer setzte sie sich mit angezogenen Knien auf die Fensterbank und schaute eine Weile dem Treiben auf der Straße unter ihr zu. Paare schlenderten eng umschlungen durch die milde Mainacht, ausgelassene Grüppchen strebten lachend und plaudernd auf die nächste Bar zu.

Plötzlich überkam Lilly eine so brennende Sehnsucht,

sich als unbeschriebenes Blatt unter all diese Fremden zu mischen, dass sie beinahe aufgestanden und hinausgelaufen wäre. Doch sie blieb regungslos sitzen, im Grunde immer noch in Schockstarre. Sie hatte Bücher von ehemaligen Krebspatientinnen gelesen, in denen von einer zweiten Geburt die Rede gewesen war. Am Ende des Heilungsprozesses sollte die wahre Persönlichkeit strahlend hervortreten – wie ein Diamant, den man von Lehm und Erde befreit hatte. Falls auch Lilly einen so klaren Wesenskern besaß, verbarg der sich gerade gut. Saß er womöglich hinter dem blinden Fleck auf der Landkarte ihres Lebens?

Lilly ging noch einmal ins Wohnzimmer zurück, um das Buch ihrer *echten* Mutter aus dem Rucksack zu holen. Oliver saß vor dem Fernseher und sah sich eine Historien-Doku an.

»Kannst du nicht schlafen?«, fragte er.

Sie schüttelte den Kopf, während sie das Buch aus der Tasche nahm. »Obwohl ich echt hundemüde bin. Ich werde noch ein oder zwei Seiten lesen, bestimmt schlafe ich dann gleich ein.« Sie gähnte demonstrativ.

»Dann schlaf gut«, erwiderte er sanft.

Im Schlafzimmer setzte sich Lilly wieder auf die Fensterbank und blätterte durch die Seiten des Buches. Es war mit hübschen, nostalgischen Zeichnungen der Schmetterlinge ausgestattet, um die sich alles darin drehte. Erst nach mehrmaligem Durchblättern entdeckte sie auf der zweiten Seite einen in krakeliger Handschrift verfassten Eintrag: Valentina Peruvio, Monte Capanne, 1996.

Die Notiz war also höchstens ein Jahr älter als Lilly. *Valentina*. Lilly zog die Bögen und Linien mit den Fingern nach, stellte sich vor, auf diese Weise zu dem Zeitpunkt reisen zu können, an dem die Worte durch den Füller der Frau aufs Papier geflossen waren. Weshalb war es Valentina wie eine richtige Entscheidung vorgekommen, ihr Baby zurückzulassen? Lilly wusste, dass sie keine Ruhe finden würde, ehe sie die Wahrheit kannte. Statt sich im Bett zu verkriechen, schlich sie ins Arbeitszimmer und fuhr den Rechner hoch. Sie rechnete nicht ernsthaft damit, noch an diesem Abend auf etwas Hilfreiches zu stoßen, doch dann landete sie so schnell einen Treffer, dass ihr der Atem stockte: Valentina Peruvio, Leiterin eines Schmetterlingsparks auf Elba. Der Name kam nicht häufig vor, und die Wahrscheinlichkeit, dass sich gleich zwei seiner Trägerinnen für Falter begeisterten, musste noch geringer sein. Außerdem lag der Schmetterlingspark nicht weit entfernt vom Monte Capanne, dem höchsten Berg Elbas, wie Lilly nach einem kurzen Wikipedia-Ausflug herausfand. Sie war mit ihrer Familie ein paar Mal in der Toskana gewesen, aber nie auf den Inseln. Die Umrisse Elbas auf der Karte ähneltem einen Fisch. Ganz oben am Kopf befand sich der Monte Capanne.

Lilly klickte die Bildersuche an, weil sie hoffte, auf ein Foto von Signora Peruvio zu stoßen, fand aber zu ihrem Bedauern keines. Dafür entdeckte sie auf der Seite einer einheimischen Tageszeitung ein halbwegs aktuelles Interview, in dem die Forscherin über das Verschwinden alter sowie das Auftauchen neuer Schmetterlingsarten und den Klimawandel sprach. Hinter ihrem Namen wurde in Klammern das Alter aufgeführt. Sie war neunundvierzig Jahre alt. Sollte sie die Richtige sein, wäre sie zum Zeitpunkt von Lillys Geburt neunzehn gewesen. Vielleicht hatte sie sich zu jung für ein

Baby gefühlt. Bereute sie inzwischen, ihr Kind weggegeben zu haben? Was, wenn sie ebenfalls nach ihrer Tochter suchte?

Lilly kehrte auf die Homepage des Schmetterlingsparks zurück. Probehalber klickte sie den Namen der Eigentümerin an, woraufhin sich sofort das E-Mail-Programm öffnete. Es wäre so einfach, Kontakt zu Valentina Peruvio aufzunehmen. Lilly lenkte den Cursor auf die Betreffzeile. Dort ließ sie ihn eine ganze Weile verharren. Was sollte sie schreiben? *Bist du meine Mutter?* Seufzend schloss Lilly die Seite und fuhr den Rechner herunter. So viel es ihr bedeutete, Klarheit zu gewinnen, war Lilly sich keineswegs sicher, ob das Wissen ihr weiterhelfen oder sie vollends aus der Bahn werfen würde.

Valentina

*I*st es nicht das, was zählt?«, sagte Gino, als er Valentina bei ihrem nächstem Besuch sein Handy vor die Nase hielt, damit sie ein Foto seines neuen Enkelkindes begutachtete.

»Was genau?«, fragte sie.

»Es ist schön zu sehen, dass man etwas hinterlässt.«

»Sehr süß, der Kleine«, murmelte sie.

Ginos Worte und der Anblick des friedlich schlafenden Babys versetzten Valentina einen Stich. In einer weit entfernten Vergangenheit, die sich wie ein anderes Leben anfühlte, hatte sie geglaubt, *das* würde auch Teil ihrer Zukunft sein. Andererseits hatte sie die Entscheidung gegen eine Familie nie wirklich bereut. Erst in letzter Zeit schlich sich immer wieder die Frage ein: *Und was hinterlasse ich?*

Der Gedanke verfolgte sie für den Rest des Abends und trieb sie an, endlich ihrem alten Institut zu schreiben. Seit ihrer Entdeckung war gut eine Woche vergangen, und sie war sich inzwischen sicher, dass es sich bei *ihrem* Schmetterling wirklich um einen Libellenschwärmer handelte. Sie hatte einen seiner Flügel mit einem Stift markiert und ihn danach in die Freiheit entlassen. Schon am folgenden Tag war er zu ihr zurückgekehrt. Das musste doch etwas zu bedeuten haben? Vor allem die roten Lichtnelken hatten es ihm angetan. Taubenschwänzchen kehrten oft zu einmal entdeckten reichen Nektarquellen zurück, und ihre Verwandten schienen es ebenso zu halten. Vielleicht blieb ihr auferstandener Freund dann ja auch seinem Ruheplatz treu, wie es seine Artgenossen manchmal ein ganzes Leben lang taten. Das konnte immerhin drei bis vier Monate andauern. Nicht übel für einen Schmetterling.

Womöglich würde das Tier Valentina also den ganzen Sommer über begleiten. *Nicht den ganzen*, korrigierte sich Valentina, aber vielleicht während der Wochen, die ihr blieben.

Wenn sie in morbider Stimmung war, dachte sie darüber nach, wie sie den Abend vor ihrem Geburtstag verbringen würde. Auf jeden Fall würde sie sich vom Meer fernhalten. Bei der Vorstellung zu ertrinken grauste es ihr. Ach! *Kein Selbstmitleid*, hörte sie die Stimme ihrer Mutter im Ohr. Valentina hatte die Ratschläge ihrer Mutter immer beherzigt. Sie würde sich nicht gegen das Unabwendbare stemmen, sondern es tapfer wie ein Gladiator in der Arena annehmen.

Trotzdem stand Valentina der Sinn nach ein wenig Gesellschaft, die sie auf dem letzten Stück ihres Weges begleitete – bis sie die Welt so alleine verlassen würde, wie sie auf ihr gelandet war. *Fängst du schon wieder mit dem sentimentalen Quatsch an!*

Am Tag zuvor hatte sie doch tatsächlich ihren Schwärmer eingefangen, um ihn fortan und trotz ihres schlechten Gewissens im Wintergarten zu halten. *Schäm dich, Valentina.* Manchmal redete sie sogar mit dem Tier. Nicht, dass sie auch nur eine Sekunde annahm, der Falter würde sie verstehen. Ihr war selbstverständlich bewusst, dass es sich um einen einseitigen Austausch handelte. Aber was machte das schon? Zu glauben, dass es sich mit der eigenen Art anders verhalten würde, hatte sich in ihrem Leben oft genug als Illusion ent-puppt.

Nachdem Valentina die E-Mail an die Universität abge-schickt hatte, war sie erschöpft von der Suche nach passen-den Worten. Auf keinen Fall wollte sie dem Empfänger ei-nen Grund liefern, an ihrer Professionalität zu zweifeln. Am Ende hatte ihre Nachricht kaum mehr als fünf Zeilen, doch hatte Valentina sich beim Verfassen derart verausgabt, dass sie zum ersten Mal seit Wochen eine Nacht durchschlief.

Sie schlief so lange, dass sie sich am Morgen beeilen musste, um den Park gerade noch rechtzeitig zu erreichen, bevor ihre Mitarbeiter oder die ersten Gäste eintrafen. Dort angekommen, nahm sie sich der neuen Lieferung an. Re-gelmäßig trudelten bei ihr kleine Styroporschachteln aus Asien ein, in denen sich Puppen befanden. Die vorhandenen Schmetterlinge vermehrten sich nicht ausreichend, um die Häuser zu füllen. Valentina schaute, welche der neuen Pup-pen sie benötigte, und bewahrte die überzähligen Exemplare gut gekühlt auf, um sie zu einem späteren Zeitpunkt schlüp-fen zu lassen.

Die ausgewählten Puppen fädelte sie vorsichtig auf, um sie so an den Tauen zu befestigen.

Danach schritt sie die Holzstege ab, die sich inmitten des üppigen Grüns durch die Häuser schlängelten. Sie nahm jede Pflanze in Augenschein, um Krankheiten oder andere Auf-fälligkeiten rechtzeitig zu erkennen. Manche der Gewächse wehrten sich gegen ihre Jäger. Die Pfefferpflanze etwa täuschte ihren Tod vor, wenn sich so viele Generationen von Raupen von ihr ernährt hatten, dass es ihr Überleben gefähr-dete. Sie warf dann ihre Blätter ab. Die gefräßigen Larven fanden keine Nahrung mehr, im schlimmsten Fall verhungerten sie.

Da man sich jederzeit neue Puppen liefern lassen konnte, achteten nicht alle Parkbetreiber so penibel wie Valentina darauf, dass es für jede Art passende Pflanzen gab. Ihr aber war es wichtig, dass die Tiere sich fortpflanzen und Eier legen konnten. Und das taten sie nun einmal auf den jeweiligen Futterpflanzen ihrer Nachkommen. Viele Raupen waren äußerst wählerisch bei der Nahrungsauswahl. Stießen sie nicht auf *ihre* Pflanze, konnten sie inmitten des Wildwuchses verhungern.

Valentina legte außerdem Wert darauf, keine Puppen von den ganz großen Farmen zu ordern, auf denen Menschen und Tiere ausgebeutet wurden. Valentinas Exemplare stammten von kleinen Familienbetrieben, die es besser machen wollten. Das war teurer und einer der Gründe, warum Valentina mit ihrem Park gerade so über die Runden kam.

Als ihr einfiel, dass an diesem Vormittag wieder eine Schulklasse bei ihr einfallen würde, ächzte sie leise.

Es wurde Zeit, dass sie eine neue Giovanna fand. Es war wichtig, die Menschen von klein auf für die Natur zu begeistern, um sie dazu anzuspornen, diese zu bewahren. Insgeheim fragte Valentina sich allerdings, warum man manche erst dazu animieren musste. *Ein Funken Verstand sollte genügen, um zu erkennen, dass wir ebenso abhängig von der Natur sind, wie sie von uns ist.*

Fairerweise musste sie zugeben, dass die Jüngeren dies oft besser erfassten als die Alten. Dennoch war es ihr ein Graus, die Alleinunterhalterin zu geben.

Der Anblick der Runde nahm ihr den letzten Elan. *Teen-*

ager! Jungs in dem Alter hörten nicht zu. Sie machten lieber Lärm und hohle Sprüche.

»Was stinkt hier denn so?«, fragte einer von ihnen naserümpfend, kaum dass er das erste Glashaus betreten hatte.

»Ich vermute mal, du meinst das Obst. Es gärt«, erwiderte Valentina trocken.

»Können Sie sich nichts Frisches leisten?«, wollte er wissen.

Seine Freunde lachten. Dass der Lehrer sie ermahnte, stachelte die Jungs bloß an, sich noch alberner zu verhalten. Valentina zwang sich, gelassen zu bleiben. Sie hatte zwar keine Söhne, wusste aber, dass diese armen pickeligen Wesen, die sich so gerne stark fühlen wollten, nichts weiter als Opfer der Natur waren. Dennoch verspürte sie keinerlei Interesse, sich mit diesen Hormonschleudern auseinanderzusetzen.

»Den Tieren wäre es lieber, wir würden das Obst noch viel länger liegen lassen«, sagte sie. »Aber mir wurde gesagt, dass ich das den Gästen nicht antun kann. Anscheinend trifft das zu. Ihr seid offenbar sehr sensibel.«

Der Junge stutzte kurz, dann sah er sie misstrauisch an. Offenbar ging ihm gerade auf, dass sie ihn als zu weich für fauliges Obst bezeichnet hatte. Bevor er einen bissigen Kommentar absondern konnte, mischte sich der Lehrer ein.

»In fauligem Obst ist viel Zucker und Alkohol enthalten«, sagte er.

Valentina nickte. »Genau.«

Der Junge johlte auf und zeigte auf zwei ungestüm wirbelnde Falter. »Die sind alle besoffen!«

Valentina zwang sich, nicht die Augen zu verdrehen. »Wohl kaum. Sie brauchen gerade einmal eine Viertelstunde, um 1,5 Promille Alkohol abzubauen, das sind etwa drei Gläser Wein, du bräuchtest dafür gut 15 Stunden. Wenn du schon Alkohol trinken dürftest, meinte ich.«

Sie verzog die Lippen zu einem süffisanten Lächeln. Vermutlich war sie rein pädagogisch betrachtet eine ziemliche Katastrophe. Sie brauchte wirklich dringend Unterstützung für diese Aufgabe. Gleich am Abend würde sie eine Anzeige schalten.

Lilly

*W*as, wenn Wasser wirklich dünner als Blut ist?«, fragte Lilly.

Oliver dachte eine ganze Weile darüber nach. »Ich nehme an, das ist jetzt keine physikalische Frage?«

Sie schüttelte den Kopf. »Du weißt genau, was ich meine.«

Bevor er weitersprach, zögerte er erneut. »Um ehrlich zu sein, habe ich nie verstanden, was der Satz bedeuten soll. Soweit ich weiß, stammt er daher, dass man in alttestamentarischen Zeiten wichtige Verträge mit Blut unterzeichnet hat. Scheint mir ein wenig überholt zu sein.«

Lilly sah ihn ungläubig an.

Seine Macke, unnützes Wissen zu horten, hatte sie stets mit amüsierter Zärtlichkeit erfüllt, doch diesmal stöhnte sie innerlich auf.

Andererseits war es nicht verwunderlich, dass Oliver ihre Ansichten nicht teilte. Sie wusste, dass er sich als Kind immer wieder ausgemalt hatte, dass seine Eltern gar nicht seine wirklichen Eltern wären. Wie jedes Kind hatte er sich nach Menschen gesehnt, die ihn bedingungslos liebten und ihn umsorgten. In seinem Fall war es deshalb eher Pech gewesen, dass – anders als bei Lilly – seine Eltern seine wahren Eltern geblieben waren, in all ihrer Lieblosigkeit.

Nie zuvor hatte sie sich an Olivers Seite einsam gefühlt, doch nun tat sie es, da sie ihre widerstreitenden Empfindungen mit ihm nicht so teilen konnte, wie sie es gebraucht hätte. Seine Zuneigung zu ihrer Familie hatte in diesen Tagen eine unliebsame Wirkung auf Lilly. Sobald er ihren Vater oder ihre Mutter zu verteidigen versuchte, witterte sie darin einen Vorwurf. Aber sie wollte sich wegen ihrer Vorbehalte nicht wie eine Verräterin fühlen, wo man doch eigentlich *sie* hintergangen hatte.

Zärtlich strich er ihr eine Haarsträhne aus dem Gesicht und pustete sanft auf ihre Stirn. »Entschuldigung, das war nicht sehr feinfühlig.«

»Sie hätten mir die Wahrheit sagen müssen«, sagte Lilly.

Diesmal widersprach er nicht. »Natürlich willst du mehr über deine Eltern wissen. Wenn du mich lässt, unterstütze ich dich dabei. Aber was, wenn du am Ende herausfindest, dass Blut einfach nur Blut und Wasser mindestens so lebensnotwendig ist?«

Da sie keine Antwort auf diese Frage wusste, zuckte sie mit den Schultern. »Dann weiß ich es halt. Wahrscheinlich werde ich ohnehin nichts unternehmen.«

»Ach, Lilly. Wir wissen doch beide, dass du nicht zur Ruhe kommst, bevor du es getan hast. Du wirst dich immer fragen, wer sie sind und was damals geschehen ist.«

Damit lag er natürlich richtig. Auch ihre Freundin Tanja hatte ihr geraten, mehr über ihre Eltern herauszufinden – ohne sich davon zu viel zu versprechen. Leichter gesagt als getan.

Seit Tagen surfte Lilly durchs Internet, um Fotos von Elba zu betrachten. Immer wieder sah sie sich Aufnahmen der Gegend an, in der Valentina Peruvio lebte. Ihr Herz klopfte wild, sobald sie Bilder vom Monte Capanne und dessen Umgebung betrachtete. Konnte einem auch eine Landschaft im Blut liegen – so wie etwa eine Begabung für Sprachen oder ein Mangel an Empathie?

Vielleicht wollte sie auch nur unbedingt irgendetwas entdecken, einen Anker auswerfen. Dabei war der vertraute Hafen der sicherste. Vielleicht sollte sie weitermachen wie bisher, bis sie wieder in ihre Rolle fand.

Fast hatte sie sich selbst davon überzeugt, als an einem Freitagabend Yvonne, eine Kollegin von Oliver, vor der Tür stand. Lilly hatte ihren Namen ein paarmal gehört, aber die junge Frau nie zuvor gesehen.

Yvonne sah beim Eintreten verlegen über Lillys Schulter hinweg zu Oliver. »Ich wollte das Buch abholen. Aber vielleicht passt es gerade nicht?«

»Unsinn, komm rein«, sagte Oliver lächelnd. Dann wandte er sich Lilly zu. »Yvonne braucht ein Buch über Holzarbeiten. Ich habe angeboten, es ihr auszuleihen.«

»Klar«, murmelte Lilly.

»Wollen wir uns in die Küche setzen?«

Yvonne wirkte zögerlich. »Aber viel Zeit habe ich nicht. Nur ein Glas Wasser oder eine Limo, falls ihr eine dahabt.«

Oliver berührte Lillys Hand. »Gesellst du dich zu uns?«

Sie zwängten sich gemeinsam in die kleine Küche, setzten sich an den Esstisch und tranken Holunderbeerlimonade.

»Du willst mit Holz arbeiten?«, fragte Lilly die unerwartete Besucherin freundlich.

»Mhm. Mal schauen, ob ich das hinbekomme.«

Lilly gegenüber verhielt Yvonne sich seltsam verdruckst, doch sobald sie sich unbeobachtet fühlte, sah sie mit unverhohlener Sehnsucht zu ihrem Kollegen hinüber.

Lillys Anwesenheit schien Yvonne überrumpelt zu haben. War es das erste Mal, dass sie hier zu Besuch war? Oder hatten Oliver und sie sich häufiger getroffen? Hatte sie sich gar bereits als Witwertrösterin betrachtet?

In Olivers Reaktionen fand Lilly nichts Verdächtiges, nur unverbindliche Sympathie. Bislang schien ihm entgangen zu sein, wie *sehr* seine Kollegin ihn mochte. Das eindeutige Leuchten in den Augen der anderen Frau versetzte Lilly einen Stich. Es war keine echte Eifersucht, eher der Gedanke, dass Oliver es verdient hatte, auf genau diese Art angesehen zu werden. Diese Eingebung erfüllte sie mit banger Wehmut.

»Sie ist nett«, sagte sie, nachdem Yvonne gegangen war. *Und sehr hübsch. Und jünger als ich. Unbelastet.*

Er lächelte. »Das ist sie – und vor allem sehr engagiert. Sie hat ganz alleine einen Van ausgebaut. Der ist richtig toll geworden.«

Wieder krampfte sich etwas in Lilly zusammen. »Du hast ihn gesehen?«

»Klar, sie ist damit mal bei der Arbeit vorgefahren, da wollte ich ihn mir natürlich ansehen«, sagte er. »Ich habe mir vorgestellt, wie du und ich mit so einem Ding ganz Europa erkunden. Irgendwann vielleicht sogar mit unseren Kindern.«

Lilly sackte in sich zusammen. Oliver wollte immer noch eine Familie mit ihr gründen. Kurz vor dem Ausbruch der Krankheit hatte sie die Pille abgesetzt. Sie hatten sich vorgestellt, mindestens zwei Kinder zu bekommen. Leni und Ben. Oder Leni und Pippa. Oder Ben und Henry. Oder noch lieber alle vier. Doch nun war alles anders. Sie war eine andere. Es ließ sich nicht genau sagen, ob es an der Krankheit selbst oder an der Chemotherapie lag, aber seit einer ganzen Weile war ihre Menstruation ausgeblieben. Ihre Ärztin hatte ihr keine falschen Hoffnungen machen wollen. Es war sehr gut möglich, dass sie niemals eigene Kinder bekommen würde. Sie konnte es Oliver nicht sagen. Er würde behaupten, dass es ihm nichts ausmachte. Doch vielleicht kannte sie ihn ja besser als er sich selbst.

Oliver sollte mit jemandem zusammen sein, der ihm geben konnte, wozu sie nicht in der Lage war. Er würde bestimmt ein großartiger Vater werden. Rasch blinzelte sie die Tränen in ihren Augenwinkeln weg. »Ich bin müde. Ich ziehe mich ein wenig zurück, in Ordnung?«

Vermutlich erlebte er gerade ein Déjà-vu, wo er in den vergangenen Tagen doch kaum etwas anderes zu hören bekommen hatte. Oder sprach man dann von einem Déjà-écouté?

Sie rechnete es ihm hoch an, dass er nicht den kleinsten Anflug von Gereiztheit zeigte. Dabei floh sie förmlich aus seiner Nähe.

Vollständig angezogen warf sie sich im Schlafzimmer aufs Bett und ließ den Tränen freien Lauf, bis sie sich ganz ausgetrocknet fühlte. Sie hatte lange nicht mehr geweint und vergessen, wie gut es tun konnte, alles herauszulassen. Danach war sie bereit, noch einmal die Internetseite des Schmetterlingsparks aufzurufen, um endlich eine E-Mail an Valentina Peruvio zu verfassen.

Sie hatte nicht damit gerechnet, auf der Seite noch etwas Neues zu entdecken, aber dann öffnete sich beim Aufrufen der Homepage ein Pop-up-Fenster mit einer Stellenanzeige. Das musste ein Zeichen sein! Und bevor sie darüber nachdenken konnte, hatte sie sich schon auf die Stelle beworben.

Gut eine Woche später stand Lilly auf der Fähre, die sie vom toskanischen Festland zur Insel Elba bringen sollte. Ihre Finger umklammerten den Schmetterlingsanhänger an der Kette um ihren Hals. Es war kein teures, für sie aber umso wertvolleres Schmuckstück. Oliver hatte es ihr während ihres ersten gemeinsamen Urlaubs geschenkt. Auf ihrer Bulli-Tour durch die italienischen Alpen hatten sie es in einem winzigen Laden in Bordano entdeckt, wo es ebenfalls ein Schmetterlingshaus gab. Lilly hatte sich sofort in die filigrane Arbeit verliebt, und für ihr jetziges Ziel wäre kaum ein passenderes Amulett aufzutreiben. Sie dachte nicht daran, sich von dieser Erinnerung zu trennen, nur weil sie ihrer Beziehung gerade den Todesstoß versetzt hatte.

»Wie lange bleibst du?«, hatte er gefragt.

»Ich weiß es nicht genau.«

Sofort nachdem Valentina ihr geantwortet hatte, war Lilly klar gewesen, dass sie nach Elba reisen würde. Sie hatte in der Bewerbung behauptet, während der nächsten Zeit ohnehin auf der Insel zu sein, weil sie befürchtete, sonst keine Chance auf die Stelle zu haben. Wer lud schon eine Bewerberin aus dem Ausland ein, wenn es nur um einen Aushilfsjob ging? Falls sie die Stelle bekam, umso besser. Falls nicht, wollte sie trotzdem dort sein, um die Frau kennenzulernen, die ihr Kind in einem anderen Land zurückgelassen hatte. Es war für Lilly zugleich der perfekte Vorwand, sich für eine Weile aus allem rauszuziehen und darüber nachzudenken, wie ihre Zukunft aussehen sollte. In Hamburg konnte sie gerade keinen klaren Gedanken fassen. Sie hatte sich ein Appartement in der Nähe des Schmetterlingsparks gemietet, erst einmal für vier Wochen.

Oliver hatte sie zum Abschied geküsst, so intensiv, als ahnte er, dass er sie womöglich das letzte Mal in den Armen hielt. Sie erwiderte seinen Kuss mit der gleichen Verzweiflung, bis ihr wieder einfiel, was ausgesprochen werden musste. Doch es kostete sie all ihre Kraft, einen Schritt zurückzutreten, um es ihm zu sagen. »Ich bin dir nicht böse, wenn du nicht auf mich wartest.«

Irgendwie war es ihr gelungen, die Worte herauszubringen, ohne eine Träne zu vergießen. In der Nacht zuvor hatte sie diesen Moment immer wieder durchgespielt, es hatte beinahe etwas Masochistisches. Am Ende hatte sie sich gegen einen ausschweifenden Vortrag entschieden. Je weniger sie sagte, desto geringer war das Risiko, dass ihre Stimme den Aufruhr in ihrem Innern verriet.

Oliver trafen ihre Worte vollkommen unvorbereitet. Die Verletztheit in seinem Blick, roh und wild, durchfuhr Lilly. Er ahnte nicht, dass dies ein letzter Liebesdienst an ihm war und wie oft sie diesen einen Satz in ihrem Kopf wiederholt hatte, um ihn so monoton runterrattern zu können.

Ihr Entschluss, Oliver loszulassen, hieß jedoch nicht, dass sie ihn jemals vergessen konnte oder auch nur wollte. Auf einer Mission mit ungewissem Ausgang trug sie das Schmuckstück von ihm wie ein Banner.

Ihr fiel wieder ein, wie er sie vor ein paar Jahren zum ersten Mal ins Arbeitszimmer ihrer frisch gemieteten gemeinsamen Zweieinhalb-Zimmer-Wohnung geführt hatte. Der Vermieter hatte ihm erlaubt, darin bereits zwei Wochen vor Einzug ein paar Arbeiten zu verrichten.

Das Ergebnis hatte Lilly umgehauen. Er hatte das halbe Zimmer, einen winzigen Schlauch, in ein magisches Reich für Lillys Projekte verwandelt. Er selbst benötigte keinen eigenen Raum für seine Arbeit, da er dafür meistens in der Redaktion saß.

Lilly brachte keinen Ton hervor, während sie sich umschaute.

»Ich wollte dich nicht überrumpeln«, sagte er hastig. »Wenn es dir nicht gefällt, können wir alles ändern. Und natürlich kannst du stattdessen auch weiter auf dem Wohnzimmerfußboden arbeiten.«

»Danke«, flüsterte sie beinahe ehrfürchtig und fiel ihm um den Hals.

Unter der Decke rankten sich – von künstlichem Efeu umschlungen – echte Zweige, die aus dem Baum zu sprießen schienen, den Oliver an eine der Wände gemalt hatte. Als Lilly den Deckel einer alten Truhe in einer Ecke des Raums anhob, sah sie sich selbst unzählige Male in einem Spiegelkabinett, das sie später für einfallsreiche Social-Media-Fotos verwendete. Sogar für ihren heißgeliebten Sekretär, den sie in einem Antiquitätengeschäft von ihrem ersten Vorschuss ergattert hatte, hatte er sich etwas einfallen lassen. Er hatte den an vielen Stellen abgeplatzten Lack erneuert und eine goldene Schale auf die Tischplatte gestellt. Sie war gefüllt mit zuckersüßen roten Lokumwürfeln, wie sie die Königin von Narnia dem kleinen Edmund serviert hatte, um ihn in ihr Reich zu locken. All diese Mühen rührten Lilly umso mehr, da Oliver im Gegensatz zu ihr mit phantastischen Welten wenig am Hut hatte.

»Danke«, wiederholte sie immer wieder.

»Ist doch nur ein bisschen Holz und Farbe«, murmelte er.

Den Heiratsantrag hatte er ihr kurz vor ihrer Krankheit

mit einer aufwendigen Replik von Galadriels Ring gemacht, denn mehr als alles andere liebte sie »Der Herr der Ringe«, das Buch genauso wie die Filme.

Das Drumherum seines Antrags hielt er dafür umso schlichter. Er war keiner von denen, die auf offener Straße vor seiner Auserwählten knien würden. Rosenblüten und Kerzenmeere entsprachen nicht seinem Temperament. Ebenso wenig glichen Lillys Vorstellungen von Romantik den klischeehaften Bildern. Stattdessen lief es folgendermaßen ab: Sie saßen nebeneinander auf dem Sofa, um ihre aktuelle Binge-Serie »Ted Lasso« zu streamen. Es ertönte bereits die Titelmelodie, als er ihr das Schmuckstück vor die Nase hielt. »Willst du?«

»Klar«, erwiderte sie und steckte sich den Ring an. Immerhin besiegelten sie das Versprechen noch mit einem innigen Kuss, bevor sie aneinandergekuschelt dabei zusahen, wie die von Hannah Waddingham und Jason Sudeikis gespielten Figuren sich anstrengten, den AFC Richmond auf Vordermann zu bringen. Dazu knabberten sie Chips direkt aus der Tüte.

»Vielleicht hätte ich wenigstens Champagner besorgen sollen«, sagte Oliver hinterher.

»Der macht nur Kopfweh. Wollen wir stattdessen auf dem Balkon noch ein Bier trinken?«

Lachend zog er sie fest an sich. »Klingt perfekt.«

Auch wenn andere es für altmodisch hielten, entschieden sie sich für einen gemeinsamen Nachnamen. Nach der Hochzeit wollten sie beide Morgenroths sein. Lilly hing an dem Namen ihrer Familie, wohingegen es Oliver nur recht war, das schmucklose Becker hinter seinem Vornamen abzulegen.

Mit einem Seufzer kehrte Lilly in die Gegenwart zurück. Sie schloss die Augen, um sie vor den grellen Reflexen der Sonne auf dem Wasser zu schützen.

War sie nun eine Lilly *Peruvio*? Nicht nach deutschem Recht, aber wie sah es mit dem Herzen aus? Um das herauszufinden, würde sie sich die Frau erst einmal genauer ansehen. Schon am folgenden Tag würde Lilly die Gelegenheit haben, einen Eindruck von Valentina Peruvio zu gewinnen – bei ihrem Vorstellungsgespräch. Sie hoffte, dass sie die Stelle ergattern würde. So könnte sie die andere in deren Alltag erleben und sich ein realistisches Bild verschaffen. Es widerstrebte Lilly preiszugeben, wer sie war, bevor sie nicht wusste, wer ihr da eigentlich gegenüberstand.

Vielleicht würde sie ja auch ihrem Vater begegnen. Hatten die beiden womöglich noch weitere Kinder? *Echte Geschwister*. Mit einem Anflug von schlechtem Gewissen dachte Lilly daran, wie sehr Max dieser Gedanke vor den Kopf stoßen würde.

Der Hafen der Inselhauptstadt Portoferraio kam in Sicht. Die in Erd- und Rosatönen gestrichenen Häuser hätten auch in jedem anderen italienischen Küstenort stehen können. Aus der Ferne entdeckte Lilly nur wenige Bausünden, die den lauschigen Eindruck hätten trüben können. Alles war so, wie man es sich wünschte; das Wasser indigoblau, der wolkenlose Himmel leuchtete aquamarinblau. Neben Lilly stand ein Touristenpaar, das bei diesem Anblick Laute des Entzückens von sich gab. Es ging doch nichts über erfüllte Erwartungen.

Lilly kämpfte derweil vergeblich gegen das mulmige Gefühl in ihrem Innern an. Sie musste sich eingestehen, dass es sich bei ihrem mutigen Aufbruch zugleich um eine feige

Flucht handelte. Nachdem sie dem Tod von der Schippe gesprungen war, sollte ihr die vor ihr liegende Herausforderung weniger zusetzen. Aber es kam ihr so vor, als wäre sie dabei, sich zu häuten. Die neue Hülle begann gerade erst zu wachsen und war noch zu empfindlich und blass für das Tageslicht.

Was machst du hier?

Beim Verlassen der Fähre setzte sie einen Fuß vor den anderen. Sie war noch nicht bereit, die letzte Etappe ihrer Fahrt anzutreten. Stattdessen erkundete sie den Hafen, bummelte gemächlich in Richtung des Torre della Linguella. Im Reiseführer hatte Lilly gelesen, dass der Turm früher unter anderem als Gefängnis gedient hatte. Sogar ein späterer italienischer Präsident hatte hier eingesessen, Sandro Pertini, nachdem Mussolinis Schergen den Sozialisten festgesetzt hatten. Das robuste Bauwerk inmitten der alten Stadtbefestigung hatte eine eigentümliche achteckige Form, fast breiter als hoch, eigentlich zu niedrig für einen Turm. Die Öffnungen in dem Stein waren winzig. Darin musste es schrecklich dunkel und beengt gewesen sein. Sie stellte sich vor, allein im Turm zu sitzen und kaum etwas zu sehen, nur zu hören, wie das Wasser von außen gegen die Steine schwappte. Lilly entschied umzukehren, denn eigentlich wollte sie nichts lieber, als ihren Rücken von dem schweren Trekkingrucksack zu befreien und sich auf ein bequemes Bett zu werfen. Bis zum Vorstellungsgespräch blieben ihr nicht einmal mehr vierundzwanzig Stunden, und sie wollte ihrer mutmaßlichen Mutter nicht völlig erschöpft gegenübertreten. Mit Hilfe des Navis auf ihrem Handy fand sie schnell die Haltestelle, von der aus der Bus nach Marciana Alta am Fuße des Monte Capanne fuhr.

Das Dorf, an dessen Rande sich der Schmetterlingspark

befand, war nicht weit von Marciana Alta entfernt. Lilly hatte beim Betrachten der Karte außerdem einen nahegelegenen Wanderweg namens Santuario delle Farfalle, Heiligtum der Schmetterlinge, entdeckt. Vielleicht war der Park deshalb in dieser abgelegenen Gegend eröffnet worden.

Erst einmal musste sie jedoch eine gut einstündige Busfahrt hinter sich bringen. Nicht viel, wenn man bedachte, dass sie mittlerweile gut vierundzwanzig Stunden in öffentlichen Verkehrsmitteln gesessen hatte. Flugzeuge gehörten zu den Dingen, die ihr nicht mehr geheuer waren, auch wenn sie vorgegeben hatte, allein aus ökologischen Gründen nicht zu fliegen.

Sie war von Hamburg aus mit der Bahn in die Toskana gereist, mit vielen Unterbrechungen, vor allem in Deutschland. »Unbefugte Person auf den Gleisen.« »Polizeieinsatz auf den Schienen (wegen eines Gefängnisausbruchs).« »Technische Störung.« »Erhöhtes Personenaufkommen.« Am Ende hatte Lilly alles durch. Aber es erschien ihr irgendwie passend, wie mühsam sie vorankam. Es *war* eine weite Reise für sie, in jeder Hinsicht. Sie hatte auf der Strecke niedersächsische Felder, die Alpen, die türkis glitzernde Schönheit des Luganer Sees hinter sich gelassen – und vieles andere außerdem.

Gerade passierte der Bus zahlreiche kleine Badeorte, bis er in Marciana Marina der Küste die Rücklichter zuwandte, um gemächlich den Berg bis nach Marciana Alta hinaufzutuckern. Lilly entdeckte in der Ferne eine Ansammlung heller Häuser mit terracottafarbenen Dächern inmitten grüner Hügel und rechnete fest damit, dass sie in den Gassen auf grün gestrichene Fensterläden und mittelalterliche Stadttore stoßen würde. Diese Annahme erwies sich bei ihrer Ankunft als zutreffend, wohingegen sie die Länge ihres Fußwegs unterschätzt hatte. Beim Blick auf die Karte hatte sie nicht berücksichtigt, dass man in den Bergen nicht der Luftlinie folgen konnte. Sie schnaufte, während sie mit dem schweren Gepäck auf dem Rücken die steile Straße hinauflief. Ein paar Mal fluchte sie, aber sobald sie einmal erschöpft innehielt, gab ihr der Ausblick auf die Hänge und das Meer unter ihr neuen Auftrieb.

Was sie sah, war schön. Einfach nur schön. Sie konnte sich nicht vorstellen, dass irgendjemand nicht von den Farben und dem Licht berührt wurde. Hier hätte sie also aufwachsen können, falls sie richtiglag, was Signora Peruvio anging.

Lilly versuchte, sich diese andere Kindheit auszumalen, in der Italienisch ihre Muttersprache gewesen wäre und sie jeden Tag aufs Meer geblickt hätte. Es gelang ihr nicht. Es war unmöglich, sich etwas vorzustellen, ohne durch den Filter der eigenen Erfahrungen zu blicken, die Lilly nun einmal größtenteils in Hamburg und auf Deutsch gemacht hatte. Sie fragte sich, wie weit sie schon als Neugeborene von alledem hier entfernt gewesen war. Hatte ihre Mutter von Anfang an vorgehabt, ihr Kind wegzugeben, oder es aus einem Impuls heraus entschieden? Was hatte sie ausgerechnet nach Deutschland verschlagen?

Der Schweiß rann mittlerweile in Bächen über ihre Haut und ließ ihre Kleidung daran festkleben. Endlich erreichte sie die zypressengesäumte Auffahrt, die sie von den Fotos im Internet kannte. Der Weg, der von der Hauptstraße abging, führte zu einem Landhaus, das einem kitschigen Aquarellbild hätte entsprungen sein können.

An der Rezeption war niemand. Auf dem Tresen lagen

eine rote Fahrradklingel mit weißen Punkten sowie ein Zettel, auf dem auf Italienisch stand »Bitte Klingeln.«

Bevor sie dazu kam, trat ein freundlich aussehender Mann herein. Er musste etwa fünfzig Jahre alt sein. Für ihren Geschmack ließ er die dunklen Locken mit den grauen Strähnen darin etwas zu lang wachsen, doch wirkte die wilde Frisur an ihm eher lässig als ungepflegt. Das knittrige Leinenhemd war ihm ein paar Nummern zu groß. Offenbar hatte er gerade noch gemalt, denn auf dem Stoff prangten frische sonnengelbe Farbflecke.

Er runzelte die Stirn. »Sind Sie etwa den ganzen Weg zu Fuß gekommen?«

Lilly strich sich eine feuchte Haarsträhne aus dem Gesicht. Vermutlich bot sie einen eher unerfreulichen Anblick, so klatschnass und mit roten Flecken auf den Wangen.

»Wenn sie damit Marciana Alta meinen, lautet die Antwort ja«, erwiderte sie immer noch etwas atemlos.

Er sah schockiert aus. »Mit diesem Ungetüm auf dem Rücken? Warum haben Sie nicht angerufen? Ich hätte Sie abgeholt.«

»Ehrlich gesagt ist mir der Gedanke gar nicht gekommen.«

»Mhm«, machte er. »Möchten Sie ein Glas Wasser, einen Espresso oder beides? Ich hätte sogar noch ein Stück Schiaccia Briaca im Angebot.«

»Was ist das?«

»Ein Kuchen, typisch für Elba«, erklärte er enthusiastisch. »Darin stecken Trockenfrüchte und unsere besten Weine. Das gibt neue Kraft. Der Service geht natürlich aufs Haus.«

»Klingt wunderbar. Aber erst einmal brauche ich eine Dusche. Sonst vertreibe ich Ihnen die anderen Gäste und locke alle Fliegen ins Haus.«

Er lachte auf. »Das will ich nicht riskieren. Mein Angebot steht auch später noch. Warten Sie, ich zeige Ihnen das Appartement.«

Er griff nach einem der Schlüssel, die hinter ihm an dem Bord hingen, und signalisierte ihr mit einer Handbewegung, ihm zu folgen.

»Wir sind hier übrigens nicht so formell. Mein Name ist Tommaso, wenn du magst«, sagte er.

Sie lächelte. »Gut, dann heiße ich Lilly.«

Er führte sie zu einem Gebäude, das man nur noch anhand der langgezogenen Form als ehemaligen Stall erkannte. Jemand hatte viel Arbeit in das Bauwerk gesteckt. Rund um die neuen, großen Fenster wuchsen üppig blühende Blaurebenranken an rustikalen Außenwänden aus Naturstein empor.

Vor einer der Türen blieb er stehen. »Jede Einheit hat einen separaten Eingang. Außerdem eine Terrasse auf der Rückseite. Von dort aus kannst du das Meer sehen.«

»Klingt wunderbar«.

Lächelnd betrat sie hinter ihm das Appartement, in dem sie in der kommenden Zeit leben würde. Der Wohnraum wurde von Sonnenstrahlen durchflutet. Die gegenüberliegende Wand bestand fast vollständig aus Glas, so dass sie gar nicht die Terrasse betreten musste, um in der Ferne das Meer zu sehen.

Sie sah sich um und war hingerissen von ihrer neuen Umgebung. »Oh, wie hübsch. Haben Sie … Hast du das alles hier selbst ausgebaut?«.

Er grinste schelmisch. »Sieht man mir mein handwerkliches Talent etwa sofort an?«

Sie deutete auf sein Hemd. »Die Farbkleckse haben dich verraten. Ich dachte, du wärst vielleicht Künstler. Ein Maler oder so.«

»Als Künstler würde ich mich nicht bezeichnen. Aber ich biete Kreativkurse an. Würdest du gerne an einem teilnehmen?«

»Puh, nein, wirklich nicht.« Sie war nicht zum Töpfern, Malen, Knüpfen oder was auch immer man in diesen Kreativkursen tat, in die Toskana gekommen. »Aber bestimmt sind die Kurse großartig. Es ist nur so, dass ich kaum hier sein werde«, fügte sie hastig hinzu, als ihr aufging, wie ablehnend sie geklungen hatte.

Tommaso zog einen übertriebenen Flunsch. Aber sofort grinste er wieder und zuckte mit den Schultern. »Dann kann ich dir ja die Wahrheit verraten. Bis vor ein paar Jahren hatte ich mit Kunst nichts am Hut. Aber meine Gäste sind ganz erpicht darauf, mit Farbe und Lehm zu hantieren. Da habe ich mir ein paar Bücher besorgt, ein bisschen rumprobiert und losgelegt. Sag es nicht weiter, sonst verdirbt das meinen Ruf.«

»Dein Geheimnis ist bei mir sicher aufgehoben.« Lilly lächelte. Man musste diesen Mann einfach gernhaben.

»Wie kommt es, dass du so gut Italienisch sprichst?«, wollte er wissen.

»Meine Eltern waren Italienfans. Das muss wohl ein wenig auf mich abgefärbt haben. Als Kind hatte ich außerdem ein sehr nettes Au-pair-Mädchen, das aus Mailand kam.«

»Wenn dein Akzent nicht wäre, könnte man dich glatt für eine Italienerin halten.«

Vielleicht, weil ich als eine geboren wurde?

Er kniff die Augen zusammen. »Du kommst mir irgendwie bekannt vor. Warst du schon mal in dieser Gegend?«

»Noch nie. Aber ich habe wohl ein Allerweltsgesicht«, tat sie die Bemerkung ab.

»Nicht wirklich. Mir fällt bestimmt noch ein, an wen du mich erinnerst. Hast du für den Moment noch Fragen?«

»Danke, ich komme zurecht. Es gefällt mir wirklich sehr gut hier.«

»Du findest mich sonst drüben, dort wird außerdem das Frühstück serviert. Ab acht Uhr. Komm aber gerne nachher schon vorbei, falls dir der Sinn doch noch nach Kaffee und Kuchen stehen sollte. Bis dahin lasse ich dich erst mal in Ruhe ankommen. Ich hoffe, du wirst den Aufenthalt hier genießen.«

Aus seinem Mund klang es gar nicht wie eine Floskel, sondern so, als läge es Tommaso wirklich am Herzen, seinen Gästen eine angenehme Zeit zu bereiten.

Mit einem warmen Gefühl im Bauch sah Lilly ihm nach, bis er die Tür hinter sich schloss. Seine Worte klangen noch eine ganze Weile in ihrem Ohr nach. *Man könnte dich glatt für eine Italienerin halten. Du kommst mir irgendwie bekannt vor.* Hatte er etwas an ihr entdeckt, das ihm vertraut vorkam, weil er Lillys Mutter oder ihren Vater kannte? Sie trat vor den großen ovalen Spiegel über der Kommode. In seinem kunterbunten Mosaikrahmen war er der auffälligste Gegenstand im ganzen Raum.

»Spieglein, Spieglein an der Wand …«, murmelte sie. Doch der Orakelspruch stieß auf taube Ohren. Das Bild, das sie sah, verriet ihr nichts über das Offensichtliche hinaus. Dort stand eine junge Frau, dünn, aber zumindest nicht mehr so auffallend schmal, dass sich Fremde um sie sorgten. Ihre Haut war nicht schneeweiß, aber auch nicht so dunkel getönt, dass man in ihr sofort etwas anderes als den Hanseaten-Spross erkannt hätte. Ihre neue Frisur mit den Ponyfransen lenkte den Blick auf ihre Augen, die sie als ihren größten, eigentlich ihren einzigen Vorzug sah. Je nach Lichteinfall ließen die bunten Sprenkel darin die Iris grün oder bernsteinfarben erscheinen. Ansonsten unterschied sich die junge Frau im Spiegel so wenig von anderen, dass sie alles hätte sein können. Hier würde sie niemand mit Samthandschuhen anfassen. Endlich war sie wieder ein unbeschriebenes Blatt, wie sie es sich gewünscht hatte.

Lächelnd wandte sie sich von ihrem Spiegelbild ab, um den Raum genauer zu erkunden. Durch die hellen Farben und seine Größe wirkte er luftig und klar, obwohl er zugleich als Wohn- und Schlafzimmer diente. Diese Appartementanlage war die einzige Unterkunft in unmittelbarer Nähe des Parks, aber sie hätte es schlechter treffen können, befand Lilly. Sollte sie hier länger als vier Wochen bleiben, falls im Anschluss überhaupt noch etwas frei war, würden die Kosten einen guten Teil ihrer Ersparnisse auffressen. Lilly war deshalb froh über die Küchenzeile, die ihr teure Restaurantbesuche ersparen würde.

Inmitten der spartanischen, aber kunstvollen Einrichtung stach neben dem bunt verzierten Spiegel die wuchtige, blankpolierte Espressomaschine hervor. Daneben entdeckte Lilly eine Dose mit herrlich duftenden Kaffeebohnen. Zumindest würden ihre Tage annehmbar beginnen. Sie grinste. *Willkommen in Bella Italia!*

Auf einem Regalbord über dem Esstisch stand eine kleine Auswahl zerlesener Bücher mit vergilbten Seiten, die ein wenig muffig rochen. Es waren vor allem Krimis und Liebesromane – teils auf Deutsch, teils auf Englisch –, typische Urlaubslektüre, die frühere Besucher zurückgelassen haben mussten. Aber erst einmal zog es sie ins Badezimmer.

Während der ausgiebigen Dusche kehrten ihre Lebensgeister zurück. Seit Stunden hatte sie sich danach gesehnt, sich hinzulegen, doch nun war sie viel zu aufgekratzt dafür. Zunächst würde sie ihre Tasche auspacken. Sie verstaute die Kleidung im Schrank, legte das Schmetterlingsbuch auf ihren Nachttisch und stellte nach kurzem Zögern die kleine Figur dazu, die sie – in schützendes Küchenpapier gehüllt – in einer Seitentasche des Rucksacks aufbewahrt hatte. *Du schleppst ganz schön viel mit dir herum, dafür, dass du alles hinter dir lassen wolltest.*

Es war gut zwanzig Jahre her, dass Max den kleinen Zauberer aus Salzteig für sie gebastelt hatte. Er war stümperhaft geformt und die Bemalung längst verblichen, da Max Wasserfarben verwendet hatte. Doch für Lilly hatte die Figur einen sentimentalen Wert. Sie gehörte zu dem allerersten Spiel, das sie erfunden hatte. Max hatte ihr damals eifrig dabei geholfen, ihre Vorstellungen umzusetzen.

Genau wie ihr Vater, der aus einem Holzrest das Spielbrett gesägt hatte. Von ihrer Mutter stammte der Vorschlag, die Figuren aus Salzteig zu formen und diese zu bemalen. Sie hielt wenig von Plastik in Kinderzimmern, was Max und Lilly zu der Zeit mehr als einmal bedauert hatten.

Die Helden ihres Spiels waren König Artus und die Ritter der Tafelrunde. Mit ihren jeweiligen Tugenden wie Mut,

Schläue oder Körperkraft wetteiferten sie darum, den Heiligen Gral zu finden. Inspiriert hatte Lilly eines der uralten Prinz-Eisenherz-Comics auf dem Dachboden. Bestimmt hätte ihr Vater seine Jugendlektüre besser versteckt, wäre ihm in den Sinn gekommen, wozu sie seine Kinder verleiten könnte. In einem Band entkam Prinz Eisenherz den Häschern Mordreds, indem er sich im Wasser verbarg, wobei er ein Schilfrohr als Schnorchel verwendete.

Bei einem Ausflug an einen nahegelegenen Baggersee ahmten die Geschwister diese Szene mit Strohhalmen nach. Viel Luft bekam man dadurch nicht, aber sie reichte aus, um so lange unter Wasser zu bleiben, dass ihre Mutter in Panik geriet. Die »Schnorchel« waren von weitem nicht zu sehen. Lilly erinnerte sich nicht daran, jemals wieder eine solche Schimpftirade gehört zu haben.

Auch nachdem sie ihr Gepäck verstaut hatte, kam sie nicht zur Ruhe. Sie kramte ihren Skizzenblock hervor und ging damit nach draußen. Dort ließ sie sich auf einer der Bänke des hübsch angelegten Rondells vor dem Landhaus nieder.

Sie überblätterte hastig das oberste Blatt im Block, ohne es sich anzuschauen. Doch in Gedanken sah sie es trotzdem, das lächelnde Gesicht ihrer zeitweiligen Zimmernachbarin Sophie. Weder Lilly noch Sophie hatten wahrhaben wollen, dass letztere ihren zwanzigsten Geburtstag nicht erleben könnte. Ihre Prognose war besser gewesen als die von Lilly – und doch hatte es das Mädchen nicht geschafft.

Nachdem sie sich kurz zuvor erst über die landestypischen Aquarelle amüsiert hatte, zeichnete Lilly mit ihren Kohlestiften nun selbst ein toskanisches Landgut mitsamt der Zypressen. Sie konnte sich nicht einmal einreden, dass sie es ironisch meinte. Der Anblick war *zauberhaft*, so abgegriffen Motiv und Begriff auch sein mochten.

Lilly hatte das Zeichnen während ihrer Krankheit für sich entdeckt. Plötzlich stachen ihr lauter kleine Details ins Auge, die sie bewahren wollte. Zugleich verbarg sich in ihrem Eifer eine magische Beschwörung: Wie soll ich sterben, wenn ich gerade etwas Neues anfange?

Sie machte sich nicht vor, sonderlich talentiert zu sein. Aber sie genoss die Möglichkeit, Eindrücke festzuhalten und tiefer zu erkunden, als man es mit der Handykamera täte. Es hatte auch die anderen Momente gegeben, in denen sie gedacht hatte: Wieso vergeude ich meine Zeit mit so etwas, wo ich doch ohnehin sterben werde und alles sinnlos ist?

Trotzdem hatte sie den Skizzenblock immer wieder aufgeklappt. Ihr war klar geworden, dass sie nichts verlor, wenn sie ein weiteres Stück ihrer wertvollen Zeit opferte, um den Stift über das Papier zu schwingen. Sie gewann diesen einen Augenblick, in dem sie nur schaute und aufnahm – ohne wehmütige Erinnerungen oder Ängste vor einer ungewissen Zukunft. Vor der Krankheit war sie regelmäßig in einen ähnlichen Zustand der Selbstvergessenheit geraten, immer dann, wenn sie über einem Spiel gebrütet hatte. Sie vermisste ihre Arbeit.

Während sie das Haus zeichnete, schien ihr das goldfarbene Sonnenlicht des frühen Abends ins Gesicht. Die Ruhe, die sie dabei überkam, hielt noch an, als Lilly schon wieder in einem der weich gepolsterten Rattanstühle auf ihrer kleinen Terrasse saß. Dort tat sie nichts weiter, als in die Ferne zu blicken, wo Himmel und Meer in einer dunkelblauen Linie aufeinandertrafen.

Geblendet vom Licht schloss Lilly ihre Augen. Umso stärker nahm sie die Eindrücke wahr, die über ihre anderen Sinnesorgane eindrangen. Sie lauschte dem Zirpen der Grillen, atmete einen erfrischenden Eukalyptusduft ein.

Erst ein schabendes Geräusch riss sie aus der friedlichen Stimmung. Es klang, als würde jemand auf den Holzplanken der Nachbarterrasse Möbel verrücken. In jedem Fall war sie nicht mehr alleine hier draußen. Sie konnte den Verursacher der Geräusche nicht sehen. Eine Reihe Oleanderbäume in Kübeln diente als Sichtschutz zwischen den einzelnen Einheiten. Lilly gab keinen Mucks von sich. Sie wollte nicht, dass dieser Jemand auf sie aufmerksam wurde und ihr eine Plauderei aufzwang.

Ärgerlicherweise schien sich ihr Nachbar nicht mit der Fläche seiner eigenen Terrasse begnügen zu wollen. Gemächlichen Schrittes trat er in Lillys Sichtfeld auf das Stück Wiese, an dessen Ende ein steiler Abhang das Gelände begrenzte. Noch hatte er sie nicht entdeckt. Er war damit beschäftigt, sein Antlitz der Sonne entgegenzuhalten. Die Augen hielt er dabei geschlossen, so dass sie ihn ungeniert betrachten konnte. Sein klassisches Profil hatte etwas Nobles. Die gepflegten silberfarbenen Wellen auf seinem Kopf verstärkten diesen Eindruck noch.

Plötzlich öffnete er die Augen und sah direkt zu ihr hin. Peinlich berührt wandte sie sich ab, was ihn leider nicht davon abhielt, sie anzusprechen.

»So schön, dass man fast nicht hinsehen kann, was?«, rief er ihr auf Italienisch zu. Dabei breitete er die Arme aus, als wollte er die bewunderte Schönheit umfangen.

»Mhm«, machte Lilly. »Und ein bisschen zu warm für mich in der Sonne. Ich gehe besser rein.«

»Hoffentlich habe ich Sie nicht verscheucht?«, fragte er, ohne sonderlich besorgt zu klingen.

»Nein, gar nicht«, erwiderte sie nicht ganz wahrheitsgemäß. »Genießen Sie weiter die Sonne. Ich bin nur erschöpft und werde mich drinnen ein wenig ausruhen.«

Sobald sie die Terrassentür hinter sich zugezogen hatte, bemerkte sie, dass sie tatsächlich hundemüde war. Sie schaffte es gerade noch, ihr übergroßes Schlafshirt aus dem Rucksack zu kramen und hineinzuschlüpfen, bevor sie aufs Bett sackte, wo sie sofort in einen komatösen Schlaf fiel.

VALENTINA

Der wachsame Blick der jungen Frau mit dem unaussprechlichen Nachnamen, Lilly Morgenroth, war so fest auf Valentina gerichtet, dass dieser ein wenig unbehaglich wurde. Es schimmerte etwas Hoffnungsvolles darin, so als ginge es nicht bloß um einen Aushilfsjob. *Irgendetwas an ihr ist irritierend*, dachte Valentina.

Für die Bewerberin sprach wiederum, dass sie sehr gut Italienisch, Englisch und natürlich Deutsch sprach. Im Sommer kamen viele ausländische Touristen in den Park.

»Sie kommen aus Hamburg? Wie haben Sie überhaupt meine Seite entdeckt?«, fragte Valentina.

Signorina Morgenroth zuckte mit den Schultern. »Ich interessiere mich für Elba. Und für Schmetterlinge. Und da habe ich beim Surfen im Internet zufällig die Anzeige gesehen. Der Gedanke, diesen Job zu machen, gefiel mir.«

Sie griff nach dem Schmetterlingsanhänger ihrer Kette und hielt ihn hoch, als bewiese er ihre Kompetenz für diese Stelle. Valentina musste zugeben, dass er in seiner Schlichtheit zumindest geschmackvoller wirkte als die mit Glitzer verzierten Stücke, die Giovanna für den Shop ausgesucht hatte.

»Haben Sie denn keine Arbeit in Deutschland?« Valentina sah schnell die Ausdrucke durch, die vor ihr auf dem

Schreibtisch lagen. »Sie haben in den letzten Jahren also Spiele entwickelt?«

»Ich bin Freiberuflerin und kann mir meine Zeit frei einteilen. Ich wollte mir aber ohnehin eine Pause gönnen, da kam mir die Stellenanzeige gerade recht.«

Eine Pause. Valentina irritierte es über die Maßen, wie selbstverständlich diese Generation auf ihre Work-Life-Balance pochte. Sie hatte keine Zeit für Komplikationen. Laut den Unterlagen war Lilly Morgenroth 29 Jahre alt, und wenn sie in diesem Alter ohne *richtige* Arbeit dastand, war sie womöglich unzuverlässig.

»Sie denken also, dieser Job sei ein Zeitvertreib für ein kleines *Sabbatical?*« Es klang beinahe angewidert, wie sie das Wort aussprach.

Die junge Frau sah sie besorgt an. »Wie? Nein, gar nicht. Es war vielleicht ein wenig turbulent bei mir in den letzten Jahren. Das heißt aber nicht, dass ich hier faulenzen will. Sie suchen jemand, der Ihnen in den Schmetterlingshäusern unter die Arme greift und den Shop hier schmeißt, richtig? Ich habe Erfahrung als Verkäuferin, bin verantwortungsbewusst und kann kräftig zupacken, auch wenn ich nicht so aussehe.«

Valentina nickte nachdenklich. Sie hatte am eigenen Leib erfahren, dass das Leben manchmal seltsame Kapriolen schlug und man insbesondere als Frau schnell unterschätzt wurde. Vielleicht sollte sie Lilly Morgenroth eine Chance geben. Außerdem blieb ihr keine Zeit, die Suche nach einer Hilfe weiter auszudehnen. Bislang hatte sich nur ein neunmalkluger Student vorgestellt, der Valentina über kurz oder lang in den Wahnsinn getrieben hätte. Dass sich nicht viele um den Job rissen, lag nicht nur an der entlegenen Gegend mit wenig Übernachtungsmöglichkeiten, sondern vor allem wohl daran, dass Valentina kein üppiges Gehalt zahlen konnte. Sie durfte keine allzu hohen Ansprüche stellen, trotzdem wollte sie keine voreilige Entscheidung treffen.

»Lassen Sie uns eine kleine Runde drehen, damit Sie einen Eindruck von der Arbeit hier gewinnen.« Valentina stand auf, ohne eine Antwort abzuwarten. Sie wollte herausfinden, ob die junge Frau genügend Interesse für die Tiere aufbrachte, um sie den Besuchern näherzubringen.

»Gerne«, erwiderte Signorina Morgenroth.

Kaum waren sie in dem ersten Gewächshaus angelangt, stieß die junge Frau ein andächtiges »Oh!« aus, das Valentina vollkommen aufrichtig vorkam. Der bewundernde Laut galt einem besonderen Liebling Valentinas, was die Waage noch stärker zu Gunsten ihrer Begleiterin ausschlagen ließ. Es waren nicht das leuchtende Blau des Morphofalters oder die imposante Größe des Atlasspinners, die die Aufmerksamkeit der Bewerberin auf sich gezogen hatten. Gebannt beobachtete sie ein Exemplar des auf den ersten Blick vergleichsweise unscheinbaren Greta oto. Doch so klein er auch war, besaß er eine faszinierende Eigenheit: Seine Flügel reflektierten kaum Licht, so dass man hindurchsehen konnte, als wären sie aus hauchdünnem Glas. Das ornamentale Muster der bräunlichen Äderung ließ den Schmetterling wie ein feines Tiffany-Schmuckstück aussehen.

»Die Flügel sind durchsichtig!«

»Das könnte man so sagen. Bei euch wird er auch Waldgeist genannt, habe ich gehört.«

»Waren Sie schon einmal in Deutschland?«

»Kurz«, sagte Valentina knapp. Hier stellte sie die Fragen!
»Der ist hübsch.«

Das Lächeln der jungen Frau hätte gewiss auf jeden zauberhaft gewirkt, der mehr für menschlichen Charme übrig hatte als Valentina.

Diese nickte. »Aber unterschätzen Sie ihn deshalb nicht. Er verfügt über eine unschlagbare Geheimwaffe.«

»Oh, welche denn?«

Die Augen von Lilly Morgenroth funkelten. Hatten sie etwa sogar die Farbe gewechselt? Eben waren sie braun gewesen, nun changierten sie ins Goldgrüne. Valentina konnte nicht genau benennen, was es war, aber irgendetwas beunruhigte sie bei diesem Anblick.

»Die Raupen fressen giftige Pflanzen. Und sie bleiben ungenießbar für Vögel, nachdem sie zu Schmetterlingen geworden sind«, erklärte sie.

Die andere umfasste ihren Hals mit beiden Händen, ihr Gesicht verfärbte sich rot. Ein unheilvolles Röcheln drang dabei aus ihrer Kehle.

Valentina erstarrte. »O Gott. Geht es Ihnen nicht gut?« Was sollte sie bloß tun? Falls ihre Begleiterin dabei war, an irgendetwas zu ersticken, würde niemand sie retten können. Diesen abgelegenen Ort erreichte selbst ein Notarzt nicht so schnell.

Signorina Morgenroth hörte auf zu röcheln und setzte ein reumütiges Lächeln auf. »Ich habe versucht, die Sache aus Sicht des Vogels zu betrachten. Ein kleiner Spaß. Ziemlich geschmacklos wahrscheinlich. Bitte entschuldigen Sie.«

Für einen Moment war Valentina fassungslos, sie schwankte zwischen Verärgerung, Erleichterung und Amüsement.

Am Ende lachte sie trocken auf. »Vielleicht sollten Sie die Nummer nicht durchziehen, wenn Schulklassen mit kleinen Kindern hier auftauchen, Signorina Morg... Entschuldigung, wie spricht man das aus?«

»Sagen Sie bitte einfach Lilly zu mir.«

»Also gut, Lilly.«

»Bedeutet das etwa, ich habe den Job, wenn ich verspreche, keine Kinder zu erschrecken?«

Ein wenig überrumpelt erkannte Valentina, dass sich ihre Anmerkung tatsächlich als Zusage interpretieren ließ.

»Wann könnten Sie denn anfangen?«

»Ich bin hier und habe nichts anderes vor. Wenn Sie mögen, stehe ich gleich morgen früh wieder bei Ihnen auf der Matte.«

Diese Ansage gab den Ausschlag. *Ach, was soll's*, dachte Valentina. Sie brauchte wahrlich so bald wie möglich Unterstützung. »Gut, einverstanden. Ich zeige Ihnen noch kurz den Rest, danach besprechen wir alles Weitere.«

Lilly

Sie verließ den Schmetterlingspark mit einem aufgeregten Zwacken in der Magengegend. War sie gerade ihrer Mutter begegnet? Man konnte nicht behaupten, dass es magische Funken zwischen ihnen gesprüht hätte, andererseits war nicht zu erwarten gewesen, dass Valentina in Lilly sofort ihre verlorene Tochter erkennen und ihr um den Hals fallen würde. Insgeheim hatte Lilly trotzdem gehofft, dass es irgendwie klick zwischen ihnen machen würde, so wie wenn man die richtige Kombination in ein Zahlenschloss eingegeben hatte.

Oder konnten die Übereinstimmung des Namens, des Ortes und der Schmetterlingsache ein reiner Zufall sein? Daran glaubte Lilly nicht. Sehr viel wahrscheinlicher gab es dieses Gefühl einer unerklärlichen Verbindung auf den ersten Blick nur in Filmen, ganz egal, wie viele Gene man gemeinsam hatte.

Lilly war sich noch nicht sicher, was sie von Valentina halten sollte. Die Frau hatte zunächst einen eher spröden Eindruck gemacht. Sie schien sehr geradeaus zu sein, kein Typ für irgendwelchen Nonsens und Gefühlsduseleien. Wenn man auf den strengen Typ stand, war sie attraktiv, verbarg das aber hinter einem schlabberigen Outfit und einer Hornbrille, die ihr halbes Gesicht verdeckte.

Natürlich bestand die Gefahr, dass es nach hinten losging, ihre Bekanntschaft mit so viel Heimlichtuerei zu beginnen. Aber wenigstens hatte sie so den Job bekommen. Und verglichen damit, sein Kind in einem anderen Land zurückzulassen, waren Lillys Vergehen ein Klacks.

Und falls sie sich doch irrte? Lilly musste sich so schnell wie möglich Gewissheit darüber verschaffen, ob diese Signora Peruvio wirklich ihre Mutter war.

Zurück in ihrem Appartement ließ sich Lilly aufs Bett fallen. Gerade erst war die Mittagszeit angebrochen, aber die vielen schlaflosen Nächte, die sie mit Grübeleien über Oliver, Valentina und die Zukunft verbracht hatte, forderten ihren Tribut. Lilly sank in einen unruhigen Schlaf und wachte erst am späten Nachmittag wieder auf, durchgeschwitzt und mit einem unangenehmen Geschmack im Mund.

Sie stand auf, ging zur Spüle und schenkte sich ein großes Glas eiskaltes Leitungswasser ein, das sie gierig in einem Zug leerte. Danach wühlte sie in ihrem Rucksack nach etwas Essbaren. Immer noch tief erschöpft hatte sie weder Lust, sich alleine in das einzige Restaurant im Ort zu setzen, noch wollte sie den Fußmarsch zum nächsten Supermarkt auf sich nehmen.

In einer Seitentasche ihres Rucksacks stieß sie auf eine Banane mit braunen Stellen und eine angebrochene Tüte Studentenfutter. Das musste vorerst genügen. Gierig schlang sie die Nüsse hinunter, zuerst die Cashewnüsse, die sie am liebsten mochte, zuletzt die Haselnüsse, die ihr ein wenig suspekt waren, seit sie einmal in eine schlechte gebissen und sich von dem ekligen Geschmack beinahe übergeben hatte. Währenddessen sie aß, grübelte sie über den nächsten Schritt nach. Natürlich könnte sie Valentina einfach alles erzählen und deren Reaktion abwarten. Dies war die kurze, aber deshalb nicht unbedingt schmerzlose Variante. Lilly fühlte sich noch nicht bereit für eine Konfrontation.

Ihr Verdacht sollte auf festem Grund stehen. Es galt also, erst einmal so viele Informationen wie möglich sammeln. Den Einfall, sich von Valentina unauffällig Blut oder Haare für eine DNA-Laboranalyse zu beschaffen, verwarf Lilly sofort wieder. Wie sollte sie das anstellen? Die Schubladen in Valentinas Büro nach einer benutzten Haarbürste durchwühlen? Sie dezent ritzen, um ihr ein wenig Blut abzuzapfen? Und selbst wenn Lilly ein derartiger Stunt gelingen sollte, würde es sicher eine Ewigkeit dauern, bis die Ergebnisse aus dem Labor kamen. Sie dachte eine ganze Weile nach, bis ihr endlich ein leichter durchführbarer Einfall kam: Sie brauchte eine Handschriftenprobe.

Geduld hatte noch nie zu Lillys Stärken gezählt, am liebsten hätte sie sofort losgelegt. Sie hatte keine Ahnung, was sie mit sich und dem Rest des Tages anfangen sollte.

Sie schnappte sich einen der Krimis von dem Bord und nahm ihn mit auf die Terrasse. Sie begann darin zu lesen, musste sich jedoch nach wenigen Seiten eingestehen, dass sie keines der Worte aufgenommen hatte.

Als die Dämmerung anbrach, gab Lilly es auf. Sie legte das Buch beiseite und schaute in die Ferne, wo Meer und Himmel nach und nach zu einer dunklen Einheit verschwammen. Wolken zogen auf und verdeckten die Sterne. Vom Mond drang nur noch ein diffuses Leuchten durch den dichten Schleier.

Aus den anderen Wohnungen war nichts zu hören, aber

um diese Uhrzeit saßen vermutlich alle irgendwo beim Abendessen. Mit einem Mal fühlte sich Lilly ganz verloren in der dunklen Stille. Sie ging wieder ins Haus, wo sie nach dem Handy auf der Kommode griff. Bestimmt machte sich ihre Familie bereits Sorgen, weil sie sich nicht meldete. Zuerst entdeckte sie eine Nachricht von Max.

Was geht, Sis?

Lilly schmunzelte. Diese Art von Slang schrieben ihrer Ansicht nach eigentlich nur mittelalte Drehbuchautoren, die den gerade angesagten Jugendsprech nachahmen wollten. Aber wenigstens gab Max ihr damit die Vorlage, sich um eine ehrliche Antwort zu drücken, die sich ohnehin nicht in wenige Chat-Zeilen pressen ließ.

Yo, Bro, alles klar, Bro.

Sie hatte den anderen zwar gesagt, dass sie nach Elba reisen und Nachforschungen zu ihren Eltern anstellen würde, aber nicht, dass sie versuchen wollte, bei Valentina einen Job zu ergattern. Vielleicht weil der Plan sogar ihr selbst schräg vorkam. Nur Oliver war eingeweiht, weil sie sich kurz vor der Abfahrt aus Versehen verplappert hatte.

Er hatte ihr ebenfalls geschrieben. Seine Nachricht würde sie sich zuletzt ansehen. Erst einmal war Christina dran, die sicher schon bang darauf wartete, dass Lilly sich meldete, aber nicht zuerst schreiben wollte, um ihrer Tochter den eingeforderten Raum zu lassen.

Gut angekommen. Echt schön hier, das Wetter ist toll. Sie klang wie ein Kind im Ferienlager, das unwillig ein paar Zeilen für die Eltern kritzelte, weil die Erzieherin es von ihr verlangte. Aber etwas Besseres fiel ihr nicht ein.

Danach las sie, was Oliver geschrieben hatte.

Geht es dir gut? Ruf mich an, wenn du magst.

Beinahe hätte sie reflexhaft das Telefonhörer-Symbol neben seinem Namen angeklickt, doch zog sie den Finger wieder weg, bevor er das Display berührte. Wenn sie ihr Vorhaben wirklich umsetzen wollte, musste sie dem Drang widerstehen, seine vertraute Stimme zu hören.

Allerdings wäre es seltsam, seine Nachricht zu ignorieren, wo sie nicht einmal offiziell Schluss gemacht hatten. Schnell tippte sie auch für ihn ein paar Sätze ins Handy.

Ich bin müde und ein bisschen aufgeregt. Ich habe den Job. Morgen geht es los.

Sofort tanzten unter ihrer Nachricht drei Pünktchen. Er schrieb ihr zurück. Und es schien eine sehr, sehr lange Antwort zu werden. Angespannt wartete sie darauf, dass der Text aufploppte.

Die Pünktchen verschwanden wieder.

Irritiert starrte Lilly auf die Leere unter ihrer Sprechblase. Sie konnte nicht sagen, ob sie enttäuscht oder erleichtert war. Vielleicht war er sauer auf sie. Aber warum hatte er ihr dann überhaupt geschrieben? Sie wollte das Handy gerade weglegen, da tauchten die Pünktchen wieder auf. Diesmal dauerte es kaum eine halbe Minute, bis sein Text erschien.

Drücke die Daumen, dass sich weiter alles nach deinen Vor-stellungen entwickelt.

Das klang so wohlwollend distanziert, dass es Lilly einen Stich versetzte. Sie fragte sich, was er ursprünglich hatte schreiben wollen, als die Pünktchen so lange auf und ab ge-hüpft waren. Ob er sie genauso vermisste wie sie ihn? Wie egoistisch wäre es, sich das zu wünschen! War sie nicht unter anderem deswegen gegangen, um ihm den Weg in eine Zu-kunft freizuräumen, in der es mehr Leichtigkeit und Gewiss-heiten gab?

Nachdem sie den Nachmittag verschlafen hatte, kam sie in der Nacht erst spät zur Ruhe. Doch als sie aufwachte, verspürte sie trotz allem das Wunder eines neuen Morgens, an dem man den Möglichkeiten des Tages noch mit Zuver-sicht entgegensah. Vielleicht hatte es mit dem Sonnenstrahl zu tun, der sich einen Weg durch den Spalt zwischen den Verdunklungsvorhängen gebahnt hatte, um ihr die Nase zu kitzeln. Er weckte in ihr die Begierde, noch viel mehr Licht hereinzulassen. Doch erst einmal räkelte sie sich ausgiebig in der frisch gewaschenen und gestärkten Bettwäsche.

Danach stand sie auf und ging zum Fenster. Sie riss die Vorhänge mit einem Ruck zur Seite. »Autsch.«

Geblendet schloss sie für einen Moment die Augen. Sie öff-nete die Terrassentür und sog die unverbrauchte Morgenluft ein. Dabei hob sie die Lider vorsichtig wieder ein wenig an. In den Duft wilder Kräuter mischte sich der von frisch gebrüh-tem Kaffee. Lilly fiel ein, dass sie im Halbschlaf zischende Maschinenlaute gehört hatte. Bestimmt hatte ihr Nachbar sich einen Espresso gekocht und saß jetzt damit draußen.

Auch Lilly konnte eine ordentliche Dosis Koffein gebrauchen. Drinnen fand sie in einer Schublade die Bedienungsanleitung für die Kaffeemaschine. Sie überflog die unleserlich klein gedruckten Zeilen, entschied dann aber, lieber direkt zum Frühstück zu gehen.

Nach einer ausgiebigen Dusche schlüpfte sie in eine luftige Hose und eine dünne Bluse. Bei einem Blick in den Spiegel befand sie, dass sie seriös genug für ihren neuen Job aussah, ohne dass ihr die Kleidung in der Tropenluft gleich am Körper kleben würde.

Gemächlich schlenderte sie zu dem großen Haus, wo sie sich auf der Terrasse an einen der verschnörkelten Tische aus weiß lackiertem Metall setzte. Die Stühle waren aus dem gleichen Material, aber dank der weichen Sitzkissen viel bequemer, als sie von weitem aussahen.

Wieder stieg Lilly der Duft von Kaffee in die Nase – vermischt mit dem butterig-teigigen Geruch frischer Backwaren. Ihr Magen reagierte auf die köstlichen Aromen mit einem so lauten Knurren, dass sie sich erschrocken die flache Hand gegen den Bauch drückte.

Zum Glück dauerte es nicht lange, bis Tommaso zu ihr kam.

»Hast du gut geschlafen?«

Sie lächelte. »Tief und fest, vielen Dank.«

»Möchtest du Kaffee oder lieber Tee?«

»Unbedingt Kaffee, bitte.«

»Kommt sofort. Was das Essen angeht: Drinnen ist ein kleines Buffet aufgebaut. Dort kannst du dich selbst bedienen.«

Sie folgte ihm ins Haus. Die Auswahl war nicht so üppig

wie in den großen Hotels, wirkte aber umso erlesener. Es gab frisch gepressten Orangensaft in dunkelgrünen Glaskaraffen, außerdem hausgemachte Konfitüren aus Zitrusfrüchten in hübschen Schalen mit Orangenmotiven, Eier in jeder Variante, frisch gebackenes Brot und Bruschetta sowie Schiacciatine. Lilly hatte gelesen, dass diese kleinen knusprigen Fladen typisch für die Toskana waren. Sie tat sich ein wenig von allem auf den Teller.

Als Tommaso an ihren Tisch zurückkehrte, biss sie gerade genüsslich in die mit Rosmarin gewürzte Schiacciatine. »Die sind göttlich«, sagte sie.

»Das richte ich meiner Mutter aus. Fürs Backen ist sie zuständig.« Er stellte eine Schale Kaffee und eine kleine Karaffe mit Wasser vor ihr ab. »Es wird heiß heute. Du musst viel trinken.«

»Du klingst wie mein Vater.«

Er erwiderte ihr Lächeln. »Dann halt dich besser daran.«

Danach plauderten sie übers Wetter, die Landschaft und die Sehenswürdigkeiten der Region.

»Du solltest unbedingt mal mit der Seilbahn den Monte Capanne rauffahren. Es lohnt sich.« Seine Hände formten einen Berggipfel.

Bevor sie ihm erklären konnte, dass sie keine *richtige* Urlauberin war, unterbrach eine der beiden Frauen am Tisch nebenan das Geplänkel. »Tommaso, wir freuen uns schon auf nachher. Heute würde ich mich gerne an einer Skulptur versuchen.« Sie sprach Englisch mit amerikanischem Akzent.

Tommaso deutete eine Verbeugung an. »Your wish is my command.« Sein Englisch klang drollig in Lillys Ohren. An die Endkonsonanten hängte er einen Vokal – *command-a.*

Das R rollte er genüsslich. Die beiden Frauen sahen verzückt aus. Vermutlich wusste er genau, wie charmant sein italienischer Akzent wirkte.

An Lilly gewandt wechselte er wieder in seine Muttersprache. »Es geht um den Töpferkurs, den ich anbiete. Keine Sorge, ich frage nicht noch mal, ob du mitmachen willst. Aber was wirst du mit der Zeit anfangen? Du bleibst einen ganzen Monat, wenn ich es richtig im Kopf habe.«

»Ich bin zum Arbeiten hier.«

Er sah überrascht aus. »Zum Arbeiten? Wirklich? Das habe ich noch nie einen Gast sagen hören. Wo arbeitest du denn?«

»Im …«

»Tommaso!«, rief die andere der beiden Frauen am Nachbartisch. »Bist du so freundlich, uns noch mehr Kaffee zu bringen?«

Lilly hatte den Eindruck, dass es die Damen eher nach seiner Aufmerksamkeit als nach Kaffee dürstete.

»Ich will nicht unhöflich sein«, begann er. »Du wolltest gerade etwas sagen, aber ich glaube, ich muss …«

»Geh schon. Ich glaube, da drüben wirst du dringender gebraucht.« Sie zwinkerte ihm zu, woraufhin er breit grinste.

Dann wandte er sich an die Frauen und deutete eine Verbeugung an. »Ich eile.«

Amüsiert widmete sich Lilly wieder ihrem Essen. Das mit Parmesan abgeschmeckte Rührei zerging cremig auf der Zunge, und die Tomaten auf der Bruschetta schmeckten, wie Tomaten schmecken sollten, es aber nie taten, wenn man sie in einem deutschen Supermarkt kaufte.

Als Lilly nach dem Essen beim Verlassen der Terrasse

wieder auf Tommaso traf, beendete sie die Erklärung, bei der sie unterbrochen worden war. »Heute ist mein erster Tag im Schmetterlingspark. Ich wurde als Aushilfe für den Sommer eingestellt.«

»Du arbeitest bei Valentina?« Jetzt hatte sie seine volle Aufmerksamkeit. Der Name schien bei ihm etwas auszulösen, das über ein neutrales Interesse hinausging. »Faszinierende Tiere. Und niemand kennt sich mit ihnen so gut aus wie Valentina. Ich wünsche dir viel Spaß.«

»Danke. Ich bin gespannt.«

Was für eine Untertreibung! Ihr Puls raste wie der eines Goldhamsters. Max hatte ihr einmal erzählt, dass die kleinen Nager von rund fünfhundert Schlägen pro Minute angetrieben wurden. Während seiner Schulzeit hatte er ein Praktikum bei einem Tierarzt gemacht, sich später aber für die Humanmedizin entschieden.

Lilly ließ sich Zeit auf ihrem Weg zum Park. Sie war zu früh aufgebrochen. Immer wieder blickte sie zum Gipfel des Monte Capanne und dachte an Tommasos Empfehlung, dort hinaufzufahren. Sie hatte im Internet Bilder der Seilbahn gesehen. Vor *dieser Sache* hätte sie niemand davon abhalten können, in eine der schwankenden Gondeln zu hüpfen, aber jetzt wurde ihr beim Anblick der offenen Körbe ganz mulmig.

Dass sie ausgerechnet in diesem Augenblick ein paar blühende Mimosen am Wegesrand entdeckte, entlockte ihr ein selbstironisches Lächeln. *Jetzt bist du selbst eine geworden.* Sie dachte an Schwester Connie und konnte sich deren missbilligende Miene genau vorstellen. *Sorry, Schwester, ich bin ja schon dankbar!*

Vielleicht würde sie nie auf dem Gipfel stehen, aber eine schöne Aussicht konnte sie auch von hier aus genießen, oder nicht? Sie beobachtete einen Schmetterling, der vor ihrer Nase von Pflanze zu Pflanze flatterte, bis er sich auf einem Ginsterstrauch niederließ. Kurz darauf erkundete er ein Gewächs, dessen zarte Blüten so pastellblau wie seine Flügel gefärbt waren. Lilly kannte die Blume nicht, also knipste sie ein Foto, um es ihrem Vater zu schicken. Wenn er nicht malte, pflegte er hingebungsvoll den Garten und experimentierte mit immer wieder neuen Gewächsen. Ebenso abenteuerlustig hantierte er in der Küche herum. Die Ergebnisse schmeckten aber meistens köstlich, wenn man mal von ein paar spektakulären Unfällen bei Experimenten mit der molekularen Küche absah, bei der jede Menge Stickstoff und Trockeneis zum Einsatz gekommen waren.

Lilly überkam Wehmut bei dem Gedanken an das letzte Treffen mit ihren Eltern vor der Abreise. Sie war noch gar nicht fort gewesen, da hatte sie sich innerlich schon ganz weit entfernt gefühlt. Inmitten dieser neuen Umgebung und all des verschwenderischen Lichts hätte sie beinahe die Scherben vergessen, die sie hinterlassen hatte. Gedankenverloren sah sie dem davonflatternden Schmetterling hinterher.

VALENTINA

Unterwegs habe ich einen Schmetterling entdeckt, den ich vorher noch nie gesehen habe«, berichtete Lilly.

Valentina hob die Augenbrauen. »Kennen Sie denn viele Schmetterlingsarten?«

»Ich bin natürlich keine Expertin, aber ich besitze ein altes Artenbestimmungsbuch. Da habe ich mich ein wenig eingelesen.«

Wollte ihr die junge Frau mit der seltsamen Betonung und dem eindringlichen Blick irgendetwas sagen? Wahrscheinlich erwartete sie ein Lob dafür, dass sie sich ein klein wenig mit der Materie befasst hatte, bevor sie hier aufgeschlagen war.

»Wie sah der Schmetterling aus? Und wo haben Sie ihn genau gesehen?«

»Er war nicht sehr groß, hatte blaue Flügel und saß auf den Blüten eines Ginsterstrauchs.«

»Können Sie die Flügel etwas genauer beschreiben?«

»Sie waren innen saphirblau, nach außen hin changierte die Farbe leicht ins Violette. Sie war dunkel umrandet, mit noch einer feinen fast weißen Linie ganz außen.«

Valentina nickte zufrieden. Zumindest schien die junge Frau über eine passable Beobachtungsgabe zu verfügen. »Bestimmt war das ein Plebejus villai. Dabei handelt es sich um eine hier beheimatete Unterart des Idas-Bläulings. Den gibt es auch in anderen europäischen Ländern, allerdings nicht in Deutschland, so weit ich weiß.«

»Sie haben gesagt, Sie waren schon einmal dort.« Lilly sah so gespannt aus, als würde sie einem packenden Krimi folgen.

Valentina runzelte die Stirn. »Ja, aber nicht lange.«

»Und? Hat es Ihnen dort gefallen?«

»Es hat oft geregnet.«

Lilly schien noch etwas sagen zu wollen, es sich dann aber anders zu überlegen.

»In den ersten Tagen kümmern Sie sich nur um die Kasse und den Verkauf«, fuhr Valentina dann fort. »Ich würde mich allerdings freuen, wenn ich Sie bald außerdem für die ein oder andere Führung einsetzen könnte. Alessio und ich werden Sie selbstverständlich einarbeiten.«

»Alessio?«

»Ein Biologie-Doktorand, der für eine Weile hier arbeitet. Sie werden ihn morgen kennenlernen, heute hat er frei.«

Sie kannte Alessio von klein auf und hatte ihn über die Jahre ins Herz geschlossen. Er war der Sohn ihrer Jugendfreundin Rosa und mittlerweile Biologe, genau wie Valentina. Mit dieser Entscheidung hatte er sie alle überrascht. Er war nach der zehnten Klasse ohne bemerkenswerte Pläne von der Schule abgegangen. Er begann eine Ausbildung in der Schreinerei seines Vaters, die er später einmal übernehmen sollte. Seine ganze Freizeit verbrachte er jedoch in den Schmetterlingshäusern. Dauernd löcherte er Valentina mit Fragen und lieh sich Bücher zu dem Thema aus – bis sie all ihr Wissen an ihn weitergegeben hatte.

»Tja, Alessio, dann musst du wohl in die Forschung gehen und den Rest selbst herausfinden.«

Es war nur als Scherz gemeint gewesen, doch er starrte sie an, als werde ihm gerade eine göttliche Offenbarung zuteil. Mit einem Ehrgeiz, der alle überraschte, holte er sein Abitur nach und verschwand aufs Festland, um Biologie zu studieren.

So ganz hatte es Rosa ihrer alten Freundin nie verziehen, dass diese den Kopf des Jungen mit derartigen »Flausen« gefüllt hatte. Rosa hing sehr an ihrem Sohn, viel mehr als an ihrer Tochter, die Elba schon vorher verlassen hatte.

»Was wird jetzt aus dem Unternehmen? Die Schreinerei wäre etwas Reelles gewesen. Biologie! Was soll denn so aus dem Jungen werden?«

»Ich bin Biologin!«

»Ganz genau«, erwiderte Rosa barsch.

Dabei ging es ihr gar nicht um das Unternehmen ihres Mannes. Sie hatte sich nie sonderlich für Lucas Arbeit interessiert. Vielmehr wollte sie unbedingt den Jungen in ihrer Nähe behalten. Vielleicht tröstete es Rosa ja ein wenig, dass Alessio für seine Doktorarbeit nach Elba zurückgekehrt war. Mit dem Job im Schmetterlingspark verdiente er sich ein Zubrot.

Valentina wandte sie sich wieder Lilly zu. »Sie sind früh dran. Wir öffnen erst in einer Stunde. Soll ich Sie noch ein wenig herumführen, bevor es ernst wird?«

Lily strahlte. »Das wäre toll.«

Seite an Seite spazierten sie durch die Häuser. Es gefiel Valentina, dass die junge Frau sich aufrichtig für den Park zu interessieren schien und sich sogar für kleine Details begeistern konnte. Immer wieder ertappte sich Valentina dabei, wie sie vergnügt lächelte. Anscheinend wurde sie sentimental, so kurz vor der Ziellinie. Wenn es schon niemanden gab, dem sie etwas Greifbares hinterlassen konnte, und auch keine Schmetterlingsart nach ihr benannt werden würde, war es ein tröstlicher Gedanke, zumindest ihr Wissen weitergegeben zu haben.

»Die sehen ja wie echte Schmuckstücke aus«, rief Lilly, als sie die Reihen der Puppen abschritten. Manche hätte man mit zusammengerollten Blättern oder welkem Laub verwechseln können, andere schimmerten tatsächlich wie Edelsteine. Lilly deutete auf ein Exemplar, das aussah, als hätte man es mit Gold überzogen.

»Mechanitis polymnia«, sagte Valentina. »Sie leben in Mittel- und Südamerika.«

»Ist es nicht seltsam, dass wir immer nur die Schmetterlinge bewundern?«, sagte Lilly. »Sie haben mir die Raupen und die Puppen gezeigt. Bis dahin habe ich nie darüber nachgedacht, dass die Tiere für den längsten Teil ihres Lebens … na ja, keine Schmetterlinge sind.«

In Valentinas Ohren klang diese Bemerkung so schockierend naiv, dass sie abrupt stehen blieb. Dann ermahnte sie sich, dass Laien einen anderen Blick auf die Gegebenheiten der Natur hatten und ein wenig Geduld verdienten.

»Sie haben recht. Die meisten Arten *entfalten*«, sie setzte das Wort mit den Fingern in Anführungszeichen, »sich erst in der letzten kurzen Phase ihres Lebens. Sie sind viel länger Raupen.«

»Und führen ihr eigentliches Leben vollkommen unbeachtet.«

Valentina schnitt eine Grimasse. Sie empfand es als Unart, Tiere zu vermenschlichen. Raupen und Schmetterlinge kannten kein Bedauern. »Wenn Sie das *eigentliche Leben* an der absoluten Dauer ihres Daseins messen möchten ...«, begann sie

Lilly fiel ihr ins Wort. »Nein. Sie haben recht, das allein ist es nicht.«

Mühsam verkniff sich Valentina einen Hinweis darauf, dass sie gar keine Meinung geäußert hatte.

»Und was ...«, begann Lilly erneut.

Langsam wurde es Valentina zu bunt. Sie unterbrach ihre Begleiterin, bevor diese noch eine vollständige Küchenphilosophie der Flatterwesen entwarf. »Falls Sie gleich noch nach dem Sinn des Lebens fragen wollen: Bei der Raupe ist es das Fressen – und das Vermeiden, gefressen zu werden. Es stimmt nämlich nicht, dass sie unbeachtet vor sich hinvegetieren. Die Vögel halten äußerst aufmerksam nach ihnen Ausschau. Schnapp, und schwupp, befinden sich die Raupen im Schnabel.«

»Sie sind ganz schön brutal. Aber gut, was die Raupe angeht, weiß ich jetzt Bescheid. Und worum geht es Ihrer Meinung nach dem Schmetterling?«

»Um die Vermehrung und damit den Arterhalt.«

Lilly lachte auf, woraufhin auch Valentina erleichtert lächelte. Für einen Moment hatte sie befürchtet, dass ihre neue Mitarbeiterin ein wenig zu überspannt war.

Im Laufe des Tages verstärkte sich bei ihr der Eindruck, dass sie in der jungen Frau – trotz ihrer Marotten – einen annehmbaren Ersatz für Giovanna gefunden hatte.

Nach kaum einer Stunde schmiss Lilly den Shop und die Kasse alleine. Und sie war charmant zu den Gästen, den großen wie den kleinen. Beinahe ein wenig gerührt beobachtete Valentina, wie ihre neue Angestellte mit zwei Kindern ganz ernsthaft durchdiskutierte, welche Hologrammkarte die schönste war, bis die Geschwister sich endlich für eine entscheiden konnten. Vermutlich würde sie sich bei den Führungen ebenso wacker schlagen.

Falls der Einstieg für Lilly anstrengend war, ließ sie es sich den Gästen gegenüber nicht anmerken. Erst am späten Nachmittag, kurz vor Feierabend, sah sie ein wenig erschöpft aus. Kein Wunder, dachte Valentina. Die junge Frau war seit Stunden auf den Beinen.

»Das haben Sie gut gemacht für den Anfang«, sagte Valentina. »Gehen Sie nach Hause und erholen Sie sich ein wenig.«

»Ich wollte mir gleich noch Marciana Alta anschauen«, erwiderte Lilly. »Können Sie mir dort vielleicht ein Restaurant empfehlen?«

Valentina dachte kurz darüber nach. »So viele gibt es nicht. Aber das Da Laura soll sehr gut sein. Das weiß ich allerdings nur aus zweiter Hand.«

»Gehen Sie nicht gerne essen?«

»Wenn, dann gehe ich zu Luigi bei uns im Ort.«

Lilly kramte aus ihrer hinteren Hosentasche einen Bleistiftstummel sowie einen kleinen Block hervor und überreichte beides der überraschten Valentina.

»Was soll ich damit?«

»Schreiben Sie mir den Namen des Restaurants in Marciana auf?«

Immer noch ein wenig verdutzt folgte Valentina der Bitte. Lilly hatte sogar die lateinischen Bezeichnungen für die Schmetterlinge im Park behalten, konnte sich aber nicht merken, wie das Restaurant hieß?

Außerdem sollte Valentina den Namen einer sehenswerten Kirche, die Pieve Santa Caterina d'Alessandria, sowie die Adresse eines Geschäfts für Kunsthandwerk notieren.

»Danke«, sagte Lilly, während sie den Block zurück in die Tasche steckte. Sie sah so zufrieden aus, als habe man ihr das ersehnte Geburtstagsgeschenk überreicht.

Valentina runzelte die Stirn. Jedes Mal wenn sie gerade wieder zu dem Schluss gekommen war, dass Lilly ganz vernünftig zu sein schien, verhielt diese sich eigenartig.

Dies war nicht ihr üblicher Tag für einen Restaurantbesuch, dennoch zog es Valentina nach Feierabend wieder zu Gino. Dort angekommen, überraschte sie sich und ihn gleich noch ein zweites Mal, indem sie nicht ihr Risotto bestellte, sondern sich spontan für Stoccafisso alla Riese entschied – Stockfisch mit Tomaten, Oliven, Kräutern und Kapern.

»Geht es dir gut?«, fragte Gino.

Seine besorgte Stimme entlockte Valentina ein Schmunzeln. »Wieso fragst du mich das? Stimmt etwas nicht mit dem Gericht? Wenn ich damit eine Lebensmittelvergiftung riskiere, dann nehme ich lieber …«

Gino stemmte die Hände in die Hüften: »Valentina Peruvio. Wenn wir uns nicht so lange kennen würden, müsste ich dich für diese Bemerkung rauswerfen. Du weißt, wie viel Wert ich auf die Auswahl meiner Zutaten lege.«

Sie hob beschwichtigend die Hände. »Schon gut, Gino, war doch nur ein Scherz.«

»Ein Scherz?« Ratlos sah er sie an. »Erst bestellst du den Stockfisch, und dann machst du Scherze. Und da behauptest du, ich muss mir keine Sorgen machen?«

Valentina verdrehte die Augen. Mit seiner Neckerei hatte er einen wunden Punkt getroffen. War sie für gewöhnlich eine so wenig unterhaltsame Gesellschaft? Wahrscheinlich schon. *Ich hätte bei meinem üblichen Risotto bleiben sollen.*

Gerade wollte sie Gino zurückrufen, um ihm mitzuteilen, dass sie es sich anders überlegt hatte, da wurde sie von einem weiteren unerwarteten Ereignis abgelenkt: Lilly betrat den Raum. Hatte sie nicht vorgehabt, nach Marciana zu marschieren? *Oh nein!* Lilly hatte sie nun ebenfalls entdeckt. Bestimmt würde sie gleich auf Valentina zukommen, um ein Gespräch mit ihr zu beginnen.

Doch erst einmal blieb sie an einem der Tische in der Mitte des Raums stehen. Dort saß Tommaso mit einem Haufen gackernder Hühner. Er führte oft Gäste hierher, um seinem Bruder neue Kundschaft zu bescheren. Allein mit den Einheimischen ließ sich der Laden nicht füllen. Wer konnte es sich schon leisten, dauernd ins Restaurant zu gehen? In diesen entlegenen Orten war gut bezahlte Arbeit rar.

In Valentinas Magen rumorte es ein wenig, als sie beobachtete, wie überschwänglich ihr alter Freund Lilly begrüßte. Dabei war es eigentlich nicht verwunderlich. Wer konnte schon dem betörenden Schmelz der Jugend widerstehen, zumal man ihn hier nur selten zu Gesicht bekam? Überhaupt waren die Formeln der Anziehungskraft simpel. Lag das Taille-Hüft-Verhältnis einer Frau etwa bei 0,7 war das die halbe Miete. Dazu eine hohe Stimme und glänzende Haare …

Valentina verbat es sich, weiter darüber nachzudenken. Es ging sie überhaupt nichts an, mit wem Tommaso flirtete. Trotzdem musste sie unwillkürlich an einen Abend denken, an dem Tommaso *sie* im Arm gehalten hatte – unendlich zärtlich und zugleich voller Begierde. Das war lange her. Damals hatte Valentina es als Ausrutscher abgetan. Es musste sich um einen hinterlistigen Streich ihres Gehirns handeln, dass sie in letzter Zeit so daran zurückdachte, als hätte es eine Bedeutung gehabt. Warum sollte sie ausgerechnet jetzt mit dem Bedauern beginnen, wo es doch niemandem mehr nützte?

Wie erwartet steuerte Lilly nach ihrem Plausch mit Tommaso auf den Tresen zu. »Hallo. Sie auch hier?«

»Guten Abend«, erwiderte Valentina mit einem gerade noch höflichen Lächeln. »Wollten Sie nicht nach Marciana?«

»Ein anderes Mal. Ich habe gemerkt, dass ich doch ganz schön erschöpft bin, und wollte nicht mehr so weit laufen. Sieht gemütlich aus, der Laden.«

Valentina nickte gleichmütig. »Mhm. Wie ich sehe, kennen Sie bereits Tommaso?«

»Kennen wäre zu viel gesagt. Ich wohne in einem seiner Appartements. Er scheint nett zu sein.«

»Das ist er.«

»Sie kennen ihn bestimmt sehr gut? Es ist ja kein sehr großer Ort …«

»Na ja, vor allem kennen er und ich uns schon sehr lange.« Valentina räusperte sich. Smalltalk lag ihr nicht. Bei der Arbeit, wo die Themen vorgegeben waren, fiel es ihr leichter, ein Gespräch zu führen.

Lillys Blick huschte zu dem freien Platz neben Valentina. Sie waren beide alleine gekommen. Vielleicht hielt Lilly das ja für einen ausreichenden Grund, sich zusammenzutun.

Valentina kniff die Lippen zusammen.

»Dann suche ich mir wohl mal einen Platz«, sagte Lilly. Sie sah enttäuscht aus.

Nachdem sie Valentina den Rücken zugewandt hatte, verspürte diese einen Anflug von schlechtem Gewissen. Ihre neue Mitarbeiterin kannte hier niemanden, und nicht jeder lebte gerne so eigenbrötlerisch wie Valentina selbst. Hätte sie Lilly bitten sollen, sich auf den freien Platz neben ihr am Tresen zu setzen?

Und wenn schon, es gab andere Dinge, die Valentina beschäftigten. Sie hatte mit einer schnelleren Antwort aus Siena gerechnet – und sei es nur aus gutmütigem Respekt einer ehemaligen Kollegin gegenüber. Fanden die anderen Valentinas Entdeckung zu unwichtig, um sich darum zu kümmern?

Ihr Blick glitt wieder zu Lilly, die sich nicht zu Tommaso und seinen Begleiterinnen gesellt, sondern alleine an einem freien Tisch gesetzt hatte. Sie bestellte ausgerechnet das Risotto, das Valentina sonst immer aß. Sobald es vor ihr stand, schob sich Lilly sofort einen Löffel davon in den Mund und gleich darauf mit beglückter Miene einen zweiten. Offenbar hatten sie einen ähnlichen Geschmack, was das Essen anging. Über Valentinas Gesicht huschte ein kleines Lächeln, bei dem sie prompt von Lilly erwischt wurde, deren Mundwinkel ebenfalls nach oben wanderten. Sie prosteten einander mit ihren Gläsern zu, bevor Valentina sich hastig wieder ihrem Stockfisch zuwandte.

Sie hatte ihre Mahlzeit beinahe beendet, da betraten Rosa und ihr Mann Luca das Restaurant. Früher waren sie und Rosa unzertrennlich gewesen. Das hatte sich jedoch geändert, nachdem Valentina für ihr Studium aufs Festland gezogen war. Plötzlich hatte sich die temperamentvolle Rosa ungewohnt reserviert verhalten. Und später, nach ihrer Hochzeit, war sie vollauf damit beschäftigt gewesen, Ehefrau und Mutter zu sein. Valentina hingegen, die in der Liebe kolossal gescheitert war, ging nur in ihrer Arbeit wirklich auf.

Trotzdem hatten die beiden Frauen den Kontakt nie ganz abreißen lassen, das gemeinsame Aufwachsen an diesem Ort verband sie weiter. Wenn sie einander begegneten, hielten sie ein freundliches Schwätzchen, und von Zeit zu Zeit tranken sie sogar ein Glas Wein miteinander.

Auch an diesem Abend gesellte sich Rosa für einen Moment zu Valentina an den Tresen. »Was machen die Schmetterlinge?«

»Die flattern zufrieden herum. Was machen die Kinder?«

Rosa seufzte. »Lina meldet sich nur selten, und Alessio siehst du derzeit häufiger als ich.«

»Mhm.«

»Und wer ist die junge Frau da vorne, die andauernd zu dir rüberschaut?« Rosa deutete mit dem Kinn in Richtung des Tischs, an dem Lilly saß.

»Ach, das ist meine neue Mitarbeiterin. Wahrscheinlich sollte ich mich ein wenig um sie kümmern. Sie kennt hier niemanden.«

»Seltsam.« Rosa kniff die Augen zusammen. Um ihre Kurzsichtigkeit mit einer Brille auszugleichen, war sie zu eitel, und Kontaktlinsen vertrug sie nach eigener Auskunft nicht. »Sie kommt mir irgendwie bekannt vor.«

»Ach ja? Aber sie ist nicht von hier. Sie ist aus Deutschland angereist.«

»Aus Deutschland?« Rosas Blick schnellte wieder zu dem Tisch, an dem Lilly saß. »Ein weiter Weg, um als Aushilfe in einem Schmetterlingspark irgendwo in den Bergen zu arbeiten.«

»Wir leben hier doch nicht irgendwo«, mischte sich Gino ein. »Das hier ist Elba. Kann es etwas Herrlicheres geben? In Deutschland ist das Wetter schlechter, und das Essen … brrr … denkt besser nicht darüber nach. Saurer Kohl und Kartoffeln.« Er schüttelte sich.

In diesem Moment sah Lilly zu ihnen hin. Natürlich musste ihr auffallen, dass alle Blicke auf sie gerichtet waren. Als sie sich abwandte, waren ihre Wangen dunkelrot verfärbt.

Valentina stieß ein unbehagliches Seufzen aus. »Oje, bestimmt denkt sie jetzt, dass wir über sie reden.«

»Aber das tun wir doch auch«, stellte Rosa ungerührt fest. »Daran wird sie sich in einem so kleinen Ort gewöhnen müssen. Wie lange will sie bleiben?«

»Drei Monate.« Valentina legte den abgezählten Betrag für Essen und Wein auf den Tresen und stand auf. »Es wird Zeit, dass ich mich auf den Heimweg mache.«

Als sie an Lillys Tisch vorbeischlenderte, verabschiedete Valentina sich übertrieben freundlich von der jungen Frau, um zu signalisieren, dass es sich bei dem Tresengespräch nicht um unfreundlichen Tratsch gehandelt hatte.

»Ciao«, murmelte Lilly. Sie sah ein wenig bedrückt aus, weswegen Valentina sich bemüßigt sah, die peinliche Situation direkt anzusprechen. »Sie müssen uns für sehr unhöflich halten. Aber dies ist ein kleiner Ort. Die Leute sind neugierig, wenn jemand Neues kommt, der hier nicht nur Urlaub macht.«

»Und was haben Sie ihnen gesagt?«

»Das, was ich wusste«, erwiderte Valentina »Dass sie aus Deutschland stammen und bei mir arbeiten.«

»Klar«, sagte Lilly nach kurzem Zögern. »Was sonst. Bis morgen dann.«

Valentina verließ das Restaurant mit dem Gefühl, irgendetwas Wichtiges übersehen zu haben.

Lilly

*W*ie die kleine Gruppe am Tresen sie angestarrt hatte! Vor allem die Frau neben Valentina hatte Lilly gemustert, als wäre sie ein Insekt unter der Lupe. Noch auf dem Heimweg fühlte Lilly sich unwohl in ihrer Haut. Der Tag im Park hatte sie ausgelaugt, dabei hatte sie anfangs ihre gute Laune nicht einmal vortäuschen müssen. Sich mit den Schmetterlingen zu beschäftigen und die Besucher zu betreuen, war eine angenehme Abwechslung. Doch zum Nachmittag hin war ihre Stimmung umgeschlagen. Plötzlich hatte sie die Menschen um sich herum nicht mehr ertragen, die glücklichen Familien und die händchenhaltenden Paare. Jedes Mal, wenn sie etwas Schönes entdeckte, überkam sie außerdem der reflexhafte Drang, es mit Oliver zu teilen. Weil sie das nicht konnte, fühlte sie sich in solchen Momenten wie amputiert. Dabei war die Trennung ihre eigene Entscheidung gewesen. Nicht nur das, es war die *richtige* Entscheidung gewesen, versicherte sie sich.

Wenn ihr wenigstens ein brillanter Einfall käme, um die Sache mit Valentina voranzutreiben. Inzwischen war sie sich sicher, dass sie ihre Mutter gefunden hatte. Die schwer lesbaren Schnörkel in Lillys Notizblock waren nahezu identisch mit denen in dem Schmetterlingsbuch. Aber was war mit ihrem Vater? In Valentinas Leben schien es keinen Mann zu geben, jedenfalls hing sie abends alleine in Restaurants herum.

Der wilde Ritt ihres Gedankenkarussells wurde erst beim Frühstück am folgenden Morgen unterbrochen. Um Lilly herum entfaltete sich ein unterhaltsames Schauspiel. Zuerst dachte sie, die Blicke der Frauen würden ihr gelten, doch dann entdeckte sie ihren Zimmernachbarn am Nebentisch. Fast hätte sie gegrinst. Ein attraktiver Alleinreisender in gepflegter Kleidung wurde hier sicher schnell zum Objekt der Begierde. Selbst Tommaso schaute immer wieder zu ihm hin, wirkte dabei aber seltsam mürrisch. Lilly hielt ihn nicht für so eitel, dass es ihn stören würde, die Aufmerksamkeit der überwiegend weiblichen Gäste zu teilen. Viel eher schien ihn etwas speziell an diesem Mann zu ärgern. Tommaso behandelte ihn mit der gleichen Höflichkeit wie alle anderen, doch sein bemühtes Lächeln verriet ihn.

»Lange nicht gesehen.« Tommaso klang, als hätte es von ihm aus gerne bei diesem Nichtsehen bleiben dürfen.

Die beiden Männer mussten in etwa gleich alt sein, aber darüber hinaus unterschieden sie sich sehr. Lillys Nachbar hielt beim Sitzen die Beine übereinandergeschlagen und trug trotz der Wärme einen Anzug. In dem hellen Leinen und mit seinen rahmengenähten Budapestern an den Füßen erinnerte er an einen Dandy. In seinem uneindeutigen Lächeln, das er kaum einmal abzulegen schien, schwang ein Anflug von Spott mit. *Diese Augen haben schon alles gesehen, ihr macht mir nichts vor.* Er versprühte einen weltmännischen Charme, doch war sich Lilly nicht sicher, was sie davon halten sollte.

Auch Tommaso hatte Charme, der aber eher bodenständiger Natur war. Bei ihm dachte man an schlichte, wohltuende Dinge – frischgebackenes Brot, Sonnenwärme, Erde.

»Du hast recht. Es ist eine Ewigkeit her, dass wir uns gesehen habe«, sagte Lillys Nachbar. »Dass du dich überhaupt erinnerst ...«

»Du hast damals Spuren hinterlassen«, gab Tommaso brummend von sich.

Bei dieser Anmerkung handelte es sich wohl kaum um ein Kompliment, trotzdem schien sie ihren Empfänger eher zu amüsieren, als in Verlegenheit zu bringen.

»Nach all der Zeit dürften die inzwischen verwischt sein, oder?«

»Jedenfalls trauert dir hier niemand hinterher. Umso mehr frage ich mich, was dich hierherführt.«

Autsch. Mit der vorgeblichen Höflichkeit war es dann wohl vorbei, dachte Lilly. Irgendetwas an seinem Gast ließ Tommaso seine Gelassenheit verlieren. Sie erkannte kaum den Mann wieder, der sie so freundlich empfangen hatte.

»Mich führt eine Nachricht von Valentina hierher«, erwiderte der andere ungerührt.

Bis jetzt hatte Lilly die Szene mit milder Belustigung verfolgt, doch nun wollte sie kein Wort mehr verpassen.

»Valentina hat *dir* geschrieben?«, presste Tommaso hervor.

»Es ging um Schmetterlinge. Nur falls du etwas anderes befürchtet hast.«

»Mich geht es nichts an, was Valentina macht.«

»Tatsächlich nicht?«

Statt zu antworten, beendete Tommaso den eigenartigen Austausch mit einer Gegenfrage: »Möchtest du lieber Kaffee oder Tee?«

»Kaffee, bitte.«

Danach zog Tommaso eilig davon. Lilly sah ihm nach. Seine Fäuste waren geballt. Vielleicht würde es sich lohnen, den Hausherrn in eine ausgiebigere Plauderei zu verstricken. Was verband den Gast mit Valentina? Und welche Rolle hatte Tommaso dabei gespielt?

Der zweite Tag bei Valentina versprach ebenso aufregend zu werden wie der erste. Vermutlich wäre Lillys Neugierde auch dann geweckt gewesen, wenn sie die andere nicht für ihre biologische Mutter gehalten hätte. Die Forscherin schien keineswegs so kühl zu sein, wie sie sich gab. Sobald sie über ihre geflügelten Schützlinge sprach, wirkte sie wie ausgewechselt. Lilly war gespannt, mehr von ihr zu sehen, obwohl es bislang keinerlei Anlass gab, sich allzu viel von ihr zu erhoffen.

Zu Lillys Enttäuschung erwartete sie im Schmetterlingspark jedoch nur ein fremder junger Mann, der lächelnd auf sie zuging.

»Ich bin Alessio.« Er reichte ihr die Hand.

»Lilly«, erwiderte sie verdutzt.

»Valentina hat mich gebeten, dir hier noch ein bisschen was zu zeigen. Ich hoffe, du hast nichts dagegen?«

»Unsinn.« Es war nicht seine Schuld, dass sie gehofft hatte, Valentina zu treffen.

Er trug ein kariertes Kurzarmhemd zu beigefarbenen Chinos. Das leicht zerzauste Haar und die Hornbrille standen ihm gut, allerdings kam er damit auch dem Abziehbild eines angehenden Gelehrten so nahe, dass Lilly amüsiert lächelte. Sie schätzte, dass er etwa zwei oder drei Jahre jünger als sie selbst sein musste.

»Du kommst aus Deutschland?«, fragte Alessio.

Sie nickte. »Aus Hamburg. Und du bist der Doktorand, von dem Signora Peruvio erzählt hat, richtig? Du bist wahrscheinlich nicht zum ersten Mal auf Elba?«

»Ich bin hier aufgewachsen. Als Kind war ich oft hier. Genau genommen hat Valentina mich zu meinem Studium inspiriert. Dafür bin ich nach Siena gezogen.«

»Und jetzt bist du wieder hier.«

»Ich beschäftige mich in meiner Doktorarbeit mit den endemischen Arten der Insel.«

»Ich weiß nicht genau, was ›endemisch‹ bedeutet«, gab Lilly zu.

»Arten, die ausschließlich hier verbreitet sind.«

»Mhm.«

Sie folgte ihm ins Innere des ersten Gewächshauses, wo sie ihn weiter mit Fragen löcherte. Seine Begeisterung war mitreißend, doch bald schon fuhr er sich verlegen durchs Haar. »Entschuldige, ich sollte aufhören, dich mit dem ganzen Kram vollzulabern, sonst hältst du mich noch für einen abartigen Insektenfreak.«

Lilly bewunderte gerade zwei leuchtend grün schimmernde Exemplare des Papilio palinurus, die gerade darum zu wetteifern schienen, wer von ihnen höher fliegen konnte. Sie grinste. »Zu spät.«

Gerade hatte er ihr gestanden, dass es bisweilen nötig war, eines der Tiere zu töten, um es zu erforschen.

»Nein, es interessiert mich wirklich«, sagte sie. »Ich hätte dich nur nicht für einen eiskalten Killer gehalten, aber ich kenne dich ja auch erst seit ungefähr fünf Minuten.«

Gespielt empört sah er sie an. »So eiskalt bin ich nicht.

Es gehört für mich nicht zu den liebsten Aspekten meiner Arbeit. Ich war bestimmt kein Kind, das Schmetterlingen die Flügel ausgerissen hat. Sorry, beim Psychopathen-Check falle ich durch.«

»Ich wette, alle Psychopathen behaupten von sich, harmlos zu sein. Erzähl mir von den Katzenbabys und Hundewelpen, die du gequält hast.«

Er lachte auf, wurde aber gleich wieder ernst. »Die Schmetterlinge leiden nicht, zumindest hoffe ich das. Allerdings triffst du einen wunden Punkt. Wir dachten lange, das Nervensystem von Insekten sei nicht komplex genug, um Schmerzen zu empfinden. Vor kurzem hat allerdings eine Studie die Frage aufgeworfen, ob wir uns nicht möglicherweise geirrt haben, als wir von der Anzahl der Neuronen auf das Schmerzempfinden geschlossen haben. Es ist ein Balanceakt. Natürlich wollen wir den Tieren nicht unnötig schaden, gleichzeitig erfahren wir so viel, das uns hilft, ihre Artgenossen zu verstehen und zu schützen.«

»Ich hoffe doch, dass es wenigstens schnell geht?«

»Kann es sein, dass dieses Gespräch hier gerade ins Makabere abrutscht? Willst du jetzt echt Details hören?« Er sah amüsiert und irritiert zugleich aus.

Ganz falsch lag er nicht. Sie empfand tatsächlich eine morbide Neugierde, was diesen Aspekt seiner Arbeit anging. »Sag schon!«

»Also schön. Ich drücke schnell und fest den Brustteil zusammen, um das Genick zu brechen. Außer wenn die Exemplare möglichst intakt sein sollen, dann kommen sie in die Kühlung.«

»Etwa lebendig?« Jetzt schauderte es sie doch.

»Denkst du, es sei angenehmer, von einem Vogel gefangen und gefressen zu werden?«

»Du meinst, weil ein Großteil der Natur brutal ist, müssen wir das auch sein? Der Unterschied ist doch, dass Vögel keine freie Wahl haben.«

»Wenn du mich als Biologen fragst, bin ich mir gar nicht so sicher, ob Menschen eine …«

Ihre Augenbrauen schossen in die Höhe, woraufhin er mit einem matten Lächeln abbrach. »Okay, du hast gewonnen. Morgen sage ich meinem Doktorvater, dass ich alles hinschmeiße.«

»Nein, schon gut, ich will deine Zukunft als großer Forscher nicht ruinieren.«

»Danke«, erwiderte er trocken.

Als ihre Blicke sich trafen, prusteten sie los.

»Wusstest du übrigens, dass Carlo Sirmione hier ist?«, fuhr er fort. »Ich habe ihn gestern in Marciana gesehen.«

»Wen?« Lilly hatte den Namen nie zuvor gehört.

»Sorry, ich habe vergessen, dass du vorher nicht viel mit Schmetterlingen zu tun hattest. Sirmione ist wahrscheinlich DIE Koryphäe unter uns Lepidopterologen.«

»Du redest in Zungen. Lepti …?«

»Schmetterlingsforscher.«

»Ach so.«

Alessio war nicht Valentina, trotzdem mochte sie ihn auf Anhieb. Er führte sie noch eine ganze Weile herum und erzählte launige Andekdoten zu den Arten, die ihnen vor die Nase flatterten, bis sie nichts mehr aufnehmen konnte.

»Ich verschwinde dann mal«, sagte er am Ende. »Gleich werden die ersten Gäste eintrudeln. Falls du irgendwelche

Fragen hast, stehe ich jederzeit bereit. Du findest mich im hinteren Gewächshaus.«

Sie nickte. »Okay.«

Danach war Lilly zu beschäftigt, um sich den Kopf über Valentina zu zerbrechen. Erst zur Mittagszeit ebbte der Besucherstrom vorübergehend ab, dafür stattete ihr Alessio einen Besuch ab.

»Wie es scheint, kommst du bestens klar.«

Sie nickte. »Es macht die meiste Zeit sogar Spaß.«

»Warum siehst du dann so enttäuscht aus?«, fragte er.

Weil ich Valentina kaum zu Gesicht bekommen habe.

»Das bildest du dir ein.«

»Okay, dann jetzt zu dir. Was interessiert dich?«

Lilly dachte darüber nach. Da ihr keine kurze und simple Antwort darauf einfiel, nannte sie ihm ihren Beruf. »Ich bin Spieleentwicklerin.«

»Videogames?«

Sie schüttelte den Kopf. »Brettspiele. So richtig zum Anfassen also.«

»Cool.«

Es stellte sich heraus, dass er und seine Mitbewohner während des Studiums andauernd Spieleabende veranstaltet hatten und Alessio ein Faible für kooperative Abenteuerspiele hatte. Er war ganz aus dem Häuschen, als er erfuhr, dass eines seiner Lieblingsspiele von ihr stammte. »Krieg der Könige« hatte sich in mehreren Ländern gut verkauft. »Du hast es entwickelt? Genial. Können wir nachher noch ein Selfie für meine Freunde machen?«

Lilly nickte verlegen. »Okay.«

Alessios Begeisterung schmeichelte ihr, gleichzeitig fühlte

sie sich wie eine Hochstaplerin. Die geniale Spieleerfinderin – das war sie in einem anderen Leben gewesen. Gerade fühlte sie sich so weit davon entfernt, als hätte sie gar keinen Anteil daran gehabt.

»Ich fasse es nicht«, flüsterte Alessio. »Da ist er ja!«

»Wer?«, fragte Lilly.

»Sirmione.«

Sie fuhr herum und entdeckte einen Mann, der ihr nicht ganz unbekannt war. Heller Anzug, silbrige Wellen, ein ironisches Lächeln auf den Lippen.

»Das ist mein Nachbar in der Ferienanlage. Und der ist ein berühmter Forscher?«

Sie beobachtete, wie er an die Tür zu Valentinas Büro klopfte. Dann trat er ein, ohne eine Aufforderung abzuwarten.

»Ich wusste nicht, dass die beiden sich kennen«, sagte Alessio.

»Ich schon.«

Alessio zog eine Augenbraue hoch.

»Ich habe beim Frühstück ein Gespräch zwischen ihm und dem Besitzer der Anlage mitbekommen. Kennst du ihn?«

»Klar kenne ich Tommaso. Das hier ist ein kleiner Ort.«

»Okay, klar, jedenfalls ist dabei ihr Name gefallen.«

Er sah auf die Uhr. »Oh, Mist. Ich muss jetzt weitermachen. Und du auch, wie es aussieht.« Er deutete zum Eingang, durch den gerade eine Familie mit drei kleinen Kindern den Raum betrat. »Aber gleich ist Mittagspause. Sehen wir uns in der Kaffeeküche?«

»Und die Kasse?«

»Die übernimmt dann Valentina. Sie springt ein, wenn wir Pause machen.«

»Alles klar«, murmelte sie.

Doch ihre Aufmerksamkeit galt der geschlossenen Büro-tür. Sie hatte diesen Sirmione für einen Lebemann gehalten, vielleicht einen Schriftsteller, aber ganz sicher nicht für einen Biologen, der im sterilen Licht eines Labors Insekten zerlegte – oder was immer diese Lepti-sonst-was-Typen so taten. Wie gerne hätte sie ihr Ohr an die Tür gepresst, um das Gespräch zwischen Valentina und diesem Sirmione zu belauschen.

Valentina

*D*ie neuen Rechnungen ließen Valentina noch stärker schwitzen, als sie es bei diesen Temperaturen ohnehin schon tat. Was, wenn sie einfach nicht bezahlte? Bislang war es ihr nicht gelungen, einen Nachfolger zu finden. Vermutlich würde die Stadt den Laden nach ihrem Ableben einfach dichtmachen. Valentina schmerzte es, sich die Zukunft ihres Herzblutprojekts vorzustellen – leerstehende Gewächshäuser, wildwuchernde Pflanzen und von Halbstarken eingeworfene Scheiben.

Sie seufzte. Trotz allem kam es für sie nicht in Frage, die Rechnungen zu ignorieren. Es käme ihr unehrenhaft vor, mit Schulden abzutreten. Ihre Mutter hätte sich im Grabe umgedreht. Tja, bald schon würden sie das gemeinsam tun können.

Ein lautes Klopfen an der Bürotür riss sie aus ihren Gedanken. Sie beschloss, sich taub zu stellen, weil ihr der Sinn gerade nicht nach einer Unterhaltung stand. Trotzdem öffnete sich die Tür. Wer war so dreist?

Er! Das konnte nicht sein. Oder doch? Rasch verbarg sie ihre zitternden Hände unter dem Tisch.

»Du?«, rief sie.

Er erwiderte ihren entgeisterten Ausruf mit einem warmen Lächeln. »Valentina, da bist du ja.«

Er klang, als hätte *sie* ihn aufgesucht und er die ganze Zeit nur darauf gewartet. Ihn so unerwartet vor sich zu sehen, lähmte ihren scharfen Verstand, so dass sie sich wie von Marionettenfäden gezogen erhob und auf ihn zuging.

Die flüchtigen Wangenküsse, die sie zur Begrüßung austauschten, genügten, um Valentinas Gesicht brennen zu lassen. All die Jahre hatten seine Wirkung auf sie nicht verringert.

Sie schluckte ein paar Mal, bevor sie etwas herausbrachte. »Was tust *du* denn hier?«

Seine Hände berührten immer noch locker ihre Oberarme. Die Wärme seiner Finger ließ ihren ganzen Körper vibrieren.

Lachend musterte er sie. »Ach, Valentina, das klingt ja beinahe vorwurfsvoll, dabei hast du mich doch gerufen.«

Sie runzelte die Stirn. »Dich gerufen?« Dann dämmerte es ihr. »Du bist wieder in Siena.«

Er nickte. »Ich bin wieder in Siena und dort der neue Leiter des Instituts.«

»Ich habe dich nicht auf der Homepage gesehen.«

»Es ist auch noch ganz frisch. Du weißt ja, dass wir beim Digitalen immer hinterherhinken. Muss wohl Schicksal sein, dass du gerade jetzt so eine Entdeckung gemacht hast.«

Schicksal. Es kribbelte auf ihrer Haut, obwohl sie es eigentlich besser wusste. Dies hier war ein Zufall, aber was für einer!

»Ich war mir so sicher, dass du irgendwann nach Amerika gehen würdest«, murmelte sie.

Er sah überrascht aus. »Das weißt du noch?«

Ich habe nichts vergessen, nichts. Es war so erschreckend, dass sie einen Schritt zurücktrat, so dass seine Hände von ihren Armen glitten. »Du hast oft genug davon geredet.«

»Mir ist etwas dazwischengekommen. Das Leben, du weißt ja, wie das ist.« Er sah nicht sie an, sondern über ihre Schulter hinweg durchs Fenster. War es ihm unangenehm, dass seinen hochtrabenden Plänen keine Taten gefolgt waren? Oder beschämte ihn, wie es mit ihnen zu Ende gegangen war? Beides konnte sie sich kaum vorstellen. Früher hatte er sein eigenes Verhalten nie in Frage gestellt.

»Mein Libellenschwärmer ist wichtig genug, dass der Leiter des Instituts anreist?«

»Ich habe es so entschieden. Um ehrlich zu sein, wollte ich schon früher aufbrechen. Gleich nachdem deine Nachricht bei uns eingetrudelt ist.«

»Weshalb?«

»Weißt du das nicht?« Sein Blick war jetzt wieder fest auf sie gerichtet, und er trat einen Schritt auf sie zu.

»Nein«, erwiderte sie harsch.

Abwehrend streckte sie die Hand aus. Ihre Reaktion galt sowohl seiner Frage als auch der Annäherung. Er sollte wissen, dass sein Charme sie nicht länger betörte, obwohl das zu ihrem Ärger durchaus der Fall zu sein schien. »Also, was machst du hier?«

Er nickte ernsthaft, als wollte er sagen: Botschaft angekommen. Keine weiteren Zweideutigkeiten. »Mich hat der Lazarus-Effekt immer schon fasziniert.«

»Ach so«, murmelte sie. *Was hattest du denn angenommen, Valentina?*

»Das könnte bedeuten …«, begann er.

»… das hier bald wieder Mammuts über die Erde laufen?«, unterbrach sie ihn. »So selten ist der Lazarus-Effekt nicht. Und der Libellenschwärmer ist kein Quastenflosser.«

Vom dem Fisch hatte man angenommen, er sei seit siebzig Millionen Jahren ausgestorben, bis er Ende der dreißiger Jahre bei den Komoren wieder auftauchte. Es kam ab und an vor, dass eine Art – wie Lazarus – von den Toten auferstand. Solche Entdeckungen warfen faszinierende Fragen auf. Warum also meinte sie, ihren Fund vor Carlo runterspielen zu müssen?

»Für mich ist ein Libellenschwärmer aufregend genug«, entgegnete dieser. »Ich bin froh, dass du uns geschrieben hast. Immerhin wurde seit hundert Jahren kein Exemplar mehr gesichtet. Hast du ihn markiert?«

»Ja. Und als er später wiedergekommen ist, konnte ich nicht widerstehen. Ich habe ihn behalten. Er lebt jetzt in meinem Wintergarten.«

»Perfekt! Dann kann ich ihn mir gleich ansehen?«

»Jetzt sofort?«

Mit einem Mal war Valentina gar nicht mehr so erpicht darauf, ihren Fund zu teilen. Nicht, wenn es bedeutete, diesen Mann erneut in ihre private Sphäre eindringen zu lassen. Allerdings war es nun wohl zu spät, um einen Rückzieher zu machen.

»Wartest du bitte noch eine halbe Stunde? Du kannst dich draußen auf eine der Bänke setzen. Ich muss erst etwas zu Ende bringen. Dann können wir gehen.«

Er lächelte. »Bis gleich, Valentina.«

Nachdem er gegangen war, fragte sie sich, ob er absichtlich andauernd ihren Namen in seine Sätze einflocht. Weil er sich daran erinnerte, dass sie früher davon immer weiche Knie bekommen hatte. *Unsinn!* Ihn hatte der Lazarus-Effekt hierhergelockt. Für ihn hatte ihre Verbindung nie die gleiche

Bedeutung gehabt wie für sie. Es spielte keine Rolle, dass er mit ihr flirtete. Vermutlich konnte er gar nicht anders mit Frauen kommunzieren.

Umso ungerechter kam es Valentina vor, dass er sie immer noch durcheinanderbrachte. Das Herz wummerte laut in ihrer Brust, und auch ihr Atem ging zu schnell. Drei Wochen später hätte sie diesen plötzlichen Sauerstoffmangel für den Anfang des Endes gehalten. Ein Ende, das gar nicht so unpassend wäre, nachdem sie vor vielen Jahren schon einmal gedacht hatte, seinetwegen zu sterben – an gebrochenem Herzen. Kurz darauf hatte sie erfahren, dass ihr Tod zwar nicht sofort, aber doch früher als gedacht eintreten würde.

Sie schaute auf die Uhr. Noch zwanzig Minuten. Das sollte genügen, um Atmung und Puls wieder unter Kontrolle zu bringen. Obwohl sie keinen klaren Gedanken mehr fassen konnte, verließ sie ihr Büro erst zehn Minuten später als angekündigt. In diesen zähen Minuten tat sie nichts weiter, als auf die Uhr zu starren, aber er sollte nicht glauben, dass sie es eilig hatte, zu ihm zu kommen.

Auf dem Weg nach draußen verabschiedete Valentina sich von Lilly, die gerade auf dem Boden kniete, um die Auslage eines Regals neu zu ordnen.

»Ich muss noch einmal kurz weg. Ich bin aber bald wieder da. Bestimmt wollten Sie bald Mittagspause machen. Bitten Sie Alessio, in der Zeit für Sie einzuspringen?«

»Klar!« Lilly sah zu ihr auf und runzelte die Stirn. »Ist alles in Ordnung bei Ihnen?«

»Was denn sonst!« Es kam wie ein Fauchen heraus. Dabei galt ihr Ärger keineswegs der jungen Mitarbeiterin, sondern sich selbst. Sah man ihr den inneren Aufruhr so deutlich an?

»Verzeihung. Das sollte nicht so barsch klingen. Mir geht gerade viel im Kopf herum. Ich versuche, so schnell wie möglich wieder hier zu sein. Falls vorher Fragen auftauchen, wenden Sie sich an Alessio.«

Als sie das Haus verließ, konnte sie Carlo nirgends entdecken. Ihre Enttäuschung darüber war sehr viel größer als ihre Erleichterung, was ihren Ärger weiter anstachelte. »Mistkerl.«

Doch er war nicht verschwunden. Sie fand ihn schließlich auf einer Bank außerhalb der Anlage. Er schien sie nicht zu bemerken. Seelenruhig saß er da, den Rücken an die Mauer hinter ihm gelehnt. Er sonnte sich mit geschlossenen Augen und wie zu einem wohligen Seufzer geöffneten Lippen.

»Dann lass uns gehen!«, sagte sie.

Lächelnd öffnete er die Augen. »Nichts lieber als das.«

Erneut stieß ihr seine Gelassenheit sauer auf, wo ihr eigener Magen doch wie eine Waschmaschinentrommel im Schleudergang rumorte.

Eine Weile trotteten sie schweigend nebeneinander her, bis Valentina es nicht mehr aushielt. Die Stille ließ zu viel Raum für verwirrende Gedanken und Empfindungen. »Wo bist du untergekommen?«, fragte sie.

»Na ja, es gab nicht viel Auswahl. Ich habe mich bei deinem alten Freund einquartiert. Wie war sein Name noch gleich? Tommaso?«

Etwas daran, wie er den Namen ihres *alten Freundes* aussprach, gefiel ihr nicht. Bevor sie darauf kam, was es war, blieb er abrupt stehen und brachte sie so wieder einmal aus dem Takt. Er blickte den Abhang zum Meer hinunter, dann direkt in ihr Gesicht. »Ich hatte fast vergessen, wie schön es auf Elba ist.« Die letzten Worte hatte er geflüstert.

Sein Wispern jagte Valentina Schauer über den Rücken, weil es sie an die vielen Male erinnerte, an denen sie so leise zueinander gesprochen hatten – Koseworte, von Kopfkissen zu Kopfkissen geraunt.

»Das ist es«, sagte sie. Valentina ging zügigen Schrittes weiter, ohne sich zu vergewissern, dass er ihr folgte.

Doch er beeilte sich, mit ihrem Tempo mitzuhalten. »Auf dem kurzen Weg vom Hotel bis hierher habe ich einen Osterluzeifalter, ein Rotbraunes Ochsenauge und sogar einen Wachtelweizen-Scheckenfalter gesehen«, sagte er.

Sie zog die Augenbrauen hoch. »Ist ja nicht wahr! Drei ganze Arten?! Und das mitten in der Schmetterlingsregion.«

»Du hast dich verändert.«

Sie fragte ihn nicht, was genau er damit meinte, obwohl sie zu gerne gewusst hätte, wie er sie heute sah. Alt? Verbittert? Seltsam?

»Das will ich doch hoffen«, sagte sie. »Sich nicht zu entwickeln, wäre wider die Natur, oder nicht?«

»Du weißt ...«

Sie unterbrach ihn mit einer Handbewegung. »Heb dir deinen Forscherdrang für den Falter in meinem Wintergarten auf.«

Danach sagte er nichts mehr. Dennoch war sich Valentina seiner Nähe viel zu bewusst. Sie nahm jedes leise Atmen, jeden seiner Schritte auf dem knirschenden Kies wahr. Noch schlimmer wurde es, als sie sich kurz darauf in ihrer Küche befanden. In dem kleinen Raum standen sie gezwungenermaßen dicht beieinander. Es fühlte sich viel zu intim an.

Sie reichte ihm das Glas Wasser, um das er gebeten hatte.

»Möchtest du auch noch einen Espresso, bevor wir in den Wintergarten gehen?«

»Danach gerne. Aber jetzt will ich erst mal deinen kleinen Schwärmer sehen.«

Sie musterte ihn misstrauisch. Machte er sich über sie lustig? Doch er lächelte sie nur unschuldig an, bis sie ihn ohne einen weiteren Kommentar in den Wintergarten führte. *Ihr* Falter schwirrte wild umher, und sie überkam ein schlechtes Gewissen, weil sie ihn eingesperrt hatte.

Carlo zog aus seiner Hemdtasche eine Hornbrille hervor und setzte sie sich auf die Nase. Stumm beobachtete er das Tier eine ganze Weile. »Faszinierend«, stellte er am Ende fest, während er die Brille wieder in seiner Hemdtasche versenkte. »Ich denke, wir haben es wahrhaftig mit einem Libellenschwärmer zu tun.« Es klang anerkennend, doch Valentina glaubte, in seiner Stimme den wohlwollend ermutigenden Tonfall auszumachen, den Experten gegenüber Laien anstimmten.

Sie verschränkte die Arme vor der Brust. »Und was machen wir jetzt?«

»Eine DNA-Analyse, nur um sicherzugehen«, erwiderte er.

Sie zuckte zusammen. Warum hatte sie das nicht bedacht? Ihr kleiner Freund würde ein Vorderbein verlieren und damit sein Leben lassen. Sie schluckte. *Seit wann so zimperlich, Valentina?* Niemand würde sie mehr ernst nehmen, sollte sie jetzt einen Rückzieher machen. Trotzdem verspürte sie den Drang, eines der Fenster aufzureißen, damit das Tier heil davonkam.

»Ich schicke das Bein dann samt Fotos und Daten nach

Kanada. Dort sitzt das Labor, das die Analyse vornimmt«, erklärte er.

»Mhm.«

Ein Auszug aus dem Bein würde aufgespalten werden in einzelne Basenpaare, um den Code des Tieres zu entschlüsseln.

»Wann reist du wieder ab?«, fragte Valentina. »Wenn du willst, können wir uns gleich morgen darum kümmern, dass du deine Probe bekommst.«

Je früher er die Insel verließ, umso besser, sagte sie sich und ignorierte dabei beharrlich das Bedauern, das sie wegen ihres kleinen geflügelten Freundes empfand. *Freund? Mach dich nicht lächerlich, Valentina.*

»Ich hatte vor, ein bis zwei Wochen zu bleiben.« Er musterte sie, wartete ihre Reaktion ab.

Irgendwie gelang es ihr, nicht mit der Wimper zu zucken. Wenigstens erhielt ihr Libellenschwärmer so einen Aufschub.

»Deinen Freund Tommaso scheint es nicht zu begeistern, mich wiederzusehen«, sagte Carlo.

»Warum betonst du das jedes Mal so seltsam?«

Er zuckte mit den Schultern. »Ich glaube, er mag dich immer noch. Früher dachte ich ...«

Sie unterbrach ihn. »Ich mag ihn auch. Wie du schon festgestellt hast, ist er ein Freund. Das ist alles. Interpretier nicht zu viel in sein Verhalten hinein. Vielleicht hatte er einen schlechten Tag.«

»Wenn du meinst.« Carlo klang nicht überzeugt.

Sie seufzte. »Ein bis zwei Wochen. Heißt das, du machst hier Urlaub?«

»Sagen wir mal so: Eine kleine Auszeit kommt mir gerade

sehr gelegen. In letzter Zeit war es turbulent in meinem Leben.«

»Dann hat sich bei dir offenbar weniger geändert als bei mir.«

Er machte einen Schritt auf sie zu. »Valentina, es tut mir leid, was damals geschehen ist. Vielleicht bin ich ja auch deshalb gekommen, um dir das zu sagen.«

Erneut berührte er sanft ihren Oberarm, wieder trat sie einen Schritt zurück und blickte ihn kühl an. »Wieso, was ist denn geschehen?«

Sie hatten sich ein halbes Leben lang nicht gesehen. Er hatte kein Recht, an Ereignissen zu rühren, die sie aus gutem Grund ruhen lassen wollte. Sie hatte vor, ihre restliche Zeit in Frieden zu verbringen.

Diesmal blieb er stehen, beugte sich aber ein Stück weit vor. »Tu nicht so, als hättest du irgendetwas davon vergessen.«

Sie schwieg.

»Ciao, Valentina«, raunte er.

Sie war zu sehr damit beschäftigt, das Flattern in ihrem Bauch zu bändigen, um etwas zu erwidern. Erst nachdem er sich von ihr abgewandt hatte, murmelte sie seinem Rücken ein leises »Ciao« zu.

Danach setzte sie sich auf ihr Bett. *Nur einmal kurz durchatmen.* Stattdessen ließ sie die Vergangenheit Revue passieren, erlebte jeden quälenden Moment erneut, immer wieder. Wie paralysiert starrte sie auf den Kleiderschrank ihr gegenüber. *Was tust du hier, Carlo Sirmione?* So verging viel mehr Zeit, als ihr bewusst war. Am Ende waren es Stunden.

Bei ihrer Rückkehr kam ihr der Park verlassen vor. Sie schaute auf die Armbanduhr. *So spät schon, oh je.* Nur noch Lilly war da und hielt die Stellung, obwohl sie seit einer halben Stunde Feierabend hatte. Sie saß hinter dem Verkaufstresen, mit einem Zeichenstift in der Hand über ihren Block gebeugt. Die Außenwelt schien sie vollkommen ausgeblendet zu haben. Etwas an diesem Anblick rührte Valentina. Sie schätzte es, wenn Menschen sich einer Sache absolut verschrieben. Mit Unbehagen dachte sie daran, wie unfreundlich sie sich ein paar Stunden zuvor von der jungen Frau verabschiedet hatte – und das nach der peinlichen Szene im Restaurant. Valentina räusperte sich.

Lilly sah hoch. »Oh, da sind Sie ja wieder. Ich wollte nicht gehen, ohne dass abgeschlossen ist. Alessio hat angeboten zu bleiben, aber ich habe ihn weggeschickt, weil er eigentlich noch eine Verabredung hatte.«

»Ah. Ja. Also. Ich wurde von etwas Wichtigem aufgehalten. Ich hätte anrufen sollen.« Valentina war es peinlich, dass die beiden ihre Nachlässigkeit mitbekommen hatten. Was müssen sie gedacht haben, wenn ihre Chefin am helllichten Tag mit einem Mann verschwand und nicht wiederkehrte?

»Ich bin bloß froh, dass Sie heil zurück sind. Um ehrlich zu sein, hatte ich gerade angefangen, mir Sorgen zu machen.«

»Tut mir leid, dass Sie so lange warten mussten. Das wird nicht wieder passieren.«

Lilly klappte schwungvoll den Block zu. »Nicht so schlimm, mir gefällt es hier. Ich habe mich nicht gelangweilt.«

Valentina fand, dass eine so verantwortungsbewusste Mitarbeiterin ein wenig Aufmerksamkeit verdient hatte. »Woran haben Sie gearbeitet?«

Ein verlegenes Lächeln huschte über Lillys Gesicht. »Ich habe mich an einem Atlasspinner versucht.«

»Darf ich das Bild sehen?«

»Das wollen Sie nicht. Ich zeichne nur zum Spaß und noch nicht sehr lange.«

»Und wenn schon. Ich bin neugierig.«

Seufzend klappte Lilly den Block wieder auf und reichte ihn Valentina. »Na schön, aber behaupten Sie hinterher nicht, ich hätte Sie nicht gewarnt.«

»Einverstanden.« Sie hatte sich darauf eingestellt, als Wiedergutmachung für ihre Unfreundlichkeit irgendeine niedliche Malerei loben zu müssen. Aber an diesem Bild war nichts Süßliches. Die weißen Flecken auf den Flügel waren so verfremdet, dass ihre Form vage an Totenschädel erinnerte. Die Schlangenköpfe an den Flügelspitzen wirkten mindestens ebenso bedrohlich.

Der Falter saß über einer Schale mit Obst. Sie war überzeugt, dass Lilly nicht vergessen hatte, dass dieser Nachtfalter keine Nahrung aufnehmen konnte. Valentina konnte das faulige Aroma der fleckigen Bananen- und Orangenscheiben geradezu riechen, obwohl es sich nur um eine Schwarz-Weiß-Skizze handelte. Das Bild erinnerte sie an eine barocke Vergänglichkeitsstudie und widersprach dem sonnigen Gemüt ihrer Angestellten dermaßen, dass Valentina erstaunt aufsah. »Es ist sehr gut«, sagte sie.

»Sie klingen beinahe schockiert.« Lilly kicherte, sah aber gleich wieder ernst drein. »Es gefällt Ihnen wirklich?«

»Ich finde es phänomenal.«

Lilly nahm den Block wieder an sich und riss das Blatt heraus. »Dann schenke ich es Ihnen.«

»Unsinn, das sollten Sie nicht.«

»Aber es hat Ihnen doch gefallen?«

»Ja, aber …«

»Dann nehmen Sie es bitte, Signora Peruvio.«

Lilly hielt ihr beharrlich das Blatt vor die Nase.

»Wenn Sie sich ganz sicher sind.« Valentina nahm die Zeichnung an sich. »Danke.«

»Gut.« Lilly zögerte. »Dann mache ich mich jetzt mal auf den Heimweg.«

»Wir sehen uns morgen. Kommen Sie ruhig etwas später, heute sind Sie schließlich länger geblieben.«

»Lieber nehme ich diese Postkarte als Bezahlung, wäre das in Ordnung? Dann habe ich auch noch einen Atlasspinner.« Grinsend deutete Lilly auf eine der Hologrammfotografien in dem Postkartenständer. In diesem Moment hätte sie als der personifizierte Sonnenschein durchgehen können, und doch malte sie so finstere Bilder, dachte Valentina.

»Greifen Sie zu«, sagte sie trocken. »Ich fürchte aber, Sie haben dabei das schlechtere Geschäft gemacht.«

»Warum verkaufen Sie den ganzen Kram, wenn Sie ihn so scheußlich finden?«

»Weil er allen anderen zu gefallen scheint.«

»Dann bin ich wohl wie alle anderen, die hierherkommen.«

»Ich wollte damit nicht …«

»Schon gut. Ich habe gar nichts dagegen, gewöhnlich zu sein. Ganz im Gegenteil.« Vergnügt winkend verabschiedete sie sich von Valentina.

Diese sah Lilly ratlos nach. *Gewöhnlich* war nicht unbedingt das Attribut, das Valentina mit diesem schwer einzuschätzenden Geschöpf in Verbindung gebracht hätte.

Lilly

*B*eim Verlassen des Parks war Lilly kurz davor, die Faust triumphierend in die Höhe zu recken. »Ja!«

Ihrem Gefühl nach war sie Valentina ein ganzes Stück nähergekommen. Hatte es während ihres Gesprächs nicht doch noch leise klick gemacht? Während Valentina das Bild betrachtet hatte, hatte sich Lilly wie ein Kind gefühlt, das aufgeregt darauf hoffte, dass seine Mutter in der Krakelei den Hund erkennen und ihn nicht für einen Hubschrauber halten würde. Doch Valentina hatte das Bild gefallen, und sie würde von nun an vielleicht ab und zu an Lilly denken, sobald sie einen Atlasspinner sah. Und Lilly würde ihren an die Wand ihres Appartements hängen.

Ein erstes verbindendes Element. *Kleine Schritte.* Sie war sich so plump vorgekommen, nachdem sie gleich an ihrem zweiten Arbeitstag das Schmetterlingshandbuch erwähnt hatte. Bang hatte sie auf eine Reaktion gewartet – die natürlich ausgeblieben war. Wie hätte Valentina auch ahnen sollen, dass Lilly von *dem* Buch gesprochen hatte.

Auf dem Heimweg war Lilly in der Stimmung, sich ein kleines Abenteuer zu gönnen. Sie verließ den Pfad, um ein Stück querfeldein zu gehen. Dabei kletterte sie über Felsen, erkundete die Pflanzen am Wegesrand und traf sogar auf ein

Mufflon, das sich irgendwie hierher verirrt haben musste. Lilly streckte ihm die Hand entgegen, doch das Tier rannte sofort weg.

Kurz vor der Abzweigung zur Ferienanlage entdeckte sie Tommaso, der auf einem Felsen saß und hinunter aufs Meer blickte. Er machte nicht den Eindruck, als ob ihm der Sinn nach Gesellschaft stand. Sie grüßte freundlich, weil alles andere seltsam gewesen wäre, ging jedoch zügig weiter, damit er nicht dachte, sie wolle ihn in ein Gespräch verwickeln.

»Ertappt!«, rief er.

Nun blieb sie doch stehen. »Du mich oder ich dich?«

»Hier kommt so gut wie nie jemand vorbei. Deswegen habe ich diesen Platz zu meinem Rückzugsort erkoren. Versteh mich nicht falsch. Ich liebe meinen Job, aber manchmal brauche ich etwas Ruhe von dem Trubel.«

Sie schlich geduckt weiter, wobei sie sich eine Hand vor die Augen hielt. »Ich sehe dich gar nicht. Einen schönen Abend noch.«

Er lachte laut auf. »Warte. Es ist sowieso zu spät, denn ich habe dich gesehen.«

»Jetzt habe ich dir den Moment geraubt.«

»Und bereicherst mich um angenehme Gesellschaft. Wie war dein Tag mit den Schmetterlingen?«

»Sehr bunt.«

»Kann ich mir vorstellen. Wenn ich mich nicht irre, habt ihr heute hohen Besuch erhalten?«

In seiner Stimme schwang etwas mit, das sie nicht recht einordnen konnte. Ratlos sah sie ihn an, bis ihr endlich einfiel, von wem die Rede sein musste. »Oh, du meinst Carlo Sirmione, die Koryphäe unter den Lepi… dopterologen?«

»Mhm«, brummte er.

Gespannt wartete sie darauf, dass er ausführlicher wurde, aber Tommaso schien es bei diesem einen missbilligenden Laut belassen zu wollen.

Unschlüssig, ob sie ihm weiter Gesellschaft leisten oder verschwinden sollte, lehnte sie sich an seinen Felsen an, um in die gleiche Richtung wie er zu schauen. »Ich finde, du hast dir einen sehr schönen Platz ausgesucht.«

»Siehst du den Monte Perone?« Er deutete auf einen Berggipfel. »Man nennt die Gegend auch die Sixtinische Kapelle der Natur.«

»Das gefällt mir.« Sie lächelte. »Würde ich an höhere Mächte glauben, würde mir das hier leichter fallen als in irgendeinem düsteren Gemäuer, das Menschen geschaffen haben.«

»Glaubst du denn an nichts?« Neugierig sah er sie an.

Sie knibbelte an ihren Fingerknöcheln, während sie über eine Antwort nachdachte.

»Geht mich nichts an«, sagte er.

»Nein, schon gut. Ich weiß es bloß nicht genau. Manchmal nein, manchmal ja, aber dann auf eine selbst zusammengeschusterte Art, die man anderen nicht erklären kann, ohne lächerlich zu klingen.«

»Es muss auch nicht alles ausgesprochen werden. Damit kann man viel kaputt machen.«

Erst jetzt bemerkte sie, wie eigenartig es war, so vertraulich mit einem nahezu Unbekannten zu sprechen. Dabei kam er Lilly so fremd gar nicht vor. Sie dachte an seinen wachsamen Blick, sobald es um Valentina ging. Was, wenn … Lilly stieß einen scharfen Laut aus.

»Alles in Ordnung?«, fragte er.

»Darf ich dich auch etwas Persönliches fragen?«

»Ich habe nichts zu verbergen. Schieß los!«

»Wart du und Valentina mal ein Paar?«

Ihm klappte tatsächlich die Kinnlade ein Stück herunter, wie bei einer Comicfigur. »Was … Wie kommst du ausgerechnet darauf?«

»Tut mir leid, ich habe heute Morgen dein Gespräch mit Signore Sirmione belauscht. Und da klang es für mich so, als ob irgendwann einmal etwas vorgefallen wäre.«

Er lächelte gequält. »Tatsächlich?«

»Vergiss, dass ich gefragt habe. Das war übergriffig. Schlechte Eigenschaft, das mit der Neugierde.«

Sie machte Anstalten weiterzugehen, doch er stieß ein Seufzen aus. »Ich kann nur für mich sprechen. Es gab mal eine Zeit, da dachte ich … Aber es ist lange her, eine Ewigkeit.«

Wie lange genau?

»Eine Ewigkeit kann es nicht her sein. So alt bist du doch noch gar nicht.«

Er gluckste. »Alt genug, glaub mir.«

»Okay, und … «

»Belassen wir es dabei. Und bitte sag Valentina nicht, dass ich so etwas erzählt habe.«

Mehr würde sie also vorerst nicht erfahren. Es war frustrierend, dennoch setzte sie ein verschwörerisches Lächeln auf. »Ich verrate nichts, versprochen. Das würde ich mich auch gar nicht trauen. Meine Chefin scheint Vertraulichkeiten nicht besonders zu schätzen.«

»Lass dich von ihrer spröden Art nicht täuschen. Valentina ist in Ordnung.«

»Ich wollte nicht andeuten, dass sie das nicht ist. Mir gefällt ihre *spröde Art*. Ich bin froh, dort zu arbeiten.«

»Gut.«

»Ist sie eigentlich verheiratet?«, fragte Lilly.

»Nein.«

»Auch nie gewesen?«

Er schüttelte den Kopf.

»Und Kinder?«

»Auch nicht.«

Wenn du wüsstest! Unvernünftigerweise fühlte sich Lilly gekränkt von seiner Antwort.

Er stand auf. »Ich habe hier lange genug gesessen. Wollen wir gemeinsam zurück zum Haus gehen?«

»Gerne.« Das war nicht gelogen. In seiner Gegenwart verlor man jede Befangenheit, kein Wunder, dass er so beliebt war. Lilly erfuhr von Tommaso, dass Geologen die Insel für ein faszinierendes Puzzle hielten, wegen der unzähligen Gesteinsschichten, die zum Teil fünfhundert Millionen Jahre alt sein sollten. Auch über Napoleons Zeit auf Elba konnte Tommaso ausführlich berichten. »Die Fonte di Napoleone ist gar nicht so weit von hier entfernt. Fahr mal dahin und probier das Wasser, direkt aus der Quelle, an der sich Napoleon bei einem Abstecher nach Poggio gestärkt hat.«

»Und was passiert, wenn ich daraus getrunken habe? Schrumpfe ich dann?«

»Napoleon war gar nicht so klein für die damaligen Verhältnisse. Das haben britische Karikaturisten erfunden, um ihn lächerlich zu machen. Aber ich merke schon, ein Feldherr beeindruckt dich nicht. Unabhängig davon ist es ein schöner Ort, inmitten von Kastanienbäumen und Steineichen. Und das Wasser schmeckt köstlich.« Tommaso führte Daumen und Zeigefinger an die Lippen, wobei er ein schmatzendes Geräusch von sich gab.

Lilly lachte laut auf. »Du liebst die Gegend hier wirklich, oder? Gerade erinnerst du mich an Valentina, wenn sie über Schmetterlinge spricht.«

»Ach ja?« Versonnen blickte er in die Ferne und schien plötzlich selbst ganz weit weg zu sein.

Zurück in ihrem Appartement ließ sich Lilly aufs Bett fallen, um die Ereignisse des Tages sacken zu lassen. Konnte Tommaso ihr Vater sein? Zwischen ihm und Valentina war eindeutig einmal etwas gelaufen, und in seiner Gegenwart fühlte Lilly sich fast wie zu Hause. Aber vielleicht war er auch bloß ein netter Mensch. Und selbst wenn er und Valentina irgendwann einmal Sex gehabt hatten, musste das nicht vor gut dreißig Jahren gewesen sein.

Unwillkürlich dachte Lilly an den Vater, der sie aufgezogen hatte. Der Mann, der sie als Kind auf den Schultern getragen, ihr Schlaflieder vorgesungen und auf ihre Wunden gepustet hatte. Hatte ihr anderer Vater sie freiwillig aufgegeben? Oder wusste er womöglich gar nicht, dass es sie gab? Valentina schien eine Einzelgängerin zu sein, die ihre Entscheidungen ganz für sich alleine traf.

Plötzlich verspürte Lilly den Drang, mit ihren Eltern in Deutschland zu sprechen, unterdrückte ihn aber sofort wieder. Früher hatte sie sich mit all ihren Problemen an die beiden gewandt, doch inzwischen hatte sich gezeigt, wie blind ihr Vertrauen gewesen war. Sie hatte keine Ahnung von der ungeheuren Wahrheit gehabt, die ihr vorenthalten worden war. Außerdem würde sie die aufgesetzte Tapferkeit in der Stimme ihrer Mutter, den melancholischen Blick ihres Vaters nicht ertragen. Natürlich hatte Lilly vor ihrer Abreise die Sorge ihrer Eltern gespürt, sie zu verlieren. Sie hatte sich deshalb mal schuldig, mal traurig, mal wütend gefühlt – aber noch war sie nicht bereit, ihnen bedingungslos zu verzeihen.

Stattdessen dämpfte sie das Gefühl der Verlorenheit mit einem Anruf bei ihrer Freundin Tanja, die mit alledem nichts zu schaffen hatte. Anfangs sprach Lilly eher zögerlich über die Erlebnisse der vergangenen Tage. Doch bald sprudelte es nur so aus ihr heraus, denn wie immer hakte Tanja an genau den richtigen Stellen nach.

»Überleg mal, vielleicht habe ich mich bei meinem Vater einquartiert! Wäre das nicht unglaublich«, sagte Lilly.

»Schon irgendwie. Geradezu filmreif. Und ich weiß ja, dass du schnelle, praktische Lösungen magst. Aber steiger dich lieber nicht in diese Idee rein. Bestimmt hat Valentina mit mehr als einem Mann tiefe Blicke gewechselt.«

»Du hast recht. Das war mir natürlich schon klar, bevor du es gesagt hast, aber …«

»Du magst ihn.«

»Er wäre ein ziemlich guter Kandidat für den Posten.«

»Wenn du nicht bereits einen echt coolen Vater hättest.«

»Willst du mir jetzt auch noch ein schlechtes Gewissen machen? So à la ›Schätze gefälligst, was du hast!‹?«

»Überhaupt nicht.« Tanjas Stimme klang gelassen. »Ich kann mir kaum vorstellen, wie es sein muss, das durchzumachen, was du durchgemacht hast – und dann noch zu erfahren, dass deine Eltern nicht deine Eltern sind. Ich will nur verhindern, dass du verletzt oder enttäuscht wirst. Meiner

Meinung nach solltest du deshalb beides tun. Nicht vergessen, was du schon hast, *und* deine biologischen Eltern suchen. Lass dich auf dieses Abenteuer ein, knüpfe aber nicht zu große Erwartungen daran.«

»Sorry, ich wollte dich nicht anraunzen«, sagte Lilly.

»Schon okay. Und wo ich so darüber nachdenke, ist es ja nicht ausgeschlossen, dass der erste Mann, dem du dort über den Weg läufst, ausgerechnet dein Vater ist. In so einem kleinen Bergkaff ist die Auswahl wahrscheinlich nicht besonders groß.«

Lilly schnaubte. »Schon gut. Apropos Auswahl, was macht dein Liebesleben?«

Nach vielen Nullnummern hatte Tanja über Tinder gleich zwei nette Männer kennengelernt, mit denen sie sich regelmäßig verabredete.

»Ich bin vielleicht ein bisschen verliebt. Auf jeden Fall treffe ich mich im Moment exklusiv mit dem Geigenbauer.«

»Klingt gut.«

»Und erzählst du mir jetzt endlich mal, was da bei Oliver und dir gerade abläuft?«

Vor dieser Frage hatte Lilly sich gefürchtet. Bislang wusste nicht einmal Tanja von der Quasitrennung und den Gründen dafür. Lilly schätzte Tanjas Ehrlichkeit, meistens jedenfalls, aber gerade konnte sie niemanden gebrauchen, der ihre Entscheidung hinterfragte. Sie schaffte es ja kaum, ihre eigenen Zweifel im Zaum zu halten.

»Derzeit legen wir eine Pause ein«, murmelte sie.

»Okaaay?« Tanja klang überrascht. Trotzdem bohrte sie nicht weiter nach, als Lilly nicht reagierte. »Und was hast du heute noch vor?«

»Vielleicht gehe ich eine Runde spazieren, um den Kopf freizubekommen.«

»Oder du nimmst doch an einem Töpferkurs teil und nutzt die Gelegenheit, deinem Tommaso unauffällig weiter auf den Zahn zu fühlen.«

Lilly lachte. »Keine schlechte Idee, aber so richtig sehe ich mich nicht an der Töpferscheibe. Und jetzt hören wir endlich auf, über mich zu reden. Was macht die Küchenschlacht?«

Tanja gab einen seltsamen Laut von sich.

»Alles in Ordnung?«, fragte Lilly. Während ihrer Krankheit hatte niemand seine Probleme mit ihr geteilt, nicht einmal Tanja. Die Menschen in Lillys Umgebung waren wohl davon ausgegangen, dass ihr andere Sorgen profan erscheinen müssten im Vergleich zu ihren eigenen. Damit hätten sie nicht ganz falschgelegen, aber jetzt war es an der Zeit, dass Lilly wieder zuhörte. So fand sie heraus, dass Tanja schon seit Wochen um ihren Job bangen musste, da man in dem Verlag, für den sie als Food-Redakteurin arbeitete, zahlreiche Stellen strich.

»O nein!«, rief Lilly aus.

Sie wusste, wie sehr Tanja ihre Arbeit liebte. Lillys Freundin ging darin auf, in der Versuchsküche zu hantieren und immer wieder neue Kreationen zu erfinden. »Was kümmert mich meine Hüfte, wenn ich dauernd leckere Sachen essen kann?«, war ihr Motto.

»Warte erst mal ab, was passiert«, sagte Lilly. »Sie wären saudämlich, dich gehen zu lassen.«

»Mhm.« Tanja klang nicht überzeugt.

»Hast du einen Plan B für den Notfall?«

»Ich glaube fast, dass die Printmedien keine Zukunft haben. Aber du weißt ja, wie sehr ich den Duft von Papier und gutem Essen mag.« Tanja stieß ein unglückliches Lachen aus. »Vielleicht muss ich trotzdem in den Onlinebereich umsiedeln. Allerdings habe ich gehört, dass da oft auch nur virtuell gekocht wird.«

»Wie geht das denn?«

Tanja seufzte. »Es werden endlos alte Rezepte reproduziert.«

»Oje.«

Lilly wusste, dass bei vielen Zeitschriften die Auflagen im Sturzflug sanken. Auch der Verlag, für den Oliver arbeitete, hatte schon einige Titel aufgeben müssen. Dass sowohl er als auch Tanja bei Magazinen arbeiteten, war kein Zufall. Lilly hatte ihn auf einer Party von Tanjas damaligem Freund und Kollegen Tim kennengelernt, der wiederum gemeinsam mit Oliver volontiert hatte.

»Tut mir leid, dass es gerade so schwierig bei dir ist.« Wie gerne hätte Lilly ihre Freundin in den Arm genommen. »Ich drück die Daumen, dass sich die Situation bald klärt – in deinem Sinne. Hältst du mich auf dem Laufenden?«

»Klar, du mich auch?«

»Klar.«

»Hab dich lieb«, sagte Tanja.

»Ich dich auch«, erwiderte Lilly.

Mit einem warmen Gefühl im Bauch verabschiedete sich Lilly von ihrer Freundin. So alleine, wie sie sich in letzter Zeit oft gefühlt hatte, war sie gar nicht.

Nach dieser Erkenntnis streifte sie in gelöster Stimmung durch die Anlage. Dabei traf sie auf ihren Nachbarn, der an einem kleinen Natursteinpool im Liegestuhl lag und in einem dicken Buch blätterte. Seine Anzugjacke hatte er inzwischen ausgezogen und die Ärmel seines Hemdes hochgekrempelt.

Als er sie sah, legte er den Wälzer zur Seite. »Ich habe Sie doch im Schmetterlingspark an der Kasse gesehen, oder? Sie arbeiten also bei Valentina Peruvio?«

»Ich bin als Aushilfe für den Sommer hier.«

»Sind Sie auch Biologiestudentin, so wie der junge Mann dort ... wie hieß er noch gleich ... Alessio?«

»Sie kennen ihn?«

»Eigentlich nicht. Wir sind uns gestern zufällig über den Weg gelaufen und haben ein wenig geplaudert.«

Lilly schmunzelte. »Und ich weiß zufällig, dass er Ihre Arbeit sehr schätzt.«

Er lächelte. Dass sie wusste, wer er war, schien ihm zu gefallen. »Also sind Sie eine?«

»Eine was?«

»Biologiestudentin.«

»Bestimmt nicht.« Sie schnitt eine Grimasse. »Die naturwissenschaftlichen Fächer lagen mir nicht besonders. Dafür sind Sie wohl so etwas wie eine Koryphäe auf dem Gebiet.«

Er machte sich nicht die Mühe, höflich abzuwinken oder es gar abzustreiten, sondern nickte gleichmütig. »So sagt man.«

Sie deutete auf sein Buch, auf dessen Titel ein aufgespießter Schmetterling prangte. Ein blutroter Schriftzug hob sich von der schwarz-weißen Zeichnung ab. »Fachlektüre?«

»Thriller.«

»Aber Sie sind beruflich hier?«

Zum ersten Mal zögerte er, bevor er antwortete. »Sieht so aus. Offenbar sind die Libellenschwärmer von den Toten wiederauferstanden. Valentina ist ein Exemplar direkt vor die Nase geflogen. Da konnte ich nicht widerstehen, es mir anzusehen.«

»Wenn Sie sagen, sie sind von den Toten auferstanden, dann ...«

»... habe ich damit gemeint, dass diese Art als ausgestorben gilt.«

»Wow!«

Er gluckste zufrieden. »So könnte man es ausdrücken. Waren Sie schon einmal auf Elba?«

»Noch nie«, antwortete Lilly. »Und Sie?«

»Ich habe hier mal einen wunderbaren Sommer verbracht«, erwiderte er mit verhangenem Blick.

Sie zog die Augenbrauen hoch. »Wollten Sie etwa auch die endemischen Arten der Insel erkunden?«

»So etwas Ähnliches.« Er lachte. »Nur, dass es mir damals nicht um Tiere ging.«

Für Lillys Geschmack war dieser Mann ein wenig *zu* gewandt. Wer auf schwer greifbare, schillernde Typen stand, fand in diesem Mann das perfekte Material für feuchte Träume. Lilly zählte allerdings nicht zu diesen Frauen.

»Dann widmen Sie sich mal weiter Ihren Killerinstinkten«, murmelte sie und deutete mit dem Kinn in Richtung seines Schmökers.

Er zwinkerte ihr zu. »Rrrrrrr. Mache ich. Und Ihnen viel Spaß noch bei ... was auch immer Sie da gerade tun.«

Während Lilly ihren Spaziergang fortsetzte, fragte sie sich, worin die Verbindung zwischen Sirmione und Valentina bestanden haben mochte. Sie konnte sich gut vorstellen, dass sich auch heute noch junge Studentinnen in ihn verknallten.

Früher hatte er vermutlich sogar noch besser ausgesehen. Aber könnte sich jemand wie Valentina für einen Mann begeistern, der so überzeugt von sich selbst auftrat? Lilly ärgerte sich über die verpasste Chance. Sie hätte ihn fragen sollen, wann genau er einen Sommer auf Elba verbracht hatte. Andererseits war es wohl hanebüchen, in jedem Mann, den sie hier traf, ihren Erzeuger zu wittern.

Trotzdem konnte sie es nicht lassen. Auf dem Weg erspähte Lillys durch ein Fenster des Haupthauses erst Tommaso und beim genauen Hinsehen noch weitere Köpfe. Offenbar gab er gerade einen seiner Töpferkurse. Lilly studierte sein Profil. Die Augenbrauen waren voller als ihre eigenen, aber hatten sie nicht einen ganz ähnlichen Schwung? Und die schmale Nase ...

Bevor sie weitere Vergleiche anstellen konnte, sah Tommaso direkt zu ihr hin. Mit einer Geste winkte er sie zu sich. *Komm doch rein.*

Ertappt schüttelte sie den Kopf. Er zuckte lächelnd mit den Schultern, als wollte er sagen: *Dann eben nicht.*

Danach gestikulierte er vehement in eine andere Richtung, als wollte er sie an einen bestimmten Ort lenken. Um zu überprüfen, dass sie ihn richtig verstanden hatte, zeichnete sie mit zappelnden Fingern Trippelschritte in die Luft.

Er nickte, hielt sich eine Hand vor den Mund und machte Kaubewegungen. *Mangiare.*

Sie folgte seiner stummen Aufforderung und gelangte so zu der Terrasse mit dem Servierwagen. Darauf stand eine Kaffeekanne sowie ein Teller, der von einem Geschirrtuch abgedeckt wurde. Sie zog den Stoff beiseite und entdeckte einen mit Mandelsplittern bedeckten Kuchen. Er sah herrlich saftig aus. Statt sich mit nur einem Stück zu begnügen, folgte sie einem übermütigen Impuls und schnappte sich den ganzen Teller. Damit schlich sie noch einmal an dem Fenster vorbei und reckte ihre Beute wie eine Trophäe empor.

Tommaso stemmte die Hände in die Hüfte und sah sie empört an. *Wirklich den ganzen?* Sie streckte ihm die Zunge raus, woraufhin er so laut lachte, dass Lilly es sogar von draußen hörte. Drinnen wandten sich nun alle Köpfe zum Fenster.

Lilly ging geduckt weiter, ohne noch einmal in den Raum zu sehen. Zurück im Appartement begutachtete sie ihre Beute. Sie schämte sich ein wenig für ihre kindische Anwandlung, zugleich war sie wirklich hungrig.

Schon beim ersten Bissen stellte sie fest, dass dieses Gebäck als vollwertige Mahlzeit taugte. Er war mit Trockenobst und Nüssen gefüllt und einfach köstlich. Sie musste Tommaso unbedingt das Rezept entlocken, um es Tanja zu schicken. Nachdem sie den Rest des Kuchens gierig verschlungen hatte, leckte sie sich die Finger ab und pickte so auch noch die letzten Krümel auf.

VALENTINA

Mittwochs hatte der Park geschlossen, da in der Mitte der Woche ohnehin weniger Besucher gekommen wären. Wie immer nutzte Valentina diesen Tag für ihren Wocheneinkauf in Marciana Alta. Sie ließ sich Zeit dabei, durch die engen Gassen zu bummeln und die zahlreichen Treppen zu erklimmen, begleitet vom Duft der Blüten in den Blumenkästen und Innenhöfen. Dieser Ort war von Touristenhorden verschont geblieben. Doch es gab auch noch einen weiteren Grund für die Ruhe hier. An einigen Häusern prangte ein Schild mit der Aufschrift »vendesi«. Marciana teilte das Schicksal anderer Bergdörfer. Valentina konnte sich keine schönere Gegend als diese zum Leben vorstellen, verstand aber auch die Menschen, die anderswohin zogen. Eine schöne Aussicht vereinfachte den Alltag nicht, weil sie zumeist mit vielen Treppen und wenig Infrastruktur einherging.

Auf einem der kleinen Plätze des Ortes stieß Valentina zu ihrer Überraschung auf Lilly, die unter Bäumen auf einer steinernen Bank mit Aussicht saß und in einem Buch blätterte. Sie legte es beiseite, als sie Valentina entdeckte.

»Und ich dachte, ich habe heute frei!«, rief Lilly fröhlich.

»Keine Angst, ich bin nicht Ihretwegen hier. Aber warum verbringen Sie einen so schönen Tag nicht am Strand wie die anderen jungen Leute?«

»Die anderen jungen Leute? Das klingt, als wäre ich ein Teenager und Sie hundert Jahre älter als ich.«

So fühle ich mich auch.

Bevor sie etwas erwidern konnte, sprach Lilly weiter. »Ich bekomme schnell einen Sonnenbrand, bade nicht gerne in Naturgewässern und kann dort nicht einmal lesen, weil die hellen Seiten das Licht reflektieren.«

Valentina schmunzelte. »Das sind ja gleich drei gute Gründe auf einmal.«

Sie war selbst nie eine Strandnixe gewesen. Doch wenn es sie einmal zum Wasser zog, dann schwamm sie lieber in Naturgewässern als in gechlorten Becken.

»Packende Lektüre?« Valentina hatte keine Ahnung, warum sie das Gespräch mit Fragen in die Länge zog, aber irgendetwas an dieser jungen Frau weckte ihre Neugierde.

Lilly hielt das Buch hoch, so dass Valentina ein Foto von Elbas Küste auf dem Umschlag erkannte.

»Ich blättere ein wenig in meinem Reiseführer. Es ist so lauschig hier.« Sie deutete auf den kleinen, plätschernden Brunnen. »Vielleicht sehe ich mir die Wallfahrtskirche an.«

»Auf dem Berg waren Sie schon?«

Lilly schüttelte den Kopf. »Der kommt mir ganz schön hoch vor.«

»Nehmen Sie die Seilbahn, wenn Sie nicht gerne wandern. Es lohnt sich.«

»Glaube ich sofort.«

»Das klingt, als wollten Sie trotzdem nicht da rauf.«

Lilly knetete ihre Finger. »Eigentlich will ich es sogar sehr gerne. Früher bin ich auf die höchsten Berge gekraxelt, aber seit kurzem macht mir Höhenangst zu schaffen.«

Sie sah so bedrückt aus, dass Valentina Mitleid überkam. Ob etwas vorgefallen war, das Lilly die Höhe verdorben hatte?

Valentina hatte nicht viel Erfahrung darin, ihren Mitmenschen Trost zu spenden oder sie zu ermutigen. Sie dachte noch über eine passende Bemerkung nach, da entdeckte sie die vertraute Silhouette am anderen Ende einer Gasse, die zu dem Platz führte. Sie nahm es ihrem Herzen übel, dass es gleich wieder schneller klopfte. Es war kein Wink des Schicksals, dass Carlo hier auftauchte. Es handelte sich nicht einmal um einen bemerkenswerten Zufall. Marciana war der nächstgrößere Ort, früher oder später traf man hier jeden.

Ihn hätte sie allerdings wirklich eher am Strand vermutet. Er hatte nie dem Klischee des Forschers entsprochen, der blass im stillen Kämmerlein sinnierte. Vor vielen Jahren hatte sie unten am Meer neben ihm im Sand gelegen und beobachtet, wie sein muskulöser Körper begehrliche Blicke auf sich zog. Damals hatte es sie amüsiert. Zu dem Zeitpunkt war Valentina überzeugt gewesen, er sei ebenso verliebt in sie wie sie in ihn. Nicht, dass sie seine Gefühle für sich als selbstverständlich hingenommen hätte, ganz im Gegenteil hatten seine Liebesbekundungen sie fortwährend erstaunt – aber sie hatte daran geglaubt.

»Möchten Sie wirklich so gerne auf den Berg?«, stieß sie hervor.

»Schon, aber … «

»Würde es Ihnen helfen, wenn ich Sie begleite? Die Station der Cabinovia ist keinen Kilometer von hier entfernt, wir könnten jetzt gleich dorthin gehen.«

»Im Ernst?« Lilly starrte sie an.

Kein Wunder, dass sie so vollkommen verdattert aussah. Was hatte Valentina bei ihrem Vorschlag nur geritten? Natürlich kannte sie die Antwort auf diese Frage. Sie hatte nicht nachgedacht, sondern war einem einzigen Impuls gefolgt: *Bloß weg hier!*

»Das war wohl etwas voreilig von mir. Sie haben Angst, und ich sollte Sie nicht nötigen, dort hinaufzufahren.« Sie wollte so schnell wie möglich verschwinden, deswegen tippte sie sich zum Abschied nur kurz an die Stirn und machte kehrt. Sonst würde Carlo sie bald entdecken. *Oh Gott, ich verhalte mich vollkommen lächerlich.* Sofort hörte sie die Stimme ihrer Mutter, die sie ermahnte, Gott aus dem Spiel zu lassen.

Nach wenigen Schritten wurde Valentina eingeholt. »Warten Sie!« Lilly war blass um die Nase, setzte aber ein tapferes Lächeln auf. »Falls Sie das ernst gemeint haben, würde ich es gerne versuchen. Ich kann nur nicht dafür garantieren, dass ich nicht … überreagiere.«

Oje. Das kam davon, wenn man irgendwelchen Einfällen folgte, ohne vorher zu überlegen. Valentina dachte an die kleinen Körbe, in denen man emporschwebte. Sie waren oben offen, schaukelten und waren damit perfekt geeignet, um eine Panikattacke zu entwickeln, wenn man Höhenangst hatte.

Konnte Valentina einen Rückzieher machen? Auf jeden Fall konnte sie hier nicht stehen bleiben.

»Kommen Sie, da geht's lang.« Sie ging so zügig voran, dass Lilly kaum mit ihr Schritt halten konnte, trotzdem verlangsamte Valentina ihr Tempo erst wieder, als sie außer Sichtweite waren.

»Haben Sie sich das gut überlegt? Sie sollten sich wirklich nicht von mir genötigt fühlen«, wiederholte Valentina.

»Bereuen Sie etwa schon, dass Sie mir den Vorschlag gemacht haben?«, fragte Lilly grinsend.

Valentina fühlte sich ertappt. »Natürlich nicht. Ich bin nur um Ihr Wohlergehen besorgt.«

»Das ist nett«, erwiderte Lilly mit weicher Stimme. Sie klang beinahe dankbar.

Das schlechte Gewissen wegen ihrer Lüge ließ Valentina verstummen. Dafür schnatterte Lilly plötzlich ohne Unterlass. Sie wirkte nervös. Als sie die Seilbahn sah, lachte sie viel zu laut, wobei ihr ganzer Körper vibrierte. *Es geht schon los*, dachte Valentina beunruhigt. *Sie wird durchdrehen.*

Doch sobald sie den quietschgelben, schwankenden Korb betraten, gab Lilly keinen Mucks mehr von sich. Schockstarre, vermutete Valentina. Wieso hatte sie sich nur auf diese Unternehmung eingelassen? Noch etwas, das sie Carlo anlasten konnte!

Am Abend zuvor hatte er ihr mitgeteilt, dass er und seine Frau mittlerweile getrennt lebten. Zuerst hatte sie mit den Augen gerollt. Warum erzählte er ihr so etwas? Vielleicht war es nicht einmal wahr. Doch dann hatte er sich darüber ausgelassen, dass seine Kinder nicht mehr mit ihm sprachen, und dabei so aufrichtig bekümmert gewirkt, dass Valentina ihm mittlerweile glaubte. Änderte das irgendetwas?

»Noch können wir vielleicht wieder raus. Soll ich nachfragen?«

»Nein«, presste Lilly hervor.

»Dann atmen Sie gefälligst wieder!«

Für Valentina war es befremdlich, so eng beieinanderzustehen, wo sie einander doch kaum kannten, doch ihre Begleiterin war vollauf damit beschäftigt, sich an den Gitterstäben des Korbes festzukrallen, dessen Umrandung ihnen kaum bis zur Brust reichte.

»Wie lange fahren wir?«, fragte Lilly.

»Etwa zwanzig Minuten.«

Ein leises Ächzen entwich Lillys Kehle. »Okay.«

»Direkt unter uns ist es nicht sehr tief. Wir bleiben immer nahe über der Schneise. Sehen Sie?«

»Ich werde sicher nicht hinunterschauen.« Lilly hielt den Blick auf den Berg gerichtet. Sie zitterte am ganzen Körper, am heftigsten ihre Kinnpartie. Sie würde doch wohl nicht in Tränen ausbrechen?

Valentina legte ihr kurz eine Hand auf die Schulter. »Uns passiert nichts, okay?«

»Woher wollen Sie das wissen?«

»Weil ich auf keinen Fall heute sterben werde. Das weiß ich sicher. Vertrauen Sie mir.« Valentina wusste nicht, warum sie das gesagt hatte. Sie hatte über die Vorhersage nie zuvor auch nur andeutungsweise gesprochen.

»Nicht heute«, wisperte Lilly. Dann verstummte sie wieder.

Valentinas Gedanken drifteten zu Carlo ab, dem sie doch gerade erst entflohen war.

»Lass es uns einfach tun«, hatte er damals gesagt.

Dabei war es nicht um Sex gegangen. Sie malten sich aus, wie sie gemeinsam in die mexikanische Sierra Nevada reisten. Auf den Bergspitzen zwischen Morelia und Toluca würden sie die Ankunft der Monarchfalter abwarten, die im Herbst zu Millionen eintrudelten. Die Ankömmlinge waren die Urenkel derjenigen, die im Jahre zuvor an der gleichen Stelle aufgebrochen waren. Ihr Verhalten beschäftigte unzählige Forschende, doch bislang hatte niemand den Code dieser

Wanderung vollständig geknackt. Woher kannten sie ihr Ziel und steuerten es so sicher an? War es ein genetisches Programm? Wies ihnen die Sonne den Weg, oder orientierten sie sich am Erdmagnetfeld?

Da die meisten dieser Falter nur gut einen Monat lang lebten, glich es einem Staffellauf, wenn sie nach der Winterpause zurück in den Norden reisten. Nur, dass in diesem Rennen starb, wer seinen Anteil geleistet hatte. Erst die letzte Generation, diejenige, die am Ende die Sierra Nevada erreichte, gönnte sich Zeit zum Verschnaufen. Während dieser sogenannten Diapause vermehrten sie sich nicht. So konnten sie theoretisch acht bis zehn Monate überleben, solange ihnen auf der gefährlichen Strecke nichts anderes zustieß. Sie reisten wochenlang, dann überwinterten sie. Erst wenn sie ihr Quartier verließen, wurden sie wieder fruchtbar. Sie paarten sich, legten Eier und starben bald darauf.

Es gab auch sesshafte Populationen, doch die Wandernden übten die größte Faszination aus – und zählten inzwischen zu den gefährdeten Arten. Für Valentina bedeutete diese Reise das Gleiche wie für tiefgläubige Menschen die Pilgertour an den wichtigsten spirituellen Ort ihrer Religion. Dass Carlo dieses Schauspiel mit ihr erleben wollte, kam in ihrer Wahrnehmung dem Schwur ewiger Liebe gleich.

Eine Stimme rief Valentina in die Gegenwart zurück.

»Wir sind da! Ich dachte, wir würden nie ankommen.« Lilly lächelte zittrig.

»Dann schaffen wir den Rest auch noch. Gleich haben Sie wieder festen Boden unter den Füßen.«

Vorsichtig kletterten sie aus der Gondel. Danach folgten sie dem ausgeschilderten Wanderweg, der zum Gipfel führte.

Fast am Ende angelangt, entdeckten sie eine Felsenformation, die sich perfekt eignete, um sich darauf niederzulassen. Sie ließen sich nebeneinander auf die warmen Steine sinken und schauten hinunter.

»Geht's?«, fragte Valentina.

Lilly fuhr sich mit der Handfläche über die Stirn, wischte den Schweiß weg. »Irgendwie schon. Glaube ich jedenfalls. Solange ich nicht nach unten schaue.«

»Dann sehen Sie zum Horizont. Wir haben Glück, fast keine Wolken. Da vorne sind die anderen toskanischen Inseln. Und da ganz hinten liegt Korsika. Wenn Sie genauer hinschauen, können Sie die Umrisse erkennen.«

»Okay.« Lilly folgte der Aufforderung, und nach wenigen Augenblicken umspielte ein Lächeln ihre Lippen. »Gar nicht mal so übel.«

»Finde ich auch.« Valentina wurde weh ums Herz. Nun, da sie dies alles womöglich zum letzten Mal sah, erschienen ihr die vertrauten Details blankpoliert und neu. Die Mineralien im Stein reflektierten das Licht und ließen die Felsen in der Sonne glitzern. Valentina hatte so gut wie jeden Meter dieser Landschaft beschritten, weswegen sie mit ihrem inneren Auge in sie hineinzoomen konnte wie ein Greifvogel aus der Luft in den Acker. Sie spürte die erfrischende Kühle im Schatten der grünen Kiefern, der Kastanien- und Eichenwälder sowie des Buschwalds weiter unten. Beim Anblick des tiefblauen Meeres erinnerte sie sich daran, wie das Salz kribbelte, wenn man das Wasser auf der Haut trocknen ließ. Besonders oft hatte sie das in dem einen Sommer mit Carlo getan, wenn sie nebeneinander in der Sonne dösten, sein Körper an ihrem klebte und seine Küsse nach Salz und Sonne schmeckten.

Verdammt. Sie blinzelte.

»Das Licht blendet. Ich hätte eine Sonnenbrille mitnehmen sollen«, erklärte sie für den Fall, dass ihre Begleiterin die Tränen in Valentinas Augenwinkeln bemerkt hatte.

»Das ist wunderbar hier«, erwiderte Lilly. Sie stand auf und streckte die Arme weit aus, als wollte sie die Landschaft vor sich umarmen. »Einfach wunderschön.« In ihrem Überschwang beging sie den Fehler, nach unten zu sehen. Ihre Beine wankten.

Valentina streckte unwillkürlich eine Hand aus, um Lilly am Arm festzuhalten, bis diese ihre Balance wiederfand. »Herrje. Seien Sie vorsichtig.«

»Ops.« Mit einem matten Lächeln ließ sich Lilly zurück auf den Felsen sinken. »Ich muss wohl doch noch etwas üben.«

»Es war mutig, hier hochzukommen, wenn Sie solche Angst davor haben.«

Lilly zog ihr Handy aus der Hosentasche und knipste ein paar Bilder. »Für meinen Bruder, früher sind wir immer zusammen durch die Berge gekraxelt.«

»Und Ihre Eltern?«

Lilly schwieg eine ganze Weile, bevor sie antwortete. »Ich wurde adoptiert.«

In diesem Moment zog ein junges Paar an ihrem Felsen vorbei. Der Mann trug auf dem Rücken in einer Kraxe ein schlafendes Baby.

Lilly sah ihnen versonnen nach. »Es hat alles noch vor sich, alles ist offen.«

»Ein unbeschriebenes Blatt?« Valentina lächelte nachsichtig. »Es klingt poetisch, wenn die Leute das sagen. Aber eigentlich stimmt es nicht, oder? Ein guter Teil ist festgelegt, durch seine Gene und die bereits vorhandene Umgebung.«

Lilly lachte auf. »Meinen Sie das ernst? Was für ein ernüchternder Blick auf das Schicksal. Wie auch immer. Um Ihre Frage zu beantworten, meine Adoptiveltern lieben ebenfalls die Berge. Deshalb liegt es bei mir wohl an der Umwelt. Wobei ich über meine richtigen Eltern gar nichts weiß. Haben Sie eine Familie?«

Diese Frage traf Valentina so unvermittelt, dass sie zusammenzuckte. *Nein, ich habe niemanden.* Nie war ihr das so bewusst gewesen wie in letzter Zeit. Während sie nach einer unverfänglichen Antwort suchte, ruhte Lillys eindringlicher Blick auf ihr. Sie schien gespannt auf Valentinas Antwort zu warten. Fast, als würde sie sich etwas davon erhoffen. Aber vielleicht hatte das Glimmen in Lillys Augen auch gar nichts mit ihrer Frage zu tun. Sie war noch jung genug, um andauernd irgendetwas zu erwarten.

»Meine Eltern leben nicht mehr«, murmelte Valentina.

»Tut mir leid.« Lilly schien noch etwas sagen zu wollen, es sich dann aber anders zu überlegen.

»Schon gut.«

»Ist das nicht manchmal etwas einsam?«

Peinlich berührt winkte Valentina ab. »Ach, wissen Sie, nicht alle von uns brauchen andere Menschen um uns herum. Bei den Raupen und den Schmetterlingen muss auch jedes Tier sehen, wie es alleine zurechtkommt.«

»Sie tun sich nie zusammen?«

»Nur, wenn sie sich vermehren.«

Lilly lächelte verschmitzt. »Wenigstens haben sie Sex.«

»Allerdings paaren sie sich meistens nur ein einziges Mal.«

»Fressen, schlafen, Eier werfen, sterben – darauf läuft es also hinaus? Sie sind so hübsch, ich hätte den Tieren mehr Spaß gegönnt.«

»Spaß.« Valentina ließ sich das Wort langsam auf der Zunge zergehen, als probierte sie einen ungewohnten Geschmack. *Spaß* war ganz sicher keine der Kategorien, in denen sie über ein Tier oder überhaupt einen lebendigen Organismus nachdachte. »Nur Menschen brauchen die Illusion, dass ihre Existenz auf mehr als biologischen Funktionen und Bedürfnissen beruht.«

Lilly starrte sie ungläubig an, dann prustete sie los. »Sie sind wirklich knallhart, hat Ihnen das schon mal einer gesagt? Sie sollten unbedingt einen Selbsthilferatgeber schreiben.« Lilly verstellte ihre Stimme zu einem dunklen Raunen. »Hör auf, nach einem Sinn zu suchen, es gibt keinen.«

Valentina zog die Brauen zusammen. Machte ihre junge Angestellte, die gerade noch wimmernd und mit zitternden Beinen neben ihr gestanden hatte, sich über sie lustig? Sie sollte Lilly in ihre Grenzen verweisen. Doch dieses pralle, offene Lachen – fast wie das eines Kindes – war unwiderstehlich. Ehe sie es sich versah, entfuhr auch Valentina ein munteres Schnauben. Doch Lilly sah schon wieder ernst und angespannt drein.

Valentina war nie gut darin gewesen, Menschen zu lesen. Deren körperliche Funktionsweisen hätte sie aus dem Effeff erklären können, doch der Bereich zwischen den Ohren der anderen blieb für sie eine Black Box. In den meisten Fällen entdeckte sie zumindest gewisse Regelmäßigkeiten im Verhalten, die ihr dabei halfen, es zu deuten. Bei Lilly konnte sie vorerst keine derartigen Konstanten ausmachen. Mal wirkte sie zurückhaltend und besonnen, dann wieder saß ihr der Schalk im Nacken. In einem Moment plapperte sie unbefangen vor sich hin, im anderen zog sie sich in ihren Kokon zurück. Und in diesem Fall fand Valentina die Redewendung tatsächlich einmal passend. Bis heute wusste niemand, was in diesen Gebilden *genau* geschah. Laien stellten sich gerne eine friedliche Metamorphose vor, in deren Verlauf dem schlafenden Tier hübsche Flügel wuchsen. Dabei hatte die Verwandlung nichts Romantisches. Die Raupe verflüssigte sich zu einer undefinierbaren Suppe, einem unappetitlichen Chaos der vollkommenen Auflösung. Es blieb in großen Teilen ein Rätsel, wie daraus etwas so Faszinierendes entstehen konnte wie die Facettenaugen, die Blüten in leuchtendem Ultraviolett sahen und die Welt in ein unscharfes Mosaik aus bis zu sechstausend Teilen zerlegten.

Auch bei Lilly schien eine Verwandlung mit ungewissem Ausgang im Gange zu sein. Das versprach, anstrengend zu werden, aber zugleich faszinierend. In diesen Tagen flogen Valentina die Forschungsobjekte nur so zu.

Unwillkürlich fragte sie sich, in welchem Stadium sie selbst sich befinden mochte. *Sind wir Raupen, solange wir leben, und verwandeln uns erst danach?* Oder war sie ein Schmetterling, der bald in nichts zerfallen würde? Sie selbst zählte in diesem Fall wohl zu den Nachtfaltern – unscheinbar und gut getarnt.

Sie schüttelte die unliebsamen Gedanken ab, indem sie imaginären Staub von ihren Schenkeln strich und dann beherzt aufstand. »Die Fahrt ist was für Faule, aber ich konnte Ihre Kondition nicht einschätzen. Jetzt denke ich, dass es vielleicht angenehmer für Sie ist, wenn wir zu Fuß hinabgehen. Die Gondeln schaukeln ganz schön.«

»Dann wären wir aber recht lange unterwegs, oder? Sicher hatten Sie für den Tag andere Pläne.«

Valentina zuckte mit den Schultern. »Ich habe Ihnen den Ausflug freiwillig angeboten. Sie können entscheiden, wie Sie mögen.«

Lilly schien mit sich zu ringen, entschied sich aber am Ende dafür, den Rückweg ebenfalls in der Seilbahn zu wagen. Wieder wurde es eine schweigsame Fahrt, doch zumindest bei Valentina war die Anspannung verflogen. Die gemeinsame Zeit auf dem Berg hatte etwas zwischen ihnen verändert. Jetzt fühlte es sich für Valentina beinahe natürlich an, wie sie hier eng nebeneinander in dem Korb standen. Sie sah zu ihrer Begleiterin, deren Hände sich an den Stäben festhielten, aber nicht mehr so verkrampft, dass die Fingerknöchel weiß hervortraten. Nur einmal fasste sie sich erschrocken an den Hals, nachdem sie direkt nach unten geblickt hatte.

Als sie in Marciana ankamen, bedankte sich Lilly bei Valentina. »Ohne Sie wäre ich da nie hochgefahren. Mir schlottern immer noch ein wenig die Beine, aber das war es wert.«

»Es war mir ein Vergnügen.« Obwohl es aus ihrem Mund förmlich klang, war es nicht nur eine höfliche Floskel. »Soll ich Sie mit zurück ins Dorf nehmen? Ich bin mit dem Auto hergekommen.«

»Das ist sehr nett, aber ich will mir noch ein wenig den Ort ansehen.«

»Viel Vergnügen dabei. Bis morgen dann.«

Nachdem Valentina sich verabschiedet hatte, fuhr sie nach Hause. Ihre Einkäufe verschob sie auf den nächsten Tag, um nicht zu riskieren, doch noch Carlo in die Arme zu laufen. Sie konnte es immer noch nicht fassen, dass er zurückgekehrt war.

Lilly

Als Lilly am folgenden Tag den Ladenbereich des Parks betrat, begrüßte Valentina sie munter: »Haben Sie sich gut erholt?«

Lilly erwiderte das Lächeln. »Ja, danke noch mal für den Trip, mir geht es gut.«

Das entsprach nicht ganz der Wahrheit. Sie hatte in der Nacht wieder einmal kein Auge zugetan. Wie sollte sie jemals das notwendige Gespräch mit Valentina beginnen? Lilly hatte die Zeit mit ihr genossen. Nicht am Anfang, da hatte sie sich schrecklich gefühlt. Dieser schwankende Korb, die Höhe. Ihr war speiübel geworden, und ihr war fast die Luft weggeblieben. Sie hatte eingewilligt, weil sie vor Valentina nicht wie ein Feigling dastehen wollte. Außerdem hatte sie sich nicht die Chance entgehen lassen wollen, ihre Mutter einmal außerhalb des Parks zu erleben.

Dann hatte sie plötzlich oben auf den Berg gestanden und in die Weite geblickt, auf das Meer, die Inseln, in den Himmel. Dabei hatte sich etwas in Lilly gelöst. Wie passend, dass sie diesen Augenblick mit Valentina erlebt hatte. So sollte es doch sein, oder nicht? Eltern hielten ihren Kindern im Dunkeln die Hand und vertrieben so die Gespenster unter dem Bett. Allerdings hatte Valentina bei Lillys Anspielungen kaum mit der Wimper gezuckt. Dabei wünschte sich Lilly so sehr, die andere würde von selbst dahinterkommen, dass sie mehr verband als ein Angestelltenverhältnis.

Leider würde daraus wohl auch an diesem Tag nichts werden. Nach einem oberflächlichen Geplänkel zur Begrüßung zog sich Valentina in ihr Büro zurück.

Dafür tauchte kurz darauf Alessio auf. »Valentina hat mich darum gebeten, dass ich dich heute ein bisschen unter die Fittiche nehme, damit du morgen reif für deine erste Führung bist.«

»Wer macht die eigentlich sonst?«

Alessio zuckte mit den Schultern. »Bis vor kurzem war Giovanna dafür da, aber sie bekommt bald ein Kind. Im Moment wechseln Valentina und ich uns ab, obwohl wir anderes zu erledigen hätten.«

»Und wer kümmert sich um die Kasse und das Geschäft, während ich mit den Leuten herumlaufe?«

Er grinste. »Valentina. Dann muss *sie* nicht mit den Leuten herumlaufen. Sie ist lieber bei den Schmetterlingen. Lange Reden zu schwingen, ist nicht ihr Ding. Ich sage ihr kurz Bescheid, dass wir losziehen, damit sie dich an der Kasse vertritt.«

So sympathisch ihr Alessio auch war, nagte an Lilly wieder einmal die Enttäuschung darüber, dass nicht Valentina selbst sie unter ihre Fittiche nahm. Ihr Begleiter gab sich allerdings alle Mühe, ihr die neue Aufgabe schmackhaft zu machen. Wo bei Valentina die Leidenschaft für ihre Arbeit subtil durch winzige Risse in der Fassade schimmerte, ging Alessio dieser mit unverstelltem Enthusiasmus nach. Er redete schnell, wobei seine Hände wie wild durch die Luft wirbelten, um seine Ausführungen zu untermalen.

»Hast du eine Lieblingsart?«, fragte Lilly.

Er lächelte. »Du meinst, so wie Lieblingsessen oder Lieblingsfilm? Nein. Aber derzeit finde ich Bärenspinner sehr faszinierend.«

»Wie sehen die aus? Warte kurz.« Sie zückte ihr Handy, um nachzusehen. »Hm. Auf den ersten Blick nicht besonders auffällig. Haben die etwa auch irgendeine verborgene Superpower?«

»Haben sie. Sie können Ultraschalllaute ausstoßen und damit die Echoortung durch ihre Fressfeinde außer Kraft setzen. Das ist eine ziemlich clevere Gefahrenabwehr. Noch wissen wir allerdings nicht genau, ob diese Störfeuer die Fledermäuse bloß von der Jagd ablenken oder die Bärenspinner so regelrecht unsichtbar für ihre Jäger werden. Ich finde es aufregend, wie die Natur es schafft, dass die Lebewesen sich immer wieder neu anpassen.«

Lilly grinste. »Klingt nach einer Art Wettrüsten der beatmeten Flugmaschinen.«

Alessio lachte auf. »Wow! Und schon haben wir den Titel für Hollywoods nächsten Action-Reißer. Oder vielleicht solltest du dazu mal ein Spiel erfinden?«

Am Ende seiner Führung lud er Lilly ein, mit ihm nach Feierabend in das Restaurant im Ort zu gehen. Der Gedanke, den Abend nicht allein, sondern in netter Gesellschaft zu verbringen, war verlockend. Zumal sich ihr dabei die Gelegenheit bieten würde, Alessio weiter über Valentina auszuquetschen. Doch etwas ließ Lilly zögern. Was, wenn er eine Einwilligung falsch deutete? Sie war nicht bereit für irgendetwas, nicht einmal für einen kleinen Urlaubsflirt.

»Wir müssen zusammenhalten, sehr viele junge Menschen hängen hier nämlich nicht gerade rum«, sagte er.

Sie musterte ihn prüfend, doch nahm sie keinerlei verfängliche Schwingungen wahr. Lächelnd erwiderte sie: »Dann also gerne.«

»Sehr schön. Gleich kommt aber erst mal eine Schulklasse. Keine Sorge, die übernehme ich. Du darfst ab morgen dein Glück versuchen.«

Lilly kehrte an die Kasse zurück, um Valentina abzulösen. Die Schlange davor war so lang, dass sie nicht dazu kamen, noch ein paar Worte zu wechseln, bevor Valentina wieder in ihrem Büro verschwand. Auch danach bekam Lilly sie an diesem Tag kaum zu Gesicht.

Später schlug sie Alessio vor, dass sie sich direkt im Restaurant treffen sollten, statt gemeinsam hinzugehen. Sie brauchte unbedingt eine Dusche, bevor sie unter Leute ging. Wegen der tropischen Luft lag permanent ein Schweißfilm auf ihrer Haut.

Nachdem sie sich erfrischt hatte, schlüpfte sie in ein luftiges hellblaues Sommerkleid mit Blümchen darauf. Während der Arbeit trug sie kein Make-up, da es ohnehin gleich zerlaufen würde. Auch jetzt tuschte sie nur einmal schnell über ihre Wimpern und band die erst halbtrockenen Haare zu einem nachlässigen Zopf zusammen. Nur für den Fall, dass Alessio doch an ihr interessiert war, wollte sie signalisieren: Ich gehe bloß mit einem netten Kollegen essen und habe deshalb keinen Aufwand betrieben.

Bei ihrer Ankunft erwartete Alessio sie bereits an einem kleinen Tisch mitten im Raum. Er begrüßte sie mit zwei flüchtigen Wangenküssen, dann setzte sie sich auf den Platz ihm gegenüber.

»Was möchtest du trinken?«, fragte er.

»Was trinkst du denn?«

»Rotwein.«

»Hm. Ich weiß noch nicht genau, ich schaue mal auf die Karte.« Ihr war eher nach einem leichten kühlen Bier. Rasch überflog sie die Zeilen. »Birra alle Castagne? Stammt das von hier?«

Er nickte. »Und wenn du Bier magst, solltest du es unbedingt probieren. Es klingt erst mal nach einer ungewöhnlichen Mischung, aber mir schmeckt sie.«

»Also dann.«

Als der Wirt kam, bestellte sie das Kastanienbier und die Pasta mit Meeresfrüchten.

»Die nehme ich auch«, sagte Alessio.

Der Wirt nickte zufrieden. »Gute Wahl.« Danach unterhielt er sich noch eine Weile mit Alessio, wobei lauter Namen fielen, die Lilly nichts sagten.

»Gino ist der Bruder von Tommaso, dem die Ferienanlage gehört, in der du wohnst«, erklärte Alessio hinterher.

»Ach?!« Etwas an dem Wirt war ihr schon bei ihrem ersten Besuch hier bekannt vorgekommen. Kein Wunder, er und Tommaso hatten die gleiche markante Kinnpartie.

Nachdem Gino ihnen die Getränke gebracht hatte, nippte Lilly vorsichtig an ihrem Bier. Anfangs schmeckte es etwas herb, doch dann nahm sie eine süße, fast vanilleartige Note wahr, in die sich das nussige Aroma der Maronen schlich.

»Lecker«, sagte sie.

In diesem Moment öffnete sich die Tür des Restaurants,

und ein weiterer Gast trat ein. Valentina. Alessio winkte ihr fröhlich zu. Sie sah überrascht aus, hob dann aber kurz die Hand zu einer sparsamen Begrüßung, bevor sie sich an den Tresen zurückzog.

Lillys Herz klopfte schneller, fast wie früher, wenn man auf eine Party ging und dort den Jungen entdeckte, für den man schon eine ganze Weile schwärmte.

»Merkwürdig«, sagte Alessio.

»Dass sie nicht zu uns gekommen ist?«

Er schüttelte den Kopf. »Nein, sie ist gerne für sich. Und sie hält auch sonst an ihren Gewohnheiten fest. Sie ist sonst nur dienstags hier, von ganz wenigen Ausnahmen abgesehen.«

»Ihr kennt euch wohl ziemlich gut?«

»Meine Mutter und sie sind miteinander befreundet, aber nicht eng. Früher sollen sie andauernd zusammen rumgehangen haben, dabei haben sie kaum etwas gemeinsam. Ich weiß nicht, wie das früher war.«

»Hat deine Mutter mal von damals erzählt?«

Er schüttelte den Kopf. »Das ist tatsächlich etwas seltsam, weil sie sonst liebend gerne tratscht. Über Valentina sagt sie nicht viel, weder Gutes noch Schlechtes. Dass unsere Chefin früher ganz anders war, weiß ich nur von meinem Vater. Nachdem sie mit der Schule fertig war, ist sie sofort weggezogen. Sie soll zu der Zeit richtig abenteuerlustig gewesen sein, aber nach ihrer Rückkehr hat sie sich offenbar immer mehr zurückgezogen.«

»Mhm.«

Lillys Blick schweifte durch den Raum zu Valentina, die inzwischen Gesellschaft bekommen hatte. Ihr gegenüber saß plötzlich Sirmione. Er redete auf sie ein, während sie stoisch ihr Risotto weiteraß, als wäre er gar nicht da. Anscheinend handelte es sich nicht um eine Verabredung, sondern um eine zufällige Begegnung. Lilly hatte den Eindruck, dass seine Gesellschaft Valentina unangenehm war. Sie wirkte seltsam fahrig, stieß sogar einmal ihr Weinglas um, was nicht zu der besonnenen Art passte, die sie sonst an den Tag legte.

Lilly tippte Alessio gegen den Oberarm. »Schau mal, wer noch gekommen ist. Deine Koryphäe.«

»Oh, stimmt. Was will er bloß von Valentina? Manchmal habe ich das Gefühl, dass sich alle kennen, die etwas mit Schmetterlingen zu tun haben.«

»So ähnlich wie bei Filmstars.«

Er grinste. »So ähnlich, nur ohne den Glamour.«

»Nur, dass Signore Sirmione glatt als einer durchgehen würde. Zufällig habe ich mitbekommen, dass die beiden sich von früher kennen.«

Er zuckte mit den Schultern. »Würde mich nicht wundern. Beinahe wäre sie eine *echte* Forscherin geworden. Sie hat das Studium als Jahrgangsbeste abgeschlossen. Die Auszeichnung hängt in ihrem Büro. Dabei ist sie sonst kein bisschen eitel.«

»Wieso hast du betont, dass sie beinahe eine *echte* Forscherin geworden wäre?«

»Es ist nicht meine Ansicht, sondern die mancher Kollegen. Ich respektiere Valentina sehr und halte sie für brillant. Aber die Schmetterlingszucht ist unter Wissenschaftlern nicht gerade populär.«

»Warum nicht?«, fragte Lilly erstaunt. »Es ist doch nicht abwegig, die Tiere zu züchten, die man erforschen will?«

»Es ist aufwendig, schlecht kontrollierbar, vor allem die Tagfalter. Es verschafft einem außerdem so gut wie nie Veröffentlichungen in den wichtigen Publikationen.«

Vielleicht braucht sie die Auszeichnung dann als eine Art Rückversicherung für sich selbst, dachte Lilly.

Sie sah wieder zu Valentina hin, die mit ihrem Gegenüber einen seltsamen Tanz aus Annäherung und Rückzug aufführte. Gerade legte Sirmione seine Hand auf ihren Arm, woraufhin sie sofort zurückwich.

»Und woran arbeitest du derzeit?«, fragte Alessio. »Gibt es Pläne zu neuen phantastischen Welten? Ich habe gesehen, dass du dauernd etwas in deinen Block zeichnest, wenn es gerade mal nichts zu tun gibt. Ist das für ein Spiel?«

Sie schüttelte den Kopf. »Ich ... lege eine Pause ein.«

»Bitte nicht zu lange, meine Freunde und ich könnten Nachschub gebrauchen.«

»Meinst du, zwischen den beiden ist mal etwas gelaufen?«, fragte Lilly unvermittelt.

Alessio zog die Augenbrauen hoch. »Zwischen Valentina und Sirmione? Wenn, dann muss es lange her sein. Unwahrscheinlich, dass sie sein Typ ist, oder?«

Lilly rollte mit den Augen. »Weil sie nicht viel jünger als er ist, schlabbrige Klamotten und eine große Brille trägt, während er für sein Alter ein ziemlich heißer Typ ist?«

»Nein, das meinte ich überhaupt nicht. Hältst du mich für einen Chauvi? So etwas schreckt mich ganz sicher nicht ab. Ich glaube bloß, dass du mit dem Filmstar-Vergleich richtigliegst, was ihn angeht. Ich habe mich ein wenig mit ihm unterhalten. Er ist ein toller Typ. Aber er scheint sich auch in der Bewunderung durch andere zu sonnen. Und ich kann mir nicht vorstellen, dass Valentina irgendjemanden bewundert, du etwa?«

Sie lachte auf. »Nicht wirklich.«

Von weitem sah es so aus, als würde Sirmione etwas von Valentina erwarten, das sie nicht zu geben bereit war, aber vielleicht sollte sie auch nicht zu viel in alles hineininterpretieren, ermahnte sich Lilly.

Sie hörte sich selbst laut gähnen. Erschrocken hielt sie sich die Hand vor den Mund. »Entschuldigung. Es hat nichts mit dir zu tun, ganz sicher nicht. Ich bin nur vollkommen kaputt. Kann sein, dass ich mich bald verabschieden muss.«

»Soll ich gleich bezahlen?«

»Vergiss es! Wir machen halbe-halbe.«

»Mir ist schon zu Ohren gekommen, dass ihr Deutschen eure Rechnungen exakt aufteilt. Aber bezahl du doch einfach beim nächsten Mal. Oder wir machen es umgekehrt, wenn du dich dann besser fühlst.«

»Du planst schon unser nächstes Treffen?« Sie zog die Augenbrauen hoch.

Alessio sah sie verdutzt an, dann grinste er breit. »Machst du dir etwa Sorgen, dass ich auf ein Date aus bin? Sorry, du bist bestimmt klasse, aber verliebt bin ich immer noch in meine Freundin.« Er zog sein Handy aus der Hosentasche, tippte ein wenig auf dem Display herum und zeigte Lilly dann das Foto einer jungen Frau. Sie war hübsch mit ihren langen roten Locken und den zarten Zügen. Auf dem Bild trug sie einen Schlabberpulli sowie eine nerdige Brille, die der von Valentina ähnelte.

»Sie sieht nett aus.«

»Das ist sie. Vor allem aber ist sie sehr, sehr clever.«

Lilly räusperte sich beschämt. Nur weil er freundlich war, hatte sie sofort vermutet, es müsse mehr dahinterstecken. Unterstellte man sonst nicht immer den Männern, dass sie jedes nette Lächeln als Einladung interpretierten?

»Freut mich, dass wir das geklärt haben«, murmelte sie.

»Und bei dir? Nur damit *ich* mir keine Gedanken machen muss, dass *du* es plötzlich bei mir versuchst«, zog er sie auf.

Sie knuffte ihn lachend gegen den Arm. Wie lange war es her, dass sie einen so unbeschwerten Umgang mit jemandem gehabt hatte? Mit Oliver. Früher. Sofort verging ihr die gute Laune wieder, und sie knibbelte an dem Etikett auf ihrer Bierflasche herum.

»Dann können wir uns wohl nicht mehr treffen. Mit mir und meinem Freund ist es nämlich höchstwahrscheinlich vorbei.«

»Das war doch nur ein Scherz. Aber für dich ist es noch gar nicht wirklich vorbei, oder?«

»Sieht man mir das so deutlich an?«

»Ich weiß, wie Liebeskummer aussieht. Ich hatte selbst oft genug welchen.«

Sie schluckte. Sein verständnisvoller Blick hätte sie beinahe dazu verleitet, ihm alles anzuvertrauen, aber war sie nicht deshalb hier, um die Vergangenheit eine Weile hinter sich zu lassen?

»Ich bin noch nicht so weit, darüber zu reden«, sagte sie.

»Verstehe. Aber etwas Gutes hat die Sache.«

»Was denn?«, fragte sie irritiert.

»Du bist noch so vergeben, dass ich das ein oder andere Bier mit dir für ungefährlich halte.«

Sie stieß ein Schnauben aus. »Da habe ich ja Glück gehabt.« Dabei wurde ihr gerade tatsächlich ein wenig wärmer ums Herz. Es konnte nicht schaden, hier einen Freund zu haben.

»Sollen wir gehen, damit du dich ausruhen kannst?«, fragte er.

Sie lächelte. »Ja, bitte. Heute bin ich echt fertig, aber lass uns das gerne bald noch mal wiederholen.«

Nachdem Alessio die Rechnung bezahlt hatte, machten sie sich auf den Weg zur Tür. Dabei kamen sie an Valentina und Sirmione vorbei.

»Ist das nicht aufregend?«, rief dieser ihnen zu. »Da ist eurer Chefin eben mal so eine ausgestorbene Art zugeflattert.«

Alessio sah überrascht aus. »Eine ausgestorbene Art?«

Valentina sah zu Sirmione, die Lippen aufeinandergepresst. Dann wandte sie sich wieder den anderen zu. »Ich wollte es nicht rumerzählen, bevor ich mir nicht sicher bin.«

»Möchtet ihr euch zu uns setzen, damit wir das freudige Ereignis begießen?«, fragte Sirmione.

»Wir sind eigentlich gerade auf dem Sprung«, sagte Alessio.

Ihm war anzusehen, wie gerne er die Gelegenheit genutzt hätte, sich mit dem Forscher auszutauschen. Auch Lilly war in Versuchung zu bleiben, aber aus einem anderen Grund. Doch dann fiel ihr Blick auf Valentina, die so gar nicht erpicht darauf zu sein schien, dass sich dieser Abend in die Länge zog. Lilly wollte nicht zu ihrem Unbehagen beitragen. »Ich muss jetzt leider wirklich los. Aber bleib gerne, wenn du möchtest. Ich finde alleine nach draußen.«

Alessio zögerte. »Bist du ganz sicher?«

»Logo«, erwiderte sie. »Was soll hier schon passieren? Dass mich ein Mufflon den Abhang runterstößt?«

»Ich weiß nicht. Vielleicht sollte ich …«

»Hey, willst du jetzt hier etwa doch noch einen auf galant machen?«

»Würde ich nicht wagen«, entgegnete er grinsend.

Nachdem sie sich mit zwei Wangenküssen verabschiedet hatten, winkte Lilly den anderen beiden zu. »Ciao, alle miteinander. Ich wünsche noch einen schönen Abend.«

Auf dem Heimweg bedauerte sie, nicht im Restaurant geblieben zu sein, um der Sache zwischen Valentina und Sirmione auf den Grund zu gehen. So bald würde sich eine solche Gelegenheit nicht wieder ergeben. Doch obwohl sie an diesem Tag keinen Schritt weitergekommen war, fühlte Lilly sich zuversichtlicher als noch vor ein paar Tagen. Sie fragte sich, warum sie Alessio nicht von ihrer kleinen Bergtour erzählt hatte. Doch dann wurde ihr klar, dass sie die zweisamen Momente mit Valentina ganz für sich alleine haben wollte. Es musste etwas zu bedeuten haben, dass Valentina diesen Ausflug mit ihr gemacht hatte, wo sie doch absolut nicht der Typ für spontane Unternehmungen war. Diesen Eindruck hatte Alessio mit seinen Beschreibungen ihrer gemeinsamen Chefin noch bestärkt.

Neben all den widerstreitenden Gefühlen, die sich um ihre Familie in Deutschland, Oliver, aber auch um Valentina drehten, schlug deshalb ein Keim der Hoffnung in Lilly Wurzeln. Seit sie sich oben auf den Berg an Valentinas Seite ihrer Angst gestellt hatte, floss eine wilde Energie durch sie hindurch, und sie fühlte sich lebendiger als seit langem.

Valentina

Fast ein wenig schadenfroh beobachtete sie, wie Carlo von Alessio vollkommen in Beschlag genommen wurde. Die vielen Fragen, die ihr junger Mitarbeiter an den Schmetterlingsexperten richtete, verschafften Valentina eine Atempause. Sie hätte Carlo natürlich bitten können zu gehen, nachdem er plötzlich an ihrem Tisch aufgetaucht war. Doch er hatte sie wieder einmal überrumpelt, und irgendein der Vernunft nicht zugänglicher Teil in ihr *wollte* seine Gesellschaft, auch wenn sie sich mit aller Kraft dagegen wehrte.

Jetzt lief er zur Hochform auf, geschmeichelt von Alessios Begeisterung, aber ebenso schnell ebbte sein Interesse an seinem Bewunderer ab. Nach einer Weile warf er Valentina eindeutige Blicke zu. »Wann geht dieser Junge endlich wieder?«, schienen sie zu sagen.

Valentina antwortete mit einem spöttischen Lächeln. *Da musst du jetzt durch. Du wolltest es doch so.*

Sie selbst sah in Alessio immer noch den zauberhaften kleinen Jungen, der er einmal gewesen war. Valentina zählte nicht zu den Menschen, die entzückt quietschten, wenn man ihnen Fotos von Katzen-, Hunde- oder Menschenbabys vor die Nase hielt. Genau genommen quietschte sie überhaupt nie. Aber Alessio war ihr ans Herz gewachsen. Ihr gefiel seine Fähigkeit, sich aufrichtig für etwas zu begeistern, sogar noch jetzt, in einem Alter, in dem viele sich bereits hinter Zynismus oder Ironie verschanzten. Alessio blieb ein offenes Buch, in dieser Hinsicht kam er nach seinem Vater Luca. Rosa hingegen gab sich gerne geheimniskrämerisch und hatte an allem etwas auszusetzen. Schon früher war sie für ihre flinke Zunge gefürchtet gewesen, doch die erfrischende Schlagfertigkeit hatte sich in etwas anderes verwandelt. Der Schalk darin war einer beißenden Bitterkeit gewichen.

»So langsam wird es auch für mich Zeit. Ich habe euch lange genug in Beschlag genommen«, sagte Alessio.

»Aber du störst doch nicht«, beteuerte Valentina.

Carlo begnügte sich mit einem höflichen Nicken.

»Ich sollte auch aufbrechen«, sagte Valentina, nachdem Alessio gegangen war.

Es machte sie nervös, wie Carlo sie anstarrte. Sie verstieg sich in einen unsinnigen Monolog über den Park – teils, um andere Themen zu vermeiden, teils aus dem Gefühl heraus, sich für ihre Entscheidung von damals rechtfertigen zu müssen. Er wandte seinen Blick nicht für eine Sekunde von ihr ab, trotzdem hatte sie den Eindruck, er hörte ihr gar nicht zu.

»Kennst du dieses Gefühl, dich nach zu Hause zu sehnen, selbst dann, wenn du an dem Ort bist, den du dein Zuhause nennst?«, fragte er, nachdem sie geendet hatte.

Sie erstarrte. Wieso ging er davon aus, sich bei ihr eine intime Frage wie diese herausnehmen zu können? Oh ja, sie kannte das Gefühl, von dem er sprach. Sie hätte das Ziel dieser Sehnsucht allerdings nicht als Zuhause benannt. Sie wusste, wo ihre Heimat war, fühlte sich hier tief verwurzelt. Eher ging es doch wohl um jenen geheimnisvollen Ort, der auf keiner Landkarte verzeichnet war, an dem man wie durch Magie ganz wurde.

Sie blieb ihm eine Antwort schuldig, doch er hatte sie durchschaut. *Ja, ja, ja*, schienen seine funkelnden Augen zu sagen, und ihr Herz klopfte im gleichen Takt.

Carlo beugte sich vor und raunte in Valentinas Ohr: »Wie gerne würde ich den Libellenschwärmer noch einmal sehen. Jetzt gleich.«

Sie zog die Augenbrauen hoch. »Um ihm ein Bein auszureißen?«

»Macht es dir etwas aus?« Er wirkte verblüfft. »Warum hast du uns dann kontaktiert?«

»Unsinn. Es macht mir überhaupt nichts aus. Nur finde ich nicht, dass der heutige Abend der passende Zeitpunkt für eine größere Operation ist. Komm lieber einmal tagsüber vorbei, um ihn zu holen. Am besten am Mittwoch, da habe ich frei und bin zu Hause.«

Er sah enttäuscht aus, widersprach aber nicht. Natürlich wusste sie, dass es ihm nicht wirklich um den Libellenschwärmer gegangen war. Es fiel ihr nicht leicht, der Versuchung zu widerstehen. Seine Gegenwart erinnerte sie an gierige Berührungen, zärtliche Worte, durchliebte Nächte und erschöpfte, aber zufriedene Tage. Ein paar ihrer schönsten Stunden auf dieser Insel hatte sie mit ihm verbracht. Und nach seinem plötzlichen Verschwinden ihre schlimmsten.

Sie stand auf, mit einem müden Lächeln und ohne ihm ins Gesicht zu sehen. »Ciao, Carlo. Bis bald.«

Auf dem Heimweg beglückwünschte sie sich für ihre Widerstandskraft – und verfluchte die Wirkung, die er immer noch auf sie ausübte. Sie sagte sich, dass es nicht allein an ihm lag. Dass sich dahinter schlichte Biologie verbarg. Sie hatte lange mit niemanden mehr geschlafen, von daher war es kein Wunder, dass sie empfänglich für Annäherungsversuche war. Sie wollte dies alles nicht, nicht das Vibrieren ihrer Sinne und den seltsamen Hunger, der sich nicht auf die Magengegend beschränkte. Nicht so kurz bevor ... Sie wollte auf eine Art gehen, die zu ihrem Leben passte – allein, in Frieden mit sich und der Welt.

Spätestens als sie sich in ihrem Bett aufgewühlt hin und her wälzte, musste sie sich eingestehen, dass es mit diesem inneren Frieden schon lange nicht mehr weit her war. Sie knipste die Nachttischlampe an und stand auf. Dann stellte sie sich vor den mannshohen Spiegel an dem alten, schweren Kleiderschrank ihrer Mutter. Sie zog sich das Nachthemd über den Kopf, um ihren nackten Körper zu betrachten. Was würde ein anderer sehen? Was würde *er* sehen? Ihre Brüste waren klein, deshalb hatte die Schwerkraft ihnen nicht sehr zugesetzt. Dafür war die Haut am Bauch und an den Oberschenkeln weicher als früher. Knitterfältchen überzogen Hals und Dekolleté. Beides hatte sie zu oft ohne Schutz der Sonne ausgesetzt. Warum hätte sie sich anstrengen sollen, ihren Körper zu konservieren?

Insgesamt hatte sie sich trotzdem *gut gehalten*. Was für eine seltsame Zeit dies war, in der man nicht alt, aber auch nicht jung war. Dabei kam sie sich oft unsäglich alt vor. Jung war, wer sich von der Zukunft noch alles erhoffte.

Seufzend schlüpfte sie zurück unter ihr Laken. Der gestärkte Stoff lag wie eine sinnliche Berührung auf ihrer nackten Haut. Sie spürte die sanfte Reibung des Materials an ihren Brustwarzen und plötzlich auch noch ein Ziehen zwischen den Beinen. Ihre Hand glitt an die empfindliche Stelle, und während sie sich berührte, dachte sie nur noch: *Carlo, Carlo, Carlo.*

Lilly

Seit dem Abend im Restaurant vor fast einer Woche hatte sie die Tage mit nichts anderem verbracht als ihrer Arbeit. Zum Frühstück gesellte sie sich zu den übrigen Gästen, sonst aß sie alleine in ihrem Appartement und ging früh schlafen. Ab und an tauschten Oliver und sie ein paar belanglose Nachrichten aus, die nirgendwohin führten, sondern bloß verhinderten, dass einer von ihnen wirklich losließ. Aber so frustrierend dieser Zustand auch war, Lilly brachte es nicht über sich, das Band vollends zu kappen.

Im Park dachte sie häufig an das Buch, das sie in ihrer Tasche mit sich herumtrug. Sie wollte es im passenden Augenblick zur Hand haben. Morgen für Morgen nahm Lilly sich vor, Valentina an diesem Tag mit dem Buch zu konfrontieren, doch sobald sie sich gegenüberstanden, verflog Lillys Entschlossenheit. War sie bereit für die Konsequenzen? Lilly hatte die Szene unzählige Male vor sich gesehen. So oft, dass sie beinahe fürchtete, Valentina könnte die Bilder sehen, wenn sie Lilly in die Augen blickte.

Auch an diesem Tag ging sie voller Erwartungen zur Arbeit, obwohl ihr eine boshafte Stimme zuraunte, dass sie ja doch wieder kneifen würde. Alessio, dessen Gesellschaft sie sonst zuverlässig aufmunterte, hatte seinen freien Tag. Die Mittagspause verbrachte sie deshalb alleine in der Küche mit einem Mikrowellengericht und einem Selbsthilferatgeber, den Tanja ihr zum Abschied geschenkt hatte.

Nach wenigen Seiten ließ Lilly das Buch frustriert sinken. Noch jemand, der jede Krise, jedes Scheitern als phantastische Chance umdeuten wollte. Hatte nicht Alexander Fleming das Penicillin nur deshalb entdeckt, weil er aus Versehen seine Petrischale nicht ordentlich sauber gemacht hatte? Du musst nur an dich glauben. *Shaka.*

»Spannendes Buch?«, fragte Valentina, die gerade in die Küche getreten war.

Lilly zuckte die Achseln. »Wie man's nimmt. Was würden Sie tun, wenn Sie nur noch einen Tag zu leben hätten?«

Valentina fuhr zusammen. »Wie kommen Sie denn auf so etwas?«

»Nicht so wichtig«, murmelte Lilly.

Valentina lehnte sich mit dem Rücken gegen den Kühlschrank. »Ich würde das Gleiche tun wie immer, mich auf meine Terrasse setzen und mir den Sonnenuntergang ansehen.«

»Wirklich?«, fragte Lilly.

»Was würden Sie denn tun?«

»Ich würde mir das schönste Kleid kaufen, das ich mir leisten kann, dazu einen knallroten Lippenstift, und dann würde ich eine Party schmeißen mit allen Menschen, die ich gerne um mich hatte. Und natürlich würde ich mit dem attraktivsten Mann schlafen.«

Es schauderte sie ob der falschen Fröhlichkeit in ihrer Stimme und des Unsinns, den sie da von sich gab. *Als ob, Lilly!* Aber wenn sie schon einmal die Gelegenheit hatte, sich neu zu erfinden, dann wäre sie gerne jemand, der genau so etwas tat. Schwester Connie hätte das gefallen. *Fake it till you make it.*

Valentina starrte eine ganze Weile vor sich hin, dann lächelte sie versonnen, als wäre ihr gerade ein grandioser Einfall gekommen. Allerdings schien sie ihn nicht mit Lilly teilen zu wollen. »Das ist ein schöner Gedanke«, sagte sie schlicht.

»Mhm. Was macht der Libellenschwärmer?«

»Mein Kollege Carlo wird ihn morgen holen.«

Lilly hob fragend die Augenbrauen, während sie mit der Handkante vor ihrem Hals einen Kehlschnitt andeutete. »Chrr?«

»Ich fürchte schon.« Die Vorstellung schien Valentina keineswegs so kalt zu lassen, wie Lilly es von der nüchternen Frau erwartet hatte.

»Haben Sie ein Foto? Ich hätte ihn gerne mal gesehen.«

»Wollen Sie?«

»Wie bitte?«

»Wenn Sie mögen, kommen Sie doch nach der Arbeit auf einen Sprung vorbei.«

»Wirklich?«

»Sicher, warum nicht?«

Doch dann runzelte Valentina die Stirn, als hätte sie mit dieser Einladung nicht nur ihr Gegenüber, sondern auch sich selbst überrascht. Lilly hingegen konnte es kaum erwarten, Zeit alleine mit ihrer echten Mutter in deren Zuhause zu verbringen.

Aber erst einmal musste sie eine Meute Schulkinder bändigen. In der Hoffnung auf ein ermutigendes Lächeln sah sie dabei immer wieder zu Valentina, die sich gerade mit den

Puppen beschäftigte. Lilly war stolz, dass sie alle Fragen alleine beantworten konnte. Erst am Ende, als ein Mädchen etwas ganz Bestimmtes über den Atlasspinner wissen wollte, war sie auf Hilfe angewiesen. »Ich glaube, da müssen wir meine Chefin fragen. Valentina?«

Die Angesprochene trat auf die Gruppe zu. »Mhm?«

»Die junge Dame hier hat gerade gefragt, ob Raupen davon träumen, eines Tages Schmetterlinge zu werden. Ob sie überhaupt träumen?« Sie zwinkerte dem Mädchen zu. »Das ist eine coole Fragen, finde ich. Auf die Antwort bin ich genauso gespannt wie du.«

Als Valentina antwortete, umspielte ein mildes Lächeln ihre Lippen. »Nein, das können sie nicht. Aber sie können sich erinnern.« Sie sah dabei nicht zu der kleinen Fragestellerin, sondern direkt in Lillys Augen.

Lilly hielt den Atem an. War dies endlich das Zeichen, auf das sie die ganze Zeit gewartet hatte? Woran erinnerte sich Valentina gerade?

Nachdem die Schulklasse den Park verlassen hatte, hoffte Lilly die ganze Zeit darauf, dass Valentina ihre Andeutung weiter ausführen würde, doch diese ließ sich wieder einmal kaum blicken. Erst zum Feierabend kam sie aus ihrem Büro.

»Sie machen das sehr gut mit den Kindern«, sagte sie.

Lilly freute sich über das Lob, aber es genügte ihr nicht. »Sie haben gesagt, dass die Schmetterlinge sich erinnern. Woran erinnern sie sich?«, fragte sie. Eigentlich wollte sie wissen: Woran erinnerst *du* dich?

»Es hat nicht viel mit dem menschlichen Erinnern zu tun. Der Schmetterling nimmt eine Art instinktives Wissen aus seiner Zeit als Raupe mit. Das finde ich phänomenal genug, wenn man daran denkt, dass sie sich während ihrer Metamorphose fast vollständig auflösen.«

»Woher weiß man, dass sie sich erinnern?«, fragte Lilly, obwohl sie viel lieber frustriert mit dem Fuß aufgestampft hätte. Offenbar hatte Valentina den Wink nicht verstanden.

»Es gab da mal ein Experiment mit Tabakschwärmern. Die Raupen wurden in einen Apparat mit zwei Ausgängen gesetzt. In dem einen befand sich nur Luft, der andere roch nach einem Lösungsmittel. Das wäre den Tieren eigentlich egal, aber sobald sie in diese Röhre krochen, bekamen sie außerdem einen leichten Stromschlag.«

»Wie nett«, unterbrach Lilly.

»Immerhin stellten die Forscher auf diese Art fest, dass später auch der Schmetterling diesen Geruch mied.«

»Mhm. Kindheitserinnerungen können brutal sein.«

»Trifft das auf Ihre zu?«, fragte Valentina.

»Nein, gar nicht.«

Im Moment machen mir eher die Erfahrungen zu schaffen, die ich nicht sammeln durfte. Wie hätte ihre Kindheit an der Seite dieser eigenbrötlerischen Wissenschaftlerin ausgesehen? Nur Mutter und Tochter, weder Vater noch Bruder? Vielleicht hätte Lilly sich vernachlässigt gefühlt, allein mit einer Frau, die derart in ihrer Arbeit aufging. Oder aber sie hätten eine eingeschworene Gemeinschaft geformt, gemeinsam Naturphänomene beobachtet und die Entdeckung der Libellenschwärmer zu zweit gefeiert. Dann wären es Wanderungen durch die Berge, Schmetterlinge und Meeresfrüchterisotto, die in ihr sentimentale Erinnerungen weckten – nicht Rhabarberkuchen mit Baiserhaube, Sonntagsausflüge in die

Parkanlage Planten un Blomen oder der knorrige Apfelbaum im Garten ihrer Eltern.

Wollte sie wirklich etwas davon missen? Einem sollten mindestens zwei Leben vergönnt sein, dachte Lilly, um wenigstens ein paar der vielen Was-wäre-wenns zu erkunden. Dann fiel ihr ein, dass dies laut Connie ja schon ihr zweites Leben war. Ob es bereits zu spät war, ihm noch ein paar Wurzeln hinzuzufügen?

»Sollen wir gehen und uns den Libellenschwärmer ansehen?«, fragte Valentina.

Lilly lächelte. »Ja, unbedingt.«

Valentina

Sie hatte ihre Einladung spontan ausgesprochen, genauso wie die, gemeinsam auf den Berg zu fahren. Wieder war sie sich nicht sicher, weshalb sie es getan hatte. Vielleicht wollte sie ja die Freude über ihre Entdeckung mit jemanden teilen, der ihren Libellenschwärmer nicht am liebsten sofort in seine Einzelteile zerlegen wollte. Und Lilly entpuppte sich als der perfekte Gast in Valentinas Haus. Sie bewegte sich respektvoll auf dem fremden Terrain, ohne etwas anzufassen oder die spartanische Einrichtung zu kommentieren. Sie war unterhaltsam, drängte sich aber nicht in den Vordergrund.

Nachdem sie ausgiebig den Libellenschwärmer bewundert hatte, lächelte sie. »Wer hätte gedacht, dass ich mal bei einer bedeutenden wissenschaftlichen Entdeckung dabei bin.«

»Bedeutend, na ja, ich weiß nicht«, protestierte Valentina halbherzig.

Lilly fuhr sich mit der Hand über den Nacken, um ein paar Schweißperlen wegzuwischen, wobei sie das obere Ende ihrer Wirbelsäule freilegte. Dort, etwa in der Höhe des zweiten Halswirbels, prangte ein auffälliges Muttermal in Form einer Blume.

Valentina gab einen ungläubigen Laut von sich.

»Was ist?«, fragte Lilly.

»Nichts.« Es *war* nichts, nur ein Zufall. Etwas anderes konnte es ja gar nicht sein.

»Sogar Signore Sirmione fand, dass Sie Grund zu feiern haben. Und der kennt sich damit aus, das weiß ich von Alessio.«

Für einen Moment dachte Valentina, dass in Lillys Blick etwas Lauerndes läge. Reine Einbildung, sagte sie sich. Seit wann war sie so überspannt? Sie könnte jetzt wirklich etwas Hochprozentiges vertragen.

Sie holte eine Flasche und zwei Gläser aus der Küche, schenkte wortlos eine cremig-gelbe Flüssigkeit ein. Danach drückte sie Lilly eines der Gläser in die Hand. »Also gut, feiern wir!« Sie trank den Zitronenlikör in einem Zug aus.

Lilly nippte vorsichtig an ihrem Glas, dann lächelte sie. »Ich mag eigentlich keinen Likör, aber da könnte ich mich reinlegen.«

»Gino hat ihn angesetzt. ›Sonnenschein im Glas‹ nennt er ihn.«

»Mhm.«

Danach leerte jede von ihnen noch zwei Gläser, woraufhin sogar Valentina redseliger wurde als sonst. Es wunderte sie, wie sehr sich Lilly für ihre Vergangenheit interessierte, aber sie beantwortete bereitwillig alle Fragen, ließ dabei nur eine gewisse Zeitspanne aus, über die sie nicht reden wollte.

»Wir können uns duzen, wenn Sie mögen«, sagte sie am Ende. »Damit Sie sich nicht außen vor fühlen, wenn Alessio und ich uns duzen.«

»Gerne.« Lilly schaute auf das Display ihres Handys. »Es ist spät geworden, ich sollte jetzt gehen. Danke noch mal für die Einladung und grüß deinen kleinen Freund von mir.«

Valentina lächelte milde. »Ich kann nur nicht versprechen, dass er zurückgrüßt.«

»Es stimmt übrigens nicht, was du gesagt hast.« Lilly erhob sich aus ihrem Sessel.

»Wie bitte?«

»Nicht alle Schmetterlinge müssen alleine zurechtkommen. Einige Arten tun sich in Gruppen zusammen, zum Beispiel zum Schlafen.«

Valentina zog die Augenbrauen hoch. Sie hatte ihre Bemerkung über das Sozialverhalten der Schmetterlinge längst wieder vergessen. Wer hätte gedacht, dass ein paar hingeworfene Worte ihre Mitarbeiterin derart beschäftigen würden? »Ich werde morgen später kommen. Sagst du Alessio Bescheid?«, bat sie.

»Okay, klar«, erwiderte Lilly. Ihr gleichmütiger Tonfall verriet, dass sie die Bitte nicht sonderlich sensationell fand. Wie sollte sie auch ahnen, dass Valentina am folgenden Tag bewusst gegen ihre Grundsätze verstoßen wollte. Nicht nur würde sie zum zweiten Mal innerhalb kurzer Zeit zu spät bei der Arbeit erscheinen, nein, sie hatte auch noch etwas anderes vor. Ihr stieg die Schamesröte ins Gesicht, wenn sie dachte, für welche Frivolität sie sich freinahm: einen Einkaufsbummel in Marciana Marina. Es kam Valentina erbärmlich banal vor, und doch ging ihr nicht aus dem Kopf, was Lilly über ihren letzten Tag gesagt hatte. Sie würde sich ein hübsches Kleid und einen auffälligen Lippenstift kaufen – für eine allerletzte große Feier. Etwas an diesem Gedanken hatte in Valentina ein sehnsüchtiges Ziehen ausgelöst, dem sie sich nicht länger widersetzen würde.

Schon am nächsten Morgen, als die Wirkung des Alkohols abgeklungen war, stellte sie ihr Vorhaben wieder in Frage. Sie, die voller Spott auf das menschliche Balzverhalten blickte, wollte ihre Arbeit vernachlässigen, um sich einen Lippenstift und ein teures Kleid zu kaufen, das sie nur wenige Male tragen würde? *Ach, Valentina, was hast du dir nur dabei gedacht?* War es nicht im wahrsten Sinne des Wortes eine Schnapsidee gewesen?

Doch sie hatte ihre Verspätung bereits angekündigt. Ein Rückzieher würde nur weitere Fragen aufwerfen. Deshalb würde sie sich gleich wie geplant in den Bus nach Marciana Marina setzen. Dort gab es eine entzückende Pasticceria, in der sie sämtliche Dolci durchprobieren würde. Das war unvernünftig genug für einen Tag.

An der Uferpromenade von Marciana Marina war noch nicht viel los. Auch am Strand hielt sich zu dieser frühen Uhrzeit kaum jemand auf. Beim Anblick des Wassers überkam sie der Drang, mit nackten Füßen hindurchzuwaten. Seit einer Ewigkeit hatte sie das nicht getan.

Valentina streifte Schuhe und Strümpfe ab und setzte die nackten Füße in den feuchtwarmen Sand. Die Abdrücke, die ihre Sohlen und Zehen hinterließen, wurden sofort wieder vom Wasser weggespült. Sanft umspülte die Brandung ihre Knöchel. Warum war sie nicht häufiger hierhergekommen? Aber gerade weil sie jederzeit hätte hierherkommen können, hatte sie sich kaum einmal die Mühe dazu gemacht. Valentina schloss die Augen und hielt ihr Gesicht der Sonne entgegen – ein Moment vollkommener Gegenwärtigkeit, angefüllt mit Melancholie und Zufriedenheit.

Später bummelte sie an den Geschäften des Ortes vorbei. Den Gedanken, etwas zu kaufen, hatte sie bereits verworfen, da entdeckte sie im Schaufenster einer Vintage-Boutique ein Kleid. Es zog ihre Aufmerksamkeit auf sich, weil es ihr nicht wie ein seelenloses Stück Stoff vorkam. Es schien eine Geschichte zu erzählen und auch seinen zukünftigen Trägerinnen aufregende Erlebnisse zu versprechen.

Sollte sie hineingehen? Es handelte sich um gebrauchte Mode, dieses Kleid war also ein Einzelstück. Bestimmt würde es ihr ohnehin nicht passen. Sinnlos, sich weiter damit zu beschäftigen. Andererseits riskierte sie dann auch nicht allzu viel, wenn sie es sich einmal genauer ansah.

Die Verkäuferin im Laden begrüßte sie freundlich. Bestimmt würde sie gleich versuchen, sich aufzudrängen. Valentina betrat sonst nie solche Geschäfte, weil sie es hasste, sich zu einem Kauf gedrängt zu fühlen.

»Ich schaue mich nur mal kurz um«, erklärte sie beinahe barsch.

Die Frau lächelte ihr freundlich zu. »Gerne. Sagen Sie Bescheid, falls Sie Hilfe brauchen.«

»Mhm.«

Valentina ging zum Fenster. Zaghaft streckte sie die Hand nach der altrosafarbenen Spitze aus. Halb erwartete sie, dass man sie zurückpfeifen würde, doch die Verkäuferin blieb ungerührt hinter ihrem Tresen stehen.

Valentina wurde mutiger. Sie strich über das Kleid, untersuchte sein Material. Die obere Lage aus Spitze war fein gearbeitet, so erlesen wie der gleichfarbige Stoff darunter, vermutlich Seide. Das eng anliegende Oberteil war mit einem V-Ausschnitt und einer Leiste kleiner Perlenknöpfe versehen.

Von der Taille abwärts sprang das Kleid weit auf. Es erinnerte Valentina an die romantischen Heldinnen aus Fünfziger-Jahre-Filmen. Audrey Hepburn auf einer Vespa. Grace Kelly an Cary Grant geschmiegt. Mondäne Sommer an der Amalfiküste. Kurzum, es passte überhaupt nicht zu ihr. Und doch …

»Möchten Sie es anprobieren?«, fragte die Verkäuferin.

»Ich weiß nicht. Es passt mir wahrscheinlich gar nicht.«

»Probieren Sie es aus. Ich denke, von der Größe her müsste es hinhauen.«

»Wenn Sie meinen.«

Mit geübten Handgriffen entkleidete die Verkäuferin die Schaufensterpuppe. Sie überreichte Valentina das Kleid, die es enttäuscht ansah. Ohne die Wölbungen der Puppe wirkte der Stoff seltsam formlos. Sie glaubte nicht, es ausfüllen zu können.

»Ich weiß nicht«, wiederholte sie. In diese Boutique kam sie sich wie ein Fisch an Land vor.

»Probieren Sie es doch einfach mal an.«

Bevor die Situation noch peinlicher wurde, verschwand Valentina mit dem Kleid in der Umkleidekabine. Nachdem sie sich ausgezogen hatte, ließ sie den Stoff behutsam über ihren Körper gleiten, um ihn nicht zu beschädigen. Es dauerte eine Weile, bis es ihr gelang, den Reißverschluss im Rücken ganz zu schließen.

Sie sah in den Spiegel, auf eine weitere Enttäuschung gefasst. Doch ihr gegenüber stand eine Frau, von der sie nicht geahnt hatte, dass sie in ihr steckte. Der Farbton brachte den Kupferschimmer in ihrem immer noch dunklen Haar zum Vorschein. Für ihre Haut wirkte der Altrosaton wie ein Weichzeichner. Sie fühlte sich ungezwungener als sonst, zu einem Abenenteuer mit ungewissem Ausgang aufgelegt, sogar verführerisch. Vielleicht war mit dem Kleid etwas von der vorherigen Trägerin auf sie übergesprungen? Valentina verwarf den Gedanken als albern, zumal sie zu ihrer eigenen Überraschung keine Fremde vor sich sah, sondern eher eine alternative Möglichkeit, sie selbst zu sein.

»Passt es?«, rief eine Stimme durch den dunkelblauen Samtstoff hindurch.

Valentina zog den Vorhang beiseite und trat aus der Kabine.

Die Verkäuferin schlug verzückt die Hände vor den Mund. »Sehen Sie sich an. Es ist wie für Sie gemacht. Sie werden es doch nehmen, oder?«

»Ja«, erwiderte Valentina, ohne einen Blick auf das Preisschild geworfen zu haben.

Danach erstand sie noch ein paar Pumps in einem eleganten Beigeton, einen leuchtend roten Lippenstift und Kontaktlinsen. Auf der Heimfahrt presste sie den Beutel mit ihren Einkäufen fest an sich, als müsste sie ihre Errungenschaften schützen.

Während der Arbeit war sie kaum bei der Sache. Sie stellte sich vor, in dem Kleid in Ginos Restaurant aufzutauchen. Würde sie das wagen? Im Grunde war es ihr egal, was andere dachten. Die Hürde war sie selbst, ihre eigene Vorstellung von sich.

Am Abend legte sie das Kleid sorgfältig auf ihrem Bett ab. In ihrer gewohnten Umgebung kamen ihr die zarte Spitze, die elegante Seide seltsam deplatziert vor. Doch dann streifte sie es über und sah im Spiegel wieder diese Frau, die zugleich

Valentina und doch nicht Valentina war. Sie gefiel sich in dem Kleid. Warum sollte sie diesen Körper nicht präsentieren, so lange er warm und voller Leben war?

In einem hinteren Winkel des Kleiderschranks fand sie eine Handtasche, die sie so gut wie nie benutzt hatte. Dort hinein packte sie die Pumps, die vollkommen ungeeignet waren, um damit den ganzen Weg bis zum Restaurant zurückzulegen. Erst vor Ginos Tür tauschte sie ihre bequemen Slipper gegen die eleganteren Schuhe aus. Bevor sie die Tür aufstieß, atmete sie tief ein. Drinnen hielt sie die Luft an, bis sie ihren Platz am Tresen erreicht hatte, ohne auf den hohen Absätzen zu stolpern. Erst als sie sicher saß, sah sie sich um und entdeckte, dass einige Blicke auf sie gerichtet waren. Normalerweise wäre ihr das unangenehm gewesen, aber der Frau in dem Kleid bereitete ihre neue Sichtbarkeit eine diebische Freude.

An einem der Tische entdeckte sie Tommaso, der wieder einmal mit einer Gruppe von Gästen gekommen war. Dass Carlo bei ihnen saß, verwirrte Valentina für einen Moment. Ihr alter Freund schien über ihren Anblick überrascht zu sein, wohingegen in Carlos Blick der Hunger eines Löwen lag, der eine Gazelle vor der Nase hatte.

Sie war so ehrlich, sich nicht verschämt wegzuducken, denn gerade wurde ihr klar, dass sie es genau darauf angelegt hatte. Und diesmal würde sie sich nicht damit begnügen, die Beute zu sein. Diesmal würde sie *ihn* erlegen.

Aber erst einmal kam Tommaso zu ihr. »Du siehst unglaublich aus, Valentina.«

»Danke.« Sie freute sich über sein Kompliment.

Er erwiderte ihr Lächeln nicht. »Eine der Frauen hat ihn gebeten, sich zu uns zu setzen.« Er deutete zu Carlo, als müsste er rechtfertigen, warum sie beide an einem Tisch saßen. Tommaso wirkte fast ein wenig beunruhigt. Sicher ahnte er, wem ihre Aufmachung galt, und machte sich Sorgen um sie. Er hatte erlebt, wie die Trennung von Carlo sie beinahe zerstört hatte. Wenn sie Tommaso ansah, hatte sie das Bedürfnis, sich den Lippenstift abzuwischen, um den alten Freund zu beruhigen. *Dahinter stecke immer noch ich, siehst du? Und ich weiß, was ich tue.*

Sie zuckte mit den Schultern. »Die Frauen haben ihn immer gemocht, oder?«

»Die Frauen?« Er musterte sie prüfend.

Sie fühlte sich ertappt. Ihr blieb keine Zeit zu ergründen, warum ihr unter Tommasos Blick so unbehaglich wurde, denn nun gesellte sich Carlo zu ihnen.

»*Ciao bella!*«, flötete er. Mit einer eleganten Drehung glitt er auf den freien Platz neben ihr.

Nachdem sie sich mit den üblichen Wangenküssen begrüßt hatten, sah Valentina sich noch einmal nach Tommaso um, doch der war bereits an seinen Platz zurückgekehrt.

»Zwei Gin Tonic für diese bezaubernde Dame und mich«, rief Carlo.

Das war damals *ihr* Getränk gewesen.

»Warte, Gino, ich trinke lieber einen Aperol Spritz«, sagte sie.

Gino, der sich noch nicht von ihrem Auftritt erholt zu haben schien, blinzelte irritiert. »Geht klar«, murmelte er dann.

Kurz darauf schob er ihnen die Getränke über den Tresen. »Wisst ihr schon, was ihr essen wollt?«

Valentina sah zu Carlo. »Wir gehen direkt zum Dessert über, was meinst du?«

Das Glimmen in seinen Augen verriet, dass er verstanden hatte, dass sie nicht allzu lange bleiben wollte – und dass er Teil ihrer Pläne für den weiteren Verlauf des Abends war.

»Ach, Gino, was kostet es eigentlich, dein Restaurant für einen ganzen Abend zu mieten?«

»Du willst das Restaurant mieten?«

»Ich plane eine Feier.«

Gino schnappte geräuschlos nach Luft, dann schloss er den Mund schnell wieder. »Mhm, ja, also … Ich würde dir natürlich einen Sonderpreis machen. Weißt du schon das Datum? Dann trage ich es direkt in den Kalender ein.«

Für einen Moment hatte sie beinahe den eigentlichen Anlass ihrer Frage vergessen, jetzt kehrte er unerbittlich in ihr Bewusstsein zurück. Sie, die immer die Zurückgezogenheit geliebt hatte, spielte gerade die Hauptrolle in einem Theaterstück – dessen letzten Akt sie nicht überleben würde. Ihre Stimme zitterte, als sie ihm ihr Todesdatum nannte.

»Wie viele Gäste?«, fragte Gino.

Sie zuckte mit den Schultern. »Alle aus dem Ort und vielleicht ein oder zwei andere Gäste zusätzlich. Wirst du in anderthalb Wochen noch da sein, Carlo?«, zwitscherte sie mit aufgesetzter Gleichmütigkeit.

Zum Abschluss wollte sie ein letztes Mal alle Menschen versammeln, die ihr etwas bedeutet hatten. Und Carlo zählte eindeutig dazu, egal, wie weh er ihr getan hatte. Natürlich würde sie ihre Eltern vermissen. Und ihr kleiner Libellenschwärmer würde den Tag wohl auch nicht mehr erleben.

»Dann rechne ich mit rund vierzig Personen.« Gino hatte sich wieder gefangen und war zurück in die Rolle des routinierten Gastwirts geschlüpft.

Valentina nickte. »Klingt passend.«

Die Leute würden sich über ihre Einladung wundern, aber wohl nicht zu sehr. Der fünfzigste Geburtstag ließ schließlich auch langlebigere Exemplare ihrer Gattung seltsame Entscheidungen treffen.

»Es gibt freie Getränke für alle«, sagte sie.

»Auch Schnaps und Longdrinks?«

»Ja, alle. Aber kein Essen à la carte. Ich will nicht, dass du kollabierst. Vielleicht bieten wir zwei verschiedene Drei-Gänge-Menüs zur Auswahl an. Schaffst du das?«

»Kein Problem. Hast du spezielle Wünsche für das Essen?«

»Ich vertraue dir, dass du uns etwas Gutes zusammenstellst. Einer der Gänge sollte aber auf jeden Fall das Risotto sein.«

Gino schmunzelte. »Da bin ich erleichtert.«

»Wieso?«

»Zu viele Veränderungen auf einmal verkrafte ich nicht. Und da bin ich wohl nicht der Einzige.«

Sie folgte seinem Blick und entdeckte, wie Tommaso sie anstarrte, aber nun schnell wegsah.

Mit geröteten Wangen wandte sie sich wieder Gino zu. »Was wird das kosten?«

Er notierte eine ganze Reihe Zahlen, schrieb eine Gesamtsumme darunter und schob ihr dann den Zettel zu.

»Okay«, sagte sie gelassen, ohne genau hingesehen zu haben. »Kommt mir fair vor.«

Gino würde sie niemals übers Ohr hauen. Außerdem brauchte sie das Geld nicht mehr.

»Wie schön du aussiehst«, raunte Carlo, sobald der Wirt außer Hörweite war.

Die Valentina in dem Kleid glaubte ihm, maß seinen Worten aber nicht allzu viel Bedeutung bei. Sie war hier, um *ihre* Bedürfnisse zu befriedigen. Ihr Körper bebte, wenn sie an das dachte, was folgen würde. Deshalb schlang sie Ginos Kastanienmousse ohne die Aufmerksamkeit hinunter, die sie verdient hätte.

Auf dem Weg nach draußen vermied sie es, Tommaso ins Gesicht zu sehen. Dennoch spürte sie seine Anwesenheit stärker denn je. Für einen Moment fühlte sie sich deshalb nackt und schutzlos, obwohl es doch Carlos Blicke waren, die sie auszogen. Sie wollte das Restaurant so schnell wie möglich verlassen.

Vor der Tür blieb sie für einen Moment stehen. Sie sah zu Mond und Sternen hinauf. Es war eine wolkenlose Nacht. Carlo schlang von hinten seine Arme um sie. So verharrte er einen Moment. Da sie sich nicht wehrte, legte er seine Lippen auf ihren Hals und ließ sie langsam emporwandern. »Wirklich wunderschön«, flüsterte er in ihr Ohr.

Es war lange her, dass jemand sie so gehalten hatte. Carlos Körperwärme brannte seine Konturen in ihren Rücken. Die Intensität, mit der ihr Körper darauf reagierte, verschlug ihr den Atem. Sie seufzte auf und schmiegte sich enger an ihn. Doch bald darauf wand sie sich aus seinen Armen, um stattdessen seine Hand zu ergreifen. Sie zog ihn mit sich, so schnell sie konnte, bevor sie es sich anders überlegte.

»Du hast es ja eilig«, sagte Carlo grinsend, aber er hielt Schritt. Ihre Ungeduld schien ihn zu freuen, bestimmt deutete er sie als Sehnsucht nach ihm. Vor Valentinas Haus blieben sie stehen, während sie den Schlüssel aus ihrer Handtasche kramte. Als sich ihre Blicke trafen, lachten sie ungläubig über das, was sie gerade taten. Sie führte ihn durch Windfang und Wohnzimmer direkt in den Garten weiter. Drinnen hätten sie womöglich unliebsame Erinnerungen eingeholt – daran, wie sie sich damals bei seinem Besuch auf Elba unzählige Male in diesem Haus geliebt hatten.

»Es ist so ein warmer Abend. Lass uns hier auf der Veranda bleiben«, sagte sie. »Ich hole uns etwas zu trinken.«

Bei ihrer Rückkehr hielt sie eine Decke unter den Arm geklemmt und in jeder Hand ein Glas Wein. Er hatte es sich in dem Liegestuhl bequem gemacht, die Arme hinter dem Kopf verschränkt. Jetzt sah er erwartungsvoll zu ihr hoch. Sie stellte die Gläser auf dem Boden ab, ließ die Decke vor der Veranda ins Gras fallen und begann, ganz langsam die Knöpfe ihres Kleides zu öffnen. Dabei sog sie den Duft der Nachtkerze ein, die sich erst in der Dunkelheit öffnete und bei Tagesanbruch wieder verschloss.

Sie fragte sich nicht, ob ihre Haut im Mondlicht ausreichend straff aussah oder ob ihre Figur noch makellos genug war. Wen interessierte das? Sie wollte nichts weiter, als diesen Körper mit jeder Faser zu spüren.

Mit hungrigen Blicken verfolgte er jede ihrer Bewegungen. Ein Gefühl von Macht durchströmte sie. Erst als sie nackt vor ihm stand, erhob er sich. Doch er verharrte an seinem Platz. Früher war er die treibende Kraft gewesen, aber nun wirkte er unsicher. Also half sie ihm, indem sie auf ihn zutrat und sein Jackett über seine Schultern streifte. Es fiel achtlos zu Boden. Sie knöpfte sein Hemd auf, während Carlo am Gürtel seiner Hose nestelte. Nachdem auch er sich seiner Kleidung entledigt hatte, zog sie ihn mit sich auf die Decke.

Er schob sich auf sie, küsste ihren Hals, ihre Brüste, ihren

Bauch, dann glitten seine Lippen tiefer. Er reizte sie mit der Zunge und so geschickten Fingern, dass sie alles andere vergaß. Kurz vor dem Höhepunkt unterbrach sie ihn. Es ging ihr um mehr als das, sie wollte eine Verschmelzung. Er folgte ihren stummen Anweisungen sofort. Und während sie sich in der gemeinsamen Bewegung verlor, blickte sie wieder in den Himmel über sich. Sie tauchte ein in die Unendlichkeit des Alls und fühlte sich so tief mit alledem verbunden, dass ihr Tränen die Wangen hinabliefen. Sie löste sich auf und war zugleich unsterblich.

Er kam mit einem lauten Aufschrei. Danach ließ er sich neben sie sinken. Carlo stützte sich auf, um ihr ins Gesicht zu sehen. Sein Blick wurde weich, als er die Tränen darin entdeckte. Zärtlich küsste er ihr jede einzelne von den Wangen. »Das war wirklich unglaublich«, flüsterte er.

Natürlich nahm er an, der Akt an sich habe sie überwältigt. Sie machte sich nicht die Mühe, ihm zu erklären, dass er nur ein Teil dieser unglaublichen Erfahrung gewesen war.

»Da ist noch eine.« Er nahm den Tropfen mit dem Finger auf und benetzte seine Lippen damit. Valentina musste an einen dieser Nachtfalter denken, die sich von den Tränen schlafender Tiere ernähren, manchmal eine halbe Stunde lang.

Kurz darauf schliefen sie nebeneinander ein, wachten aber bald wieder auf, mit schmerzenden Gliedern. Er rieb sich den Rücken. »Ein paar Dinge haben sich wohl doch verändert.«

Sie nahm ihn mit ins Haus, wo sie sich in ihr Bett legten und ein weiteres Mal miteinander schliefen. Es machte ihr nichts mehr aus, ihn hierzuhaben. Sie war jetzt eine andere – oder mehr sie selbst denn je.

Lilly

Sie war wieder im Krankenhaus. In der Luft hing dieser unverkennbare klinische Geruch, vermischt mit dem Schweißgestank ihrer Angst vor einem weiteren Tag mit niederschmetternden Botschaften. Sie atmete vergeblich gegen den Druck auf ihrem Brustkorb an. Als säße dort ein Nachtalb. Wenn es ihr doch nur gelänge, die Augen zu öffnen, aber die waren wie zugeklebt. Eine nervige Abfolge von Tönen drang in ihr Ohr. Ihr Handy? Endlich hoben sich ihre Lider. Verwirrt betrachtete sie ihre Umgebung, bis sie erkannte, dass sie nicht in der Klinik, sondern in Italien war. Erleichterung durchströmte sie.

Sie tastete nach ihrem Handy auf dem Nachttisch. Bei einem Blick aufs Display sah sie, dass Tanja angerufen hatte. So früh am Morgen? Lilly schielte auf die Uhrzeit. Es war später als gedacht. Ihre Schicht begann in einer halben Stunde. So lange brauchte sie allein für den Fußweg. Nach einer schnellen Katzenwäsche warf sie sich achtlos ein paar Klamotten über und sprintete los.

Unterwegs rief sie Tanja an. »Alles in Ordnung bei dir?«, fragte Lilly.

»Bei mir schon«, antwortete ihre Freundin.

»Aber?«

Stille in der Leitung. Dann fuhr Tanja stockend fort:

»Also … Ich habe gestern Oliver mit einer Frau in der Stadt gesehen. Ich wusste nicht, ob ich es dir sagen soll oder nicht. Die Situation war nicht unbedingt eindeutig, aber von weitem sah es aus, als würde sich etwas anbahnen. Sie hat ihn immer wieder am Arm berührt und so.«

War das der Grund, warum er sich in den letzten Tagen nicht gemeldet hatte? Lilly wurde ganz flau im Magen. Bestimmt hatte Tanja ihn mit Sonja gesehen. Wie war es danach weitergegangen? Waren die beiden heute Morgen nebeneinander aufgewacht? Sah Oliver seine *Kollegin* gerade mit diesem verschlafenen Grübchenlächeln an, das bislang Lilly vorbehalten gewesen war?

»Das ist seine Sache«, erwiderte sie trotzig. Es war sein gutes Recht, sich zu treffen, mit wem er wollte, nachdem sie ihm zu verstehen gegeben hatte, dass er nicht auf sie warten solle.

Tanja seufzte. »Willst du mir wirklich nicht erzählen, was bei euch los ist? Ihr wart immer so eng und liebevoll miteinander. Ich glaube dir nicht, dass es dich kalt lässt, was er treibt.«

»Sollte es aber besser«, sagte Lilly mit brüchiger Stimme. Der mitfühlende Tonfall ihrer Freundin hatte ihren Schutzwall durchbrochen. Wem wollte sie etwas vormachen: Sie vermisste ihn – so sehr.

»Ach, Lilly, ich wünschte, du würdest mit mir reden. Am liebsten würde ich sofort zu dir kommen. Aber ich kann mich gerade bei der Arbeit nicht freimachen.«

»Das würde ich auch nicht wollen.«

»Das glaube ich dir sofort. Ich würde dich nämlich schütteln, bis du mit der Sprache rausrückst.«

»Mhm.«

Tanja lachte. »Schon gut, wechseln wir das Thema. Wie geht deine Mission voran?«

»Zwei Schritte vor, einer zurück. Valentina ist ein bisschen … speziell.«

»Muss in den Genen liegen. Sie gefällt dir, oder?«

»Ja. Sie hat mich zu sich nach Hause eingeladen. Das werte ich als gutes Zeichen.«

»Wie war's denn?«

»Wir haben uns einen Schmetterling angeguckt.«

Tanja kicherte. »Klingt wirklich speziell.« Sie verstellte die Stimme, so dass sie eine Oktave tiefer klang. »Darf ich dir meine Briefmarkensammlung zeigen?«

Lilly lachte. »Es war nur halb so bizarr, wie es bei dir klingt. Ich habe mich über ihre Einladung gefreut, weil ihr der kleine Falter viel zu bedeuten scheint. Und Schmetterlinge sind wirklich faszinierend.«

»Klar.«

»So, und jetzt erzähl mir lieber mal, wie es bei dir läuft. Was macht die Arbeit?«

»Die Situation scheint sich beruhigt zu haben. Offenbar wird keiner von uns gefeuert. Sie stellen nur niemanden mehr ein, wenn jemand kündigt oder in Rente geht. Was natürlich heißt, dass die Arbeit dann an uns kleben bleibt. Ich warte jetzt erst mal ab, wie sich die Dinge weiterentwickeln, dann entscheide ich, ob ich mir nicht trotzdem etwas Neues suche.«

Tanja schwieg für einen Moment. »Lilly?«, fragte sie dann.

»Ja?«

»Hätte ich es dir lieber nicht sagen sollen? Das mit Oliver, meine ich?«

»Ich weiß es nicht genau, um ehrlich zu sein. Aber wahrscheinlich wäre ich sauer gewesen, wenn ich es später zufällig erfahren hätte. Insofern: Du hast nichts falsch gemacht.«

Tanja atmete erleichtert aus. »Gut.«

»So, jetzt muss ich aber aufhören, die Arbeit ruft.«

»Okay. *Ciao bella.* Und vergiss nicht, dass du mit mir reden kannst. Jederzeit.«

An diesem Tag war der Himmel grau, und es nieselte, was zu ihrer Stimmung passte. Wenigstens zog das Wetter noch mehr Besucher als sonst in den Park, was Lilly auf Trab und ihr Kopfkino in Zaum hielt. Sie wollte keine Bilder von Oliver und Sonja in ihrem Kopf haben. Um genau zu sein, wollte sie sich Oliver mit gar keiner anderen Frau vorstellen.

Viel lieber hätte sie herausgefunden, warum Valentina wie ausgewechselt wirkte. Hinter den Brillengläsern funkelten ihre Augen intensiver als sonst. Sie trug eine lockere Leinenhose wie üblich, an diesem Tag aber mit einer schmal geschnittenen, khakifarbenen Bluse, die ihre Figur betonte. Ihr Haar, sonst hochgesteckt, fiel ihr in schimmernden Wellen auf die Schulter. Sie hätte dem Film »Jenseits von Afrika« entsprungen sein können.

Lilly dachte, dass sie Valentinas gelöste Stimmung nutzen sollte, um endlich anzusprechen, was sie wirklich auf diese Insel geführt hatte, doch es ergab sich keine Gelegenheit dazu, weil sie so gut wie nie alleine waren.

In der Mittagspause traf sie in der Kaffeeküche auf Alessio, der kalte Nudeln aus einer Edelstahlbox aß. Als er Lilly sah, lächelte er. »Mama hat mal wieder gekocht. Sie denkt, sonst würde ich nichts Vernünftiges essen.«

»Würdest du doch auch nicht, oder?«

»Im Gegensatz zu dir, meinst du?« Er deutete auf die Packung Kekse in ihrer Hand.

Ungerührt steckte sie sich einen in den Mund. »Sind mit Haferflocken, also eine vollwertige Mahlzeit. Möchtest du auch einen?«

»Vielleicht zum Nachtisch. Ich kann das echt nicht mit ansehen. Komm, wir teilen uns erst die Nudeln und dann die Kekse.«

»Es sind deine Nudeln«, wehrte sie ab.

»Bist du sicher? Die sind mit Salsiccia. Lecker.« Er streckte ihr die Box entgegen, so dass ihr der köstliche Duft in die Nase stieg. »Außerdem würde ich sie alleine gar nicht schaffen. Ich glaube, meine Mutter verwechselt mich mit einem Mastkalb.«

Sie lachte. »Also schön. Bevor das Essen deine Cholesterinwerte verdirbt, eile ich lieber zu deiner Rettung.«

Während sie sich über die Nudeln hermachten, kam Alessio auf Valentina zu sprechen. »Unsere Chefin ist heute ja richtig gut drauf.«

»Dann ist es dir auch aufgefallen?«

Er grinste. »Klar. Und ich glaube, das hat mit einem gewissen Forscher zu tun.«

»Meinst du Signore Sirmione? Ich weiß nicht. Gestern hat sie eher angespannt gewirkt, oder?«

»Findest du?« Er sah überrascht aus. Dann zuckte er mit den Schultern. »Heute Morgen hat meine Mutter angedeutet, dass Valentina und er mal was miteinander hatten. Aber wenn, dann muss es schon lange her sein.«

Lilly richtete sich ruckartig auf. »Wie lange?«

»Keine Ahnung. Aber meine Mutter scheint nicht sehr begeistert davon, dass die beiden wieder Zeit miteinander verbringen. Ich habe zufällig gehört, wie sie zu meinem Vater gesagt hat, dass sie Valentina für vernünftiger gehalten hätte. Falls da was war, ist es offenbar nicht besonders gut gelaufen.«

»Mhm.« Lilly knibbelte an ihren Fingern. Über welchen Zeitraum sprachen sie? Falls die beiden wirklich etwas miteinander gehabt hatten und es gut dreißig Jahre her war, dann kam Carlo als Vater in Frage. Eine unglückliche Affäre würde ein Stück weit erklären, warum Valentina ihre Tochter weggegeben hatte. War es denkbar, dass der Forscher Lillys Vater war?

Sie wusste nicht, wie sie sich bei dem Gedanken fühlen sollte. In Tommaso hatte sie bereits ihren Favoriten für diese Rolle gefunden, aber einen Vater konnte man sich nun einmal nicht aussuchen. Carlo war ihr zwar charmant und zugänglich erschienen, aber auch wie einer von denen, die niemanden wirklich an sich ranließen. So glatt, dass man abrutschte, wenn man ihnen auf die Pelle rückte. Wahrscheinlich war es aber ohnehin müßig, darüber nachzudenken. So wenig, wie Lilly bislang über Valentina wusste, kamen vielleicht noch ganz andere Männer in Frage.

»Was meinst du, trinken wir nachher ein Feierabendbier?«, fragte Alessio.

»Unbedingt«, antwortete Lilly. »Und danke für die Nudeln. Die waren echt lecker.«

Vielleicht konnte sie ihn dazu animieren, seiner Mutter mehr Informationen über die Vergangenheit zu entlocken. Außerdem würden Valentina, Carlo und Tommaso womöglich ebenfalls anwesend sein, so dass sie den Verstrickungen zwischen ihnen weiter auf den Grund gehen konnte.

Was das anging, erlebte Lilly eine Enttäuschung. Im Restaurant konnte sie weder Valentina, noch Tommaso oder Carlo entdecken. Wenigstens war Alessio eine angenehmere Gesellschaft als die Grübeleien, die sie im Appartement heimsuchen würden. Doch auch er konnte nicht verhindern, dass ihre Gedanken bald wieder abschweiften – zu den Männern hier und zu denen, die sie zurückgelassen hatte.

In der Tasche vibrierte ihr Handy. »Sorry, ich schaue nur kurz, wer mir geschrieben hat.«

»Klar, kein Problem.«

Die Nachricht war von Max.

Kann sein, dass ich Mist gebaut habe. Geht um Oliver. Rufst du mich an?

Sie zuckte zusammen. Oliver? Von was für einem Mist sprach Max? Sie würde es später herausfinden – falls sie sich dafür entschied nachzufragen. Seit zwei Tagen hatte sie keine Nachricht von Oliver erhalten, und Tanja hatte ihn mit einer Frau gesehen. Eigentlich wollte Lilly gar nicht so genau wissen, was da ablief. Trotzdem sah sie jetzt alles lebhaft vor sich. Er und seine Kollegin. Ein lauschiges Abendessen in einem Restaurant. Kerzenschein, der sich wie ein Weichzeichner auf die Gesichtszüge legte. Das Kribbeln, wenn ein etwas zu langer Blick verriet, dass die Anziehung gegenseitig war. Das begeisterte Entdecken von Gemeinsamkeiten, die einem im ersten Hormontaumel wie ein Anzeichen von Seelenverwandtschaft erschienen, selbst wenn man nur die gleiche Sockenfarbe trug.

»Schlechte Nachrichten?«, fragte Alessio.

Lilly blinzelte ein paarmal, bis die Bilder verschwanden. Sie legte das Handy beiseite. »Entschuldigung, ich war kurz woanders.«

»Ist mir gar nicht aufgefallen.«

»Also schön, ich habe kurz an meinen … Ex gedacht.« Es war das erste Mal, dass Lilly Oliver ihren *Ex* nannte. Mit der Zeit würde ihr der Begriff leichter über die Lippen gehen, aber noch schnitt sein Klang wie ein Skalpell durch sie hindurch.

»War die Nachricht von ihm?«

»Nein, von meinem Bruder. Aber er hat Oliver erwähnt.«

Alessio zögerte. »Dein Ex? Dann habt ihr euch getrennt? Oder soll ich lieber nichts fragen? Beim letzten Mal meintest du, dass du nicht über ihn reden möchtest.«

Lilly schüttelte den Kopf. »Schon gut. Ich habe mich von ihm getrennt … irgendwie jedenfalls.«

»Dann hattest du sicher einen guten Grund dafür.«

Lilly dachte daran, was sie Oliver verheimlicht und wie sich dadurch die unsichtbare Mauer zwischen ihnen zementiert hatte.

»Sogar einen sehr guten Grund.«

»Vielleicht solltest du dich darauf konzentrieren, wenn du mal einen nostalgischen Moment hast. Aber das ist natürlich viel leichter gesagt als getan.« Er sah zur Tür. »Oh, oh, wir bekommen Gesellschaft.«

Auf ihren Tisch steuerte eine Frau zu, die Lilly hier schon einmal gesehen hatte, an der Seite von Valentina.

»Das ist meine Mutter, Rosa«, flüsterte Alessio.

Rosa entsprach auf den ersten Blick so sehr dem uralten Klischee einer italienischen Mamma, das Lilly sofort eine Spaghettireklame mit ihr besetzt hätte – apart, kurvig, resolut. Nur dass in ihrem Blick weder Wärme noch ein schelmisches Funkeln aufblitzten. Die Falten rund um ihre nach unten gezogenen Mundwinkel verrieten, dass sie auch sonst selten lächelte. Sie musterte Lilly kritisch von oben bis unten. Diese wandte sich unbehaglich zur Seite, löste ihren Zopf und band ihn weiter oben wieder zusammen. Auf einmal verfinsterte sich Rosas Miene, und sie wandte verkniffen den Blick ab. Anscheinend hatte Lilly die Prüfung nicht bestanden. Sie fuhr sich unwillkürlich mit der Hand über Nacken und Hals, für den Fall, dass dort irgendwo Dreck klebte, doch sie fand nichts.

Danach würdigte Alessios Mutter sie keines Blickes mehr, sondern sah nur ihren Sohn an, während sie sprach: »Ich habe Valentina getroffen. Sie hat mir gesagt, dass ich dich hier finde.«

»Und?«, fragte Alessio gelassen.

»Tut mir leid, falls ich störe, aber du musst sofort nach Hause kommen.«

Er richtete sich auf. »Ist etwas passiert?«

»Dein Vater räumt das Wohnzimmer um und schleppt alleine die schweren Möbel durch die Gegend. Du weißt doch, dass sein Rücken vollkommen hinüber ist. Ich mache mir Sorgen, dass ich ihn morgen im Krankenhaus besuchen muss.«

Alessio runzelte die Stirn. »Kannst du ihm nicht sagen, er soll damit warten, bis ich wieder da bin? Dann kann ich das doch übernehmen.«

»Du weißt ja, wie er ist. Wenn er sich einmal etwas in den Kopf gesetzt hat …«

»Schon gut.« Alessio sah verlegen zu Lilly, bevor er an seine Mutter gewandt fortfuhr. »Geh schon mal vor, ich komme gleich nach.«

Sie zögerte für einen Moment, verließ dann aber das Restaurant, ohne sich zu verabschieden.

Alessio seufzte. »Sorry für den Auftritt gerade. Ich liebe meine Mutter, aber sie kann manchmal ganz schön besitzergreifend sein. Bei mir jedenfalls.«

»Wieso *bei dir*?«, fragte Lilly.

»Ich habe noch eine ältere Schwester. Um sie wurde aber nie so viel Wirbel gemacht. Aber die Nachzügler werden wohl immer bevorzugt behandelt.«

»Dazu kann ich nichts sagen. Meine Eltern haben meinen Bruder und mich gleich behandelt.« Die Worte waren ihr herausgeschlüpft, bevor sie darüber nachdenken konnte. Stimmte es denn? Lilly versuchte, sich zu erinnern. Und je länger sie überlegte, desto mehr kam es ihr so vor, als hätten sich die Eltern bei ihr etwas mehr bemüht. Vielleicht weil sie Lilly gegenüber nicht mit der gleichen Selbstverständlichkeit Mutter und Vater sein konnten wie für Max? Lilly stieß einen frustrierten Laut aus. Auf ihre Erinnerungen war kein Verlass mehr. Sie konnte nicht sagen, ob die Bilder von dem neuen Wissen verfälscht wurden oder sich jetzt erst im richtigen Licht zeigten.

»Ich wünschte, bei uns wäre es genauso gewesen«, sagte Alessio.

»Bitte?«

Er schmunzelte. »Warst du wieder woanders?«

»Sorry. Aber jetzt bin ich ganz Ohr!«

»Schon gut. Bei uns war es anders. Meine Schwester hat mir oft leidgetan, weil sie sich so angestrengt hat, damit unsere Mutter sie auch einmal wahrnimmt. Heute haben die beiden kaum noch Kontakt. Wenigstens nimmt Teresa es nicht *mir* übel, dass es so gelaufen ist. Wir hängen sehr aneinander. Sie ist großartig. Sehr lustig und sehr liebevoll.«

Die Zärtlichkeit, die er seiner Schwester gegenüber zum Ausdruck brachte, versetzte Lilly einen Stich. Sofort musste sie an Max denken und daran, wie viel Spaß sie früher zusammen gehabt hatten.

»Ist vielleicht so ein merkwürdiges Mama-Sohn-Ding zwischen deiner Mutter und dir. Du weißt schon, Ödipus und so«, neckte sie Alessio.

Er verzog das Gesicht. »Ödipus, ja? Kein Grund, unappetitlich zu werden. Ich habe eher das Gefühl, sie kommt grundsätzlich besser mit Männern als mit Frauen aus.«

»Mhm. Du solltest gehen, bevor sie mir an den Kragen geht. Mit *la Mamma* ist nicht zu spaßen, habe ich gehört. Sieh zu, dass du wegkommst. Die Rechnung geht diesmal ohnehin an mich.«

»Ich kann dich doch hier nicht einfach so sitzen lassen. Lass mich zumindest warten, bis du bezahlt hast.«

»So ein Quatsch, nun geh schon.«

»Wenn es dir wirklich nichts ausmacht?«

»Tut es nicht. Ganz ehrlich nicht.«

»Also gut, dann flitze ich los. Mein Vater hat schon seit einer Weile schlimme Bandscheibenprobleme. Er sollte überhaupt nichts Schweres durch die Wohnung schleppen.«

Lilly sah ihm lächelnd nach. Was für ein netter Kerl!

VALENTINA

Sie blickte in den Badezimmerspiegel und lächelte ihrem Abbild zu. *Kneif mich mal, ist das hier die Wirklichkeit?* Ihre Wangen waren gerötet, genau wie ihre Lippen, die außerdem voller wirkten als sonst.

Carlo lag in ihrem Bett und wartete auf sie. Gerade erst hatten sie sich geliebt. Sie fühlte sich so lebendig, dabei würde sie an diesem Abend die Einladungskarten für ihre Abschiedsfeier verteilen. Was half es, sich etwas vorzumachen? Sie hatte mehr Angst denn je vor dem Ende der Feier. Sie stellte sich vor, in ein unendliches schwarzes Loch zu fallen. Es war unmöglich, sich das eigene absolute Verschwinden auszumalen – obwohl sie vor ihrer Geburt, während Millionen von Jahren, nicht existiert hatte.

War es nicht ein Zeichen menschlicher Arroganz anzunehmen, irgendetwas von einem selbst müsste überdauern? Was war mit den Schimpansen, den Walen, den Regenwürmern? War die Unendlichkeit nicht außerdem ein genauso ungeheuerlicher Gedanke wie der, gar nicht mehr zu sein?

Sie schalt sich einen Feigling, weil sie sich trotzdem an einen alten Kinderglauben klammerte. Oder an das diffuse Gefühl, das sie überkam, wenn sie von hier oben aufs Meer blickte. Dann kam es ihr so vor, als wäre alles eins und als könnte ein Teil ihres Bewusstseins mit alledem verschmelzen.

Der Tod ist banal, solange es nicht der eigene oder der eines ge-
liebten Menschen ist. Erst dann wird er eine Nummer zu groß für
uns, dachte sie. Aber sie musste aufhören zu grübeln. Sonst
würde sie sich für die letzte Woche alleine unter einer Decke verkriechen und bibbern. Stattdessen kroch sie wieder zu
Carlo ins Bett und schmiegte sich fest an seinen erhitzten
Körper. Anders als früher sprach er nie über die Zukunft; anders als früher war sie froh darüber.

Auf dem Weg zum Park begegnete ihr Tommaso. Valentina
grüßte ihn, mied dabei seinen Blick, da sie befürchtete, er
könne ihr die körperliche Erfüllung ansehen.

»Hallo, Valentina.« Sein Lächeln wirkte stumpf, und in
seiner Haltung lag eine Reserviertheit, die sie von ihm nicht
gewohnt war.

Ihn so zu sehen, traf sie unvermittelt hart. Sie konnte ihn
nicht weiterziehen lassen, ohne sich zu vergewissern, dass alles zwischen ihnen in Ordnung war. »Machst du einen Spaziergang?«

»Ich brauchte mal einen Moment für mich allein«, erklärte
er mit ernster Miene.

»Kann ich mir vorstellen. Die Gäste scheinen dich sehr zu
beanspruchen.«

»Ich hab nichts dagegen, so verdiene ich mein Geld. Deine
Lilly ist übrigens ein nettes Mädchen.«

»Weder ist sie *meine* Lilly noch ein Mädchen«, widersprach sie lächelnd. »Aber du hast recht, sie ist eine sehr angenehme junge Frau.«

Er nickte.

Valentina erkannte, dass sie an diesem Morgen auf das

herzlich verschmitzte Tommaso-Lächeln verzichten musste, das sie so gerne mochte. Mit unvermittelter Wucht überkam sie das Bedürfnis, ihn zu umarmen, bis diese ungewohnte Steifigkeit aus seinen Gliedern wich. Stattdessen plauderten sie verkrampft wie entfernte Bekannte über Belangloses, danach gingen sie in entgegengesetzte Richtungen weiter.

In Valentinas Magen rumorte es. Nach ein paar Schritten drehte sie sich zu ihm um und rief noch einmal seinen Namen. »Tommaso!«

Er fuhr herum, als hätte er auf diese Aufforderung gewartet. »Ja?«

Sein flackernder Blick verriet, dass er auf irgendetwas wartete, doch sie wusste plötzlich nicht weiter. Sie hatte ihn aufgehalten, ohne nachzudenken, weil es auf keinen Fall mit dieser neuen Distanz zwischen ihnen enden durfte. Er war ein so selbstverständlicher Bestandteil ihres Lebens geworden, dass sie ihn kaum noch wahrgenommen hatte. Nun sah sie ihn klarer denn je. Gott, sie würde ihn vermissen – falls noch etwas von ihr übrig sein würde, um so etwas zu empfinden.

Irgendetwas musste sie sagen. Zaghaft trat sie einen Schritt auf ihn zu.

Er kam ihr nicht entgegen.

Sie setzte ein gezwungenes Lächeln auf. »Hat Gino dir von dem Fest erzählt, das ich nächste Woche gebe?«

»Hat er.«

»Wirst du kommen?«

Er zögerte.

»Du kommst doch?«, wiederholte sie.

Ein tiefer Seufzer drang aus seiner Kehle. »Sicher, Valentina. Das will ich nicht verpassen. Es hat mich überrascht, dass ausgerechnet du eine große Feier veranstalten möchtest.«

Ihr entfuhr ein albernes Schulmädchenkichern. »Ja, oder? Ich weiß auch nicht, was in mich gefahren ist. Muss wohl der fünfzigste Geburtstag sein.«

»Kann schon sein. Oder etwas anderes.« Oder jemand anderes, schien sein wachsamer Blick zu sagen. »Ciao, Valentina, ich muss jetzt weiter.«

»Natürlich. Ich auch. Die Arbeit wartet«, erwiderte sie hastig.

Im Park traf sie als Erstes auf Lilly. Die junge Frau saß auf einer Bank vor dem verschlossenen Haus und las in einem Buch. Valentina hielt verdutzt inne. Hatte sie sich etwa wieder verspätet? Sie hatte doch nur kurz mit Tommaso gesprochen. Bei einem Blick auf die Armbanduhr stellte sie beruhigt fest, dass sie wie üblich eine halbe Stunde vor der Öffnungszeit eingetroffen war. »So früh schon unterwegs?«,

Lilly lächelte verlegen. »Ich konnte nicht mehr schlafen, und mir gefällt die Stimmung hier. Außerdem gibt es da etwas ...« Die junge Frau grub die oberen Schneidezähne fest in ihre Unterlippe. Es sah schmerzhaft aus.

»Ja?«, fragte Valentina.

»Ach nichts.«

Es schien ein ziemlich großes *Nichts* zu sein, das Lilly beschäftigte, aber Valentina war nicht der Typ, der andere dazu drängte, ihre Probleme mit ihr zu teilen. »Sollen wir reingehen?«

Lilly folgte ihr stumm ins Innere des Hauses.

Valentina zögerte, ihre sichtlich angeschlagene Angestellte alleine im Shop zurückzulassen. Sie suchte nach ein paar aufbauenden Worten, die nicht übergriffig oder wie alberne Floskeln klangen. Ihr fielen keine ein. »Ich gebe nächste Woche eine kleine Feier. Hättest du eventuell Lust zu kommen?«

Lillys Gesicht hellte sich auf. »Sehr gerne. Gibt es denn einen besonderen Anlass?«

»Na ja, eigentlich nicht.«

Lilly sah überrascht aus. Sie schien ihre Chefin nicht für jemanden zu halten, der einfach so eine Party schmiss. Womit sie recht hatte.

»Ich feiere in den Fünfzigsten rein«, erklärte Valentina. »Aber ich messe Geburtstagen im Grunde nicht viel Bedeutung bei. Lass dir also nicht einfallen, mir ein Geschenk zu besorgen.«

Lilly lächelte. »Das sollte ich hinkriegen, etwas *nicht* zu tun. Danke für die Einladung.«

Valentina feute sich, dass ihr doch noch etwas eingefallen war, um Lilly aufzumuntern. Obwohl sie einander erst kurz kannten, hatten sie ein paar besondere Momente miteinander geteilt. Das Zusammensein mit der jungen Frau hatte Valentina angeregt, irritiert und zum Nachdenken gebracht. Ohne ihre Gespräche hätte sie sich wahrscheinlich nie das Kleid gekauft. Es zu tragen, hatte etwas in ihr verändert. Inzwischen war ihr klar, dass nicht das Kleidungsstück selbst eine solche Wirkung ausübte, sondern die Entscheidung, für die es stand. Valentinas Bereitschaft, ihren geregelten Alltag herauszufordern und ein letztes Mal alles zuzulassen. Die geordneten Muster waren einem Flickenteppich aus alten und neuen Fäden gewichen, und auf irgendeine Art schien Lilly dort mit hineinzugehören. Deshalb hatte Valentina sie eingeladen.

Es blieb keine Zeit mehr, diese Fäden sauber zu verweben, aber vielleicht war es ja sogar die ehrlichere Art zu gehen, inmitten eines Tohuwabohus aus dem Leben zu scheiden. Am Ende war es das Chaos, das uns bestimmte, dachte sie, egal, wie sehr wir es zu beherrschen wünschten. »Kommst du hier zurecht?«, fragte sie.

»Sicher«, erwiderte Lilly.

»Gut.«

In ihrem Büro sichtete Valentina die eingegangene Post und beglich die Rechnungen. Danach spazierte sie durch die Gewächshäuser, um zu überprüfen, was sie an Nachschub bestellen musste. Sie war schon eine ganze Weile in ihre Arbeit vertieft, als ihr aufging, dass es vollkommen sinnlos wäre, neue Puppen zu bestellen. Sie würden viel zu spät eintreffen.

Ermattet ließ sie Zettel und Stift sinken. Sie sah sich um und fixierte dann eine Reihe von Puppen, die vor ihr an dem Strick hingen, als könne sie mit bloßer Willenskraft die Geburt eines neuen Schmetterlings bewirken. Nichts regte sich. Würde sie überhaupt noch einmal Zeugin eines solchen Wunders werden?

Sie wollte nicht darüber nachdenken. Um sich abzulenken, rief sie sich den Anblick von Carlo in Erinnerung, wie er an diesem Morgen warm und begierig mit ihr im Bett gelegen hatte. Ein Lächeln huschte über ihre Lippen, bis sich andere Bilder in den Vordergrund drängten. Die seltsame Begegnung mit Tommaso hatte sie aus dem Takt gebracht. Sogar in ihren Haarwurzeln kribbelte es, wenn sie daran dachte. Woher war der Impuls gekommen, sich in seine Arme zu werfen und ihn fest zu umklammern? Sie konnte sich nicht mehr vormachen, dass sie sich nicht vor dem fürchtete, was ihr bevorstand. Machte diese Beklemmung sie womöglich zu einer nimmersatten Närrin, die so viel wie möglich aus ihrer Umgebung auszupressen versuchte?

Sie ging zurück ins Büro und verrichtete Scheinarbeiten, heftete Dokumente ab, polierte ihre Schreibtischfläche und rückte ein paar Bilderrahmen an der Wand zurecht, bis sie wieder genauso hingen wie zu Beginn ihrer Übersprunghandlung.

In der Mittagspause wurde sie von Rosa überrascht, die plötzlich im Raum stand und einen Glasbehälter vor sich hertrug. »Lasagne. Ich dachte, ich schaue mal bei dir vorbei. Hast du Hunger?«

Valentina schmunzelte. »Wolltest du wirklich zu mir, oder hattest du Sorge, dass Alessio verhungert?«

»Er weiß gar nicht, dass ich hier bin. Ich wollte zu dir.«

»Ach so? Wie nett.« *Und wie ungewöhnlich.* Rosa hatte sie noch nie hier besucht. Irgendetwas musste sie ihm Schilde führen. Wahrscheinlich wollte sie doch nur nach Alessio sehen, es aber nicht zugeben. Wenigstens sah die Lasagne verlockender aus als die asiatischen Snacknudeln in Valentinas Schreibtischschublade, die man bloß mit heißem Wasser aufgießen musste. Sie genoss gerne gutes Essen, pflegte im Alltag aber ein eher pragmatisches Verhältnis zur Nahrungsaufnahme. Sie war notwendig, sollte aber nicht zu viel Zeit beanspruchen.

»Da sage ich nicht nein. Die sieht lecker aus, Rosa. Soll ich sie uns in der Küche warm machen, und wir essen sie draußen? Ein bisschen frische Luft täte mir gerade ganz gut.«

Valentinas Besucherin schüttelte den Kopf. »Die ist für dich, ich habe keinen Hunger.«

»Um ehrlich zu sein, ist es für mich auch noch etwas zu früh. Ich esse sonst später.«

»Behalt die Lasagne und gib mir die Box irgendwann mal zurück.«

»Danke.«

»Gern geschehen.« Rosa kratzte sich am Oberarm. Sie sah sich suchend im Raum um, schien auf irgendetwas zu warten.

»Gibt es einen bestimmten Grund, warum du mich besuchst?«, fragte Valentina.

»Ich wollte nur mal wieder mit dir reden. Passt es dir etwa nicht?«

»Doch«, versicherte Valentina. Dabei wünschte sie sich, die andere würde endlich mit der Sprache herausrücken. Alles an Rosas seltsam angespannter Haltung verriet, dass es sich bei diesem Überfall nicht um einen spontanen Freundschaftsbesuch handelte.

»Wie wäre es, wenn wir draußen eine kleine Runde gehen?«, fragte Valentina.

Ihrer Erfahrung nach sprach es sich über manche Dinge leichter, wenn man im Freien nebeneinanderher ging.

Rosa nickte. »Eine gute Idee.«

Auf dem Weg hinaus kamen sie durch den Shop. Lilly lachte gerade über irgendetwas, das Alessio gesagt hatte. An diesem Sonntag standen sie gemeinsam hinter dem Tresen, weil der Andrang so groß war, dass Lilly sich nicht zugleich um die Eintrittskarten und die Verkäufe kümmern konnte.

»Mama?«, rief Alessio. »Was machst du denn hier?«

»Ich bin nicht deinetwegen hier, keine Sorge. Ich wollte Valentina besuchen.«

»Puh.« In gespielter Erleichterung wischte er sich den Schweiß von der Stirn.

Rosa hob drohend den Finger, lächelte dabei aber milde.

»Alessio scheint die Deutsche ja sehr zu mögen«, sagte sie, sobald sie außer Hörweite waren.

»Du meinst Lilly? Ja, ich habe auch den Eindruck, dass sie gut miteinander auskommen.«

»Hoffentlich nicht zu gut. Er hat jemanden auf dem Festland, ein nettes Mädchen.«

Valentina verkniff sich eine spöttische Bemerkung. Rosa hatte bislang keine der Freundinnen ihres Sohnes ins Herz geschlossen. Auch dessen aktuelle Partnerin hatte sie erst nach Monaten akzeptiert, und das nur, weil Alessio sonst seltener zu Besuch gekommen wäre. Schon dass seine Kommilitonin in Rom aufgewachsen war, empfand Rosa als persönlichen Angriff. Waren die Hauptstädter nicht alle schrecklich arrogant? Und was, wenn das junge Paar irgendwann beschloss, dorthin zu ziehen? Rosas größte Sorge war, dass Alessio sich zu weit von ihr entfernen könnte.

»Befürchtest du etwa, dass er sich in eine Deutsche verliebt und auswandert?«, fragte sie.

Rosa verzog das Gesicht. »Schon wenn er hier ist, lässt er sich kaum einmal blicken. Irgendwann hätte ich gerne Enkelkinder in meiner Nähe!«

»Du hast doch zwei Enkelinnen in erreichbarer Nähe«, erinnerte Valentina sie. »Florenz ist vielleicht weiter als einen Katzensprung entfernt, aber eine unüberbrückbare Distanz ist es nun auch nicht gerade.«

»Du weißt doch selbst, wie schwierig es immer mit Teresa war. Wir sehen uns im Grunde nur noch an Festtagen.«

Auch auf einen Kommentar hierzu verzichtete Valentina. Es stimmte, dass Rosa und ihre Tochter eher reserviert miteinander umgingen, doch war dies Valentinas Eindruck nach keineswegs Teresa zuzuschreiben.

»Kennst du das Gefühl, dass dein Leben gar nicht dein Leben ist? Dass du möglicherweise irgendwann die falsche Abzweigung genommen hast?«, platzte es aus Rosa heraus.

Valentina zuckte zusammen. Auf diese Art von Gespräch war sie nicht vorbereitet gewesen. In den vergangenen Jahren hatten sie sich mit oberflächlichem Geplauder begnügt, nun schien Rosa mit einem sehr persönlichem Eingeständnis aufwarten zu wollen.

Valentina sah auf ihre Hände. »Was genau meinst du?«

»Bereust du denn nichts?« Rosa klang beinahe verärgert.

Valentina zuckte mit den Schultern. Was sollte sie auch sagen? Jeder haderte von Zeit zu Zeit mit den Entscheidungen, die er getroffen hatte. Sie selbst tat solche Gedanken als müßig ab, aber Rosa schien von einer andauernden Wut auf die Welt und ihr Leben gepeinigt zu werden. Dieser Ärger bahnte sich immer wieder seinen Weg in Form boshafter Bemerkungen und missgünstiger Vorwürfe.

»Dass du keine Kinder hast zum Beispiel?«

Etwas in Valentina verhärtete sich. »Es ist, wie es ist.«

»Weißt du was? Ich kann dich sogar ein bisschen verstehen. Vielleicht würde ich mit dem Wissen von jetzt auch eine andere Entscheidung treffen. Sie geben einem so viel zurück? Von wegen. Ich bin schon dankbar, wenn sie meinen Geburtstag nicht vergessen.«

»Mhm.«

Valentina mutmaßte, dass Alessios um ein Jahr ältere Schwester auch deshalb so früh von der Insel geflohen war, um solchen Tiraden zu entgehen. Vermutlich hatte sie es schlicht aufgegeben, sich um eine Frau zu bemühen, die für alle Welt sichtbar ihren Sohn bevorzugte. Allerdings verliefen die Beziehungen von Müttern und Töchtern wohl öfter herausfordernd. Und es war nicht an Valentina, Rosa dafür zu kritisieren. Was wusste sie schon über die Erziehung von Kindern?

Sie lächelte beschwichtigend. »Mach dir keine Sorgen, dass er plötzlich nach Deutschland verschwindet. Soweit ich das sehen kann, verstehen sich die beiden gut, das ja, aber *solche* Schwingungen habe ich nicht zwischen ihnen bemerkt.«

»Andererseits warst du nie gut darin, *solche* Schwingungen zu erkennen, oder?«

Rosas aggressiver Tonfall zerrte an Valentinas Nerven, zumal sie nicht verstand, was ihre alte Freundin derart auf die Barrikaden brachte. Um die Stimmung nicht weiter anzuheizen, zwang sie sich zur Ruhe. Sie sah auf ihre gespreizten Finger, als wollte sie deren Form studieren. »Wenn du mir irgendetwas mitteilen willst, dann sag es mir doch bitte direkt.«

»Ist dir mal aufgefallen, mit was für einer Miene Tommaso rumläuft, seit du wieder was mit Carlo hast?«

»Wie kommst du darauf, dass ...«

»Gib dir keine Mühe, es abzustreiten. Dies ist ein kleiner Ort. Dein neues Kleid soll umwerfend aussehen, habe ich gehört«, sagte Rosa schnippisch.

»Ich wüsste nicht, was dich das angeht. Aber es hat sich einfach so ergeben.« Valentina war sich bewusst, dass sie gerade eine der dümmsten Ausreden in der Geschichte zwischenmenschlicher Beziehungen vorgebracht hatte. Aber in ihrem Alter schuldete sie niemandem mehr Rechenschaft für ihr Liebesleben. Herausfordernd hielt sie dem Blick ihrer Freundin stand.

Rosa blieb stehen. »Vielleicht hast du recht. Wahrscheinlich sollte ich mich nicht einmischen, aber ich mache mir Sorgen. Damals warst du am Boden zerstört. Ich habe dich danach kaum wiedererkannt.«

»Es ist schön, dass du dich um mich sorgst, aber auch ein wenig beleidigend. Beim letzten Mal war ich jung und dumm. Diesmal weiß ich, was ich tue.«

»Und was ist mit seiner Frau? Ist sie dir egal, jetzt, wo du so schrecklich alt und erfahren bist?«

»Sie hat ihn verlassen.«

Rosa schnaubte. »Sagt er das? Gut für sie – falls es der Wahrheit entspricht.«

»Jetzt reicht es aber. Bist du deshalb hierhergekommen? Nur um mir Vorwürfe zu machen? Dafür hättest du nicht extra eine Lasagne zubereiten müssen.«

Rosa sah gekränkt aus. Sie hatte schon immer besser austeilen als einstecken können. »Nein, natürlich nicht. Pass nur auf, dass du nicht die Menschen vor den Kopf stößt, denen du schon länger am Herzen liegst – wie Tommaso.«

»Was hast du nur heute immer mit ihm?«

»Er ist ein guter Mann. Um ehrlich zu sein, war ich früher überzeugt davon, dass du und er, irgendwann …«

»Ernsthaft?«

Ein betrübtes Lächeln huschte über Rosas Gesicht. »Wir haben lange nicht mehr über persönliche Dinge gesprochen. Schade eigentlich, oder? Es liegt wohl daran, wie das Leben einen manchmal vor sich hertreibt.«

Das ehrlich wirkende Bedauern ihrer Freundin nahm sie Valentina allen Wind aus den Segeln. »Das tut es. Wie eine gewaltige Flut. Es entreißt einem sogar Dinge, die man nicht loslassen wollte«, murmelte sie.

Rosa nickte. »Genau! Man muss nur aufpassen, dass man sich dabei nicht an etwas klammert, das einen nicht oben halten kann, sondern weiter runterzieht.«

Valentina lachte. »Musst du immer in solchen Andeutungen reden? Falls du dabei wieder an Carlo denkst: Ich erwarte nicht von ihm, dass er mich *oben* hält.«

»Wie du meinst.« Rosas Gesichtsausdruck verriet, dass sie nicht überzeugt war.

Valentina unterdrückte einen frustrierten Laut. »Du kommst doch zu meiner Feier in der nächsten Woche?«

»Die würde ich mir nie entgehen lassen.«

»Schön.«

Rosa runzelte die Stirn. »Du hast dich verändert.«

»Zum Guten oder zum Schlechten?«

»Ich habe das Gefühl, dich gar nicht mehr zu kennen.«

Schon wieder überraschte Rosa Valentina mit einer Bemerkung. Nicht, weil sie ihr nicht zugestimmt hätte, sondern weil sie sich in ihren Augen bereits vor langer Zeit voneinander entfernt hatten. Ihr heutiges Verhältnis war nichts weiter als ein schwaches Echo der innigen Verbindung in ihrer Jugend. Doch nun hatten Rosas offene Worte eine Brücke in diese Vergangenheit geschlagen. Noch war es nur ein wackliger Steg, aber doch mehr, als sie in all den vergangenen Jahren verbunden hatte.

»Ich werde dich dann mal wieder deiner Arbeit überlassen«, sagte Rosa. »Hab noch einen guten Tag. Ciao.«

»Ciao.« Valentina wollte das Gespräch mit etwas Erbaulichem beenden. »Ich freue mich sehr, dass du zu meiner Feier kommst.«

Rosa erwiderte ihr Lächeln. »Ja, na ja.« Gleich darauf strebte sie auf den Ausgang der Parkanlage zu.

Valentina sah ihr nach. Von hinten ähnelte die Freundin noch der jungen Frau, die sie früher einmal gewesen war. Es war eigenartig, wie sich die losen Teilchen ihres Lebens zum Ende hin wieder verdichteten. Oder hatte sich nur ihre Wahrnehmung verändert, nun, da sie sich durchlässiger fühlte? Es war, als hätte ihre Auflösung bereits begonnen – als verschwämmen ihre eigenen Begrenzungen und mit ihnen die von Zeit und Raum, von Vergangenheit und Gegenwart.

Lilly

Feigling!« Das war noch eines der harmloseren Wörter, die Lilly sich selbst auf dem Heimweg an den Kopf warf. Am Morgen hatte sie sich fest vorgenommen, es Valentina an diesem Tag endlich zu sagen. Und wieder war es ihr nicht gelungen.

»Valentina, können wir ein paar Minuten alleine miteinander reden?« In ihrem Kopf hatte sie die Worte bereits geformt, mehrmals, aber auf halber Strecke waren sie stecken geblieben. *Ich bin deine Tochter.* Zu überwältigend. *Erinnerst du dich noch daran, was du 1996 in Hamburg getan hast?* Zu hinterrücks.

In ihrer Frustration überkam Lilly eine jähe Sehnsucht nach dem Zuhause, das sie zurückgelassen hatte. Sie vermisste die vertrauten Räume und Menschen, überhaupt die Zeit vor ihrer Krankheit, als ihr Leben unkomplizierter gewesen war. Phantomschmerzen! Das sagte sie sich so oft, dass sie es zuerst für eine Wahrnehmungstäuschung hielt, als sie unvermittelt einem dieser Phantome gegenüberstand. Doch dieser Mensch war real. Dort, an der Zufahrt zur Ferienanlage, stand Oliver. Neben ihm sein schwerer, abgewetzter Trekkingrucksack. Lilly war sich nicht sicher, ob ihr Herz vor Freude oder Ärger schneller schlug.

Warum nur hatte sie Max nicht zurückgerufen! Vielleicht

war er in Olivers Pläne eingeweiht und hätte sie vorwarnen können. War es das, was ihr Bruder Lilly hatte sagen wollen? Sie hatte unangenehme Neuigkeiten befürchtet und das Gespräch aufgeschoben. Deshalb stand sie nun vollkommen unvorbereitet vor dem Mann, den sie so viele Jahre lang geliebt hatte. Sie hätte niemals damit gerechnet, dass er hier auftauchen könnte. Andererseits passte es zu Oliver, diesen weiten Weg zurückzulegen, weil es sein Anstand verlangte, solche Dinge persönlich zu sagen.

Ich habe eine andere, Lilly.

»Oliver! Was machst du hier?«

Er fuhr sich durchs Haar. »Gute Frage. Jetzt, wo ich da bin, kommt es mir wie eine schlechte Idee vor. Es war etwas, das Max gesagt hat. Aber ich will die Schuld nicht auf ihn schieben. Ich habe mir Sorgen gemacht. Grundlos, wie es scheint. Du siehst großartig aus. Verflixt, ich sollte nicht hier sein, oder? Ich hatte mir fest vorgenommen, deinen Wunsch zu respektieren, bis … Könntest du mich irgendwie daran hindern weiterzureden?«

Er klang so verzweifelt, dass sie ihm seine Bitte nicht abschlagen konnte. Bevor sie wusste, was sie tat, ging sie auf ihn zu und legte ihre Hand auf seinen Mund. »Hör auf zu reden.«

Dann drückte sie ihn an sich. Es mochte ein riesengroßer Fehler sein, aber in diesem Moment fühlte sich ihre Umarmung richtig an.

Er vergrub seine Nase in ihrem Haar. »Du riechst sogar schon nach Italien.«

Grinsend löste sie sich von ihm. »Wie riecht denn Italien?«

»Frisch, sonnig, nach Zitrone und Rosmarin.«

Sie trat einen Schritt zurück. »Tut mir leid, dich enttäuschen zu müssen. Das bin nicht ich, das ist mein neues Shampoo.« Sie hatte es in einem kleinen Laden in Marciana entdeckt.

»Ich wollte dich nicht überfallen, sondern mir erst einmal ein eigenes Zimmer nehmen, aber es ist keines mehr frei«, sagte er.

»Was hast du denn gedacht, in der Hochsaison?«

Er sah zerknirscht aus. »Wie schon gesagt, habe ich relativ wenig nachgedacht.«

»Du bist einfach so auf gut Glück angereist?«

Eigentlich gehörte Oliver zu den Menschen, die gerne ausgefeilte Pläne schmiedeten.

»Sieht so aus«, gab er zurück.

»Okay. Dann komm, ich zeig dir mein Appartement.«

Er folgte ihr zu dem Haus, ohne ein weiteres Wort zu verlieren. Auch Lilly schwieg. Alle Sicherheiten, die sie beide betrafen, waren außer Kraft gesetzt. So ähnlich hatte sie sich bei ihrem ersten Date mit ihm gefühlt, nur dass der jetzigen Begegnung die Aussicht auf etwas Großes fehlte, die sie damals empfunden hatte.

»Lilly …«

»Oliver …«

Sie kicherten nervös.

»Du zuerst«, bat Lilly.

Er sah sie in fast komischer Verzweiflung an. »Was machen wir denn jetzt bloß?«

»Ich weiß es nicht. Wie lange wirst du bleiben?«

»Ich habe bislang keinen Rückflug gebucht.«

»Verstehe. Wartest du hier? Ich muss noch schnell was erledigen.«

Sie musste Abstand zwischen ihn und sich bringen, um ihre Gedanken zu sortieren und sich zu wappnen. Sie flüchtete auf die Terrasse, wo sie sofort eine Nachricht an Max in ihr Handy tippte.

Hat der Fehler, den du gemacht hast, etwas damit zu tun, dass Oliver jetzt hier ist?

Fuck, Lilly, tut mir echt leid. Ich hätte nicht gedacht, dass er soooo schnell reagiert.

Was hast du ihm denn gesagt?

Versprichst du mir, dass du mir nicht den Kopf abreißt?

Nein!

…

Nun sag schon!

Minuten vergingen, bis eine neue Nachricht von Max aufploppte.

Dass du ihn brauchst, auch wenn du davor abhaust. Dass du vielleicht genau deswegen flüchtest.

Lilly starrte entsetzt auf die Zeilen.

Wow! Gerade einen Abschluss in Küchenpsychologie gemacht?
Du weißt, dass ich eigentlich hier bin, um meine Eltern zu
finden?

Statt sich zu rechtfertigen, schrieb er nur drei Worte.

Du fehlst mir.

Sie seufzte frustriert auf. Dann tippte sie nacheinander verschiedene Antworten.

Mistkerl. Du irrst dich. Du mir auch. Hab dich auch lieb.

Sie schickte keine dieser Nachrichten ab, sondern ließ das
Handy zurück in die Hosentasche gleiten. Dann atmete sie
tief durch, einmal, zweimal, dreimal und noch einmal, bevor
sie nach drinnen zu Oliver zurückkehrte. Da saß er, vertraut
und fremd zugleich, mit erwartungsvollem Blick. Am liebsten hätte sie Reißaus genommen. Es wäre schmerzhaft geworden, sich die erwartete Beichte anzuhören, aber wenigstens hätten sie dann aufgehört, sich im Kreis zu drehen.

Lilly versteifte sich, als sie erkannte, was er in den Händen
hielt. Ihren Skizzenblock. Es war, als würde jemand heimlich
in ihrem Tagebuch lesen.

»Deine Zeichnungen sind wirklich gut. Dieses Mädchen
kommt mir bekannt vor. Ich habe sie im Krankenhaus gesehen, oder?« Er hielt ihr das Bild von Sophie entgegen.

Lilly nickte, mied aber seinen Blick. Sie wollte nicht über
ihre ehemalige Bettnachbarin nachdenken. Nicht jetzt, wo
sich ihr Kopf ohnehin schon so anfühlte, als würde er gleich

explodieren. Oliver wusste nicht, dass Sophie nicht mehr lebte. Es hatte ihr Angst gemacht, darüber zu sprechen. Und sie hatte befürchtet, dass es ihn ebenso erschrecken würde.

Er schien ihre Unruhe zu bemerken. »Tut mir leid. Ich hätte das hier nicht einfach durchblättern sollen.«

Sie zog ihm sanft den Block aus der Hand und setzte sich neben ihn. »Willst du erst mal hierbleiben?«

Er wirkte überrascht und ein wenig verletzt, als wollte er fragen: *Wo denn sonst?* Dass sie ihn aufgefordert hatte, nicht auf sie zu warten, hieß für ihn offenbar nicht, dass sie offiziell getrennt waren. Vielleicht hatte sie es ja absichtlich so undeutlich formuliert, nicht nur um ihn zu schonen, sondern weil sie es selbst nicht ertragen hätte.

»Du hast bestimmt Hunger nach der Reise. Wollen wir erst mal etwas essen gehen?«

»Gute Idee, vorher würde ich aber gerne noch duschen, wenn das okay ist.« Er zog an seinem Hemd und fächelte Luft hinein. »Ich fürchte, ich müffele.«

Er roch tatsächlich ein wenig nach frischem Schweiß, aber das störte Lilly nicht. Sie mochte seinen Geruch immer noch.

»Klar. Handtücher liegen auf der Ablage neben der Dusche.« Sie deutete in Richtung der Tür am Ende der Küchenzeile. Nachdem er mit seiner Reisetasche im Bad verschwunden war, dachte Lilly darüber nach, wie es weitergehen sollte. Solange er blieb, würde er sie von der Fährte ablenken, der sie unbedingt folgen wollte. Eine, die noch viel weiter zurücklag als die Zeit mit ihm. Allerdings musste sie zugeben, dass sie gerade ganz schön feststeckte, nicht nur was die Sache mit Valentina anging.

Einen Schritt vor, einen zurück – in teils rasantem Tempo,

nur dass sie kein Stück vorankam. Da er nicht lockerließ, würde sie auch Oliver gegenüber irgendwann alles Ungesagte auf den Tisch legen müssen, aber für Lilly lag dabei die Betonung auf *irgendwann*. Nicht jetzt.

Bei der Vorstellung, sie würden auch nur ein paar Stunden gemeinsam in diesem kleinen Appartement verbringen, wurde Lilly ganz rappelig. Sie würde diesen Moment hinauszögern, indem sie ihn erst einmal zum Essen ausführte. Inmitten von etwas Trubel würde sie ihre Zweisamkeit hoffentlich weniger intensiv empfinden. Ginos Restaurant kam nicht in Frage. Oliver und Valentina fanden in zwei alternativen Realitäten statt. Es wäre zu aufreibend, sie miteinander verschmelzen zu lassen. Also würde sie ihn erst einmal nach Marciana Alta lotsen – und dann weitersehen.

Unterwegs hielt Oliver immer wieder an, um den Ausblick zu genießen. »Kein Wunder, dass es dir so gut gefällt. Es ist wunderschön hier.«

»Ja, oder? Schau mal, man kann da hinten sogar Capraia sehen. Die Insel soll auch sehr schön sein.«

»Bestimmt. Und weißt du eigentlich inzwischen, ob sie die Richtige ist? Valentina Peruvio, meine ich.«

»Ja. Ihre Handschrift ist die gleiche wie in dem Buch.«

»Du hast noch nicht mit ihr darüber gesprochen?«

»Bislang hat sich keine Gelegenheit ergeben.«

»Obwohl du sie jeden Tag siehst? Was hält dich dann davon ab, es ihr zu sagen?«

»So einfach ist das nicht.«

»Ist es nicht noch schwieriger, es zu wissen und die ganze Zeit für sich zu behalten, während du sie jeden Tag siehst?«

Lilly lachte nervös. »Du stellst Fragen! Machst du jetzt einen auf Investigativjournalist? Ich will sie halt erst mal ganz in Ruhe kennenlernen. Ohne den Druck, der entstehen würde, wenn sie es wüsste.«

»Stellst du sie mir vor?«

»Vielleicht ergibt sich das ja noch mal.« Sie sah ihn nicht an.

»Okay.«

Danach sprachen sie nicht mehr. Während sie durch die Gassen des Ortes bummelten, nahm Lilly deshalb allzu deutlich wahr, was sie alles *nicht* taten. Sich an der Hand halten. Sich Blicke zuwerfen, die ohne Erklärung verstanden wurden. Sich zuflüstern, wie schön es war, zwischen den verwitterten Steinen und dem üppigen Grün der Oleanderbäume, der Bougainvilleas und Agaven, die aus Kübeln und über Mauern rankten, entlangzuschlendern.

Der Innenraum der Pizzeria unterschied sich kaum von Ginos Restaurant, mit ihrer Einrichtung aus dunklem Holz und den rot-weiß karierten Decken auf den Tischen. Es war noch früh am Abend und kaum ein anderer Gast anwesend.

Um Zeit zu gewinnen, vertiefte sich Lilly sofort in die Speisekarte.

»Gemütlich hier«, sagte Oliver.

»Finde ich auch.«

»Kannst du mir irgendwas empfehlen?«

Sie schüttelte den Kopf. »Sonst esse ich woanders.«

Ein Schatten huschte über sein Gesicht. *Verflixt!* Lilly hatte nicht darüber nachgedacht, wie deutlich ihre Äußerung zeigte, dass es neue Routinen in ihrem Leben gab, an denen sie ihn nicht teilhaben lassen wollte.

Sie setzte ein munteres Lächeln auf. »Valentina hat mir diese Pizzeria empfohlen. Deswegen wollte ich die ganze Zeit schon hierherkommen. Ich bin so froh, dass es jetzt endlich mal klappt.«

Zumindest entsprach der erste Satz der Wahrheit, auch wenn Valentina ihrer eigenen Auskunft nach nie hier gegessen hatte.

Oliver lächelte. »Also dann! Ich denke, ich probiere die Pizza Salsiccia.«

»Klingt gut. Ich nehme die mit Rucola und Parmesan.«

»Trinken wir dazu Wein?«

Sie nickte. »Auf jeden Fall.«

Wo es schon an dem Trubel mangelte, den Lilly sich ausgemalt hatte, würde vielleicht der Alkohol die Anspannung zwischen ihnen lösen. Sie musste endlich den Mut finden, ihm klarzumachen, dass sie keine Zukunft hatten. Was sollte schon passieren? Sie waren zwei erwachsene Menschen und würden es dementsprechend regeln. Vielleicht sollte sie anbieten, ihm das Geld für die Reise zu erstatten, nachdem er offenbar von ihrer Zurückhaltung und Max' Aufdringlichkeit in die Irre geleitet worden war.

Gleich darauf fragte sie sich, wem sie hier etwas vormachen wollte. Es würde auf jeden Fall unangenehm werden, egal, wie souverän seine Reaktion ausfiel. Vermutlich würde sie mindestens zwei Gläser leeren müssen, bevor sie es über sich brachte, mit ihm *darüber* zu reden.

Bis dahin blieb sie lieber erst einmal bei einem weitgehend unverfänglichen Thema: Sie erzählte ihm ausführlich von den Schmetterlingen.

»Sogar bei ihr zu Hause lebt einer. Stell dir das mal vor!

Von weitem sieht er wie ein kleiner Kolibri aus. Was lustig ist, weil meine Mutter Schmetterlinge immer als Sommervögel bezeichnet hat.« Dabei waren sie ebenso wenig Vögel, wie Christina ihre Mutter war.

»Sommervögel? Ich dachte, das wären Zugvögel, die nur im Sommer mal vorbeikommen.«

»Du weißt doch, dass sie aus der Schweiz kommt. Da hat man eigene Begriffe.«

»Du meinst zum Beispiel Schwingbesen?«

»Oder Schnuderlumpe.«

»Was soll das sein?«

»Ein Taschentuch, was denn sonst?«

Oliver lachte auf. »Okay, das merk ich mir. Aber erzähl mir noch ein bisschen über eure Arbeit. Klingt spannend. Es gibt wirklich Schmetterlinge, die Schnecken fressen?«

»Nicht bei uns im Park, sondern auf Hawaii, hat Valentina gesagt. Ziemlich brutale Geschichte, frag lieber nicht. Aber wusstest du, dass die Weibchen des Schwalbenschwanzes mit den Füßen schmecken?«

Er sah sie ungläubig an. »Wie das?«

»Dort sitzen Sinneshaare, mit denen sie sogar das Alter oder die Gesundheit der Pflanze bestimmen können.«

Oliver hörte ihren Ausführungen gespannt zu und stellte immer neue Fragen. Das war der Journalist in ihm. Er liebte es, Einblicke in für ihn noch unbekanntes Terrain zu erhalten. Am Ende grinste er. »Ich wette, dass die Schulklassen viel Spaß mit dir haben. ›Nigthmare on Elm Street‹ ist nichts dagegen.«

Seine Zuneigung zu Wes-Craven-Filmen, obwohl er sonst keine Horrorfilme mochte, empfand Lilly als liebenswerte

Macke, auch wenn sie solche Streifen vorsichtshalber nie mitgeschaut hatte. »Den Film kennen die sicher nicht mehr, aber ich glaube, ich schlage mich ganz gut.« Sie lächelte verlegen.

»Davon bin ich überzeugt.«

Ihre Blicke trafen sich, und für einen Moment war es wie früher. Zwar verschwanden die Bilder aus der Zeit ihrer Krankheit nicht plötzlich, doch verschwammen sie zu einem unscharfen Flimmern im Hintergrund. Vielleicht entfaltete auch nur der Alkohol seine Wirkung, dachte Lilly. Wie sonst sollte sie sich erklären, dass sie nicht einmal zuckte, als seine Fingerspitzen zu ihren glitten. Sie sah dieser Bewegung eher erstaunt als ablehnend zu.

Derart ermutigt nahm er ihre Hand und fuhr mit dem Zeigefinger die wild verzweigten Linien auf deren Innenfläche nach. Er tastete sich zu dem Gelenk dahinter vor, so langsam, dass sie sich jederzeit hätte entziehen können. Unter seiner Berührung beschleunigte sich ihr Puls. Er musste es auch merken, ein Wummern an seiner Fingerkuppe. Oliver lächelte, nicht triumphierend über diese Annäherung, dann hätte sie ihm widerstehen können, sondern innerlich und äußerlich wärmend wie ein Glas heiße Milch, wenn es einen fröstelt und man traurig ist. Sein Grübchen zuckte. Er hatte nur eines, auf der linken Wange.

Fast hatte sie vergessen, wie attraktiv sie ihn fand. Sie hielten sich an den Händen, während sie den Wein austranken. Es war köstlich und erschreckend zugleich. Sie ahnte, dass sie gerade dabei war, es sich noch schwerer zu machen, doch in diesem Moment hatte sie das Bedürfnis, seine Nähe zu spüren. Und so gingen sie sehr bald nach dem Essen zurück zum Appartement, immer noch Hand in Hand.

Kaum hatte Lilly die Tür hinter ihnen geschlossen, streichelte er zärtlich über ihre Wange.

»Darf ich?«, flüsterte er.

Es war seltsam, ihn das fragen zu hören. Während der langen gemeinsamen Zeit hatten sie gelernt, die Signale des anderen zu deuten. Die letzten Monate schienen ihn verunsichert zu haben, und sie fand es auf schmerzliche Art erregend, dass sich etwas Fremdes in die Vertrautheit eingeschlichen hatte.

Statt ihm zu antworten, küsste sie ihn.

Er reagierte sofort, zog sie enger an sich und erwiderte ihren Kuss. Seine Lippen lagen warm auf ihren, während die Zungen einander so ausgiebig erforschten, als eroberten sie Neuland.

Atemlos trat Lilly einen Schritt zurück. »Warte.« Sie wollte nicht aufhören, aber sie musste sofort etwas klarstellen, um es später nicht zu bereuen. Es war beängstigend, wie schnell sie ihre Vorsätze über Bord geworfen hatte, selbst wenn sie dem Alkohol einen Teil der Schuld gab. »Versprichst du mir, dass du keine Erwartungen daran knüpfst, wenn wir weitermachen? Im Moment weiß ich gar nichts. Ich hangele mich von einem Tag zum nächsten.«

Mit verhangenem Blick sah er sie an. »Aber du bist dir sicher, dass du in diesem Moment das hier willst?«

»Absolut.« Sie trat wieder auf ihn zu und hielt dabei seinem Blick stand. »Vollkommen.«

Er strich ihr eine Haarsträhne hinters Ohr. »Ich kann nicht beschwören, dass es mir gelingt, meine Gefühle zu kontrollieren. Aber falls es so sein sollte, werde ich sie dir nicht anlasten. Genügt dir das?«

Nicht einmal, wenn es ihn an sein Ziel gebracht hätte, konnte er unehrlich sein. Sie schluckte. Genügte das? Sie war sich nicht sicher. Seine Worte befreiten sie nicht von jeder Verantwortung. Trotzdem ließ sie zu, dass ihr Körper ihren Verstand bezwang.

»Ja, das genügt mir«, wisperte sie.

VALENTINA

Mit einem geöffneten Auge sah sie zum Wecker auf dem Nachttisch. Zeit aufzustehen. Hastig richtete sie sich auf. Aus dem Augenwinkel sah sie, wie Carlo sich zur Seite drehte und sie dabei beobachtete, wie sie den Morgenmantel vom Boden aufhob.

»Behalt ihn aus, damit ich dich betrachten kann.«

»Ich muss jetzt ins Bad, die Arbeit ruft.« Eilig schlüpfte sie in das zarte Stück Seidenstoff. Sie selbst hätte niemals etwas gekauft, das fünfzehn Raupenleben pro Gramm kostete. Aber es war ein Geschenk ihrer Mutter gewesen, und als solches hielt sie es in Ehren.

»Soll sie doch warten, deine Arbeit. Wie wäre es, wenn du mal einen Tag schwänzt?«

»Das geht leider nicht. Es gibt heute viel zu tun.«

Er zog einen Flunsch, der sie daran erinnerte, dass er noch nie gut darin gewesen war, Zeit mit sich alleine zu verbringen.

»Tut mir wirklich leid.« Dabei war ihr Bedauern keineswegs so groß, wie sie vorgab.

Nur noch zwei Tage. Für einen kurzen Moment hatte es sich so angefühlt, als würde ihr Leben in einem Rausch enden, an dem Carlo erheblichen Anteil haben würde. Doch neuerdings verspürte sie in seiner Nähe eine Gereiztheit, die sie sich nicht recht erklären konnte. Solange sie die Augen geschlossen hielt, war das körperliche Verlangen ungebrochen. Außerhalb des Bettes genoss sie seine Gegenwart weniger als erwartet. Doch es war wohl müßig, sich mit ihren Gefühlen auseinanderzusetzen. *Nur noch zwei Tage!*

Sie schnappte nach Luft. »Du solltest auch gehen.«

»Wie spät ist es denn überhaupt?« Er nahm sein Handy vom Nachtisch und sah aufs Display. Plötzlich wirkte er erschrocken. »Du hast recht. Es wird Zeit. Vorher muss ich aber noch mal schnell telefonieren.«

Nackt wie er war, eilte er aus dem Schlafzimmer. Sie sah ihm erstaunt nach. Woher die plötzliche Eile? Gerade noch hatte er den ganzen Tag mit ihr verbummeln wollen. Andererseits war es kein ungewohnter Anblick, ihn mit dem Telefon in der Hand verschwinden zu sehen. Er war nun einmal ein vielbeschäftigter Mann, wie er von sich selbst gerne sagte. Sie hatte es nie in Frage gestellt. Aber in diesem Moment erkannte sie ein wenig erschrocken, warum sie nie weiter darüber nachgedacht hatte: Es interessierte sie nicht sonderlich, was er tat.

Aber diesmal hatte sein gehetzter Blick eine Erinnerung in ihr geweckt. Plötzlich wurde klar, mit wem er so dringend sprechen musste. Ihr entfuhr ein ungläubiges Kichern. *Du bist immer noch so naiv, Valentina!* Er und seine Frau hatten sich nicht getrennt. Sie zweifelte nicht eine Sekunde daran, dass sie mit dieser Vermutung richtiglag. Er wurde selten nervös – es sei denn, er fürchtete, dass ihm jemand auf die Schliche kam, in diesem Fall seine Frau. Es würde Valentina nicht wundern, sollte sich irgendwann herausstellen, dass auch seine Forschungserfolge auf Hochstapelei und Betrug zurückzuführen waren.

Die Erkenntnis, dass Carlo sie ein weiteres Mal belogen hatte, ließ sie eigenartig kalt. Wenn überhaupt, empfand sie dabei einen Anflug von Müdigkeit und Überdruss, in dem sie beschloss, ihn nicht zur Rede zu stellen. Sie wollte nicht einmal einen Bruchteil der ihr verbleibenden Zeit mit einer unnötigen Diskussion verschwenden.

Nachdem sie geduscht und sich angezogen hatte, schlüpfte sie aus dem Haus, ohne sich von ihm zu verabschieden.

Beinahe wäre sie auf halber Strecke umgekehrt, um sich zu vergewissern, dass er ebenfalls aufgebrochen war. Ihr behagte der Gedanke nicht, er könne währenddessen ihr Haus vereinnahmen. Außerdem wollte sie ihn nicht mit dem Libellenschwärmer alleine lassen, so albern es klang. Sie hatte es immer noch nicht über sich gebracht, ihren kleinen Besucher Carlo zu überlassen. Und jetzt mochte sie ihm erst recht nichts mehr anvertrauen, was ihr am Herzen lag.

Während sie im Park ihren Aufgaben nachging, sinnierte sie weiter über das eigenartige Unbehagen, das sie plötzlich gegenüber Carlo empfand. Die Tage mit ihm, dieses letzte Aufbäumen gegen das Unvermeidliche hatte etwas in ihr zum Schwingen gebracht. Es war ihr passend vorgekommen, es mit Carlo zu erleben. War er nicht *der Eine* gewesen?

Mit einem Mal war sie sich nicht mehr sicher, ob er damals wirklich überwältigend oder sie einfach nur sehr jung gewesen war. Und jetzt? Sie hatte noch einmal etwas spüren wollen – wohl weniger ihn als vielmehr sich selbst.

Seufzend knipste sie ein verfaultes Blatt ab.

»Ärger im Paradies?«, fragte eine vertraute Stimme hinter ihr.

Sie wirbelte herum »Tommaso?«

Er lächelte. »Alessio hat mir erzählt, dass eine der Scheiben hier kaputt ist. Ich dachte, ich sehe mir den Schaden mal an. Die Summen, die sie uns gerade fürs Heizen abknöpfen, willst du bestimmt nicht in die Atmosphäre blasen.«

Verdattert sah sie ihn an. Bei ihrer letzten Begegnung hatte er sich für seine Verhältnisse kühl verhalten, doch an diesem Tag schien er bester Stimmung zu sein.

»Das ist nett von dir«, sagte sie.

Trotzdem fragte sie sich, wozu eine Reparatur gut sein sollte, bis ihr einfiel, dass Tommaso nicht ahnte, dass es diesen Park nicht mehr lange geben würde.

Er lächelte. »So bin ich eben. Zeigst du es mir?«

»Sicher, komm mit.« Sie führte ihn zu der Stelle, an der eine Scheibe zersplittert war.

Er fuhr mit den Fingern über das Glas und die metallenen Sprossen zwischen den einzelnen Abschnitten. »Hm, das wird eine Weile dauern, bis wir es repariert haben«, stellte er fest. »Ich fürchte, wir reden hier von Wochen.«

»Wochen?«, wiederholte sie. Dann wäre sie gar nicht mehr da.

»Derzeit gibt es überall Lieferschwierigkeiten, was Baumaterialien angeht. Und das ist ein sehr spezielles Isolierglas. Am besten bestellst du es gleich. Einsetzen kann ich es dir dann, sobald es hier angekommen ist.«

»Wie du meinst«, murmelte sie.

»Stimmt etwas nicht?«

»Wie kommst du darauf?«

Er zuckte mit den Schultern. »Du setzt sonst alles daran, diesen Park instand zu halten, aber gerade scheint es dich nicht sehr zu interessieren. Außerdem wirkst du müde und angespannt.«

»Charmant.«

»Du hast recht, Verzeihung. Ich wollte dich damit nicht vor den Kopf stoßen. Ich mach mir nur Sorgen.«

»Das ist vollkommen unnötig.«

Er zögerte, bevor er fortfuhr. »Ist es, weil Carlo morgen wieder abreist? Er hat es mir gerade gesagt.«

Also saß er nicht mehr bei ihr zu Hause rum, sondern musste gleich nach seinem Telefonat gegangen sein, dachte Valentina erleichtert. Vielleicht hatte seine Frau Einwände gegen seinen Aufenthalt hier erhoben. Hatte er vor, es Valentina noch zu sagen? Oder wollte er wieder über Nacht verschwinden?

Sie verzog das Gesicht zu einer Grimasse. »Soll er doch.«

Tommaso sah überrascht aus. »Ich dachte …«

»Ich auch«, unterbrach sie ihn. »Für einen sehr kurzen Moment. Aber jetzt weiß ich endlich, dass ich gar nicht *ihn* vermisst habe. Was mir gefehlt hat, war ich selbst in jener Zeit. Unbedarft, unbefangen, voller Zuversicht, mit allen Möglichkeiten vor mir. Verstehst du das?«

Er nickte. »Aber wieso klingst du so, als wäre es damit bereits vorbei? Du bist doch nicht alt, Valentina. Es liegen immer noch unzählige Möglichkeiten vor dir.«

»Ein schöner Gedanke.«

Er machte einen Schritt auf sie zu. Valentina hielt den Atem an, während er eine Hand nach ihr ausstreckte, doch er ließ sie wieder sinken, bevor es zu einer Berührung kam.

Er räusperte sich ein paar Mal. »Haben wir es hier womöglich mit einem Anflug von Geburtstagsmelancholie zu tun, Valentina?«

»Womöglich.« Sie setzte ein selbstironisches Lächeln auf.

»Kann ich dich trotzdem alleine hierlassen? Gleich beginnt der Malkurs, den ich gebe.«

Nein, bleib doch noch ein bisschen. Mit ihm an ihrer Seite schien ihr alles weniger schwer. »Natürlich. Sieh zu, dass du wegkommst, ich muss schließlich auch noch arbeiten.«

Er sah konzentriert auf seine Schuhspitzen. »Weißt du was? Ich bin froh, dass du ihm nicht mehr hinterherweinst. Natürlich aus egoistischen Gründen, aber auch weil ich ihn nicht für jemanden halte, der einen anderen Menschen glücklich machen kann.«

»Denkst du, ich war zu naiv, um es zu sehen?«

Er schüttelte den Kopf. »Wer verliebt ist, sieht nicht unbedingt klar.«

»Mhm.«

»Ciao, Valentina.«

Während sie ihm nachsah, gingen ihr verschiedene Eindrücke durch den Kopf. Schließlich kristallisierte sich ein Gedanke heraus, der sie laut seinen Namen rufen ließ.

Er drehte sich zu ihr um. »Ja?«

»Wieso hast du gesagt, dass du aus egoistischen Gründen froh bist? Was für egoistische Gründen könnten das sein?«

Wieder lachte er auf. »Ciao, Valentina.« Im Weitergehen winkte er mit der Hand über die Schulter, ohne sich noch einmal umzudrehen.

Sie blieb wie angewachsen stehen. Hatte er ihr gerade so etwas wie eine Liebeserklärung gemacht?

Als Valentina am Abend nach Hause zurückkehrte, überkam sie der Drang, sich jemandem zu offenbaren, der nicht urteilen würde. Wer wäre dafür besser geeignet als ihr kleiner Libellenschwärmer? Sie war nicht so verschroben, anzunehmen, dass er irgendetwas von dem verstand, was sie ihm manchmal erzählte, es ging eher darum, in ihrem Kopf aufzuräumen, indem sie Gedanken aussprach. Sie lief in den Wintergarten, sah das Tier dort aber nirgends. Sie hob jedes der Blätter mehrmals an, untersuchte immer wieder alle Winkel. Zunehmend aufgeregt schwirrte sie selbst umher wie ein Kolibri.

Schließlich suchte sie den Fußboden ab, ob dort irgendwo ein schlaffes Flügelpaar auszutrocknen begann. Sie fand zu ihrer Erleichterung nichts. Vielleicht war er irgendwie entkommen? Das wäre ihr lieber, als ihn tot zu finden. Aber wie sollte das dem Falter gelungen sein? Er konnte wohl kaum durch Glas fliegen, und hier waren alle Scheiben intakt.

Carlo! Es durchfuhr sie kalt. War es denkbar, dass er den Schmetterling mitgenommen hatte? Bestimmt wollte er nicht ohne den Libellenschwärmer gehen, wegen dem er gekommen war. Valentina kochte vor Wut. Diesmal würde er nicht ihr Herz mitnehmen, dafür aber *ihren* Falter. Dass dieser ohnehin nicht mehr lange gelebt hätte, änderte nichts daran, dass Carlo ein elender Mistkerl war.

Erschöpft setzte sie sich auf den Stuhl vor dem kleinen Sekretär und starrte aus dem Fenster, bis es draußen dunkel wurde. Die Scheibe spiegelte ihr Gesicht, unnatürlich blass und gramverzerrt – nur noch ein Schatten. Sie ließ den Kopf auf die Tischplatte sinken und schluchzte, bis sie das Gefühl hatte, vollkommen ausgetrocknet zu sein. Erst weinte sie um ihren kleinen Freund der letzten Wochen, dann um sich selbst.

Als die Tränen versiegt waren, wandelte sich ihre Stimmung. Sie wurde wütend. Hätte Carlo vor ihr gestanden, wäre sie ihm an die Gurgel gegangen. Doch der hatte sich wieder einmal verdrückt, weswegen sie ihrem Zorn anders Ausdruck verleihen musste. Kurzerhand schmetterte sie eine alte Vase an der Wand und stieß einen lauten Schrei aus, während die Scherben zu Boden fielen. Es fühlte sich befreiend an, Verzweiflung, Trauer und Selbstbezichtigung hinter sich zu lassen. Einem Mann wie Carlo gegenüber war Wut die gesündere Wahl.

Gleich darauf schalt sie sich als irrational. Hatte sie nicht genau deswegen das Institut angeschrieben, damit sich jemand mit ihrem Falter beschäftigte? Doch dass er ihn einfach mitgenommen hatte, ohne ihr eine Gelegenheit zu geben, sich zu verabschieden, war …

Aus dem Augenwinkel nahm sie eine schwirrende Bewegung wahr. Sie fuhr herum. Er war zurückgekommen, ihr kleiner Schwärmer. Erleichtert lachte sie auf. »Da bist du ja. Wo hattest du dich denn bloß versteckt? Schön, dich zu sehen.«

Worüber hatte sie gerade nachgedacht? Ach ja. Darüber, wie sehr sie es bedauerte, sich nicht verabschiedet zu haben. *Verabschieden! Ehrlich, Valentina, von einem Schmetterling? Und wie hast du ihn behandelt? Eingesperrt hast du ihn.*

Manche würden sagen, dass ein schneller Tod gnädiger wäre, als gefangen zu sein. Das Tier konnte sich zu dieser Frage schlecht eine Meinung bilden, aber Valentina konnte es. Sie wusste, was sie zu tun hatte.

Ihre Augen wurden wieder feucht. Ärgerlich wischte sie die Tränen mit dem Handrücken weg. »Du bist so albern, Valentina«, sagte sie laut zu sich selbst.

Sie stand auf, um die Tür zum Garten zu öffnen. Bevor sie die Klinke hinunterdrückte, zögerte sie einen Moment. Dann riss sie die Tür mit einem Ruck auf.

»Mach's gut«, flüsterte sie.

Sofort flatterte der Libellenschwärmer an ihr vorbei in die sternenklare Nacht. Während sie ihm nachsah, fühlte sie sich für einen Augenblick so leicht, als könnte sie es ihm gleichtun.

Lilly

In seiner Aufregung versuchte Oliver, unter Wasser zu sprechen. Rund um das Mundstück seines Schnorchels stiegen Blasen auf. Er gestikulierte wild.

Lilly streckte Oliver den erhobenen Daumen entgegen. *Ja, das ist wirklich unglaublich.*

Um sie herum tummelten sich unzählige Fischschwärme, die das metallene Ungetüm auf dem Meeresboden zu ihrem Zuhause erkoren hatten.

Sie hatte sich einen Tag freigenommen, um mit Oliver das Wrack des alten Handelsschiffs zu erkunden, das dort vor rund fünfzig Jahren bei der Klippe Scoglio dell'Ogliera direkt vor dem schmalen Strand von Pomonte gesunken war. Es waren nur noch das Heck und die Kommandobrücke übrig. Der Bug war im Felsen stecken geblieben und entfernt worden, damit sich die Badegäste nicht daran verletzten.

Atemlos tauchten sie wieder auf.

»Wahnsinn!«, rief Oliver. »Das würde ich mir gerne mal von innen ansehen.«

»Das wäre toll.«

Durch das kristallklare Wasser war die verwitterte Hülle gut zu erkennen, obwohl sie gewiss Dutzende Meter unter ihnen lag. Farbige Schwämme, Algen und andere Wasserpflanzen hatten das Blech erobert und es vollständig überwuchert.

»Das ist nur etwas für erfahrene Taucher«, hatte der Mann gesagt, bei dem sie die preiswerte Schnorchelausrüstung gekauft hatten.

Oliver strahlte übers ganze Gesicht. »Vielleicht sollen wir irgendwann mal ...« Schlagartig wurde seine Miene wieder ernst. »Vielleicht mache ich irgendwann mal einen Kurs.«

Etwas in Lilly krampfte sich zusammen. Aus Versehen hatte Oliver die Aufmerksamkeit auf Fragen gelenkt, die an diesem Tag ruhen sollten. Darauf, dass ihr Zusammensein nicht mehr unbedingt auf Dauer ausgelegt war.

»Klingt nach einer tollen Idee«, sagte sie. Doch die ausgelassene Stimmung war verflogen.

Oliver spritzte ihr ein wenig Wasser ins Gesicht. »Hey, du wirst doch an einem so herrlichen Tag nicht Trübsal blasen.«

Er hatte recht. Der Himmel und das Meer waren so blau wie auf den kitschigsten Postkarten, unter ihnen lag ein geheimnisvolles Wrack, und in der Nacht war ihr die Idee zu einem neuen Spiel gekommen. Dieser Moment verdiente es, gefeiert zu werden, egal, was danach kommen würde. Lachend schwamm sie auf ihn zu, um einen Gegenangriff zu starten.

Später dösten sie nebeneinander am Strand auf einer Decke. Eine leichte Brise strich über Lillys Gesicht, Olivers Arm lag warm an ihrem, während sie in jene andere Welt driftete, in der die Träume und Ideen beheimatet waren.

Für Lilly glich sie einem realen Ort. Einer Sphäre, die man respektvoll zu betreten hatte, um etwas daraus mitnehmen zu dürfen, dessen Herkunft man sich hinterher nicht mehr erklären konnte. Es war kein einseitiger Handel, denn bei jedem Besuch schien die ein oder andere eigene Idee zurückzubleiben. Ein paar Mal war es ihr passiert, dass sie einen *einmaligen* Einfall verfolgt hatte, nur um dann festzustellen, dass einem anderen fast zur gleichen Zeit ein ganz ähnlicher Gedanke gekommen war.

Deshalb hatte sie am Morgen sofort das Internet nach einem vergleichbaren Spiel durchforstet, aber zu ihrem Glück nichts gefunden. Sie wollte diese kribbelnde Energie nicht gleich wieder verlieren, nachdem ihr endlich etwas Neues eingefallen war. Noch gelang es ihr nicht, all die Elemente, die sie vor sich gesehen hatte, zusammenzufügen – kleine Boote aus Holz, Spielkarten aus festem Karton mit Schmetterlingsbildern wie von Humboldt gezeichnet darauf, eine abenteuerlustige Forschergruppe. Aber der Anfang war gemacht. Sie wusste sogar schon, wie das Spiel heißen sollte: »Metamorphosen«.

Oliver war eingeschlafen und schnarchte leise. Es klang nicht penetrant, sondern eher wie ein friedliches Ein und Aus, so einlullend wie das Rauschen der Brandung. Lilly schmiegte sich enger an ihn. Seine Haut war ihr schon immer wärmer vorgekommen als die jedes anderen, aber jetzt war sie heiß von der Sonne.

Es wäre leicht, wieder in alte Gewohnheiten zu verfallen. Viel zu leicht. Deshalb war sie gleich nach dem Aufwachen aufgestanden, um Kaffee zu kochen. Verbundenheit zeigte sich am deutlichsten in den Banalitäten des Alltags, und in Hamburg war es stets Oliver gewesen, der ihr jeden Morgen eine Tasse Kaffee auf den Nachttisch gestellt hatte. Wie wunderbar solche kleinen Gesten waren, begriff man erst, wenn sie ausblieben. Aber sie konnten nun einmal nicht weitermachen wie bisher.

Sanft streichelte sie über seinen Bauch. Er räkelte sich, seine Lider flatterten ein paar Mal, bevor er die Augen richtig aufbekam.

»Hallo«, murmelte er. »Ich bin eingeschlafen.«

»Habe ich gemerkt.«

»Wollen wir noch mal ins Wasser?«

»Für heute hatte ich genügend Sonne.«

»Geht mir auch so.«

Seine Lippen waren ganz nahe bei ihren, bereit, sie zu küssen, doch er wartete darauf, dass sie die Initiative ergriff. Sie zögerte, wollte keine falschen Hoffnungen in ihm wecken, indem sie wieder und wieder den Anfang machte.

Seine Wimpern waren an einen Mann verschwendet – lang, geschwungen und schwarz. Als er lächelte, konnte sie nicht anders, als das kleine Grübchen zu küssen. Danach glitten ihre Lippen wie von selbst auf seine. Offenbar hatte er nur auf diese Einladung gewartet. Er zog sie an sich und erwiderte ihren Kuss mit einer Leidenschaft, die bei ihr alle Vorsicht weichen ließ.

Auch am folgenden Tag stellte sie ihm eine Tasse Kaffee auf den Nachttisch. Danach verwuschelte sie sein Haar. Er rieb sich die Augen und öffnete den Mund wie in Zeitlupe zu einem lauten Gähnen.

»Aufwachen, du Penner!«, rief sie munter.

»Bist du grausam.«

»Tatsächlich? Dann möchtest du den hier bestimmt nicht haben. Schließlich könnte Gift drin sein. Grausame Weiber tun so etwas.«

Sie tat so, als wollte sie nach der Tasse greifen, doch er hielt ihre Hand fest und zog sie lachend zurück ins Bett. »Schade, dass du heute wieder zur Arbeit musst.«

»Kommst du alleine hier zurecht?«

»Klar. Wann machst du Feierabend?«

»Gegen fünf Uhr. Dann können wir etwas essen gehen. Bleib doch noch liegen. Wenn du nachher nicht weißt, was du mit deiner freien Zeit anfangen sollst, kann ich dir einen Ausflug zum Monte Capanne empfehlen. Du gehst entweder zu Fuß rauf oder nimmst die Seilbahn.«

»Klingt gut. Vielleicht mache ich das.« Er küsste sanft ihre Schläfe. »Obwohl es alleine nur halb so schön ist.«

»Ich war nicht alleine«, entgegnete Lilly gedankenverloren.

Oliver gehörte nicht zu den Männern, die sofort misstrauisch nachfragten, mit wem ihre Freundin sich traf, doch sein wachsamer Gesichtsausdruck sprach Bände.

»Valentina war bei mir.«

Seine Miene entspannte sich wieder. »Ihr scheint euch gut zu verstehen. Meinst du nicht ...«

»Ich werde es ihr schon noch sagen. Bald.«

Aber auch nicht an diesem Tag, dachte Lilly resigniert, als Valentina an ihr vorbeihuschte, ohne zu grüßen. Sie schien in Gedanken ganz weit weg zu sein.

Zur Mittagszeit gesellte sich Lilly zu Alessio in die Kaffeeküche, wo er wieder einmal seine Nudeln mit ihr teilte. Als Valentina hereinkam, sah sie sich irritiert um, als hätte sie die anderen beiden nie zuvor gesehen. Wortlos verließ sie den Raum wieder.

»Was war das denn?« Alessios Stimme klang nicht abfällig, eher besorgt.

»Dann weißt du auch nicht, was mit ihr los ist? Sie verhält sich seit Tagen so eigenartig. Vielleicht hat es mit ihrem Geburtstag morgen zu tun?«

»Du meinst, sie steckt in einer Art Midlife-Crisis? Kann ich mir bei Valentina nicht vorstellen. Sie ist nicht der Typ dafür.«

»Wer ist denn der Typ dafür?«

»Menschen, die sich selbst zu ernst nehmen. Ich glaube, ihr ist es vollkommen egal, ob sie zwanzig, fünfzig oder siebzig Jahre alt ist, solange genügend Schmetterlinge da sind, mit denen sie sich beschäftigen kann.«

»Mhm.« Eigentlich fand Lilly nicht, dass man eitel sein musste, um dadurch beunruhigt zu sein, dass die Zeit, die vor einem lag, kürzer sein würde als die bereits vergangene.

Sie hob die Augenbrauen. »So spricht ein Jungspund, der noch nie mit seiner eigenen Endlichkeit konfrontiert war.«

»Sagte die weise, uralte Dame.« Er lachte.

»Ich bin gespannt auf die Feier.«

»Du bist auch eingeladen?«

»Schockiert?«

»Nein, gar nicht. Im Gegenteil. Ich finde es schön, dich dort zu sehen. Es ist nur so überraschend, dass sie überhaupt feiert, so zurückgezogen, wie sie sonst lebt. Und ihr beide kennt euch kaum.«

»Was nicht ist, kann ja noch werden.« Und je nachdem, wie ihr Gespräch mit Valentina ausging, warteten auf Alessio weitere Überraschungen. »Wollen wir heute Abend etwas trinken gehen?«

»Das geht leider nicht, ich habe Besuch. Oliver, mein ...« Sie brach ab.

»Verstehe schon. Status: Es ist kompliziert.« Alessio zwinkerte ihr zu. »Dann drücke ich die Daumen, dass sich alles so entwickelt, wie du es dir wünscht.«

»Das ist nett von dir, danke.« Sie versuchte gar nicht erst, ihm zu erklären, dass ihre Wünsche leider nicht dem entsprachen, was für Oliver und sie sinnvoll war.

Nachdem Lilly von der Arbeit gekommen war, zog es sie und Oliver wieder an den Strand. Diesmal entschieden sie sich für Marciana Marina, um keine Zeit mit einer langen Anfahrt zu vergeuden.

Ein Steg unterteilte das Ufer in zwei Abschnitte. Sie breiteten ihre Handtücher auf der Seite mit dem feinen Sand aus, wo sich anders als auf der Kieselfläche nebenan keine Steine in die Fußsohlen bohrten.

Sie lagen bäuchlings nebeneinander, die Gesichter einander zugewandt, auch wenn sie sich durch die Sonnenbrillen nicht in die Augen blicken konnten. Sie dösten vor sich hin und lauschten dem Soundtrack eines Bilderbuchsommers – der sanften Brandung, dem Kinderlachen, ab und zu dem Motorenbrummen eines Boots.

Plötzlich fuhr Oliver mit einem überraschten Laut hoch. Lilly richtete sich ebenfalls auf und entdeckte, dass ihn eine Ladung Sand am Rücken getroffen hatte. Vor ihnen stand der Übeltäter, ein vielleicht vierjähriger Knirps, und sah sie mit der leeren Schaufel in der Hand schuldbewusst an. Neben sich hatte er ein gewaltiges Loch gegraben. Da kam auch schon eine junge Frau angerannt, bei der es sich um seine Mutter handeln musste. Ihr Bauch war gewölbt. Offenbar würde der kleine Sandwerfer bald ein Geschwisterchen bekommen.

»I'm so sorry«, sagte sie verlegen auf Englisch.

Lilly erkannte den Akzent. »Du kommst aus Deutschland?«, fragte sie auf Deutsch. Es wäre ihr seltsam vorgekommen, die andere zu siezen, die etwa in ihrem Alter sein musste.

»Ja. Ihr auch?«

»Wir kommen aus Hamburg.«

»Wir sind aus Schduagert.«

»Aus Stuttgart? Das hört man ja gar nicht.« Lilly grinste.

Die andere lachte. »Tut mir echt leid mit dem Sand.« Sie nahm das Kind auf den Arm. Aber statt mit ihm zu schimpfen, küsste sie ihren kleinen Sohn zärtlich auf die Wange. »Du musst etwas besser aufpassen, mein Schatz. Komm zu uns, wenn du weitergraben möchtest.«

»Er hat uns überhaupt nicht gestört«, protestierte Oliver. »Kann doch jedem mal passieren.« Er nahm die Sonnenbrille ab und brachte den Jungen mit einer drolligen Grimasse zum Kichern.

Die Mutter erwiderte Olivers Lächeln, trug ihr Kind aber vorsichtshalber trotzdem näher zu ihrem Strandtuch. Dort wartete ein freundlich aussehender Mann, der gerade mit einem kleinen Mädchen spielte. Ihre Hände klatschten immer schneller gegeneinander. Bis der Vater einen Fehler machte.

»Bei Müller hat's gebrannt«, murmelte Lilly. Das hatte ihr Vater auch mit ihr gespielt.

Oliver ließ sich zurück aufs Badetuch sinken. »Der Trend geht offenbar wieder zur Großfamilie.«

Sein sehnsüchtiges Lächeln erinnerte Lilly daran, warum ihre Beziehung keine Zukunft hatte. Vielleicht sollten sie endlich aufhören, sich etwas vorzumachen. »Möchtest du immer noch Kinder?«

Es schnürte ihr beinahe die Luft ab, wie hoffnungsvoll er sie ansah. Ihr wurde klar, dass sie den falschen Tonfall gewählt hatte. Er hatte ihre Frage als Angebot gedeutet. Oliver hatte nie einen Hehl daraus gemacht, wie sehr er sich eine Familie wünschte. Das unglückliche Einzelkind, das anderen die nie erlebte Kindheit seiner Träume schenken wollte. Eine, die der von Lilly glich: Sonntagsspaziergänge, Picknicks am See, Bratäpfel nach einer Winterwanderung, Spieleabende vor dem Kamin. Auch Lilly hatte für ihre Zukunft solche Bilder vor sich gesehen. Damals hatte sie nicht geahnt, wie sehr es weh tun konnte, etwas zu verlieren, das man nie besessen hatte. Diesen Schmerz sollte Oliver nicht mit ihr teilen müssen.

Sein Blick hielt ihren fest. »Wenn du es auch willst?«

Lilly machte eine unbestimmte Kopfbewegung, halb ein Verneinen, halb ein Nicken. »Wahrscheinlich kann ich keine bekommen.«

Endlich waren die Worte heraus, die sie wochenlang nicht über die Lippen gebracht hatte. Sie hatte die Rasselbande so genau vor sich gesehen, als wäre sie real. Es auszusprechen hätte bedeutet, diese Kinder zu Geistern verblassen zu lassen. Aber vielleicht war das nötig, damit sie sich eine Zukunft ohne sie vorstellen konnte.

»Was meinst du?«, fragte Oliver.

»Meine Menstruation ist seit Monaten ausgeblieben. Niemand konnte mir sagen, ob sich das wieder einspielt. Die Erkrankung selbst, die Therapie – beides kann sich auf die Fruchtbarkeit auswirken.«

»Aber sicher weißt du es nicht?«

»Macht das einen Unterschied?«

»Nicht für mich.« Weder hatte er gezögert noch vorschnell geantwortet. Für den Moment war es ihm ernst.

»Ach, Oliver. Ich weiß, wie sehr du dir eine Familie wünschst.«

Er ließ sich Zeit, um nach einer Antwort zu suchen. »Das stimmt nicht ganz«, erwiderte er dann. »Ich habe mir nie irgendeine Familie gewünscht. Der wichtigste Bestandteil warst immer du. Mit dir zusammen zu sein, bedeutet mir mehr als jede Phantasie.«

»Das sagst du jetzt. Aber ich weiß nicht, ob ich dir das jemals glauben könnte. Ich würde immer denken, dass du an meiner Seite nicht *dein* Leben leben kannst. Ein Leben, zu dem Kinder gehören. Deswegen wollte ich nicht, dass du auf mich wartest.«

Er zog die Augenbrauen zusammen, massierte mit dem Zeigefinger die Zornesfalte dazwischen. »Ist das dein Ernst? Du wolltest es mir verschweigen und einfach für mich entscheiden wie für einen unmündigen Jungen?«

»Ich wusste, was du sagen würdest.«

»Aber du vertraust mir und meinen Entscheidungen nicht.«

Sie konnte ihm nicht in die Augen sehen.

»Wir wollten beide Kinder«, fuhr er fort. »Falls du es immer noch willst, könnten wir welche adoptieren. Andernfalls haben wir immer noch uns. Mir genügt das. Und dir?«

Sie sah ihn entgeistert an. Adoption? Wie sollte sie anderen dieses seltsame Gefühl der Wurzellosigkeit zumuten? Dass Oliver nicht davor zurückschreckte, bewies nur, wie unbedingt er Kinder wollte.

Sie schüttelte den Kopf. »Es tut mir leid. Ich sehe für

uns keine Zukunft mehr. Ich kann dir nicht geben, was du brauchst.«

»Aber …«

»Nicht«, presste sie zwischen zusammengebissenen Zähnen heraus.

»Es ist vollkommen egal, was ich sage, oder?«, fragte er leise. »Du hattest deine Entscheidung getroffen, bevor ich auch nur die Beweggründe dafür ahnen konnte. Ein bisschen fühlt es sich so an, als hättest du mich mit deiner Frage nach den Kindern in eine Falle gelockt.«

»Ich weiß, aber das war keine Absicht. Ich habe nicht nachgedacht.«

Er griff nach ihrer Hand. »Macht es einen Unterschied, wenn ich dir sage, dass ich dich liebe?«

»Oliver, mach es uns doch nicht so schwer. Bitte!« Mittlerweile liefen ihr Tränen über die Wangen. »Bitte!« Trotzdem entzog sie ihm die Hand nicht.

»Tut mir leid. Aber ich kann es dir diesmal nicht leicht machen. Nicht, wenn es heißt, dass wir …«

»Ich wünschte, du würdest mir glauben. Ich kenne mich selbst sehr gut. Und ich weiß, dass ich mein Leben mit dir verbringen will. Es gibt so viele Abenteuer, die ich mit dir erleben möchte, die *nicht* beinhalten, mit dir darum zu streiten, wer die Windeln wechseln muss.«

»Hör auf!« Es kam so laut und schrill heraus, dass die Familie des kleinen Jungen besorgt zu ihnen herübersah. »Ich kann nicht, es ist zu viel.« Sie atmete ein paar Mal tief durch, den Blick fest aufs Meer gerichtet, bis sich ihre Anspannung in dessen Weite auflöste. »Oliver …«

Seine Lippen lächelten, doch sein Blick wirkte trüb. »Tut

mir leid. Ich sollte dich nicht unter Druck setzen. Aber ich muss mir sicher sein, dass du weißt, dass ich nicht bloß aus einem Impuls heraus behauptet habe, dass es für mich keinen Unterschied macht. Ich will *dich*. Es ging mir nie darum, mein verkorkstes Familienleben aufzuarbeiten, indem ich mir selbst eine heile Welt schaffe, weißt du?« Er fuhr sich durchs Haar. »Na ja, vielleicht ging es mir auch ein klein wenig darum, wenn ich ehrlich bin. Und an diesem Punkt sollten wir ehrlich zueinander sein, oder? Vor allem aber war ich unendlich gespannt, kleine Menschen zu erleben, die uns beide in sich tragen, weil ich an *uns* glaube.«

Sie hielt ihre Antwort knapp, damit sich nicht doch noch ein Zittern in ihre Stimme schlich. »Das ändert nichts.«

Seine Rede hatte sie beschämt. Er war vollkommen offen zu ihr gewesen, aber sie konnte nicht mit der gleichen Ehrlichkeit antworten, auch wenn er es verdient hätte. Was sollte es bringen, ihm zu gestehen, wie sehr sie sich wünschte, sie könnte daran glauben, dass seine Beteuerungen auch in ferner Zukunft noch gelten würden.

Da erst bemerkte sie, dass sie sich immer noch an den Händen hielten. Er folgte ihrem Blick, betrachtete für einen Moment ihre ineinander verschlungenen Finger, dann zog er die Hand zurück. »Ich kann nichts weiter tun?«

»Kannst du nicht.«

»Ich werde dich nicht weiter bedrängen. Morgen fahre ich aufs Festland und nehme den nächsten Flug zurück nach Hause.«

»Okay«, wisperte sie.

Nun war es also wirklich vorbei.

Den Rest des Abends verbrachten sie in verkrampftem Schweigen. Und wenn sie doch einmal etwas sagten, taten sie es mit einer distanzierten Höflichkeit, bei der sich Lilly der Magen umdrehte.

»Willst du zuerst ins Bad?«

»Geh du ruhig.«

»Nein, nein, du zuerst.«

Die Nacht verbrachten sie so getrennt, wie es in einem Raum möglich war. Oliver klappte für sich das Sofa aus und überließ Lilly das Bett, in dem er am Abend zuvor noch mit ihr gelegen hatte. Sie hielt die Augen fest geschlossen, ohne zur Ruhe zu kommen. In der Stille um sie herum nahm sie seinen Atem überlaut wahr. Ein, aus in einem zu gleichmäßigen Rhythmus, der verriet, dass er nur vorgab zu schlafen – genau wie Lilly. Das Geräusch erinnerte sie hartnäckig daran, dass er *noch* da war und an das Unbehagen, das an die Stelle ihres ungezwungenen Miteinanders getreten war. Es wurde eine lange Nacht.

Am Morgen packte er seine Sachen. Lilly verschanzte sich in der Zeit im Bad, weil sie es nicht ertrug, ihm dabei zuzusehen. Erst als sie keine Geräusche mehr hörte, kehrte sie in den Wohnraum zurück. Dort saß er auf dem Bett, vor ihm stand sein gepackter Rucksack.

»Und wie machen wir das jetzt?« In seinem Gesichtsausdruck lag eine Mischung aus Verzweiflung und tragikomischem Amüsement, die Lilly ein wehmütiges Lächeln entlockte.

Noch immer hatten sie ihre Liebe zum Skurrilen gemeinsam. Sobald eine Absurdität auftauchte, erkannten sie diese im Bruchteil einer Sekunde und griffen zu – selbst wenn dabei manchmal Schmerzgrenzen überschritten wurden.

Sie deutete einen Knicks an. »Was meinen Sie, Herr Becker: Hielten Sie in unserer Lage ein Händeschütteln für angebracht?«

Er lachte, wobei ein paar Tränen flossen. »Bring mich jetzt nicht zum Lachen, du …«

»… blöde Kuh?«

»So etwas würde ich niemals zu dir sagen«, widersprach er leise. Er stand auf und schulterte seinen Rucksack.

»Ich weiß.« Sie flüsterte ebenfalls, ohne zu wissen, weshalb. »Dann machen wir es vielleicht einfach so?« Sie ging auf ihn zu und streckte die Arme aus.

Während sie sich umarmten, achteten sie beide peinlich genau darauf, dass die Berührung flüchtig genug blieb, damit der andere nichts hineininterpretierte.

Nachdem er gegangen war, setzte sich Lilly aufs Bett und hielt sich selbst umschlungen, bis es Zeit war aufzubrechen.

Auf dem Weg übers Gelände begegnete ihr Tommaso. »Du willst doch nicht etwa ohne Frühstück gehen?«

»Ich bin nicht hungrig.«

»Mit leerem Magen arbeiten! Das ist nicht gesund. Ist dein Freund schon wieder abgereist? Ich habe ihn mit einem Koffer gesehen.«

Er hatte ihnen für die zweite Person im Appartement keinen Cent abgeknöpft. Nur für Olivers Frühstück hatten sie bezahlen müssen.

Lilly nickte. Ein Rinnsal bahnte sich den Weg über ihre Wange. Grob wischte sie es weg.

»Tut mir leid.« Tommaso sah sie mitfühlend an.

Das gab ihr den Rest. Als sie zusammenbrach, schloss er sie in die Arme wie ein liebevoller Vater. Umfangen von Wärme und Güte, ließ sie ihren Tränen freien Lauf. Sie weinte, zuerst wegen Oliver, dann auch wegen aller Verluste, die sie erlitten hatte und vor anderen abgetan hatte. Sie schluchzte, bis ihre Nase verstopft war und sie das Gefühl hatte, gleich zu ersticken. Doch nachdem die Flut einmal verebbt war, atmete sie freier als in den Wochen zuvor. Der Nebel in ihrem Kopf verzog sich, und ihr fiel ein, dass der Mann, der sie hielt, im Grunde ein Fremder war – auch wenn es sich anders anfühlte. Peinlich berührt trat sie einen Schritt zurück.

»Ist es jetzt besser?«, fragte er. Sein helles Hemd war auf Brusthöhe von ihren Tränen durchtränkt.

Sie lachte zittrig. »Du siehst aus, als wolltest du einen auf Mr. Darcy oder Anthony Bridgerton machen.«

Er sah sie ratlos an. »Verzeihung?«

»Mann. Nasses weißes Hemd. In den Teich gefallen …«

Er kratzte sich an der Stirn.

»Nicht so wichtig«, erklärte sie hastig. »Mir ist wahnsinnig unangenehm, was gerade passiert ist.«

Er lächelte. »Unsinn. Weinen ist die beste Medizin. Von Zeit zu Zeit gibt es nichts Wohltuenderes als eine schöne Heulerei.«

»Sprichst du etwa aus Erfahrung?«

Für gewöhnlich neigten immer noch viele Männer dazu, ihre schaumzuckerweiche Seite zu verbergen. Tommaso schien nicht zu ihnen zu gehören.

»Klar, du solltest mich mal sehen, wenn ich ›Cinema Paradiso‹ schaue.« Er summte die Titelmelodie des Filmklassikers, wobei er sich imaginäre Tränen aus den Augenwinkeln wischte.

»Hör auf«, bat sie lachend. »Sonst fange ich gleich wieder an zu weinen.«

»Du kennst den Film? Du warst bestimmt nicht einmal geboren, als er in den Kinos lief.«

»Meine Mutter liebt alle Werke von Giuseppe Tornatore. Ich musste sie mehrmals mit ihr anschauen, aber das hat nicht sonderlich weh getan. Ich mag die Filme auch gerne.«

»Bist ein gutes Mädchen.« Er zwinkerte ihr zu.

»Hast du eigentlich Kinder?«, stieß sie hervor. Eine elegante Überleitung sah anders aus. Kein Wunder, dass er vollkommen verwirrt aussah, aber Lilly hatte die Frage nicht länger zurückhalten können.

Er schüttelte den Kopf. »Hat sich nie ergeben. Dafür habe ich eine Nichte und zwei Neffen, die mir sehr am Herzen liegen.«

»Sie sind zu beneiden.«

»Danke für das nette Kompliment.« Er musterte sie prüfend. »Ich fürchte, es ist langsam an der Zeit, mich wieder um meine anderen Gäste zu kümmern. Ganz wohl ist mir aber nicht, eine junge Dame in Nöten alleine zu lassen.«

Sie schaute auf das Display ihres Handys. »Oh Gott, ich komme zu spät zur Arbeit. Valentina wird sauer sein. Wo habe ich nur meinen Kopf?«

Er lachte. »Keine Angst. Selbst falls du ihn bis dahin wiederfindest, wird sie ihn dir schon nicht abreißen.« Im Weitergehen pfiff er die Titelmelodie eines anderen Tornatore-Films.

»›Die Legende vom Ozeanpianisten‹!«, rief sie laut. »Nur falls du mich testen wolltest.«

Er drehte sich zu ihr um und winkte fröhlich. »Ciao, Lilly.«

Obwohl sie keine Zeit mehr zu verlieren hatte, sah sie ihm nach, bis er um die Ecke verschwunden war. Sie war noch nicht bereit, ihn von ihrer Liste zu streichen. Zwar hatte er abgestritten, Kinder zu haben, aber vielleicht hatte Valentina ihre Schwangerschaft vor dem Vater des Babys verheimlicht, um unangenehmen Diskussionen aus dem Weg zu gehen, wenn sie das Kind ohnehin nicht behalten wollte.

Bald würde Lilly es hoffentlich genauer wissen. Direkt nach der Feier würde sie ihre italienische Mutter ansprechen. Und diesmal würde sie sich nicht einmal von sich selbst davon abhalten lassen. Sie hatte nicht alle Brücken hinter sich angebrochen, um wie ein Feigling im Wartesaal ihrer Zukunft zu verharren, bis von letzterer nichts mehr übrig blieb.

Valentina nahm Lillys Entschuldigung wegen ihrer Verspätung mit einem gleichmütigen Kopfnicken zur Kenntnis. »Schon gut. Jetzt aber an die Arbeit.«

Während sie Tickets ausgab, Postkarten in Papiertüten packte und mit den Gästen plauderte, war Lilly nicht bei der Sache. Ihre Gedanken schweiften immer wieder von Oliver zu Valentina und wieder zurück. Doch auch etwas Erfreuliches lenkte sie von der Arbeit ab. Nun, da der Knoten einmal geplatzt war, flogen ihr die Einfälle zu ihrem neuen Spiel nur so zu. Und sobald wieder einer auftauchte, vereinnahmte er Lilly derart, dass sie einer Seniorengruppe Kindertickets verkaufte und nur »Jaja«, murmelte, als ein selbsternannter Experte die Weiße Baumnymphe mit einem Waldgeist verwechselte.

In ihrer Pause eilte sie in die Kaffeeküche, um dort außerdem ein paar der Bilder aus ihrem Kopf aufs Papier zu bringen, bevor sie ihr davonflatterten wie eines dieser zarten Tiere, um die sich alles drehte. Sie wusste, dass auch die beste Idee weiterzog, wenn man sie nicht festhielt. Früher waren ihr solche Einfälle häufig in der Nacht gekommen. Zu müde, um aufzustehen, und zu sicher, dass sie die Idee nicht vergessen würde, war sie dann allzu oft liegen geblieben – um sich am Morgen nur noch daran zu erinnern, dass sie genial gewesen war.

»Arbeitest du an einem neuen Spiel?« Vor ihr stand Alessio, der unbemerkt den Raum betreten hatte. Neugierig schaute er auf ihre Skizzen.

Lilly klappte den Block schnell weder zu. Sie hasste es, Ideen preiszugeben, bevor sie ihr reif erschienen. In diesem Stadium konnte eine kritische Anmerkung einen Gedanken im Keim ersticken, obwohl er mit etwas Zuwendung noch gefruchtet hätte. »Bislang ist es das reinste Chaos. Nichts, was man vorzeigen könnte.«

»Sorry, ich wollte dich nicht stören. Soll ich schnell wieder verschwinden?«

»Schon gut, bleib hier. Ich kann die Küche wohl kaum für mich alleine beanspruchen. Außerdem wollte ich eh gerade aufhören.«

»Auf den ersten Blick war dein Chaos jedenfalls ziemlich beeindruckend. Offenbar werden Schmetterlinge darin vorkommen.«

Sie seufzte resigniert, weil er nicht lockerließ. »Sieht ganz so aus.«

Er grinste. »Schon gut, ich merke, wenn ich nicht erwünscht bin. Morgen habe ich übrigens einen Tag frei. Sehen wir uns dann am Abend bei der Feier?«

»Klar.«

»Perfekt. Und jetzt überlasse ich dich wieder deinen Ideen.« Er schlug die Hacken zusammen und marschierte aus dem Raum.

Lilly schmunzelte. Sie war froh, dass er bei der Party ebenfalls anwesend sein würde. Abgesehen von ihm kannte sie nur Tommaso und Valentina, die aber als Gastgeberin gut ausgelastet sein würde. Lilly würde sich also an Alessio halten. Mit ihm zusammen zu sein war so leicht wie zu atmen. In seiner Gegenwart hatte sie das Gefühl, einfach sie selbst sein zu können. Auch wenn dieses Selbst derzeit ein eher zerbrechliches Konstrukt war.

VALENTINA

*D*er letzte Tag. *Mein letzter Tag.* In der Nacht hatte sie kein Auge zugetan, wie auch. Der vorletzte Tag war also nahtlos in diesen übergegangen, trotzdem fühlte sie sich hellwach, beinahe aufgeregt. Es war sicher die Panik, die ihr diesen unerwarteten Energieschub verpasste.

Es war eine Steigerung des Tumults, der sich im Magen bemerkbar machte, wenn man auf einer steilen Klippe ins Straucheln geriet. Oder beim Überqueren der Straße plötzlich ein Auto um die Ecke schoss und man für einen Sekundenbruchteil dachte: Das war's.

Das war's. Valentina nahm sich vor, keine Sekunde der folgenden Stunden zu verpassen. Sie wollte in jedem Augenblick vollkommen gegenwärtig sein. Eine Zukunft gab es nicht, die Vergangenheit war vorbei. Es war insgesamt banal, nur für den Einzelnen eine unfassbare Katastrophe.

Sie hörte die Stimme ihrer Mutter im Ohr. *Kein Grund, sentimental zu werden, Liebes.* Zumindest musste die gute Frau nicht mehr miterleben, wie das eintraf, was die Wahrsagerin ihrem einzigen Kind prophezeit hatte. Der butterweiche Kern im Innern ihrer robusten Schale hätte das nicht überstanden.

Valentinas Mutter hatte in ihren letzten Tagen kaum noch das Bett verlassen können, obwohl sie sich sehr nach dem

Draußen gesehnt hatte. Valentina hatte deshalb die Schlafstätte ihrer Mutter in den Wintergarten verlegt, wo der Garten und der Himmel durch das Glas zu sehen waren.

Im Gegensatz zu ihrer Mutter hatte Valentina eine Wahl, wie sie ihren letzten Tag verbringen würde. Sollte sie wirklich in den Schmetterlingspark gehen, um dort wie gewohnt zu arbeiten?

Nach kurzem Nachdenken erkannte sie, dass es genau das war, was sie wollte; Zeit mit den Schmetterlingen in ihrem Park verbringen und danach in Ginos Restaurant ein letztes Mal in all die vertrauten Gesichter blicken. Das bedeutete dann wohl, dass sie alles in allem ein recht zufriedenes Leben geführt hatte.

Sie hatte sich gerade angezogen – ihre übliche Uniform bestehend aus Leinenhose und Hemdbluse –, da überraschte sie das Läuten der Türklingel.

Nachdem sie geöffnet hatte, stand ihr zu ihrer Überraschung Carlo gegenüber.

»Willst du dich diesmal etwa verabschieden?«, fragte sie spöttisch. »Und ich dachte, einem alten Hund bringt man keine neuen Tricks mehr bei.«

»Woher weißt du …« Er verzog das Gesicht. »Tommaso hat dir erzählt, dass ich abreise, richtig?«

Sie zuckte mit den Schultern. »Du hättest deshalb nicht extra kommen müssen.«

»Valentina!« Seine Hände griffen nach ihren Oberarmen, umklammerten sie fest. »Diesmal ist es etwas anderes, das musst du mir glauben. Ich bin entschlossen, mit dir zu leben. Aber ich muss vorher noch einmal zurück zu meiner Frau, um es ihr persönlich zu sagen, verstehst du?«

»Ihr wart nie getrennt.«

Er lächelte. »Vermutlich lernt dieser alte Hund tatsächlich etwas langsamer als andere dazu.«

»Mhm.«

»Bitte, es ist mir ernst! Ich will, dass wir zusammen sind. Du hast mich damals schon tiefer berührt, als es mir lieb war. Ich wollte nicht weg von dir, aber ich musste gehen, wegen der Kinder.«

»Und jetzt?«

»Sie sind längst erwachsen und dabei, ihre eigenen Familien zu gründen. Es wird sie nicht stören. Meine Ehe ist reine Routine, der von Motten zerfressene alte Pullover, den man aus Gewohnheit nicht früher aussortiert hat.«

Es verschaffte ihr keinerlei Genugtuung, dass er sich diesmal offenbar für sie entschieden hatte. Stattdessen nahm sie ihm übel, wie er über eine Frau sprach, die so viele Jahre an seiner Seite ausgeharrt hatte.

»Und wie lange würde es dauern, bis der neue Pullover löchrig wird? Ach, Carlo. Du bist wie dieser Schmetterling, der sich von Tränen ernährt. Immer auf der Suche nach einem neuen, intensiven Gefühl – bis du die Frau ausgesaugt hast.«

Er kniff die Augen zusammen. »So siehst du mich?«

»So sehe ich dich. Lässt du jetzt bitte meine Arme los?« Für sie war die Sache erledigt, und eigentlich wollte sie ihr keine Aufmerksamkeit mehr widmen.

Er sah fassungslos aus, folgte aber ihrer Aufforderung. »Du willst mich nicht?«

»Nein«, erwiderte sie leise. »Ich will dich *nicht mehr*.«

»Weil du mich jetzt haben kannst?« Seine Augen funkelten vor Wut.

»Ach, Carlo, schließ nicht von dir auf andere. Das ist es nicht. Ich habe bloß etwas begriffen. Es ist zu spät.«

»Aber ... «

Sie legte den Zeigefinger an ihre Lippen, um ihn zum Schweigen zu bringen. »Endgültig zu spät. Lass uns keine Worte mehr vergeuden.«

Er sackte in sich zusammen, öffnete den Mund und schloss ihn wieder. Dabei glich er so sehr einem Fisch an Land, dass Valentina beinahe gelacht hätte. Carlo war es gewohnt, selbst den Takt vorzugeben, doch diesmal musste er einsehen, dass er nicht die Oberhand gewinnen würde. Und wie ein männlicher Atlasspinner ging er sparsam mit seiner Energie um. Er brauchte sie schließlich noch – für den nächsten Fortpflanzungsakt.

Am Ende nickte er betont gleichgültig. »Wie du meinst. Lass mich nur schnell den Libellenschwärmer holen.«

»Das wird nicht möglich sein. Er ist fort.«

»Fort?«

»Fort!« Mit ausgebreiteten Armen deutete sie eine flatternde Bewegung an.

Er musterte sie, als zweifelte er an ihrer Zurechnungsfähigkeit. Dabei fühlte sie sich vollkommen klar. »Ich habe den Kollegen nicht geglaubt, dass mit dir etwas nicht stimmt. Aber jetzt denke ich, dass sie recht haben«, presste er hervor.

Natürlich konnte er keine Niederlage einstecken, ohne eine letzte Spitze abzufeuern – und dann war er auch noch so feige, den Umweg über andere zu nehmen. Valentina konnte kaum fassen, dass sie diesem Mann einmal so viel Macht über ihr Leben gegeben hatte. Auch die Meinung ihrer ehemaligen Kollegen berührte sie nicht mehr.

»Ciao, Carlo.«

Nachdem er sich abgewandt hatte, warf sie sofort die Tür hinter ihm zu und lehnte sich mit dem Rücken dagegen. Erleichtert schloss sie die Augen. Sie hatte gerade gelernt, dass es nie zu spät war, einen Fehler zu begehen – aber auch nicht dafür, sich wieder anders zu entscheiden. Doch da waren auch Dinge, die sie nicht mehr klären konnte, Entscheidungen, die sich nicht rückgängig machen ließen, egal, wie sehr sie es bedauerte.

Ihr Blick fiel auf die Zeichnung eines Totenkopfschwärmers an der Wand im Flur. Wie viel Symbollast man Faltern wie ihm schon aufgebürdet hatte! Valentina ging unwillkürlich Hypnos, der Gott des Schlafes, mit seinen Schmetterlingsflügeln durch den Kopf. Was war der Tod denn anderes als der Zwillingsbruder des Schlafes?

Im Park nahm sie Abschied von den zarten Kreaturen, die ihr so viel bedeutet hatten. Die Angst war so stark wie am Morgen, doch zugleich lag etwas Befreiendes, fast Rauschhaftes darin, sich seiner Endlichkeit zu stellen. Sie stellte fest, dass die Zeit nicht so berechenbar verlief, wie es einem die Berechnung der Minuten und Sekunden vormachen wollte. Valentina erinnerte sich an unzählige zähe Stunden, aber die Jahre waren verflogen.

Jetzt gerade verging die Zeit wieder langsamer. Sie tropfte, zäh und süß wie Honig. Ihr war genügend davon übrig geblieben, um noch einmal Muster auf Flügeln zu studieren und in die Sonne zu schauen. Den Duft von feuchter Erde und frisch gebrühtem Kaffee zu riechen. Das sanfte Kitzeln der Beine eines Schmetterlings zu spüren, der sich auf ihrem Handrücken niedergelassen hatte. Und am Abend würde sie sich noch einmal den Geschmack *ihres* Risottos auf der Zunge zergehen lassen, bevor sie endgültig Abschied nahm, die Stimmen ihrer Gäste im Ohr.

Sie ging an diesem Tag etwas pünktlicher als sonst nach Hause, um sich in Ruhe umzukleiden. Sie strich mit der Bürste hundert Mal über ihr Haar, wie sie es als Kind auf Anraten ihrer Mutter getan hatte. Sie sah sich noch einmal in jedem Zimmer um und steckte das Hochzeitsfoto ihrer Eltern in die Handtasche, als sie ging.

Den Weg zum Restaurant legte sie barfuß zurück. Sie trug *ihr* Kleid. Die passenden Schuhe hielt sie in den Händen, damit sie bei jedem Schritt den Boden unter ihren nackten Fußsohlen spüren konnte, mit all seinen Unebenheiten. Die Sonne färbte sich rot, wärmte mit letzter Kraft Valentinas nackte Arme. Vor der Tür des Restaurants atmete sie noch einmal tief durch.

»Ciao bella. Bella ciao«, wisperte sie der Landschaft um sich herum zu.

Als sie den Raum betrat, wurde sie bereits erwartet – da waren Rosa, Gino, Tommaso und all die anderen. Sie sah in die vertrauten Gesichter und fühlte sich in diesem Moment selbst denjenigen verbunden, die für sie bislang eher am Rande ihrer Wahrnehmung existiert hatten.

Es waren auch junge Menschen gekommen. Alessio und andere Kinder ihrer alten Bekannten. Dicht neben Rosas Sohn saß Lilly. Die beiden wirkten vertraut miteinander. Valentina hatte von Lillys Partner gehört, auch wenn sie ihn selbst nicht gesehen hatte. In einem Ort wie diesem sprach sich alles herum. Der Mann war plötzlich aufgetaucht und nach kurzer Zeit wieder verschwunden. Hatte seine Abreise etwas mit Alessio zu tun? Vielleicht lag Rosa mit ihren Befürchtungen doch nicht ganz falsch. Und wenn schon. Alessio und Lilly waren nette Menschen. Sie hätten es schlechter treffen können.

Es war Valentina unangenehm, wie alle Blicke auf sie gerichtet waren. Am liebsten hätte sie sich sofort an den Tresen verdrückt, aber als Gastgeberin konnte sie sich nicht verstecken.

»Was mache ich denn jetzt?«, murmelte sie vor sich hin.

»Vielleicht solltest du etwas sagen?«, schlug Gino vor, der unbemerkt neben sie getreten war. »Sonst weiß keiner, was er tun soll. Sie sind es nicht gewohnt, deine Gäste zu sein.«

Sie sah ihn erstaunt an. »Was soll ich denn sagen?«

Er schmunzelte. »Es gibt doch einen Anlass für diese Feier – oder nicht? Erzähl ihnen, warum du sie eingeladen hast. Sprich darüber, wie du dich fühlst, nach einem halben Jahrhundert in unserem wunderbaren Ort.«

Ein halbes Jahrhundert. Ein ganzes Leben.

Aus den Lautsprechern erklang gedämpft das Musikstück »Caruso«. Es hatte immer schon an ihre verborgene, empfindsame Seite gerührt, an diesem Abend empfand sie es als herzzerreißend schön. Die Menschen waren zerstörerisch, aber wenn sie zugleich in der Lage waren, so etwas zu erschaffen, rechtfertigte dies vielleicht ihre Existenz.

Ihr Blick schweifte zu Tommaso. Plötzlich verspürte sie den Drang, ihn um einen letzten Tanz zu bitten. Aber wenn sie es täte, würde ihn ihr Verschwinden womöglich noch stärker verletzen. Seltsamerweise schien er immer noch etwas für sie zu empfinden.

Nun, da ihr die Gefühle für Carlo nicht mehr den Blick verstellten, erkannte sie endlich, warum sie die Sache mit Tommaso beendet hatte. In gewisser Hinsicht war von ihm die größere Gefahr ausgegangen. Mit ihm wäre es etwas Echtes gewesen. Vielleicht hätte sie die Insel dann nie verlassen, doch damals hatte sie sich mehr als alles andere nach einem Aufbruch gesehnt. Sie hatte ihre Gefühle für Tommaso nicht als Liebe erkannt, denn sie hatte nicht gewusst, wie leicht Liebe sein konnte. In den Büchern und Filmen wurde sie meistens anders dargestellt, als eine überdrehte Mischung aus Euphorie und Verzweiflung. Eine *Amour fou*. Mit Carlo war ihr Leben wie in einem dieser Filme gewesen. Aber seine Rückkehr hatte keinen Kreis geschlossen. Sie hatte Valentina bloß ein zweites Mal auf die falsche Fährte gelenkt.

Sie hatte sich immer so viel auf ihren gesunden Verstand eingebildet – und doch ausgerechnet Carlo zu ihrem Fixstern erkoren. Dabei war er nichts weiter als eine schnöde Leuchtreklame. Eine Lichtverschmutzung, die von den wahren Gestirnen ablenkte. Für Insekten endeten solche Täuschungen oft genug tödlich. Zu ihrem Unglück gab es kaum noch wirklich dunkle Flecken auf dieser Welt, an denen man einen klaren Blick auf Mond und Sterne hatte.

Valentina erinnerte sich plötzlich wieder an einen Urlaub in ihrer Kindheit. Ihre Eltern waren mit ihr in die südliche Toskana gereist. Sie hatten nicht einmal die eigene Region verlassen, doch für Valentina war die Reise aufregend genug gewesen. Sie hatten Siena besucht, heiße Quellen und Tuffsteindörfer erkundet. Am besten hatte ihr die Nacht am Monte Amiata, einem der dunkelsten Orte Italiens, gefallen. Ihr Vater hatte ihr versprochen, dass sie dort noch mehr

Sterne sehen würde als auf Elba. Sie hielten ein Mitternachtspicknick ab und reckten ihre Hälse, um zum silbernen Band der Milchstraße hinaufsehen zu können. Deren Leuchten war hier so deutlich zu erkennen, dass gerade die Bereiche auffielen, die nicht leuchteten. Wie Schattenrisse lagen Dunkelwolken aus interstellarem Staub und Gas vor dem helleren Nebel.

Vielleicht würde Valentina ja dorthin gehen, an der Seite ihrer Eltern. Einem konnte beinahe schwindelig werden, wenn man über die Wahrscheinlichkeit – eher die Unwahrscheinlichkeit – des menschlichen Lebens sinnierte. Alles hing davon ab, dass ausgerechnet jenes Spermium auf eben diese Eizelle traf.

Valentinas Periode war bis zuletzt regelmäßig gekommen, jeden Monat ein potenzieller Mensch verlorengegangen. Und wenn man einberechnete, dass es für die Befruchtung zusätzlich den Samen eines Mannes brauchte, der bei seinem Orgasmus Millionen von Spermien ausstieß … dann handelte es sich nicht nur um einen, sondern um eine kaum zählbare Summe potenzieller Menschen. Valentina hatte es nur selten ernsthaft bedauert, keinen von ihnen aufwachsen zu sehen. Erst seit kurzem fragte sie sich, wie es gewesen wäre, hätte sie sich anders entschieden.

Schluss, Valentina!

Sie hatte ihre Entscheidungen getroffen, weil sie war, wer sie war, und niemand anders sein konnte oder wollte. Damit hatte es sich. Und jetzt war es ohnehin zu spät.

Sie sah wieder zu Tommaso. Er schillerte nicht, dafür ging von ihm ein beständiges Leuchten aus. Vielleicht hätte sie es eher bemerkt und wäre rascher über Carlo hinweggekommen, wenn die Vorhersage nicht dazwischengekommen wäre, die vielen Zukunftsvorstellungen den Garaus gemacht hatte. Andererseits hätte sie ohne ihren Rückfall womöglich nicht erkannt, dass man sich bis zur letzten Sekunde für das Leben entscheiden konnte. Carlo war der Katalysator dafür gewesen.

Sie lächelte. Und plötzlich fiel es ihr leicht, die Stimme zu erheben. Valentina sprach zu ihren Gästen über das Glück und die Dankbarkeit, mit ihnen an diesem Ort zu leben. Sie erklärte, warum es unbedingt nötig war, nach jedem Zipfel Schönheit zu greifen, der in Reichweite kam, rief aber zugleich dazu auf, den Zauber der Normalität nicht zu unterschätzen. Es wurde eine emotionale Rede, mit der Valentina sich selbst genauso überraschte wie die Anwesenden. Erst als sie geendet hatte, überkam sie ein Anflug von Verlegenheit, den sie jedoch schnell wieder beiseiteschob. Es war egal, was die anderen von ihr dachten, schließlich würde sie keinen von ihnen wiedersehen. Mit diesem Wissen mischte sie sich unter die Gäste, umarmte die verwirrte Rosa, drückte auch Gino an sich und plauderte angeregt mit jedem Menschen, der ihr in die Quere kam. Nur Tommaso ging sie so weit wie möglich aus dem Weg. Ihn wollte sie sich für später aufheben, denn sie hatte einen letzten egoistischen Entschluss gefasst.

Ihr Herz klopfte viel zu schnell. Nicht nur aus Angst vor dem, was in dieser Nacht geschehen würde, sondern auch, weil sie ihre neue Sichtbarkeit mehr genoss, als sie es jemals für möglich gehalten hatte. Es war kurz vor Mitternacht, als sie Gino bat, noch einmal »Caruso« zu spielen. Dann trat sie von hinten auf Tommaso zu, tippte ihn auf die Schulter.

Er fuhr herum. Als er sie erkannte, lächelte er. »Valentina! Was für eine schöne Feier.«

»Möchtest du mit mir tanzen?«

Er sah sich verwirrt im Raum um. Es gab keine Tanzfläche, und niemand sonst tanzte.

»Möchtest du?«, fragte sie noch einmal.

Er strahlte übers ganze Gesicht. »Nichts lieber als das, Valentina.« Er nahm sie in die Arme, und sie wiegten sich im Takt der Musik.

Bestimmt starrten alle sie an, doch sicher wusste Valentina es nicht, denn sie hielt die Augen geschlossen. Sie spürte seine Wange an ihrer, sog seinen Duft ein – nach Zedernholz, Melisse und Erde.

Mit einem Mal wurde die Musik in ihren Ohren leiser. Um sie herum verschwamm alles. Ihre Beine gaben nach. Sie sackte in Tommasos Armen zusammen. Von irgendwoher hörte sie gedämpft einen Schrei. »Mama!« Hatte sie selbst ihn ausgestoßen? In ihren letzten Sekunden riefen die Menschen nach ihrer Mutter, so sagte man.

Valentina

Ich werde nicht sterben?«

»Doch, natürlich«, erwiderte Dottore Brambilla, der mit dem Stethoskop in der Hand auf ihrer Bettkante saß.

Valentina richtete sich ruckartig auf.

»Aber nicht jetzt«, fuhr er vergnügt fort.

»Wieso nicht?«

»Würdest du denn gerne?«

Sie kannten sich, seit er ein ganz junger Arzt und sie ein kleines Mädchen gewesen war. Er hatte geholfen, sie von der Feier nach Hause zu bringen.

»Jetzt gerade schon, um ehrlich zu sein.« Sie zog die Bettdecke bis zu ihrer Nasenspitze hoch. Oh, diese Scham! Der gestrige Abend war ihr nur wegen ihrer Überzeugung gelungen, die Menschen nie wiederzusehen. Wenn sie nicht tot umfiel, war es nichts weiter als eine pathetische, erbärmliche, lächerliche Inszenierung gewesen.

»Das muss dir doch nicht peinlich sein«, sagte Brambilla. »Ein kleiner Schwächeanfall, nichts weiter. Das kann jedem passieren. So ausgelassen wie gestern habe ich dich noch nie gesehen. Um ehrlich zu sein, dachte ich zuerst, du hättest ein bisschen zu viel …« Er setzte eine imaginäre Flasche an den Mund. »Aber Giovanni meinte, dass du so gut wie keinen Alkohol zu dir genommen hast.«

Valentina seufzte. »Ich habe nur zwei Gläser Wein getrunken.«

Gerade die richtige Menge, um die Angst zu dämpfen, aber trotzdem noch alles bei klarem Verstand zu erleben.

»Was hattest du denn gegessen?«

»Jetzt, wo ich darüber nachdenke … nichts, außer ein wenig Risotto am Abend.«

»Kein Wunder.«

»Ich war wohl zu aufgeregt«, murmelte sie.

Es war faszinierend und schrecklich zugleich, wie leicht ein Gehirn seinen Besitzer austrickste. Ihres hatte wohl kurzerhand dem Körper befohlen, seine Funktionen zumindest für den Moment herunterzufahren, da sie so überzeugt davon gewesen war, zu sterben.

»Schön. In Zukunft bist du hoffentlich vernünftiger.« Er wühlte in seiner Tasche. »Ich habe hier noch einen Schokoriegel. Ein bisschen Zucker wird dir guttun.«

Misstrauisch betrachtete sie das verformte Ding.

Brambilla rollte mit den Augen. »Sei nicht so wählerisch. Er hat vielleicht etwas Wärme abbekommen und ist dabei geschmolzen. So, und jetzt muss ich weiter. Draußen warten übrigens ein paar Menschen, die dich sehen wollen.«

»Wer denn?«

»Tommaso, Rosa und die junge Frau, die bei dir arbeitet.«

Überrascht sah sie ihn an. »Lilly ist hier?«

Er nickte. »So heißt sie wohl. Aber lass es ruhig angehen. Ich werde sie bitten, dich nicht gleichzeitig zu überfallen. Wen soll ich zuerst hereinbitten?«

Am liebsten niemanden. Valentina seufzte. Sie wusste, dass Feigheit sie nicht weiterbrachte. Irgendwann musste sie sich den anderen wieder stellen. Besser, sie brachte es sofort hinter sich. »Rosa«, sagte sie schließlich. »Rosa soll zuerst kommen.«

Es wäre nicht das erste Mal, dass sie einen peinlichen Moment miteinander durchstehen würden, auch wenn es eine Weile her war, dass sie durch dick und dünn gegangen waren.

»Danke für die Mühe, Dottore«, fügte sie hinzu.

Brambilla schnaubte. »Schon gut. Jetzt trink erst mal das Wasser aus, das ich dir hingestellt habe, und iss den Riegel.«

»Was machst du denn für Sachen?«, rief Rosa, kaum dass sie eingetreten war.

Sie sah so aufrichtig verstört aus, dass Valentina ein paar Tränen aus den Augen quollen.

»Was ist denn mit dir los? Ich habe dich zuletzt weinen gesehen, als … « Rosa stockte, als ihr einfiel, von welcher Zeit sie sprach. »Hat er es wieder getan, der Mistkerl? Hat er sich aus dem Staub gemacht?«

Valentina krächzte. »Ich habe ihn weggeschickt. Das ist es nicht. Es ist viel, viel peinlicher. Ich kann es dir nicht sagen.«

»Nun sag schon. Ich werde es nicht weitererzählen.«

Valentina hob die Augenbrauen. Rosa war eine der größten Tratschtanten im Ort.

»Versprochen. Glaub mir, ich kann ein Geheimnis wahren, wenn ich es will.«

Wirklich überzeugt war Valentina nicht. Aber es half nichts. Sie musste endlich jemandem anvertrauen, was die Wahrsagerin ihr damals vorhergesagt hatte. Sonst würde sie platzen.

Die Augen ihrer Zuhörerin weiteten sich, je länger Valentina sprach. Am Ende hielt sich Rosa die Hand vor den

Mund, allerdings nicht vor Schreck, wie sich bald herausstellte, sondern um ein Lachen zu unterdrücken. Es gelang ihr nur für ein paar Sekunden, dann prustete sie los. »Das ist doch nicht wahr, oder?«

Als sie Valentinas Blick sah, wurde sie wieder ernst. »Oh mein Gott, Valentina. Davon hast du dir dein Leben ruinieren lassen? Ausgerechnet du, die Vernünftige?«

»Ruiniert? Das ist ein zu starkes Wort«, murmelte sie. Außerdem stimmte es nicht. Gestern Abend erst hatte sie erkannt, wie viel an ihrem bisherigen Leben gut gewesen war.

»Aber dir muss doch klar sein, warum sie das gesagt hat. Bestimmt wollte sie dich nur ein wenig ärgern, wegen ...«

»Wegen was?«

»Du weißt es wirklich nicht, oder?«

Langsam verlor Valentina die Geduld. »Herrje, worüber sprichst du?«

Rosa kratzte sich erst an der Nase, dann am Oberarm. Dabei blickte sie aus dem Fenster, als wäre dort etwas Faszinierendes zu sehen.

»Rosa!«, fauchte Valentina.

»Also schön. Dein Vater hatte eine Affäre mit ihr. Soweit ich weiß, war es nur ein kleiner Ausrutscher, aber Violetta hatte sich wohl mehr erhofft. Das muss zu der Zeit gewesen sein, als sie dir die Vorhersage gemacht hat. Wahrscheinlich war sie noch wütend und hat es an seiner Tochter ausgelassen.«

»Wie kommst du denn auf so etwas?«

»Meine Eltern haben darüber gesprochen, als sie einmal dachten, dass ich nicht hinhöre. Alle wussten es.«

»Aber ...« *Sie waren doch viel zu alt für so etwas.* Sie dachte kurz darüber nach und stellte fest, dass ihre Eltern zu der Zeit sogar noch ein paar Jahre jünger gewesen waren als Valentina jetzt. Violetta und ihr Vater? Sie konnte es nicht glauben. Valentina hatte ihre Mutter geliebt, aber ihren Vater vergöttert. Er war kurz nach Valentinas siebenundzwanzigstem Geburtstag gestorben. Damit hatte er seiner Tochter das Herz gebrochen – und seiner Frau. Valentinas Mutter hatte nach außen hin weiter funktioniert, weil sie eben ein Mensch war, der *einfach so weitermachte*. Doch unter der Oberfläche hatte sich Valentinas Mutter von allem zurückgezogen. In dieser Zeit war es Valentina so vorgekommen, als hätte sie auch ihre Mutter verloren. Jede Unterhaltung mit ihr war zum Selbstgespräch geworden.

Sie musste ihrem Mann also verziehen haben, falls an Rosas Behauptungen etwas dran war. Valentina wollte es nicht glauben. Ihre Eltern waren trotz ihrer Gegensätze ein harmonisches Paar gewesen, im Grunde nur als Einheit denkbar. Doch je länger sie nachdachte, desto mehr Bilder fand Valentina am Rande ihrer Erinnerung, die zu Rosas Aussage passten. Ihre Mutter, die das Geschirrspülen unterbrach, um melancholisch aus dem Fenster zu blicken, Tränen in den Augen. *Nur eine Wimper, nichts weiter.*

Valentina hatte Ausreden wie diese hingenommen, ohne an ihnen zu zweifeln. Kinder vermuten bei ihren Eltern kein nennenswertes Leben außerhalb ihrer Rollen innerhalb der Familie. Valentina hatte nur ihren eigenen Kummer gesehen. Jetzt wünschte sie sich, sie wäre achtsamer gewesen. *Ach, Mama.*

»Wie konnte Violetta so etwas nur tun? Sie war nicht bei der Feier, fällt mir gerade auf. Wahrscheinlich schämt sie sich.«

»Valentina ...«, begann Rosa vorsichtig. »Ich glaube nicht, dass sie sich überhaupt noch daran erinnert. Sicher hat sie ihrer Vorhersage nicht die gleiche Bedeutung beigemessen wie du. Sie wollte dich bestimmt nur ein bisschen verletzen, weil sie deinen Vater nicht mehr greifen konnte.«

Valentina ächzte. »Ich könnte ihr an die Gurgel gehen.«

»Ich auch.« Rosa legte ihre Hand auf die ihrer alten Freundin. »Tut mir leid, was du durchgemacht hast.«

Valentina sah überrascht auf. Wann hatten sie einander das letzte Mal berührt? Sie konnte sich nicht daran erinnern. »Du kannst doch nichts dafür.«

»Mhm.«

»Wirst du etwa sentimental?«

Rosa zog die Hand zurück. »Unsinn, du dumme Nuss. Und jetzt muss ich los.«

Bevor sie den Raum verließ, drehte sie sich noch einmal zu Valentina um. »Ich bin übrigens sehr froh, dass du nicht gestorben bist.«

Valentina schämte sich jetzt nicht mehr nur, sondern sie war auch wütend. Hätten sich ihre Beine nicht immer noch wie eine knochenlose, gummiartige Masse angefühlt, wäre sie auf der Stelle zu Violetta marschiert, um ihr die Meinung zu sagen. Was für eine Gemeinheit! Vielleicht war Valentinas Leben durch die Prophezeiung nicht *ruiniert* worden, doch es war hinter seinen Möglichkeiten zurückgeblieben.

Valentina ballte die Fäuste – und öffnete sie wieder. Leider konnte sie die Verantwortung für dieses Desaster nicht allein Violetta zuschieben. Es waren vor allem Valentinas eigene Entscheidungen, die ihr Leben gelenkt hatten – wenngleich sie unter falschen Voraussetzungen getroffen worden waren. Sie hätte die Vorhersage zumindest anzweifeln können, statt sich hineinzusteigern. Oder sie zum Anlass nehmen, sich keine Gelegenheit entgehen zu lassen. Stattdessen hatte sie sich abgekapselt, als wäre schon alles vorbei.

Violetta hatte sicher nicht geahnt, wie viel Macht ihre Worte entfalten würden. Doch es war boshaft genug gewesen, sie auszusprechen. Valentina würde ihr nicht die Genugtuung geben, sich noch wichtiger zu fühlen, als sie es ohnehin schon tat, indem sie einen Streit anfing. Stattdessen würde sie Violetta in Zukunft einfach ignorieren. Der Bann war gebrochen.

Allerdings würde sie noch eine ganze Weile an der Affäre ihres Vaters zu knapsen haben. Es traf sie, dass jeder andere hier anscheinend darüber Bescheid gewusst hatte. Wie demütigend musste es erst für ihre Mutter gewesen sein!

Valentina fragte sich, ob sie ihre Eltern überhaupt wirklich gekannt hatte. Vermutlich nicht in allen Facetten, genausowenig wie sich selbst, aber sie hatten ihrer Tochter eine Gewissheit hinterlassen – von ihnen aufrichtig geliebt worden zu sein. Mehr konnten Eltern kaum tun.

Es klopfte. Bevor Valentina reagieren konnte, öffnete sich die Tür einen Spalt, und Lilly lugte herein. »Darf ich?«

Valentina nickte. »Komm rein.« Es beschämte sie ein wenig, weil die junge Frau so besorgt aussah. Und da war noch etwas. Es hatte mit Lillys Stimme zu tun. Sie rief eine diffuse Erinnerung wach, die Valentina nicht genau greifen konnte.

»Wie geht es dir?«, fragte Lilly.

»Gut. Nur ein kleiner Schwächeanfall, sagt der Arzt.« Sie

deutete auf den Stuhl neben ihrem Bett. »Hast du etwa die ganze Zeit bei mir vor der Tür gesessen?«

Lilly nickte.

»Das hättest du nicht tun sollen.« Sie lächelte. »Andererseits habe ich als Chefin wohl nicht ganz versagt, wenn eine Mitarbeiterin sich derart um mein Wohlergehen sorgt.«

»Eine Mitarbeiterin.« Lilly verzog das Gesicht, als hätte sie Schmerzen. Sie wühlte eine Weile in ihrem Rucksack, dann hielt sie Valentina ein Buch mit angestoßenen Ecken und verblichenem Einband vor die Nase. »Hier!«

Valentina griff nach dem Buch. Als sie es erkannte, begann sie mit ungläubiger Miene durch die Seiten zu blättern. »Aber das ist ja ... Woher hast du das?«

»Erinnerst du dich, wie ich dir erzählt habe, dass meine Eltern mich adoptiert haben? Meine richtige Mutter hat das Buch damals im Krankenhaus vergessen, als sie ohne mich abgehauen ist.«

»Deine Mutter?«

»Ja, genau. Unglaublich, oder?« Lilly klang verärgert.

»Ich verstehe nicht ...« Doch nach und nach setzte sich in Valentinas Kopf ein Bild zusammen. Der Schmetterlingsführer. Das vertraute Muttermal in Lillys Nacken.

Langsam ließ Valentina das Buch sinken. »Du warst es, die *Mama* gerufen hat. Du dachtest ...« Wieder einmal rang sie nach Worten. »Deshalb bist du hier und hast den Job angenommen?«

Lilly nickte, das Kinn trotzig erhoben, obwohl sie aussah, als würde sie gleich in Tränen ausbrechen. »War es ein Fehler von mir zu kommen?«

Valentina schluckte. »Das weiß ich nicht, Lilly. Ich bin es

nicht. Ich bin nicht deine Mutter. Ich habe nie ein Kind bekommen.«

Ihr Gegenüber blinzelte. »Aber es ist *deine* Schrift. Ich habe es überprüft. Deine Name steht darin, sogar der Ort. Und dann die Schmetterlinge. Von wem sollte es sonst sein?«

»Deshalb hast du mich den ganzen Kram aufschreiben lassen.« Wider Willen bewunderte Valentina Lillys Zielstrebigkeit.

Lilly nickte. »Ich konnte dir schlecht Blut für eine DNA-Analyse abzapfen.« Ein zittriges Lächeln huschte über ihr Gesicht. »Obwohl ich darüber nachgedacht habe.«

Valentina lachte heiser. »Autsch. Es tut mir so leid, dich enttäuschen zu müssen. Das Buch hat einmal mir gehört, in dem Punkt hast du recht. Aber die Schlussfolgerung ist falsch. Ich habe es jemandem gegeben.«

»Wem?«, presste Lilly hervor.

»Dem Mann, den ich für deinen Vater halte.« Er hatte das gleiche auffällige Muttermal wie die junge Frau vor ihr.

»Mein Vater? Wer ist es?«

Valentina schwieg.

»Ich habe ein Recht darauf, es zu erfahren«, beharrte Lilly.

»Da stimme ich dir zu. Aber trotzdem ist es nicht an mir, es dir zu sagen. Lass mich zuerst mit ihm sprechen, einverstanden?«

Valentina versetzte es einen Stich zu sehen, wie Lilly unglücklich in sich zusammensackte. Beinahe wäre sie doch mit der Sprache rausgerückt. Wen interessierte es, ob Carlo einen Schock erlitt, wenn er unerwartet mit einer weiteren Vaterschaft konfrontiert wurde? Andererseits konnte Valentina nicht vorhersehen, wie er reagieren würde. Sie würde erst einmal schweigen und ihn zur Rede stellen – nicht aus Sorge um seine Befindlichkeiten, sondern um Lilly.

»Wie kommt es, dass du dich gerade jetzt auf die Suche nach deinen Eltern gemacht hast und nicht schon früher?«

»Ich wusste bis vor kurzem nicht, dass meine Eltern in Hamburg mich adoptiert haben.«

»Sie haben es dir jetzt erst gesagt?«

»Sie hatten keine Wahl. Ich war so krank, dass ich beinahe gestorben wäre. Dabei hat sich gezeigt, dass ich die Einzige in der Familie bin, die den Rhesusfaktor negativ hat. AB negativ. Das ist äußerst selten.«

Valentina wand sich. Hier saß eine junge Frau, die ebenfalls gedacht hatte, sie würde sterben – und das nicht wegen einer lächerlichen Prophezeiung.

»Du wirst also mit ihm reden?«, fragte Lilly.

»Ja. Und falls sich mein Verdacht bestätigt, erfährst du von mir, wer es ist. Wenn du es wirklich willst. Aber bitte warte ein paar Tage. Es ist immer noch möglich, dass ich mich irre.« *Möglich, aber unwahrscheinlich.*

Lilly seufzte. »Wahrscheinlich kommt es auf ein paar Tage mehr oder weniger jetzt auch nicht mehr an.«

»Gut.«

»Und meine Mutter?«

»Ich habe wirklich keine Ahnung.«

Sie reimte sich zusammen, dass Carlo eine Frau geschwängert und sie im Stich gelassen haben musste. Aber wie war sie an Valentinas Buch gekommen?

»Wann wurdest du genau geboren? Es steht in deinen Unterlagen, aber ich habe es mir nicht gemerkt.«

»Am 5. März 1996.«

Dann hatte Carlo wirklich keine Zeit verloren, dachte Valentina bitter. Sie hatte all die Jahre angenommen, das schlechte Gewissen habe ihn zurück zu seiner Frau getrieben, doch er hatte umgehend eine andere geschwängert. Trotzdem erklärte all das nicht, wie das Buch nach Hamburg gelangt war. Hamburg! Beinahe hätte Valentina sich mit der Hand gegen die Stirn geschlagen. Eine geheimnisvolle Italienerin in einem deutschen Krankenhaus. Wie hatte sie, eine Forscherin, so blind sein können?

»Ich sage dir Bescheid, sobald ich mehr weiß«, sagte sie.

»Okay, danke. Dann verschwinde ich jetzt erst mal, damit du zur Ruhe kommst. Der Arzt meinte, wir sollen dich nicht aufregen.« Lilly sah zerknirscht aus. »Aber ich habe es nicht mehr ausgehalten.«

»Schon gut. Was für eine Geschichte! Jetzt verstehe ich all die Anspielungen, die du bei unserem Ausflug auf den Berg gemacht hast. Es tut mir leid, was du durchgemacht hast. Aber zumindest hast du Glück mit deinen Adoptiveltern gehabt, wie es scheint.«

Lilly biss sich auf die Unterlippe. »Das stimmt. Ich hatte großes Glück. Trotzdem habe ich das Gefühl, jemand hätte meine Wurzeln gekappt.«

Nachdem sie sich verabschiedet hatte, trat Tommaso ins Zimmer. Bei seinem Anblick wurde Valentina erneut von Scham, aber auch von Freude durchflutet.

Er setzte sich auf den Stuhl neben ihrem Bett und sah sie mit undurchdringlicher Miene an. »Was ist da gestern Abend passiert?«

»Ich bin umgekippt.«

»Ist mir aufgefallen. Es war vermutlich nicht mein Charme, der dich umgehauen hat. Bist du krank, Valentina?«

Sie schüttelte den Kopf. »Der Arzt sagt, ich hätte zu wenig gegessen und getrunken. Ich war wohl aufgeregt wegen der Feier.«

»Ist das wirklich alles?«

»Mach dir keine Sorgen.« Sie wich seinem Blick aus. Irgendwann würde sie ihm alles erzählen, aber zuerst musste sie etwas anderes erledigen. Sie ließ ihre Füße kreisen und wackelte mit den Fingern, um ihren Kreislauf wieder in Schwung zu bringen. »Und jetzt würde ich gerne aufstehen.«

»Vergiss es! Der Arzt hat gesagt, du sollst dich ausruhen. Du bleibst liegen.« Er lächelte. »Es war übrigens eine wunderbare Feier. Jedenfalls solange die Gastgeberin auf zwei Beinen stand. Bereust du irgendetwas?«

Sie wusste, dass er von dem Tanz sprach. »Nein. Aber können wir ein anderes Mal darüber reden? Ich muss dringend etwas erledigen. Also hör auf, mich rumzukommandieren, und hilf mir beim Aufstehen.«

Er musterte sie zweifelnd. »Das halte ich für keine gute Idee. Du siehst blass aus. Was, wenn du wieder umfällst?«

»Himmel, das klingt ja, als sei ich irgendeine lächerliche Madame, die ein Riechsalzfläschchen benötigt. Im Moment brauche ich nur einen kräftigen Arm, um mich abzustützen. Tommaso?«

Er seufzte. »Falls ich es nicht tue, wirst du es ja doch alleine versuchen.«

Sie zog sich an seinem Arm aus dem Bett. Er hielt sie fest, bis sie ausreichend Halt auf ihren eigenen Beinen fand. Von außen musste dieses Rumgeeiere wie eine ungelenke Parodie ihres gestrigen Tanzes aussehen. Ihr wurde bewusst, dass sie sogar noch das Kleid von gestern trug und ihr Körper Schweiß und Knoblauch ausdünstete. Hastig machte sie sich von ihm los. Sie brauchte dringend eine Dusche und frische Kleidung. »Danke. Den Rest bekomme ich alleine hin.«

Er öffnete den Mund, um ihr zu widersprechen, doch sie schüttelte den Kopf.

»Nicht jetzt. Wir werden reden, versprochen, aber nicht jetzt.«

»Dann lass mich zumindest im Wohnzimmer warten, bis du heil aus dem Badezimmer gekommen bist. Um meinetwillen. Sonst mache ich mir für den Rest des Tages Sorgen.«

»Einverstanden.« Es wäre sinnlos gewesen, ihm zu widersprechen. Sie würde nur Zeit vertrödeln. Trotz seiner sanften Art war er so unnachgiebig wie sie selbst, wenn er von etwas überzeugt war.

Sie war immer noch wackelig auf den Beinen, als sie ins Badezimmer ging, aber sie bemühte sich, die Bewegungen so kontrolliert wie möglich auszuführen, damit Tommaso sie nicht doch noch ans Bett fesselte. Wobei … Ihr entfuhr ein albernes Kichern, bis der Blick in den Spiegel allen Phantasien einen Dämpfer verpasste. So hatten die anderen, so hatte Tommaso sie gesehen? Dunkle Augenringe und zerlaufene Wimperntusche. Ihr Haar war zerzaust. Sie sah aus wie Frankensteins Braut.

Aber mit solchen Äußerlichkeiten konnte sie sich gerade nicht aufhalten. Eine schnelle Dusche würde das Gröbste richten. Erst warm, dann kalt, damit sie wieder in die Gänge kam. Die Vermutung, die sich in ihr festgesetzt hatte, war so unfassbar, dass sie ihr sofort nachgehen musste.

VALENTINA

*D*u bist schon wieder auf den Beinen?« Rosa sah überrascht aus.

»Lässt du mich rein?«

»Natürlich. Komm rein. Aber solltest du dich nicht noch ein wenig schonen?«

Valentina kniff die Augen zusammen. »Ich glaube, du hast vergessen, mir etwas zu erzählen.«

»Was meinst du?«

»Es betrifft Carlo. Und Lilly.« Sie legte das Buch auf der Kommode im Flur ab. »Erkennst du es?«

»Was ist das?« Rosas Blick huschte nervös hin und her.

»Schau es dir doch noch einmal genauer an. Vielleicht erinnerst du dich dann.«

Rosa schüttelte den Kopf. »Was soll ich damit? Ich interessiere mich nicht für Schmetterlinge.« Ihre angespannte Körperhaltung verriet sie, genau wie das Flackern in ihren Augen.

»Es ist meins«, erklärte Valentina. »Irgendjemand hat es 1996 in einem Krankenhaus in Hamburg liegenlassen. Kurz davor hatte ich es Carlo geschenkt.«

»Woher hast du es dann?«

»Lilly hatte es bei sich.«

Rosa zuckte zusammen. »Und?«

»Sie wurde adoptiert. Ihre Mutter hat sie im Krankenhaus zurückgelassen. Ich nehme an, dass Carlo ihr Vater ist. Sie haben das gleiche auffällige Muttermal im Nacken.«

Rosa starrte ins Leere.

»Du wusstest es!«, presste Valentina hervor.

»Ich weiß nicht, was du meinst.«

»Deshalb warst du so besorgt, dass Alessio mit Lilly anbandeln würde.«

»Worüber sprichst du? Der Arzt hat recht, du solltest im Bett bleiben. Ich glaube, du bist verwirrt.«

Valentina schüttelte den Kopf. »Mir geht es blendend. Und ich habe lange nicht mehr so klar gesehen. Hast du eigentlich noch Kontakt zu deinen Verwandten in Hamburg? Damals hast du ein halbes Jahr bei ihnen verbracht, wenn ich mich recht erinnere.«

»Ich weiß wirklich nicht …«

»Hör auf!«

Alessio wankte in den Flur, nur mit Boxershorts und einem T-Shirt bekleidet. Er rieb sich schlaftrunken die Augen. »Oh, hallo, Valentina, geht es dir gut?«

Sie hatte ihren Angestellten für den Tag nach der Feier freigegeben – ohne ihnen zu sagen, dass es eine dauerhafte Schließung des Parks sein würde.

»Mir geht es bestens«, fuhr sie ihn an.

Alessio zog die Augenbrauen hoch.

Valentina atmete tief durch. »Entschuldigung. Es ist wirklich alles gut. Ich würde nur gerne kurz mit deiner Mutter reden.«

Rosa kratzte ihren nackten Unterarm so energisch, dass davon Spuren bleiben würden. »Du solltest jetzt besser gehen, Valentina. Egal, was du dir da zusammenreimst, es ist Unsinn.«

»Soll ich dir sagen, was ich mir zusammenreime? Jetzt und hier? Vor Alessio?«

Seine Augen weiteten sich. »Was ist denn los? Habe ich etwas verpasst?«

Die Reaktion seiner Mutter räumte bei Valentina die letzten Zweifel aus. Rosa sah sich panisch um, als suchte sie einen Fluchtweg. »Nicht hier. Wir gehen eine Runde, komm!« Sie schlüpfte hastig in ein Paar Slipper, dann wandte sich noch einmal ihrem Sohn zu. »Wir schnappen ein wenig frische Luft, um den Kater auszukurieren. Ich habe Brötchen zum Frühstück gebacken. Sie sind in der Küche.«

»Okay«, murmelte Alessio. »Na dann.«

Valentina ließ Rosa gerade noch ausreichend Zeit, die Tür hinter sich zu schließen, bevor sie wieder loslegte. »Verplemper nicht meine Zeit mit irgendwelchen Ausflüchten. Du bist Lillys Mutter. Und Carlo ist ihr Vater. Du schuldest mir eine Erklärung.«

»Das geht dich nichts an«, widersprach Rosa, ohne Valentina dabei in die Augen zu sehen.

»Soweit ich weiß, war er damals *mein* Freund.«

Rosa setzte zu einem erneuten Protest an, doch dann sackte sie in sich zusammen, als wäre alle Luft entwichen. »Also ist sie es wirklich? Ich war mir nicht sicher, aber ich habe es mir gedacht. Hamburg, dieses auffällige Muttermal, und sie hat seine Augen.«

Valentina dachte darüber nach. Wie hatte sie es übersehen können? Lilly hatte tatsächlich Carlos Augen und genau wie er eine kleine Kerbe am Kinn.

»Erzählst du es mir«, bat Valentina etwas sanfter, als sie sah, dass Rosa den Tränen nahe war. »Bitte!«

»Also gut, du gibst ja doch keine Ruhe.«

Hamburg, März 1996

Niemand fragte sie, ob sie das Baby halten wolle, wozu auch? Die Hebamme wickelte das winzige Mädchen in ein Handtuch und trug es hinaus, ohne ein weiteres Wort an die junge Frau zu richten, die inmitten aller erdenklichen Körperflüssigkeiten regungslos dalag.

Man war nicht zimperlich mit ihr umgegangen, auch hatte sie kaum ein beruhigendes Wort zu hören bekommen. Vielleicht hatte man geglaubt, dass es keinen Sinn hatte, mit ihr zu reden, wo sie doch so schlecht Deutsch sprach. Dabei hätte sie in den vergangenen Stunden viel für eine freundliche Stimme gegeben, um ihr durch diese Sache hindurchzuhelfen, selbst wenn sie die Worte nicht verstanden hätte.

Wahrscheinlich fand das Personal aber auch, dass sie einer solchen Zuwendung nicht wert war. Schließlich wussten alle, dass sie das Krankenhaus am Ende ohne dieses verknautschte Etwas verlassen würde, das sie gerade unter animalischen Lauten in die Welt gepresst hatte. Die jämmerlichen Katzenlaute des Mädchens, die von draußen noch zu hören waren, beantwortete ihr geschundener Körper, dieser Verräter, mit einem penetranten Ziehen. Schon während der vergangenen Monate hatte er sich nicht mehr wie ihr eigener angefühlt. Auch deshalb war sie erleichtert, dass sie nicht mehr die Last des geheimnisvollen Wesens in ihrem Innern tragen musste, das in letzter Zeit diese mit einem Mal plumpe Hülle gesteuert hatte.

Rabenmutter. Ihrer Verwandtschaft galt *La Famiglia* als etwas Heiliges. Nach dem ersten Schrecken hatte ihre Mutter sogar vorgeschlagen, das Enkelkind wie ihr eigenes aufzuziehen, wenn es nur nicht weggegeben würde.

»Sie werden eine Weile tratschen, sich dann aber damit abfinden. Willst du uns nicht doch erzählen, wer der Vater ist? Hat er dir irgendetwas angetan? Ist es das?«

Die Augen ihrer Mutter hatten beinahe hoffnungsvoll geschimmert. Sie dachte wohl, es wäre besser, genötigt zu werden, als freiwillig zu *sündigen.*

»Nein, Mama«, hatte sie ehrlich erwidert. »Niemand hat mir etwas angetan. Und ich werde das Kind vielleicht bekommen, es aber nicht behalten. Es ist sinnlos, den Vater zu benachrichtigen.«

Die Familie, um die er sich kümmern wollte, hatte der Erzeuger bereits vor Jahren gegründet, wie sie nun wusste. Es machte ihr nichts aus. Sie war nicht in ihn verliebt. Sie kannte ihn ja kaum. Weder wollte sie diesen Mann heiraten noch sein Kind großziehen.

Sie hatte ihn allerdings gebeten, den kleinen Wurm in seine Familie aufzunehmen. Durchflutet von Schwangerschaftshormonen hatte sie sich doch ein wenig um das Baby gesorgt. Über Umwege war es ihr gelungen, ihn ausfindig zu machen, und sie schrieb einen Brief an seine Arbeitsadresse an der Uni.

Kurz darauf rief er bei ihr an. Er habe gewiss nicht vor, seine sensible Frau mit einem *kleinen Fehltritt* zu konfrontieren. Damit war die Sache für ihn erledigt. Er konnte es sich erlauben, nicht weiter darüber nachzudenken, denn es war ja nicht sein Körper, in dem dieses neue Leben heranwuchs. Nicht er hing andauernd auf der Toilette fest, weil er kaum einen Bissen bei sich behalten konnte. Und niemand schien es für herzlos zu halten, dass *er* mit dem Kind nichts zu tun haben wollte.

Sie würde es natürlich zur Welt bringen. Alles andere schien undenkbar, wenn man dieses winzige italienische Bergdorf, in dem die Kirche das imposanteste Gebäude war, höchstens für einen kurzen Urlaub verlassen hatte. Sie wusste nicht einmal, an wen sie sich hätte wenden können, um es loszuwerden.

Sie bat ihre Mutter, niemandem außerhalb der Familie von der Schwangerschaft zu erzählen. Als sich ihr Bauch rundete, wurde ihr klar, dass sie nicht auf der Insel bleiben konnte. Zum Glück hatte ihr Vater einen Bruder, der nach Deutschland ausgewandert war und in Hamburg einen kleinen Supermarkt mit italienischen Produkten führte. Und so trat sie die Reise an, ungewiss, was sie dort oben im Norden erwarten würde, und ohne ein Wort Deutsch zu sprechen.

Zu ihrer Erleichterung entpuppte sich der Onkel als fröhlicher, gutmütiger Kerl, der andere in Ruhe ließ. Im Gegensatz zu seiner verbiesterten Frau, die der angeheirateten Nichte ihre Missbilligung deutlich zeigte. Zum Glück kamen die drei Söhne eher nach dem Vater, so dass sie eine überraschend angenehme Zeit mit ihren Cousins verbrachte.

Allerdings konnte sie kaum einen der Männer bitten, bei ihr im Krankenhaus zu bleiben, als es losging. Während der Geburt hatte sie sich so verloren und ausgeliefert gefühlt wie niemals zuvor in ihrem Leben – allein in einem fremden

Land, dessen Sprache sie kaum verstand, begleitet von Menschen, die sie zu verurteilen schienen. Dies war die Strafe dafür, dass sie einem Impuls gefolgt war, ohne an die Konsequenzen zu denken. Sie hatte einen der Menschen hintergangen, die ihr am meisten bedeuteten.

Nun war es endlich vorüber. Aber woher kamen plötzlich dieser seltsame Druck und das Bedürfnis zu pressen? Konnte es sein, dass sie noch ein Kind bekam? Sie schrie auf, eher vor Schreck als vor Schmerz.

Als endlich eine Schwester zu ihr kam, erfuhr sie, dass der eigentlichen Geburt immer noch so etwas wie eine kleine Geburt folgte. Nicht einmal das hatte sie gewusst. Sie war zu keiner einzigen Vorsorgeuntersuchung gegangen und hatte natürlich auch nie einen Vorbereitungskurs für Eltern gemacht.

»Gehen?«, fragte sie leise auf Deutsch, nachdem alles überstanden war.

»Schlaf ein wenig«, erwiderte die Schwester.

»Gehen, bitte!«

Sie weinte beinahe hysterisch, bis ihr jemand die Entlassungspapiere in die Hand drückte. Nach einigem Hin und Her verstand sie, dass man sie auf eigene Verantwortung entließ und nur unter der Bedingung, dass jemand sie abholen käme.

Vom Münztelefon des Wartesaals aus rief sie ihren Onkel an, der versprach, so schnell wie möglich seinen ältesten Sohn zu ihr zu schicken.

Sie wollte keine Sekunde länger in diesem Krankenhaus verbringen, deshalb schleppte sie sich auf eine Bank mit Blick auf den Parkplatz und wartete darauf, dass Gianluca sie abholte.

Als er endlich eintraf, lächelte er unsicher. Schließlich hatte er nicht jeden Tag mit Frauen zu tun, die gerade ein Kind entbunden hatten.

»Wenn du etwas Nettes sagst, erwürge ich dich!«, rief sie.

»Du siehst ja immer noch wie ein Walross aus. Besser?«

Sie schnaubte. »Charmant wie immer!«

»Darf ich dich zumindest fragen, wie es dir geht?«

»Alles gut.«

Doch auf dem Weg zum Auto zitterten ihre Beine derart, dass Gianluca sich weigerte, sie mitzunehmen.

»Ich denke, es ist noch zu früh. Du solltest hierbleiben, damit die Ärzte nach dir sehen können.«

»Bitte nicht. Ich lege mich hin, sobald wir bei euch sind, versprochen! Es ist schrecklich hier.« Sie redete noch eine ganze Weile hastig auf ihn ein, bis er endlich nachgab. Erst nachdem sie bereits die halbe Strecke zurückgelegt hatten, fiel ihr ein, dass sie *das* Buch in der Schublade des Nachttischs vergessen hatte.

Während der schmerzhaften Wehen hatte sie sich an ihre Erinnerung an die Heimat und an einen Menschen geklammert, der ihr viel bedeutet hatte.

Doch das trockene Zeug zwischen den zwei Pappdeckeln war nicht unterhaltsam genug, um sie abzulenken. Statt darin zu lesen, hatte sie nur die Bilder betrachtet und sich ausgemalt, wie sie alles wiedergutmachen würde.

Sie wollte ihren Cousin auffordern umzudrehen, um das Buch zu holen, doch dann war es ihr zu peinlich, ihn darum zu bitten. Und einmal zurückgekehrt, würde er vielleicht wieder damit anfangen, dass sie im Krankenhaus besser aufgehoben wäre.

Außerdem war es Zeitverschwendung, sich an frühere Zeiten zu klammern. Während der vergangenen Monate war ihr das Kind nicht real vorgekommen. Die Schwangerschaft hatte sich wie eine Krankheit angefühlt, die sie durchstehen musste, um sie danach so schnell wie möglich zu vergessen. Doch nun hatte sie das Baby schreien gehört, einen Blick auf sein rotes, zorniges Gesicht erhascht. Seither ahnte sie, wie groß der Elefant war, mit dem sie zukünftig in einem Raum leben musste. Vielleicht würde niemand außer ihr ihn sehen, doch das hieß nicht, dass er nicht irgendwann alles niedertrampeln würde.

Valentina

Es war schrecklich, dieses Geheimnis vor dir zu haben.« Rosas Stimme zitterte.

»Wieso hast du es getan?«

»Das fragst du mich und nicht ihn?«

»Du warst meine Freundin, nicht irgendeine Fremde, die mir nichts schuldet. Außerdem werde ich auch noch mit ihm reden. Lilly will wissen, wer ihre Eltern sind.«

»Sag es ihr nicht. Ich will nicht, dass meine Kinder es erfahren.«

»Du meinst, du willst nicht, dass Alessio schlecht von dir denkt. Um Teresas Gefühle hast du dich nie sonderlich geschert«, erwiderte Valentina.

»Das verstehst du nicht!«

»Dann erklär's mir.«

Rosa rieb mit der Handfläche über ihre gerunzelte Stirn. »Ich habe Teresa bekommen, keine zwei Jahre nachdem ich ein Mädchen weggegeben hatte. Es war eine schwere Geburt, ich dachte, ich würde sie nicht überstehen. Und dann war da dieses Baby, das genauso aussah wie das andere Kind. Ich war überfordert. Du musst mir nicht sagen, dass ich es mit ihr verbockt habe, das weiß ich selbst.«

»Ich wollte nicht ...«

Doch Rosa unterbrach sie sofort. »Wir sind nicht alle perfekte Madonnen, die mit einem seligen Lächeln ihr Kindlein wiegen. Nicht jede von uns wird von Liebe überwältigt, sobald sie in ein verschrumpeltes Gesicht blickt. Nicht immer verfliegt der Geburtsschmerz sofort. Ich habe Teresa bekommen, weil ich dachte, es gehöre einfach dazu, eine Familie zu haben. Vor allem wenn man keine eigenen Ambitionen hat, so wie du sie hattest. Als Teresa dann kam, war es ein Schock. Ich musste an das andere kleine Mädchen denken. Und sie war immer so wütend. Mit Alessio war es anders. Er war ein Junge und ein unkompliziertes Baby. Bei ihm habe ich mich nicht andauernd gefragt, was ich falsch mache. Bei ihm hatte ich das Gefühl, dass ich vielleicht doch als Mutter tauge.«

Nun erkannte Valentina die kaum verheilte Wunde hinter Rosas Bitterkeit. Es war nur ein Sekundenbruchteil, in dem sie entschied, sich nicht an den eigenen Schmerz zu klammern. Carlo war Geschichte, aber zwischen Rosa und ihr bestand noch die Aussicht auf etwas Dauerhaftes, wenn sie endlich ehrlich zueinander waren.

»Es tut mir leid«, sagte Valentina.

Für einen Moment schwieg Rosa verblüfft. »*Dir* tut es leid?«

»Für Teresa, Lilly und für dich. Ihr habt einiges durchgemacht. Wusste Carlo Bescheid?«

»Ja. Er hat mir Geld angeboten, damit ich es wegmachen lasse. Aber das konnte ich nicht. Du weißt, wie gläubig meine Eltern sind, das hat mich beeinflusst.«

Weder schockierte noch überraschte Valentina sein Verhalten. Wenn überhaupt, ermüdete es sie, daran zu denken.

»Es muss ein Schock für dich gewesen sein, Lilly zu sehen.« Sie konnte sich kaum ausmalen, wie ihre Freundin sich fühlen musste. »Und du musst sehr einsam gewesen sein damals.«

Rosa lachte bitter. »Du hast ja keine Ahnung.«

»Wie bist du an das Buch gekommen?«

»Carlo hat es liegenlassen, nachdem … Ich wollte es ihm zurückgeben, habe es dann aber vergessen. Und plötzlich war er verschwunden.«

»Verstehe. Warum hast du es mit nach Deutschland genommen?«

Rosa lächelte traurig. »Es war ein Stück Heimat. Ein Stück von dir. Du warst meine beste Freundin.«

»Und du meine. Die beste, die ich jemals hatte, trotz allem.«

»Dann tust du mir aufrichtig leid.«

Sie lächelten einander zaghaft an.

»Ich weiß nicht, wie es passieren konnte«, murmelte Rosa. »Es war an dem Abend, als wir am Strand gefeiert haben. Du bist früher nach Hause gegangen, weil du Kopfschmerzen hattest. Wir hatten zu viel getrunken. Zuerst mochte ich ihn gar nicht, weil du nur noch Augen für ihn hattest. Es fing mit einem spielerischen Streit an, der plötzlich zu etwas anderem wurde. Verbotene Früchte können verlockend sein, weißt du? Vor allem wenn man jung und unerfahren ist. Erst schmecken sie süß, aber im Abgang nur noch bitter. Es tut mir so leid, Valentina.«

»Deshalb hast du dich mir gegenüber plötzlich so seltsam verhalten.«

»Ich konnte kaum noch in den Spiegel sehen, geschweige denn dir ins Gesicht.«

Valentina nahm sich einen Moment, um das, was sie gerade erfahren hatte, sacken zu lassen. Der Verrat zweier Menschen, denen sie voll und ganz vertraut hatte, ließ sie nicht kalt, aber Rosa war ausreichend bestraft worden. Im Gegensatz zu Carlo.

Valentina schnaubte. »Wetten, dass *er* sein Spiegelbild hinterher noch genauso schön fand wie vorher?«

Rosas Blick glitt vorsichtig zu ihrer alten Freundin, dann brachen beide in lautes Gelächter aus, bis ihnen Tränen übers Gesicht liefen.

»Dieser Drecksack«, sagte Rosa am Ende. »Ich konnte es nicht fassen, als er mir plötzlich gegenüberstand. All die Jahre hat es mich gequält, an unsere Nacht und die Konsequenzen zu denken. Aber er hat mich so munter begrüßt, als wären wir gute alte Bekannte. Und dass er so dreist war, wieder etwas mit dir anzufangen ...«

»Es gehören immer zwei dazu, etwas anzufangen.«

Rosa zuckte getroffen zusammen. »Ich weiß. Verzeihst du mir?«

»Ja. Aber ich möchte dich um etwas bitten.«

»Um was?«

»Rede mit Lilly.«

Rosa seufzte. »Du hast sie ins Herz geschlossen, nicht wahr?«

»Sie ist so weit gereist, hat so viel durchgemacht.«

»Und würde ihr das Wissen helfen? Vermutlich klinge ich wie ein schrecklicher Mensch, aber wenn ich an sie denke, empfinde ich nicht das, was Lilly sich wohl erhofft. Sie ist in ihren ersten neun Monaten in meinem Körper herangewachsen. Macht mich das zu ihrer Mutter?«

Valentina hob die Augenbrauen und entlockte Rosa so ein müdes Lächeln.

»Gut, biologisch betrachtet bin ich das, aber in jeder anderen Hinsicht ist sie eine Fremde für mich.«

»Sie ist hierhergekommen, weil sie mich für ihre Mutter gehalten hat, wegen des Buchs.«

Rosas Augen weiteten sich. »Oje.«

»Redest du mit ihr?«, wiederholte Valentina sanft.

»Um Gottes willen, dann sag es ihr, wenn du musst!«, stieß Rosa hervor. »Aber bereite sie besser auch darauf vor, dass ich ihr nicht viel zu bieten habe.«

Valentina dachte darüber nach. Sie hatte den Eindruck gewonnen, dass sich ihre junge Mitarbeiterin vor allem Klarheit wünschte. Oder sollte sie Lilly lieber mit einer gnädigen Lüge abreisen lassen? Valentina entschied sich dagegen – mit einer Zurückweisung konnte man Frieden schließen, mit offenen Fragen nicht.

»Weiß Luca Bescheid?«

Rosa nickte. »Ich habe es ihm gesagt, bevor er mich geheiratet hat. Aber mir wäre es lieber, wenn Alessio es nicht erfährt.«

»Sie verstehen sich gut. Er würde sich sicher freuen, eine Schwester wie sie zu haben. Und vielleicht wäre es befreiend für dich, keine Geheimnisse mehr vor deinen Kindern zu haben.«

Rosa zuckte mit den Schultern. »Wirst du auch mit Carlo reden?«

»Lust dazu habe ich keine, aber Lilly zuliebe werde ich es tun.«

»Schade, dass sie nicht deine Tochter ist.«

»Man könnte es schlechter treffen.«

Rosa sah betroffen zur Seite. Einem Impuls folgend machte Valentina einen Schritt auf sie zu und küsste ihre alte Freundin auf die Wange.

Rosa starrte sie an. »Seit wann bist du so überschwänglich? Wofür war der?«

»Gestern habe ich Abschied gefeiert, heute feiere ich einen Neuanfang«, erwiderte Valentina mit munterer Stimme. Dann machte sie auf dem Absatz kehrt und ließ ihre verdatterte Freundin zurück.

Mit klopfendem Herzen machte sie sich auf den Weg zu Tommaso. Sie hatte versprochen, mit ihm zu reden, und wollte es nicht länger aufschieben. Sie fand ihn in an der Rezeption. Er sah sie auf eine Art an, bei der ihr heiß und kalt wurde.

»Hast du ein paar Minuten für mich?«, fragte sie.

Er nickte. »Aber vielleicht ist es besser, wir suchen uns dafür einen ruhigen Ort.«

Bevor sie gingen, stellte er ein Schild auf den Tresen, auf dem stand: »Bin in fünf Minuten wieder da.« Er führte sie zu einer kleinen Bank zwischen Zypressen, auf der sie sich niederließen.

Valentina sah keinen Sinn darin, weitere kostbare Zeit zu verschwenden, und nahm seine Hand. »Tommaso, willst du mich?«

Mit angehaltenem Atem wartete sie auf seine Reaktion. Dabei sah sie nicht ihn an, sondern den Kies, in dem ihre Fußspitze scharrte. Er schwieg so lange, dass sie fürchtete, schon wieder etwas missverstanden zu haben. Aber auch das würde sie überstehen. Der Koffer stand gepackt unter ihrem Bett.

Sie wollte ihre Hand zurückziehen, doch er hielt sie fest.

»Valentina«, sagte er krächzend. »Meinst du das ernst?«

Sie hob den Blick. Beinahe hätte sie ihn gleich wieder abgewandt, so überwältigend war das, was sie in seinen Augen entdeckte. Doch sie würde sich nicht mehr länger feige wegducken. Sie würde lernen, es auszuhalten. *So viel Liebe.*

»Hätte ich sonst gefragt?«, erwiderte sie mit rauer Stimme.

»Nein, du nicht.«

»Siehst du?«

Er beugte sich ein Stück vor, bis sich ihre Nasenspitzen beinahe berührten. »Ich sehe … dich.«

Sanft legte er ihr die Hand auf die Wange. Sie presste ihr Gesicht fester hinein, sah ihn dabei unablässig an, obwohl der Gefühlsüberschwang sie zum Zittern brachte. Ihr fiel nur eine Möglichkeit ein, diese Spannung abzubauen. Sie musste auf der Stelle auch noch diesen winzigen Abstand zwischen ihnen überbrücken und Tommaso küssen.

Ihre Hände zerwühlten sein Haar, seine wanderten über ihren Rücken. Keiner von ihnen scherte sich darum, dass jeder sie sehen konnte. Sie hielten einander umschlungen, bis ein lautes Pfeifen sie auseinanderfahren ließ.

Doch der Pfiff hatte nicht ihnen gegolten. Ein zotteliger schwarzer Hund rannte auf sie zu. Hinter ihm her lief eine ältere Frau. »Bruno!«, rief sie immer wieder. Er ignorierte die Kommandos seines Frauchens und blieb schwanzwedelnd vor Tommaso stehen.

»Entschuldigung«, sagte sie, nachdem sie die Bank erreicht hatte.

Tommaso kraulte Brunos dichtes Fell. »Schon gut. Ich mag Hunde.«

So ein Mann ist er, dachte Valentina. Einer, der Tiere und Menschen mag, einfach so. Vor ihrem inneren Auge entstand verschwommen ein Bild dieses anderen Lebens, das sie hätte führen können. Vielleicht wären darin Kinder, vielleicht sogar bereits Enkelkinder vorgekommen. Sie überkam ein leises Bedauern, das sie wohl nie wieder ganz verlassen würde, selbst wenn es ihr womöglich nur von gesellschaftlichen Konventionen aufgebürdet worden war. Aber das kleine Zwacken war nichts im Vergleich zu dem Glück, das sie in diesem Moment empfand.

Nachdem Hund und Frauchen weitergezogen waren, nahm sie wieder seine Hand. »Würdest du auf mich warten?«

Er legte seinen Kopf zur Seite. »Noch einmal ein Vierteljahrhundert? Gut, dass du nicht anspruchsvoll bist.«

Sie lachte. »Ich spreche von wenigen Monaten. Es gibt etwas, das ich für mich tun muss, bevor wir beide gemeinsam unser Leben auf den Kopf stellen.«

»Ich warte.«

Tommaso fragte nicht, was sie vorhatte. Er vertraute darauf, dass sie es ihm erzählen würde, sobald für sie der richtige Zeitpunkt gekommen war. Auch deshalb liebte sie ihn so sehr. Er gab allen einen Vertrauensvorschuss und erwartete das Gute. *Was habe ich für ein Glück.*

Doch bevor sie sich dem hingab, wollte sie erst einmal Südamerika bereisen, die Schmetterlinge in ihrem natürlichen Habitat beobachten. Der Höhepunkt dieser Tour würde die Ankunft der Monarchfalter im Herbst sein. Sie würde Alessio bitten, solange die Leitung des Parks zu übernehmen. Man konnte das Leben nicht kontrollieren, so viel hatte sie gelernt. Sie würde also mit leichtem Gepäck reisen und daran glauben, das neben allem anderen auch das Gute geschehen konnte.

Das Beste war: Sie würde nicht sterben, nicht jetzt. Und noch einmal würde sie nicht in bloßer Erwartung ihres Todes leben. Sie hatte keine Ahnung, ob es ihr gelingen würde, den Park nach ihrer Rückkehr zu retten, aber die Monarchfalter waren es wert, etwas dafür zu riskieren. Wer wusste schon, wie lange sie ihre Wanderung noch antreten würden. Extremes Wetter beeinträchtige ihre Instinkte, ihre Schutzwälder wurden abgeholzt und ihre Fresspflanze, die Wolfsmilch, von Pestiziden vernichtet. Dabei sicherten die Schmetterlinge als Bestäuber das Leben der Menschen.

Valentina wollte sie unbedingt sehen, bevor es eines Tages zu spät war. Schon vor Carlo hatte sie von dieser Reise geträumt, doch ihr hatte der Mut gefehlt, sie alleine anzutreten. Jetzt war sie bereit. Und sie würde nicht einsam sein, solange sie mit sich selbst und mit vollem Herzen reiste.

Lilly

Sie hätte nicht damit gerechnet, dass Valentina sie noch am gleichen Abend aufsuchen würde. Doch da stand sie mitten in Lillys Appartement und sah besorgt aus.

»Wollen wir uns aufs Sofa setzen?«, fragte Lilly.

Valentina nickte. »Gut.«

»Darf ich dir etwas zu trinken anbieten? Es gibt allerdings nur Wasser oder Kaffee, fürchte ich.«

»Ich bin nicht durstig. Setz dich einfach zu mir!«

Mit bangem Gefühl folgte Lilly der Aufforderung.

Valentinas Gesichtsausdruck verriet, dass sie keine frohe Botschaft zu überbringen hatte. Immer wieder glättete sie mit den Händen ein paar imaginäre Falten auf ihrer Hose.

Würde Lilly gleich erfahren, wer ihre Eltern waren? Ein Teil von ihr wollte die Nachricht so schnell wie möglich aus ihrem zaudernden Gegenüber herausschütteln, ein anderer hätte den Moment lieber weiter hinausgezögert.

Valentina räusperte sich. »Ich will dich gar nicht lange auf die Folter spannen.«

»Wer ist es, kenne ich sie?«

Valentina nickte, sagte aber nichts.

»Ich dachte, du willst mich nicht auf die Folter spannen.«

»Entschuldigung. Es fällt mir schwer, das auszusprechen.

Ich kann es selbst gar nicht richtig glauben. Du bist die Tochter von Rosa und Carlo.«

»Wie bitte?«

»Du hast Rosa schon ein paar Mal gesehen. Sie ist auch Alessios Mutter. Und Carlo Sirmione …«

»… war hier mein Nachbar.« Ungläubig starrte Lilly ihren Gast an. »Wie kann das sein? Und ich habe geglaubt, du und er wärt einmal ein Paar gewesen.«

»Das waren wir. Es ist kompliziert. Solche Dinge geschehen.«

»Du hast es ihnen gesagt.«

»Ja. Carlo konnte ich allerdings nur per Telefon verständigen. Er ist schon wieder auf dem Festland.«

»Rosa hat dich geschickt, es mir zu sagen. Sie wollte nicht mit mir reden. "

»Tut mir leid.«

»Und Carlo?«

»Er fand es nach dem ersten Schrecken nicht so übel, noch mehr Nachwuchs produziert zu haben als gedacht. Aber erwarte lieber nicht zu viel von ihm. Er ist nicht besonders zuverlässig, gelinde ausgedrückt.«

Lilly lachte, aber es klang nicht fröhlich. »Weißt du, was ich geglaubt habe? Dass Tommaso und du meine Eltern sein könntet.«

»Was? Nein! Wie kommst du denn auf so etwas?«

»Vielleicht hätte es mir ja gefallen.«

Valentina sah aus, als wollte sie am liebsten Reißaus nehmen. Emotionale Beichten gehörten wohl nicht zu ihrem üblichen Repertoire.

Doch dann stieß sie hörbar den Atem aus. »Ich hätte

vielleicht auch nichts gegen eine Tochter wie dich gehabt.« Gleich darauf wehrte sie mit einer Handbewegung jede Rührseligkeit ab. »Denk bloß nicht, dass du es mit mir wirklich besser getroffen hättest. Keine Ahnung, wie ich mich an Rosas Stelle entschieden hätte. Vielleicht gäbe es dich dann überhaupt nicht. Aber mit Tommaso liegst du richtig, er würde einen guten Vater abgeben.«

»Wieso ist Carlo schon wieder abgereist?« Nach dem, was sie gerade erfahren hatte, erschien es Lilly nicht vermessen, ihn beim Vornamen zu nennen. »Ich habe mich gewundert, dass er nicht bei der Feier war. Seid ihr nicht zusammen?«

Valentina schüttelte den Kopf. »Es ist vorbei. Im Grunde schon seit mehr als einem Vierteljahrhundert.«

»Mhm.«

Kurz darauf sprang Lilly auf. »Alessio ist dann ja mein Bruder! Das gibt es doch gar nicht! Und ich habe auch noch eine Schwester, Teresa, er hat mir von ihr erzählt.« Sie lachte auf. »Weiß er es schon? Sonst würde ich gerne sein Gesicht sehen, wenn er es erfährt.«

Valentina schnitt eine Grimasse. »Rosa möchte nicht, dass du es ihm erzählst. Sie weiß aber auch, dass sie dich nicht davon abhalten kann.«

Lilly schluckte. »Mal ehrlich, sie will mich gar nicht näher kennenlernen, oder?«

»Tut mir leid, dass ich keine bessere Nachricht für dich habe. Sie war sehr jung damals. Sie hat einen Fehler begangen und …«

»Der Fehler wäre dann wohl ich.«

»Unsinn, so meinte ich das nicht. Der Fehler war eine Entscheidung, die sie vorher getroffen hat.«

»Kommt das nicht aufs Gleiche heraus?«

Valentina seufzte. »Verflixt, ich bin wirklich zu ungeschickt. Ich würde dir gerne etwas Hilfreiches sagen, aber offenbar mache ich es nur schlimmer. Was wirst du jetzt tun?«

Lilly ließ sich tiefer ins Polster sinken. »Ich habe keine Ahnung, um ehrlich zu sein.«

»Soll ich lieber gehen?«

Lilly schüttelte den Kopf. »Die ganze Zeit habe ich geglaubt, es würde etwas ändern, wenn ich meine Eltern finde. Dass ich klarer in die Zukunft blicke, wenn ich die Vergangenheit kenne. Stattdessen steht jetzt wieder alles auf null, denn die traurige Wahrheit ist: Ich fühle es nicht, genausowenig wie Rosa.«

»Ihr hattet beide kaum Zeit, es sacken zu lassen, vielleicht später einmal ...«

»Da ist keine Verbindung zwischen uns. Wir sind vollkommen Fremde füreinander. Trotzdem ist es nicht angenehm, wenn die eigene Mutter einen ablehnt.«

»Sie hat dich nicht abgelehnt, nicht wirklich. Sie kennt dich ja gar nicht.«

»Ich glaube, ich bin gerade dabei, etwas zu begreifen. Wenn ich an Rosa oder an Carlo denke, sehne ich mich vor allem nach meinen anderen Eltern. Ich habe sie völlig unnötig vor den Kopf gestoßen. Ich bin umsonst gekommen.«

»Das ist nicht wahr.«

»Das alles hier hat mich keinen Schritt weitergebracht.«

»Das sehe ich anders. Und wenn es nur dazu geführt hat, dass du erkennst, wie gut du es in vielerlei Hinsicht hattest, ist es sogar ein wichtiger Schritt.«

Lilly ließ den Kopf zwischen die Hände sinken. »Aber wie

geht es jetzt weiter? Ich dachte, ich würde es wissen, wenn ich sie nur finde.«

»Es ist nie das eine zukünftige Ereignis, der eine Partner oder die eine Frage, die noch beantwortet werden muss, damit dein Leben in die richtige Spur kommt. Die gibt es nämlich nicht. Es gibt nichts anderes als diesen einen nächsten Schritt. Man muss ihn gehen – ohne Garantie oder Kontrolle darüber, wohin er letztendlich führt. Aber inzwischen glaube ich, dass am Wegesrand Wunder darauf warten, entdeckt zu werden – wenn du offen und mutig drauflosmarschierst. Und du bist mutig, das hast du auf dieser Reise bewiesen.«

Lilly stiegen Tränen in die Augen. »Ich glaube, jetzt muss mich erst einmal sammeln.«

Valentina schloss sie unbeholfen in den Arm und klopfte ihr leicht auf die Schulter. »Schon gut.«

»Danke, dass du es mir gesagt hast«, sagte Lilly schniefend. »Ich wünschte wirklich, du wärst es.«

»Ach, Kindchen.«

Lilly

Sie hatte ihren Besuch nicht angekündigt, sondern war auf gut Glück zu ihren Eltern gefahren. Als sie ankam, öffnete sich die Haustür, noch bevor sie geklingelt hatte.

»Lilly!« Max blieb wie angewurzelt stehen. »Du bist wieder da? Warum hast du nichts gesagt?«

»Sind sie da?«

Ihr Bruder nickte. Er wirkte verändert, irgendwie erschöpft. Anders als sonst schien er nicht zu Scherzen aufgelegt zu sein. *Mein kleines Goldlöckchen.* Am liebsten hätte sie ihn sofort an sich gezogen, um ihm die ungewohnten Sorgenfalten von der Stirn zu wischen.

»Ich habe sie besucht. Gerade wollte ich gehen«, sagte er.

»Und ich dachte, du hättest mich vielleicht durchs Fenster gesehen und wärst gleich zur Tür gestürmt, weil ich dir so gefehlt habe.«

Er lächelte nicht. »Papa geht es nicht so gut. Er war im Krankenhaus.«

»Im Krankenhaus? Was hat er, wieso hat er mir nicht Bescheid gesagt?«

»Wir hatten noch keine Gelegenheit. Er ist gestern ganz allein mit dem Taxi dorthin gefahren, um niemanden aufzuregen. Er hatte wohl heftige Schmerzen im Brustbereich und dachte, er hätte einen Infarkt.«

»Was?« Für einen Moment fürchtete sie, *ihr* Herz würde gleich aussetzen.

»Es war keiner. Zum Glück nur eine Gürtelrose. Die kann verdammt weh tun, aber er wird es überstehen.«

»Gürtelrose? Aber wieso hatte er dann Schmerzen in der Brust? Ich dachte, sie heißt Gürtelrose, weil sich dabei Bläschen in Taillenhöhe bilden?«

»Die können auch woanders auftreten. Und eines der ersten Symptome sind oft Schmerzen in der Brust, noch bevor man etwas sieht. Das hängt mit der Nervenentzündung zusammen.« Er sah auf seine Zehenspitzen. »Schön, dass du wieder da bist. Du wirst aber nichts sagen, das ihn aufregt, oder?«

Wie sehr sie ihren kleinen Bruder vermisst hatte. »Danke für die Auklärung, Dr. Morgenroth. Und nein, ich habe nicht vor, ihn aufzuregen. Mir ist einiges klargeworden. Zum Beispiel, dass ich den besten Bruder auf der Welt habe.« Dafür war er nicht mehr der einzige, aber diese Nachricht hob sie sich für einen späteren Zeitpunkt auf. »Darf ich dich jetzt bitte erst mal umarmen?«

Er drückte sie so fest an sich, dass sie erschrocken aufschrie. »Autsch!«

Er trat einen Schritt zurück. »Tja«, sagte er mit einem breiten Grinsen. »Offenbar bist du wieder bei Verstand, wenn du mich für den Besten hältst. Gesund bist du außerdem. Ab jetzt lasse ich dir keine Mimosenhaftigkeit mehr durchgehen.«

Sie knuffte ihn leicht gegen die Schulter. »Na warte, alles, was du austeilst, zahle ich dir hundertfach zurück.«

»Dann bin ich wohl besser vorsichtig.« Er umarmte sie

noch einmal, diesmal etwas sanfter. »Komm, wir gehen rein.«

»Ich dachte, du wolltest gerade los?«

»Glaubst du, die Show gleich lasse ich mir entgehen? Sie werden total durchdrehen.«

»Soll ich dir was zu knabbern besorgen?« Sie lächelte, als ihr einfiel, wie Max und sie früher oft selbst Popcorn zubereitet und sich darin übertroffen hatten, fragwürdige Geschmacksrichtungen zu erfinden. Ihr wurde immer noch flau, wenn sie an seine Knoblauch-Schoko-Parmesan-Mischung dachte. Natürlich hatte sie zugelangt, ohne mit der Wimper zu zucken. Sie hatte sich keine Blöße geben wollen, aber damit war es jetzt vorbei.

»Danke, Max.«

»Wofür?«

»Dass du bleibst.«

»Wehe, du wirst jetzt rührselig«, sagte Max grinsend.

»Was dann?«

»Dann heule ich mit. Und ich habe gleich noch ein Date.«

»Ein Date? Darüber musst du mir alles erzählen.«

Gemeinsam gingen sie ins Wohnzimmer, wo ihr Vater auf dem Sofa lag, während ihre Mutter an seiner Seite auf einem Stuhl saß und seine Hand hielt. Als sie Lilly sahen, zeichnete sich ein Wechselbad der Gefühle auf ihren Gesichtern ab. Überraschung. Freude. Anspannung. Erwartung.

Lillys Mutter stand auf, verharrte dann aber neben ihrem Stuhl und knetete ihre Hände. »Lilly.«

»Mama.« Lilly durchquerte eilig das Zimmer und umarmte stürmisch ihre Mutter, die mit zitternder Stimme mehrmals wiederholte: »Du bist wieder da.«

Danach zwängte sich Lilly zu ihrem Vater aufs Sofa und drückte ihn fest an sich. »Papa, was machst du denn für Sachen?«

Ihre Mutter schnaubte. »Ich bin so wütend auf ihn. Fährt er einfach ins Krankenhaus, ohne mir Bescheid zu sagen.«

»Du hast gearbeitet«, sagte er.

»Und wenn es wirklich ein Infarkt gewesen wäre, hätte ich das Stunden später von einem Kollegen erfahren?« Sie stemmte die Hände in die Taille. Ihre Augen funkelten.

»Ich wollte erst mal die Diagnose abwarten, bevor ich die Pferde scheu mache«, erklärte er kleinlaut.

»Nie wieder.« Sie überbetonte jede Silbe. »So etwas machst du nie wieder, verstanden?«

»Aye!« Dann wandte er sich Lilly zu. »Seit wann bist du wieder da?«

»Seit ein paar Stunden. Ich wollte fragen, ob ich heute Nacht hier schlafen kann.«

»Natürlich, aber … «

Lilly unterbrach ihre Mutter sofort. »Oliver und ich haben uns getrennt.«

Ihre Eltern wirkten geschockt, stellten aber keine Fragen. Sie sprachen nicht einmal Lillys Reise an. Offenbar waren sie zu dem Schluss gekommen, dass es sicherer war, darauf zu warten, bis ihre Tochter auf sie zukam. Früher hatten sie mit ihrer Meinung nicht hinterm Berg gehalten, vor allem Lillys Mutter nicht, doch der feste Boden unter ihren Füßen war erschüttert worden.

»Alles ist gut«, sagte Lilly. »Beinahe jedenfalls. Ich bin immer noch wütend, weil ihr mir nicht die Wahrheit gesagt habt, aber gleichzeitig bin ich unendlich froh, dass ihr meine

Eltern seid.« Sie begann zu erzählen und hörte gar nicht mehr auf, bis am Ende alle Augen feucht waren.

»Oh, Lilly«, sagte ihre Mutter. »Tut mir leid, dass es nicht besser gelaufen ist.«

Lilly zuckte die Schultern. »So übel war es nicht. Elba ist eine herrliche Insel. Vielleicht fahren wir ja irgendwann mal zusammen dahin. Ich habe viel über Schmetterlinge gelernt, eine neue Spielidee entwickelt und wunderbare Menschen kennengelernt.«

Valentina, Tommaso – und Alessio.

Max war seltsam still, seit Lilly von ihm erzählt hatte.

»Keine Sorge«, sagte sie in seine Richtung. »An der Brüderfront wirst du immer meine Nummer eins bleiben.« Ihre Wege waren durch feste Bande verknüpft. Sie waren zusammen erwachsen geworden, hatten sich gepiesackt und waren mit der gleichen Inbrunst füreinander eingestanden.

Lilly hatte Alessio nichts gesagt, hoffte aber immer noch, dass Rosa es irgendwann tun würde. Es wäre schön, eine große Familie zu haben, ob die einzelnen Mitglieder miteinander verwandt waren oder nicht.

Sie hatte sogar einmal mit Carlo telefoniert, doch hatte sich ihr Gespräch auf Smalltalk und seine Versicherung beschränkt, dass er es *zauberhaft* fände, eine so *hübsche* Tochter zu haben. Schon wie er solche Äußerlichkeiten hervorhob, hatte ihr gezeigt, dass sie womöglich nicht auf einer Wellenlänge waren. Sollte es sich ergeben, würde sie sich trotzdem mit Carlo treffen, um ihn näher kennenzulernen. Bliebe es dann bei ein oder zwei verkrampften Gesprächen, würde es ihr zumindest nicht das Herz brechen. Ganz anders sähe es aus, wäre ihrem *richtigen* Vater etwas Schlimmeres zugestoßen als diese Gürtelrose. Er sah so erschöpft aus, auch wenn er sich tapfer bemühte, eine gute Stimmung zu verbreiten.

Nachdem Max zu seinem Date aufgebrochen war, blieb Lilly mit ihren Eltern noch lange im Wohnzimmer sitzen.

Da der Vater, der in häuslichen Dingen wesentlich talentierter als die weiblichen Familienmitglieder war, weiter ausruhen musste, aßen sie erst einmal nur trockene Kekse aus einer vor Wochen angebrochenen Packung, die Lillys Mutter noch in irgendeinem Vorratsschrank entdeckt hatte. Später kochten die beiden Frauen Nudeln mit Tomatensoße aus dem Tetrapack und Kräutern aus dem Garten. Gino hätte diese Mahlzeit vermutlich als Affront empfunden, für Lilly war es jedoch das beste Essen seit langem.

Sie waren immer noch aufgewühlt, aber waren mittlerweile dazu übergegangen, über Alltägliches zu sprechen – den Garten, die Arbeit der Mutter, die Idee des Vaters, wieder einmal das Wohnzimmer umzugestalten. Es waren Banalitäten, doch wurden sie an diesem Abend nicht ausgetauscht, um irgendetwas zu übertünchen. Das Leben war einfach so. Fast so wie früher, nur besser, dachte Lilly. Die Brüche der letzten Zeit würden sie noch eine Weile beschäftigen, aber zugleich gaben sie den Blick auf neue Möglichkeiten frei. Darauf, wer sie wirklich waren. Sie tasteten sich vorsichtig voran, aber Lilly ahnte, dass sie dabei noch enger zusammenwachsen würden, in einem dichten Gewebe aus Erinnerungen und neuen, wahrhaftigen Erfahrungen. Ihre Eltern hatten nicht nur gelogen. Die Wahrheit, auf die es ankam, war unverrückbar und würde ihnen durch die schwere Zeit helfen: Sie *waren* eine Familie. Niemand konnte an der Liebe zweifeln, die sie füreinander empfanden. Und endlich fühlte Lilly sich wieder geborgen in dem ersten Zuhause, das sie gekannt hatte. Jetzt war es an der Zeit herauszufinden, wie es in dem zweiten aussah.

Am folgenden Tag, einem Samstag, fuhr sie zu der Wohnung, in der weiterhin ein Großteil ihrer Sachen stand. Obwohl der Schlüssel in ihrer Hosentasche steckte, betätigte sie die Türklingel. Kurz rauschte es in der Gegensprechanlage, dann ertönte der Summer, ohne dass Oliver gefragt hätte, wer vor der Tür wartete.

Kaum stand er vor ihr, platzte es aus ihr heraus. »Blut ist nicht dicker als Wasser. Blut ist einfach nur Blut.«

Oliver rieb sich die Augen. Am Wochenende schlief er gerne länger. Was, wenn er nicht alleine war? Was, wenn gleich Sonja hinter ihm auftauchen würde? Schließlich hatte Tanja die beiden zusammen gesehen. Sollte er inzwischen mit Sonja zusammen sein, würde Lilly nichts unternehmen, um seine neue Beziehung zu torpedieren. Aber es wäre so schmerzhaft, ihn endgültig zu verlieren, dass sie es sich nicht weiter ausmalen wollte.

Außerdem würde er doch nicht gerade diesen Pyjama tragen, falls er Frauenbesuch hätte, oder? Lilly hatte ihm den geschenkt, weil sie das Schottenkaromuster so mochte. Aber vielleicht war es für ihn nur noch irgendein oller Schlafanzug.

Sie schluckte. »Ich habe dich geweckt. Soll ich lieber später wiederkommen?«

»Unsinn. Es ist auch deine Wohnung.«

Noch hatten sie nicht ausgehandelt, wer von ihnen seine Sachen packen sollte, aber Lilly konnte es sich nicht leisten, die Räume alleine zu bewohnen. Sie würde vielleicht ihr Arbeitszimmer verlieren.

Sie setzte sich an den Küchentisch, während Oliver für sie beide Kaffee kochte. Zumindest diese Nacht hatte er nicht mit einer anderen Frau verbracht.

»Dann gab es ein Happy End bei der Suche nach deiner Familie?«, fragte er.

Lilly fasste knapp die Ereignisse der letzten Zeit zusammen, während sie Oliver dabei beobachtete, wie er Kaffee in den Filter füllte und heißes Wasser darübergoss. Die geblümte Thermoskanne darunter war an einer Stelle geschmolzen, weil Lilly sie einmal zu nahe am Herd hatte stehen lassen. Jede seiner Bewegungen war Lilly so vertraut, dass es schmerzte, wo sie sich doch zugleich wie ein Gast in dieser Wohnung fühlte. Ein Gast, der sich nicht sicher sein konnte, dass er hier willkommen war.

»Wow«, sagte er, nachdem sie geendet hatte. »Was für eine Geschichte. Bist du traurig, dass ihr euch nicht nähergekommen seid?«

Sie dachte eine Weile darüber nach. »Das sollte ich eigentlich, oder?«, sagte sie dann. »Vielleicht bin ich das auch, ein bisschen. Ich weiß es nicht. Gerade bin ich vor allem froh, dass es mich meiner alten Familie wieder nähergebracht hat. Ich verdanke Carlo und Rosa, dass ich überhaupt auf der Welt bin. Das reicht aus, um ihnen nicht allzu viel nachzutragen. Aber es ist nicht genug, um sie unbedingt in meinem Leben haben zu müssen.«

Er pfiff durch die Zähne. »Das klingt ungeheuer reif.«

»Machst du dich über mich lustig?«

»Vielleicht ein bisschen. Aber vor allem freut mich, dass es dir besser geht.« Er sah sie auf eine Art an, bei der ihr heiß und kalt wurde. Komisch, dass andere Leute auf die Frage, was sie sexy fanden, so selten erwiderten: Wärme und Großzügigkeit. Zu gerne hätte sie gewusst, was in diesem Moment in ihm vorging, aber sie hatte kein Recht, danach zu fragen. Es war noch nicht lange her, dass er sich ihr geöffnet und sie ihn weggestoßen hatte.

Die Tasse, die er ihr reichte – ihre Lieblingstasse mit dem Hogwarts-Emblem – war nur halb gefüllt. Er wusste, dass sie die gleiche Menge Milch hineinkippen würde, auch wenn er immer so tat, als würde es ihn bei diesem Anblick schaudern. Sie nahm den Kaffee, und ihre Finger berührten sich. Hastig zog er sie zurück. Dabei schnitt er eine seltsame Grimasse.

Sie setzte die Tasse an die Lippen, damit sie ihr Gesicht verdeckte und er nicht sah, wie getroffen sie war.

»Du trinkst ihn schwarz? Das ist neu«, sagte er.

Sie lachte nervös. »Nicht wirklich.« Trotzdem zögerte sie, sich Milch aus dem Kühlschrank zu nehmen. Die Vorräte darin waren jetzt *seine*.

Sie musterte ihn, erforschte sein Gesicht, fand dort aber nichts, was sie ermutigte. Trotzdem musste sie den Mund aufmachen. Andernfalls würde sie es womöglich für den Rest dieses neuen Lebens bereuen. Und Reue war etwas, womit sie keine Sekunde mehr vergeuden wollte.

»Ich muss dir etwas sagen. Aber vorher würde ich gerne wissen: Bist du jetzt mit Sonja zusammen?«, fragte sie zögernd. Während er bei ihr gewesen war, hatte sie nicht einmal an seine Kollegin gedacht. Die alte Vertrautheit war wieder aufgeflammt, und sie hatte alles ausgeblendet, das außerhalb dieser fragilen Seifenblase des Glücks lag, das sie in den Momenten mit ihm auf Elba empfunden hatte. Erst danach hatte sie sich wieder gefragt, wie nahe sich die beiden wirklich gekommen waren.

»Mit Sonja?« Oliver sah vollkommen überrascht aus.

»Tanja hat euch zusammen gesehen. In der Stadt. Sogar noch bevor du nach Elba gekommen bist.«

Er dachte darüber nach. »Kann schon sein«, sagte er dann. »Wenn wir beide gleichzeitig in der Redaktion sind, gehen wir manchmal zusammen Mittag essen. Sie ist eine nette Kollegin. Mehr wird sie für mich auch nie sein. Denkst du wirklich, ich würde etwas mit einer anderen anfangen, obwohl wir uns nicht einmal wirklich getrennt hatten?«

Sie war zu aufgewühlt gewesen, um klar zu denken. Aber er war tatsächlich nicht der Typ, der sich Hals über Kopf in eine neue Beziehung stürzte.

»Oliver?«

Seine Miene blieb undurchdringlich, und ihr sank der Mut.

»Ich muss noch genauer herausfinden, wie es für mich weitergeht. Aber eines weiß ich jetzt schon sicher. Dich gehen zu lassen, war der größte Fehler meines Lebens.«

Er antwortete nicht, schaute bloß auf seinen Kaffee, als gäbe es auf dessen Oberfläche ein faszinierendes Muster zu studieren.

Sie wischte den Schweiß von ihren Handflächen an den Hosenbeinen an.

»Stimmt.« Er sah sie ernst an.

»Bitte?«, fragte sie verdattert.

»Stimmt«, wiederholte er. Diesmal umspielte die Andeutung eines Lächelns seine Lippen. »Das war wirklich nicht dein bester Moment.«

»Mhm.«

»Und du bist gekommen, um mir zu sagen, dass du jetzt zu einem anderen Schluss gekommen bist?«

Sie nickte, wagte aber nicht, ihn dabei anzusehen.

»Gut«, erwiderte er. »Zufällig stehe ich auf kluge Frauen.«

Lilly sah ihn fassungslos an. Sie wusste nicht, was sie erwartet hatte. Etwas mehr von allem wahrscheinlich. Eine *eiskalte* Zurückweisung, eine *stürmische* Annäherung, filmreifes Drama. Andererseits waren sie das Paar, das sich verlobte, während es auf dem Sofa saß und eine Serie streamte. Lilly hatte ausreichend Turbulenzen für ein ganzes Leben hinter sich, und gewiss würden früh genug neue auftreten. Sie streckte die Hand nach ihm aus.

Sein Zucken verriet, dass er keineswegs so gelassen war, wie er vorgab. Es würde Zeit brauchen, bis auch bei ihm alle Wunden geheilt waren, doch gemeinsam würden sie es durchstehen, zumindest hoffte Lilly das.

Sie stand auf. »Wenn du auf kluge Frauen stehst, solltest du mich jetzt vielleicht küssen.«

Er zögerte nur kurz, bevor er die Tasse abstellte und auf sie zutrat. Und dann lagen seine Lippen warm und weich auf ihren. Sie küssten sich hungrig, doch satt würde an diesem Tag keiner von ihnen werden. Mit Glück würden sie ein ganzes, langes Leben dafür brauchen.

»Verzeihst du mir, dass ich dich verletzt habe?«, fragte sie während einer Atempause.

»Ich bin gerade dabei, wie es scheint. Und du, vertraust du mir?«

»Unbedingt.«

Das war die Wahrheit. Niemand konnte ihnen garantieren, dass sie glücklich und zufrieden bis zum Ende leben würden. Aber sie wusste, dass er sein Bestes geben würde. Genau wie sie. Lilly dachte an das, was Valentina gesagt hatte, über den nächsten Schritt und die Wunder am Wegesrand. Sie war bereit, loszumarschieren und ein paar verdammt gute Erfahrungen zu sammeln.

Nachdem sie sich *geliebt* hatten – was Lilly bislang immer für eine peinlich verschämte Umschreibung von Sex gehalten hatte, nun aber sehr treffend fand –, lagen sie dicht aneinandergekuschelt im Bett und sprachen über ihre Zukunft.

»Ich glaube, ich bekomme meine Periode wieder«, sagte sie. »Zumindest fühlt es sich gerade so an. Aber das heißt nicht …«

»Wir müssen nicht jetzt darüber sprechen. Lass uns nichts übereilen. Egal, was passiert oder wie wir entscheiden, würde ich gerne noch eine Weile nur mit dir verbringen. Und du?«

»Dito. Aber ich will darüber reden. Ich möchte Kinder mit dir. Lass es uns versuchen. Und falls wir sie nicht selbst bekommen können, stellen wir uns als Adoptiveltern zur Verfügung. Vorausgesetzt, du möchtest das immer noch. Für mich hat es sich als Glück herausgestellt, adoptiert worden zu sein. Ich bin nicht naiv. Mir ist klar, dass sie womöglich schweren Ballast mitbringen. Aber ich traue es uns zu, ein Zuhause für sie zu erschaffen, in dem sie sich sicher fühlen. Natürlich sind die Wartelisten lang. Wenn das alles nicht klappt …«

»… werden wir uns haben.«

»Wir könnten verreisen …«

»... am Wochenende ausschlafen ...«

»... uns ein weißes Sofa kaufen.«

»Dabei kleckern wir doch auch ohne Kinder andauernd«, sagte er.

»Recht hast du. Aber wir könnten am helllichten Tag an jedem Ort im Haus Sex haben.« Triumphierend sah sie ihn an.

Er rollte sich lachend auf sie und bedeckte ihr Gesicht mit Küssen. »Pass auf, Lilly, wenn du so weitermachst, komme ich auf die Idee, dass wir ohne ein paar halslose Ungeheuer besser dran sind.«

Valentina

Drei Monate später

Kommen Sie!«, rief die Frau.

So viel Spanisch immerhin verstand Valentina. Sie hatte nur einen ganz kurzen Blick auf den Friedhof werfen wollen – angelockt von den Farben und der mitreißenden Mariachi-Musik. Die Gräber waren von orangefarbenen Blüten bedeckt. In den Duft von Ringelblumen, Chrysanthemen und Tagetes, der Totenblume, mischte sich der von deftigem Essen und dem weihrauchartigen Copal, das böse Geister vertreiben und den Seelen helfen sollte, gefahrlos noch einmal zurückzukehren.

»*Vamonos*!«, wiederholte die junge Frau. Sie trug ein pinkfarbenes Kleid mit Blütenstickereien. Auch ihre beiden hochgesteckten Zöpfe waren mit Blumen verziert.

Valentina war diese Reise angetreten, um Neues zu entdecken, also gab sie sich einen Ruck und folgte der Einladung.

Sie wurde zu einem Grab geführt, an dem zwei kleine Jungen mit Plastikautos auf dem Boden spielten. Als sie die Fremde entdeckten, sahen sie fragend zu ihrer Mutter. Diese sprach so schnell mit ihnen, dass Valentina kaum etwas verstand. Doch ihre Söhne schienen mit der Erklärung zufrieden zu sein. Sie grüßten die Besucherin freundlich, bevor sie sich wieder in ihr Spiel vertieften.

Die Frau klopfte mit der Hand auf den freien Klappstuhl neben ihrem. »¡*Siéntese! Aquí hay sitio para todos. ¿Has venido por las mariposas?*«

Valentina nickte. »*Mariposas, sí.*« Die Schmetterlinge hatten sie hierhergeführt. »*Hermoso*«, sagte sie, nachdem sie sich hingesetzt hatte. Sie untermalte das Lob mit einer Armbewegung, die alles in der Umgebung einschloss – den Friedhof, die Stadt, die dichtbewaldeten Berge der Sierra Madre Occidental um sie herum.

Die andere nickte lächelnd, dann deutete sie auf die gerahmte Fotografie auf dem Grabstein. »*Mi marido.*« Bei dieser einfachen Erklärung beließ sie es. Mittlerweile war ihr wohl aufgegangen, dass ihr Gast nicht viel Spanisch sprach. Auf einem Klapptisch neben sich hatte die Frau ein kleines Büffet aufgebaut. Jetzt reichte sie Valentina ein Stück des Pan de Muerto und füllte eine Schüssel mit Suppe. Bei der handelte es sich um das Lieblingsgericht ihres verstorbenen Mannes, erklärte sie.

Um ihre Verlegenheit zu überspielen, nahm Valentina einen Löffel von der Suppe. Sie schmeckte köstlich, nach Chili, Knoblauch und Limette. Angereichert war sie mit Hähnchenstücken und Tortillastreifen.

»*Gracias. Muy rico.*« *Sehr lecker.* Zumindest hoffte Valentina, dass sie das gesagt hatte.

Die beiden Kinder kamen mit verschwitzten Gesichtern angelaufen, um sich ein paar der Schaumzuckerwaren in Form von Totenköpfen zu schnappen, dann rannten sie zu ihren Freunden zurück. Einige der Mädchen waren als die Knochenfrau La Catrina zurechtgemacht und geschminkt.

An diesem Abend schien ganz Angangueo auf den Beinen

zu sein. Aus der Ferne hatte die kleine bunte Bergstadt Valentina an Italien erinnert, und doch befand sie sich in einer ganz anderen Welt. Fasziniert beobachtete sie, wie die Frau immer wieder den Verstorbenen in ihre Gespräche einbezog, als säße er bei ihnen auf einem der Klappstühle. Neben seinem Foto entdeckte Valentina die Figur eines Fußballspielers. In ihrem brüchigem Spanisch fragte sie, ob der Tote ein Fußballfan gewesen sei.

»*Sí.*« Die Frau erklärte mit einfachen Worten und wirbelnden Händen, dass sie und ihr Mann sich schon als Kinder kennengelernt hätten. Sie habe ihm und den anderen Jungs immer beim Kicken zugesehen.

Mit bedrückter Miene zeigte Valentina auf das Foto. »*Joven.*« Jung.

Die Frau nickte. »*Un accidente de automóvil*«, ein Autounfall, sagte sie mit verhangenem Blick. Doch sofort hellte sich ihr Gesicht wieder auf, und sie sprach über die Schmetterlinge, die pünktlich zum Día de los Muertos zurückgekehrt waren.

Irgendwie gelang es Valentina zu erklären, dass sie am nächsten Tag mit dem Bus in eines der Schutzgebiete fahren wollte, um sie sich anzusehen. Zu ihrer Freude waren vereinzelte Exemplare schon an diesem Tag um sie herumgeflattert. Die Monarchfalter trafen in jedem Jahr um diese Zeit ein, weswegen viele Mexikaner in ihnen die Seelen der Toten sahen, die ihren Lieben einen kurzen Besuch abstatteten. Sie waren mit diesem Glauben nicht alleine. Auch in anderen Kulturen nahm man an, die Seele würde im Schlaf wie im Tode mit Schmetterlingsflügeln reisen. Schon die alten Griechen hatten den Schmetterling *Psyche* genannt, genau wie die

Seele – diese schwer zu greifende Idee, die nur Menschen hatten ersinnen können.

Die Frau tippte hastig eine Nachricht in ihr Handy. Kurz darauf hielt sie Valentina das Display vor die Nase. »*Mañana vas con Eduardo*.« Morgen fährst du mit Eduardo.

Offenbar war Eduardo ihr Cousin, der eine Garküche am Fuße des Wanderwegs betrieb und so früh aufbrach, dass er vor den Touristenbussen eintraf. Und Valentina sollte bei ihm mitfahren. Sie fühlte sich ein wenig überrumpelt, sträubte sich aber nicht. Es war die perfekte Gelegenheit, gleich am Morgen einzutreffen, wenn die Monarchfalter noch ihre Flügel in der Sonne trockneten. Doch es dämpfte Valentinas Stimmung, dass sie der Frau nichts zurückgeben konnte. Bis sie zu dem Schluss kam, dass dies vielleicht zu den Dingen gehörte, die sie zu lernen hatte – dass es manchmal genügte, ein Geschenk dankbar anzunehmen.

Sie lächelte. »Gracias.«

Am nächsten Morgen verließ sie die alte Bergarbeiterstadt auf der Ladefläche von Eduardos Jeep. Ihr gegenüber saß ein amerikanisches Pärchen, das genau wie sie das Schutzgebiet Sierra Chincua besuchen wollte. Anscheinend besserte Eduardo sein Einkommen auf, indem er Touristen zu den Schmetterlingen kutschierte. Doch als Valentina ihm am Ende der Fahrt ebenfalls ein Trinkgeld zustecken wollte, schob er ihre Hand mit dem Schein darin sanft beiseite und erklärte, dass sie als Freundin von Ximena selbstverständlich sein Gast wäre.

Ximena. Nun kannte sie immerhin den Namen ihrer Gastgeberin. Sie hatten sich einander nicht einmal vorgestellt.

Am Eingang zum Naturpark entschied sich das Pärchen, zwei der angebotenen Pferde zu leihen, um den Weg nach oben zurückzulegen. Valentina hingegen zog es vor, auf ihren eigenen Beinen weiterzuziehen. Da man sich den Schmetterlingen nur unter Aufsicht nähern durfte, wurde sie von einem Ranger begleitet. Sie wanderten fast zwei Stunden bergauf durch einen dichten Wald voller Kiefern, deren Wipfel auch dann nicht zu sehen waren, wenn man den Kopf in den Nacken legte. Je weiter sie kamen, desto häufiger entdeckte Valentina Zweige, die schwer von vertrocknetem Herbstlaub zu hängen schienen. Erst beim Näherkommen sah man, dass es in Wahrheit Millionen von Schmetterlingen waren, die sich in Trauben versammelt hatten und dabei nur ihre blassen Unterseiten zeigten. Die Winternächte waren kalt in dieser Höhe. Manchmal wärmten sich so viele Tiere aneinander, dass die Zweige brachen, erklärte Valentinas Begleiter.

Am Ziel angekommen, setzte Valentina sich auf einen umgekippten Stamm und wartete. Die Sonne nahm an Kraft zu, und nach und nach lösten sich immer mehr Falter aus den Gebilden, bis sich Valentina in einem orangefarbenen Sturm befand, in dem sie kaum noch die anderen Menschen erkannte. Ein Kind kreischte vor Begeisterung, wurde aber sogleich von seiner Mutter dafür ermahnt. Die Ranger hatten darum gebeten, möglichst leise zu sein. In Valentinas Park hatte es die Leute immer wieder überrascht, wenn sie erfuhren, dass Schmetterlinge hören konnten. Einige Arten reagierten intensiv auf Lärm, in dem sich ihr Herzschlag beschleunigte, sie zu Boden fielen oder ihre Bewegung unterbrachen. So wurden sie zur leichten Beute.

Nur die Monarchfalter selbst waren nicht still. Valentina

hatte mit einem spektakulären Schauspiel gerechnet, aber nicht mit dessen Klang, der sie an einen sanften Schauer erinnerte. Sie stand inmitten des Wirbels und machte sich nicht einmal die Mühe, die Tränen auf ihren Wangen wegzuwischen. Sie wollte von diesem Ereignis überwältigt werden, weil es die einzig angemessene Reaktion war.

Da legte ein Falter auf ihrem Handrücken eine Pause ein. Beglückt studierte sie die Musterung seiner Flügel, die sich in einer anmutigen Bewegung öffneten und schlossen. Seine Füße kitzelten auf Valentinas Haut. Auf der Außenseite eines Flügels entdeckte sie eine kleine Markierung. Irgendjemandem war es wichtig gewesen zu erfahren, ob dieses Exemplar die Reise heil überstand. Sie dachte an den Libellenschwärmer, der sie während des aufregendsten Sommers ihres bisherigen Lebens begleitet hatte.

»Du bist ein Wunder«, flüsterte sie dem Monarchfalter auf ihrer Hand zu. »Was du auf dem Weg alles erlebt haben musst!«

Als hätten ihre Worte ihn daran erinnert, dass der Tanz noch nicht zu Ende war, hob er ab und flatterte wieder im Reigen seiner Artgenossen. Plötzlich fiel ihr ein, wie Lilly gesagt hatte, dass Schmetterlinge nicht immer Einzelgänger sind.

Zurück am Eingang zum Park kaufte sie die kitschigste Postkarte, die sie finden konnte, um sie ihrer deutschen Freundin zu schicken. Lilly würden die beiden Monarchfalter auf der Blüte gefallen. Sie passten zu dem Foto des Atlasspinners, das sie sich als Belohnung für ihre Überstunden ausgesucht hatte. Valentina setzte sich auf einen Felsen und überlegte, was sie schreiben sollte. Sie hatten vereinbart, in

Kontakt zu bleiben – und taten es erstaunlicherweise tatsächlich. Sie führten eine moderne Brieffreundschaft per E-Mail, WhatsApp und Fotos. Während ihres Kennenlernens hatten sich beide in einem Ausnahmezustand befunden. Außerdem war Valentina für Lilly ein paar Wochen lang deren Mutter gewesen. So etwas schweißte zusammen. Kurz vor Lillys Abreise hatte Valentina ihr deshalb von Violettas Prophezeiung erzählt. Lilly hatte abwechselnd gelacht und erschrocken »Oh Gott!« ausgerufen.

Valentina konnte es immer noch nicht fassen, dass Lilly gleichzeitig mit Carlo auf die Insel gekommen war, ihrem biologischen Vater. Rosa hatte ihr von dem Phänomen erzählt, das ihrer Meinung nach dahintersteckte – Synchronizität. Für Valentina klangen Rosas Ausführungen ziemlich esoterisch, aber sie hatte die wiedergefundene Freundin nicht vor den Kopf stoßen wollen, indem sie darauf hinwies. Rosa war immer noch nicht erpicht darauf, Lilly näher kennenzulernen, dafür war sie in anderer Hinsicht über ihren Schatten gesprungen. Sie hatte sich dazu durchgerungen, ihren Kindern von Lilly zu erzählen und sie selbst entscheiden zu lassen, wie sie damit umgehen wollten.

Seither hatten Teresa, Alessio und Lilly sich bereits einmal zu dritt getroffen, was Rosa stillschweigend akzeptiert hatte. Leichtgefallen war es ihr bestimmt nicht, wo sie diese Episode ihres Lebens doch am liebsten weit hinter sich gelassen hätte.

Immer noch unschlüssig, was sie schreiben sollte, setzte Valentina den Stift an. Da ließ sich ein Falter auf der Karte nieder. Ungläubig betrachtete sie die Markierung an seinem Flügel. Wie war das möglich?

Jemand war zu ihr zurückgekehrt, vielleicht nicht nur vom Gipfel des Berges, wer wusste das schon so genau. Alles war möglich, auch das Gute. So viel hatte sie mittlerweile begriffen. Ein Lachen stieg in ihr auf. Sie war sich sicher, dass Lilly es hören würde, wenn sie las, was auf der Karte stand: »Ach, das Leben.«

DANKSAGUNG

Wir haben leider nur einen winzigen Garten, trotzdem würde ich am liebsten den ganzen Sommer in der Hängematte unter unserem Fliederstrauch verbringen und mich von Pfauenaugen, Distel- und Zitronenfaltern umschwirren lassen.

Ein Tier trifft man dort (leider) garantiert nicht: den Libellenschwärmer. Ihn habe ich mir im Gegensatz zu allen anderen Arten in dieser Geschichte bloß ausgedacht. Was aber nicht heißt, dass nicht vielleicht irgendwann einmal einer auftaucht. In jedem Jahr werden mehrere hundert neue Arten entdeckt – zusätzlich zu den rund hundertachtzigtausend bereits bekannten. Leider sind gleichzeitig immer mehr Arten vom Aussterben bedroht. Ein Drittel der Schmetterlingsarten in Europa gilt als gefährdet.

In unserem Hamburger Umland gibt es gleich zwei Schmetterlingsparks, die ich zur Inspiration nutzen konnte. Hier möchte ich mich ganz herzlich bei Christine Krause vom Alaris Schmetterlingspark in Buchholz bedanken, die mir einen Einblick in ihren Alltag gegeben hat. Besonders beeindruckt haben mich der Elan und die Leidenschaft, mit der sie und ihr Mann den Park so artgerecht wie nur möglich betreiben. Nach einem Ausflug dorthin fühle ich mich aufgetankt wie nach einem längeren Urlaub. Eventuelle Fehler gehen allein auf meine Kappe.

Unter den zahlreichen Sachbüchern, die ich durchgearbeitet habe, hat es mir besonders »Schmetterlinge: Ein Porträt« von Andrea Grill angetan. Fesselnder kann man über Wissenschaft nicht schreiben. Ich sehe die Tiere (und die Forschenden) jetzt mit anderen Augen.

Dafür, dass ich bei der Arbeit so viel Spaß hatte, möchte ich mich außerdem bei dem Team bedanken, das sich meiner Geschichte mit viel Einsatz angenommen hat. Vor allem sind das Mareike Müller von den S. Fischer Verlagen sowie meine Lektorin Ilona Jaeger, die immer genau sieht, wo etwas noch nicht rundläuft, aber auch nicht an Lob spart, wo es gebraucht wird.

Bereits im Vorfeld aufgeschmissen wäre ich ohne meine so kluge wie einfühlsame Agentin Eva Semitzidou. Vielen Dank für die tolle Zusammenarbeit, liebe Eva.

Was man darüber hinaus gar nicht oft genug betonen kann: Ohne euch da draußen, die ihr bereit seid, tief in unsere Geschichten einzutauchen, über sie zu reden, zu schreiben und sie zu verkaufen, ginge gar nichts. Wir sind euch dankbar, und das ist keine Floskel!

Meinen Freunden und meiner Familie muss ich hoffentlich nicht sagen, wie viel mir ihre Unterstützung und der unermüdliche Glaube an mich bedeutet. Oder doch? Na gut: Ihr seid großartig, ich liebe euch. Ganz doll. Noch einmal extra erwähnen möchte ich hier meine drei Männer, den großen und die beiden kleinen. Ohne euch wäre mein Leben so viel ärmer!